DANIELLE STEEL

Stiller Ruhm

Autorin

Danielle Steel, als Tochter eines deutschstämmigen Vaters und einer portugiesischen Mutter in New York geboren, lebte als junges Mädchen lange Jahre in Europa. Seit 1977 schreibt Danielle Steel – die heute Mutter von neun Kindern ist und in San Francisco lebt – große Romane, die sie innerhalb weniger Jahre zur meistgelesenen Autorin der Welt machten.
www.daniellesteel.com

Die Danielle Steel Collection

Abschied von St. Petersburg. Roman (41351) · Alle Liebe dieser Erde. Roman (06671) · Auf den Flügeln der Freiheit. Roman (35219) · Das Geschenk. Roman (35985) · Das Haus hinter dem Wind. Roman (09412) · Das Haus hinter dem Wind/Es zählt nur die Liebe Roman (35202) · Das Haus von San Gregorio. Roman (06802) · Der Preis des Glücks. Roman (09921) · Der Ring aus Stein. Roman (06402) · Die Liebe eines Sommers. Roman (06700) · Doch die Liebe bleibt. Roman (06412) · Ein zufälliges Ereignis. Roman (43970) · Es zählt nur die Liebe. Roman (08826) · Familienbilder. Roman (09230) · Fünf Tage in Paris. Roman (35273) · Gesegnete Umstände. Roman (35079) · Glück kennt keine Jahreszeit. Roman (06732) · Herzschlag für Herzschlag. Roman (42821) · Jenseits des Horizonts. Roman (09905) · Jenseits des Horizonts/Der Preis des Glücks (35112) · Juwelen. Roman (35160) · Liebe zählt keine Stunden. Roman (06692) · Nachricht aus der Ferne. Roman (43037) · Nichts ist stärker als die Liebe. Roman (35023) · Nie mehr allein. Roman (06716) · Nur einmal im Leben. Roman (06781) · Palomino. Roman (06882) · Sag niemals adieu. Roman (08917) · Schiff über dunklem Grund. Roman (08499) · Schiff über dunklem Grund/Herzschlag für Herzschlag. Roman (35792) · Sternenfeuer. Roman (42391) · Töchter der Sehnsucht. Roman (41049) · Träume des Lebens. Roman (06860) · Unter dem Regenbogen. Roman (08634) · Unter dem Regenbogen/Sternenfeuer (35376) · Väter. Roman (42199) · Väter/Abschied von St. Petersburg. Roman (35906) · Verborgene Wünsche. Roman (09828) · Verlorene Spuren. Roman (43211) · Verlorene Spuren/Nie mehr allein (35527) · Vertrauter Fremder. Roman (06763) · Vertrauter Fremder/Die Liebe eines Sommers (35055) · Wer Unrecht tut (35284) · Wie ein Blitz aus heiterem Himmel (35284)

Danielle Steel

Stiller Ruhm

Roman

Aus dem Amerikanischen
von Eva Malsch

BLANVALET

Die Originalausgabe erschien unter dem Titel
»Silent Honor«
bei Doubleday Dell Publishing Group, Inc., New York.

Umwelthinweis:
Alle bedruckten Materialien dieses Taschenbuches
sind chlorfrei und umweltschonend.

Blanvalet Taschenbücher erscheinen im Goldmann Verlag,
einem Unternehmen der Verlagsgruppe Random House GmbH.

Sonderausgabe Oktober 2003

Umschlaggestaltung: Design Team München
Umschlagfoto: Zefa/Reichelt
LW · Herstellung: Luise Wagner
Druck: Elsnerdruck, Berlin
Made in Germany · Titelnummer: 36046
ISBN 3-442-36046-3
www.blanvalet-verlag.de

Für Kuniko, eine bemerkenswerte Frau, die es erlebte.
Und für Sammie, der daran dachte und den ich sehr liebe.
Mit all meiner Liebe,

D.S.

1

Fünf Jahre lang hatte Masao Takashimayas Familie eine passende Braut für ihn gesucht, seit seinem einundzwanzigsten Geburtstag. Trotz dieser Bemühungen, eine geeignete junge Frau zu finden, lehnte er jede ab, sobald er sie näher kennenlernte. Er wünschte sich eine besondere Frau, die ihm nicht nur dienen und ihn respektieren würde, wie es die Heiratsvermittlerin in allen Fällen versprach, sondern mit der er auch vernünftig reden und seine Ideen teilen konnte. Keines der Mädchen, die ihm in den letzten fünf Jahren begegnet waren, genügte seinen Ansprüchen. Bis Hidemi in sein Leben trat. Sie war erst neunzehn und lebte in einem *buraku,* einem kleinen Bauerndorf bei Ayabe, ein hübsches Mädchen – klein, zierlich und sehr sanftmütig. Ihr Gesicht glich einer kunstvollen Schnitzerei aus feinstem Elfenbein, die Augen schimmerten wie Onyx. Bei der ersten Zusammenkunft mit Masao brachte sie kaum ein Wort hervor.

Zunächst dachte er, sie wäre schüchtern und würde ihn fürchten wie die anderen, die man ihm aufgedrängt hatte. Alle seien zu altmodisch, beklagte er sich. Er wollte kein Mädchen heiraten, das ihm wie ein Hündchen folgen und ihn angstvoll anstarren würde. Aber die wenigen Frauen, die er auf der Universität traf, gefielen ihm auch nicht. Als er 1920 zu dozieren begann, kam er mit Professorentöchtern und -gattinnen oder Ausländerinnen zusammen. Doch den meisten fehlte Hidemis süße Reinheit. Von seiner Frau wünschte er sich alles – Ehrfurcht vor alten Traditionen, vermischt mit Zukunftsträumen. Sie mußte nicht besonders gebildet sein, aber den gleichen Wissensdurst verspüren wie er selbst. Nachdem er zwei Jahre lang an der Universität von Kyoto unterrichtet und soeben seinen sechsundzwanzigsten Geburtstag gefeiert hatte, lernte er Hidemi kennen. Sie war vollkommen, sanft und scheu und fasziniert von allem, was er sagte. Mehrmals ließ sie ihm durch den Heiratsvermittler interessante Fragen stellen, nach seiner Arbeit, seiner Familie und Kyoto. Nur selten hob sie den Blick, um ihn zögernd anzuschauen, und er fand sie unglaublich schön.

Sechs Monate nach der ersten Begegnung stand sie neben ihm, die Augen gesenkt, im schweren weißen Kimono mit dem kostbaren goldenen Obi, den ihre Großmutter getragen hatte. In diesem Gürtel steckte ein winziger Dolch, mit dem sie Selbstmord begehen konnte, wenn Masao sich von ihr abwandte. Auf ihrem sorgsam frisierten Haar saß der *tsunokakushi,* der den Kopf, aber nicht das Gesicht bedeckte und ihre zierliche Gestalt noch betonte. Direkt unter dem *tsunokakushi* hingen die *kanzashi,* der wertvolle Haarschmuck ihrer Mutter. Die Mutter hatte ihr auch eine große Prinzessinnenkugel aus Seidenfäden übergeben, reich bestickt mit den bisherigen Ereignissen in Hidemis Leben. An diesem Kunstwerk hatte die Mutter nach Hidemis Geburt zu arbeiten begonnen und es im Lauf der Jahre ergänzt, stets von der Hoffnung erfüllt, die Tochter würde zu einer anmutigen, edlen, klugen Frau heranwachsen. Die Kugel war das schönste Geschenk, das Hidemi erhalten konnte, ein exquisites Symbol der mütterlichen Liebe, der Gebete und Zukunftswünsche.

Masao trug einen Mantel über dem traditionellen schwarzen Kimono mit dem Familienwappen, als er stolz an Hidemis Seite stand. Gewissenhaft nahmen sie drei Schlucke Sake aus drei Tassen. Dann wurde die schintoistische Zeremonie fortgesetzt. Zuvor hatten sie den Schinto-Schrein besucht und ein privates Ritual abgehalten. Jetzt wurden sie bei der offiziellen Hochzeit für immer vereint, in Gegenwart der Verwandten und Freunde. Der Zeremonienmeister erzählte die Chroniken der beiden fast vollzählig versammelten Familien und unterstrich deren Bedeutung. Auch einige Universitätsprofessoren hatten sich eingefunden. Nur Masaos fünf Jahre älterer Vetter und Freund Takeo war nicht erschienen. Sicher hätte er gern am Fest teilgenommen. Aber er war im Vorjahr in die Vereinigten Staaten gereist, um an der Stanford University in Kalifornien zu unterrichten. Für ihn war das eine große Chance, und Masao hätte ihn gern begleitet.

Die Zeremonie war äußerst feierlich und sehr lang. Kein einziges Mal schaute Hidemi ihren Bräutigam an, und sie lächelte auch nicht, während sie nach ehrwürdigen Schinto-Riten vermählt wurden. Erst nach der Hochzeit blickte sie zaudernd zu ihm auf. Ihre Augen lächelten zaghaft, dann die Lippen, als sie sich vor ihrem Mann verneigte. Auch er verbeugte sich, ehe sie von ihrer Mutter und ihren Schwestern weggeführt wurde. Nun mußte sie den weißen Kimono mit dem roten für den Empfang vertauschen. Die Bräute aus reichen städtischen Familien wechselten die Kimonos während des Hochzeitsfestes sechs- oder siebenmal. Aber in Hidemis *buraku* hatte man entschieden, zwei Kimonos würden genügen.

Es war ein schöner Sommertag, und die Felder von Ayabe schimmerten smaragdgrün. Stundenlang begrüßten die Eheleute Freunde und Verwandte und nahmen zahlreiche Präsente entgegen. Die sorgsam verpackten Geldgeschenke wurden Masao überreicht.

Immer wieder erklang Musik. Hidemis Kusine aus Fukuoka spielte auf der Koto, und ein Tanzpaar vollführte einen graziösen, langsamen *bugaku.* Ein üppiges Festmahl wurde serviert, insbesondere die traditionellen *tempura,* Reisbällchen, *kuri shioyaki,* Huhn, *sashimi,* roter Reis mit *nasu, nishoga* und *narazuki.* Tagelang hatten Hidemis Mutter und ihre Tanten diese Köstlichkeiten zubereitet, beaufsichtigt von der Großmutter, *obaachan.* Sie freute sich, weil ihre kleine Enkelin heiratete. Nun befand sich Hidemi im richtigen Alter, und sie hatte viel gelernt. Sicher würde sie eine gute Ehefrau. Die Verbindung mit Masao gefiel der Familie, obwohl er sich für moderne Ideen einsetzte. Darüber amüsierte sich Hidemis Vater. Masao diskutierte gern über Politik und weltliche Dinge. Aber er achtete auch die wichtigen Traditionen, entstammte einer guten Familie und war ein ehrenwerter junger Mann. Zweifellos würde er seiner Frau ein angenehmes Leben bieten.

Sie verbrachten die Hochzeitsnacht bei Hidemis Familie. Am nächsten Tag fuhren sie nach Kyoto. Sie trug einen rosaroten Kimono, ein Geschenk ihrer Mutter, und sah sehr schön aus, als sie neben Masao im Auto saß. Für diesen Zweck hatte er sich eigens ein brandneues 1922 Model-T-Coupé geliehen, das einem amerikanischen Professor an der Universität in Kyoto gehörte. Sie ließen sich in Masaos kleinem Haus nieder, und Hidemi erfüllte alle Erwartungen, die er in sie gesetzt hatte. Pflichtbewußt hielt sie sein Heim in Ordnung, wahrte all die vertrauten Traditionen, ging regelmäßig zum nahen Schrein und erwies sich als höfliche Gastgeberin, wenn er seine Kollegen zum Abendessen einlud. Und sie respektierte ihren Mann. Manchmal wagte sie in seiner Gegenwart zu kichern – besonders, wenn er darauf bestand, englisch mit ihr zu sprechen. Er fand es sehr wichtig, daß sie eine andere Sprache lernte, und erörterte viele Themen mit ihr – die englische Eroberung Palästinas, Gandhis Kampf gegen die Herrschaft der Briten in Indien, sogar Mussolinis Aktivitäten. Nach seiner Meinung mußte sie über die Ereignisse auf der Welt Bescheid wissen, und seine Beharrlichkeit amüsierte sie. Er behandelte sie freundlich und rücksichtsvoll, und er erwähnte oft, er wünsche sich viele Kinder. Wenn er über solche Dinge sprach, errötete sie verlegen. Aber eines Tages faßte sie Mut und flüsterte ihm zu, hoffentlich würde sie ihm viele Söhne schenken und ihm Ehre machen.

»Auch Töchter sind aller Ehre wert, Hidemi-san«, entgegnete er sanft, und sie schaute ihn erstaunt an. Wenn sie ihm nur Töchter gebar, würde sie sich schrecklich schämen. Sie kannte die Bedeutung der Söhne, vor allem, weil sie aus einer ländlichen Gemeinde stammte.

In den nächsten Monaten wurden sie gute Freunde und lernten einander lieben. Masao schätzte Hidemis hausfrauliche Fähigkeiten. Jeden Tag erwarteten ihn köstliche Mahlzeiten. Hübsch arrangierte Blumensträuße schmückten sein Heim, insbesondere den *tokonoma,* den Alkoven, in dem die gemalte Schriftrolle verwahrt wurde – die wichtigste Dekoration des Hauses.

Hidemi fand heraus, was ihm gefiel und was nicht. Sorgsam schirmte sie ihn gegen alle Ärgernisse ab. Sie war eine perfekte Ehefrau. Jeden Tag dankte er dem Schicksal, das sie zu ihm geführt hatte. Sie war immer noch so still und scheu wie am Anfang. Aber er spürte, daß sie sich allmählich an ihn gewöhnte und sich in seiner Welt einlebte. Um ihn zu erfreuen, lernte sie ständig neue englische Redewendungen. Wenn sie zu Abend aßen, sprach er englisch mit ihr. Manchmal erzählte er von seinem Vetter Takeo, der sehr gern an der kalifornischen Universität arbeitete. Soeben hatte er eine *kibei* geheiratet, eine in Amerika geborene Japanerin. Um ihre Ausbildung zu vervollkommnen, war sie von ihrer Familie nach Japan geschickt worden. Wie er Masao brieflich mitteilte, hieß sie Reiko, war Krankenschwester, und ihre Eltern stammten aus Tokio. Masao hätte seinen Vetter gern in Kalifornien besucht, zusammen mit Hidemi. Aber davon konnte er im Augenblick nur träumen. Er mußte seine Verpflichtungen an der Universität erfüllen, und er besaß trotz einer respektablen Karriere nur wenig Geld.

Als Hidemi ihr erstes Kind erwartete, informierte sie ihren Mann nicht. Traditionsgemäß und auf Anweisung ihrer Mutter wickelte sie Bandagen um den Bauch, sobald er sich wölbte. Erst im Frühjahr bemerkte Masao die Schwangerschaft, während sie sich liebten, wie üblich sehr diskret. Hidemi war immer noch sehr scheu. Etwas später fragte er nach ihrem Zustand, und sie vermochte sich nicht zu einer Antwort durchzuringen. Statt dessen wandte sie im Dunkel ihr Gesicht ab und nickte errötend.

»Ja, meine Kleine? Ja?« Behutsam umfaßte er ihr Kinn, zwang sie, ihn anzuschauen, und nahm sie lächelnd in die Arme. »Warum hast du mir nichts gesagt?« Das konnte sie ihm nicht erklären, und sie hoffte inständig, sie würde sich die Schande ersparen, eine Tochter zu gebären.

»Jeden Tag bete ich um einen Sohn, Masao-san«, wisperte sie, gerührt über seine Sanftmut und Güte.

»Mit einem Mädchen wäre ich genauso glücklich«, erwiderte er wahrheitsgemäß, als er neben ihr lag und von der Zukunft träumte. Er freute sich auf die Kinder, die Hidemi ihm schenken würde, und stellte sich vor, eine kleine Tochter wäre genauso zauberhaft wie die Mutter.

Was er soeben gesagt hatte, erschreckte sie. »So darfst du nicht sprechen, Masao-san!« Sie fürchtete, allein schon der Gedanke an ein Mädchen würde dessen Geburt heraufbeschwören. »Natürlich mußt du einen Sohn bekommen!«

Ihre Entschlossenheit belustigte ihn. Im Gegensatz zu den meisten Japanern fand er es tatsächlich belanglos, ob seine Frau einen Sohn oder eine Tochter zur Welt bringen würde, und den traditionellen Wunsch nach einem Erben ziemlich albern. Es würde ihn sogar beglücken, seiner Tochter neue Ideen beizubringen, so daß sie unbelastet von den Fesseln alter Traditionen aufwachsen könnte. Trotzdem gefiel ihm Hidemis altmodische Gesinnung. Genauso gefiel ihm die Art, wie sie sich über seine Begeisterung für den Fortschritt zu amüsieren schien. Auch das hatte ihn unter anderem zu ihr hingezogen. Liebevoll tolerierte sie seine Faszination für die modernen Entwicklungen und die Weltpolitik. Sie selbst wußte nicht viel damit anzufangen. Aber sie hörte interessiert zu, wenn er über solche Dinge sprach. Nun fieberte er der Zeit entgegen, wo er sein Kind in diese Erkenntnisse einweihen würde.

»Wir werden ein modernes Kind großziehen, Hidemisan.« Beklommen wich sie seinem Blick aus. Wenn er kein Blatt vor den Mund nahm, brachte er sie stets in Verlegenheit. Doch sie liebte ihn innig, wenn sie ihre Gefühle auch nicht in Worte fassen konnte. Sie fand ihn überaus kultiviert und intelligent. Hingerissen lauschte sie, wann immer er englisch mit ihr sprach, obwohl sie nicht alles verstand. »Wann wird das Baby geboren?« fragte er. Dieses Jahr hatte auf interessante Weise begonnen, vor allem in Europa, wo die Franzosen wegen der Rückstände in den Reparationsleistungen der Deutschen die Ruhr besetzten. Aber jetzt erschienen ihm die Neuigkeiten aus aller Welt nicht mehr so wichtig, verglichen mit der baldigen Ankunft des Babys.

»Wahrscheinlich im Juli«, erwiderte sie leise. Ein Jahr nach der Hochzeit… Wie schön, daß sie ihrem Kind im Sommer das Leben schenken würde!

»Ich bringe dich ins Krankenhaus«, erklärte er und las sofort einen entschiedenen Protest in ihren Augen. Nach der achtmonatigen Ehe kannte er sie sehr gut. Wenn sie seine moderne Denkweise auch hinnahm, in gewissen Dingen hielt sie an den Traditionen fest, vor allem, wenn es um familiäre Belange ging.

»O nein, das ist nicht nötig. Meine Mutter und meine Schwester werden mir beistehen. Das Baby soll hier zur Welt kommen. Wenn es sein muß, rufen wir einen Priester.«

»Meine Kleine, du brauchst keinen Priester, sondern einen Arzt.«

Sie gab keine Antwort, weil es respektlos gewesen wäre, ihm zu widersprechen. Als die Geburt immer näher rückte, weinte Hidemi bitterlich, und Masao stritt heftig mit ihr. Wie geplant, trafen ihre Mutter und ihre älteste Schwester im Juni ein und wohnten bei ihnen. Das störte Masao nicht. Aber er drängte Hidemi, einen Arzt zu konsultieren, und bestand auf der Geburt im Krankenhaus. Er spürte, wie sehr sie sich davor fürchtete. Erfolglos versuchte er, sie umzustimmen und der Mutter klarzumachen, die Niederkunft in der Klinik sei besser. Die Frau lächelte nachsichtig und hielt ihn für einen Exzentriker. Nur vier der sechs Kinder, die sie zur Welt gebracht hatte, lebten noch. Eines war bei der Geburt gestorben, eines kurz danach an Diphtherie. Aber sie wußte Bescheid über solche Dinge, ebenso wie Hidemis Schwester, die Mutter zweier Kinder, die schon vielen Frauen in der schweren Stunde geholfen hatte.

Während die Tage verstrichen, erkannte Masao, daß er seinen Willen nicht durchsetzen konnte. Voller Sorge beobachtete er, wie Hidemis Bauch anschwoll, wie schnell sie in der Sommerhitze ermüdete. Jeden Tag wurde sie von ihrer Mutter veranlaßt, die Traditionen zu befolgen, die ihr die Geburt erleichtern würden. Sie besuchten den Schrein und beteten, und sie aßen zeremonielle Speisen. Nachmittags unternahm Hidemi lange Spaziergänge mit ihrer Schwester. Und wenn Masao abends nach Hause kam, erwartete sie ihn mit einer liebevoll zubereiteten Mahlzeit, eifrig bestrebt, ihm zu dienen und die Neuigkeiten zu hören, die er ihr erzählen würde. Aber ihr Zustand interessierte ihn viel mehr als die Ereignisse in der Außenwelt. Sie erschien ihm so winzig und zerbrechlich – und das Baby so groß.

Nach der Hochzeit hatte er sich mehrere Söhne und Töchter gewünscht. Nun fürchtete er, Hidemi würde im Kindbett sterben. Er sprach mit seiner Mutter darüber, und sie versicherte, Frauen seien für solche Aufgaben geschaffen und ihre Schwiegertochter würde alle Schwierigkeiten bewältigen, selbst wenn sie sich gegen eine Niederkunft in einer modernen Klinik oder die Hilfe eines Arztes sträubte. Überall auf der Welt würden die meisten Frauen ihre Kinder immer noch daheim gebären.

Trotzdem wuchs Masaos Unbehagen mit jedem Tag. Eines Nachmittags, gegen Ende Juli, kam er nach Hause und traf niemanden an. Hidemi erwartete ihn nicht wie üblich vor dem Eingang. Er fand sie weder im Schlafzimmer noch am kleinen Ziegelherd in der Küche. Nirgends erklangen Stimmen. Schließlich klopfte er an die Tür des Zimmers, das seine Schwiegermutter und die Schwägerin bewohnten. Und da waren sie alle versammelt. Seit Stunden lag Hidemi in den Wehen und ertrug schweigend ihre Schmerzen, einen kleinen Zweig zwischen den Zähnen. Während sie sich gequält umherwand, wurde sie von den beiden Frauen festgehalten. Dampf und Weihrauch erfüllten den Raum. Neben der Futon-Matte stand eine große Wasserschüssel, und die Schwester wischte gerade Hidemis Stirn ab, als Masao durch die Tür schaute. Dann verneigte er sich, wagte nicht einzutreten und fragte nur höflich, wie es seiner Gemahlin gehe.

»Gut«, versicherte die Schwiegermutter, verbeugte sich

und schob ihm hastig den *shoji*-Wandschirm vor die Nase, der als Tür diente.

Hidemi sagte kein Wort.

Aber obwohl er nur einen kurzen Blick auf sie geworfen hatte, fand er, sie würde schrecklich aussehen. Von tausend Ängsten geplagt, ging er davon. Würde sie sterben? War das Baby zu groß für den zarten Körper? Und wenn sie am Leben blieb – konnte sie ihm jemals verzeihen? Vielleicht würde sie nie mehr mit ihm sprechen oder ihn sogar hassen, weil sie seinetwegen dieses Leid ertragen mußte. Dieser Gedanke peinigte ihn. Wie sehr er sie liebte, wie verzweifelt er sich nach ihrem süßen, feingezeichneten Gesicht sehnte... Es drängte ihn, in das Zimmer zu eilen und ihr beizustehen. Doch er fürchtete die hysterische Reaktion der Frauen. In einem Raum, wo ein Baby geboren wurde, hatte ein Mann nichts verloren. Eine Japanerin, die in den Wehen lag, durfte sich ihrem Gemahl nicht zeigen.

Langsam wanderte er durch den Garten, setzte sich in einen Liegestuhl, wartete auf Neuigkeiten, vergaß zu essen und fühlte sich unfähig, irgend etwas zu tun. In der Dämmerung kam seine Schwägerin zu ihm und verneigte sich. Sie hatte *sashimi* zubereitet. Als sie ihm die Schüssel reichte, zuckte er verwirrt zusammen. Wie hatte sie Hidemi im Stich lassen können, um ihn zu versorgen? Er würde ohnehin keinen Bissen hinunterbringen. Aber er dankte ihr für die freundliche Geste und erkundigte sich nach seiner Frau.

»Es geht ihr gut, Masao-san. Vor dem nächsten Morgen wird sie dir einen schönen Sohn gebären.«

Der neue Tag würde erst in zehn Stunden anbrechen. Mußte Hidemi so lange leiden? Diesen Gedanken ertrug er nicht. »Geht es ihr wirklich gut?« fragte er und stellte die Schüssel neben sich auf den Boden.

»O ja. Und sie freut sich darauf, dir den Sohn zu schenken, den du dir so inständig wünschst, Masao-san. Sie ist sehr glücklich.«

Das wußte er besser, und die Lüge seiner Schwägerin mißfiel ihm. Die Vorstellung, welche Qualen Hidemi erduldete, trieb ihn fast zum Wahnsinn. »Jetzt solltest du dich wieder um sie kümmern. Bitte, sag ihr, ich fühle mich geehrt, weil sie meinetwegen so viel auf sich nimmt.« Lächelnd verbeugte sich Hidemis Schwester. Während sie im Haus verschwand, sprang er auf, schlenderte durch den Garten und vergaß das Essen, das sie für ihn zubereitet hatte. Wie gern hätte er sie gebeten, seiner Frau auszurichten, er würde sie lieben. Doch das wäre unschicklich gewesen.

Später sank er wieder in den Liegestuhl. Die ganze Nacht verbrachte er im Garten, dachte an Hidemi, an das Jahr, das sie geteilt hatten, an seine übergroße Liebe. Dabei trank er Sake und rauchte unzählige Zigaretten. Aber im Gegensatz zu anderen werdenden Vätern ging er nicht mit Freunden aus oder ins Bett. In dieser Situation würden sich die meisten Männer zurückziehen und die freudige Nachricht am nächsten Morgen zur Kenntnis nehmen. Statt dessen saß er in der Finsternis, oder er wanderte umher. Einmal schlich er ins Haus, zum Wandschirm, und glaubte, Hidemi schluchzen zu hören. Nach einer Weile traf er seine Schwägerin im Garten, wo sie ein wenig frische Luft schnappte, und fragte, ob er einen Arzt holen solle.

»Natürlich nicht«, fauchte sie und eilte ins Haus zurück, sichtlich erregt und geschäftig.

Am frühen Morgen kam seine Schwiegermutter zu ihm. Mittlerweile hatte er viel Sake getrunken und sah etwas derangiert aus, während er eine Zigarette rauchte und den Sonnenaufgang beobachtete. Beim Anblick ihrer Miene erschrak er, bemerkte ihre Sorge und Enttäuschung. Sein Herz drohte stehenzubleiben. Plötzlich schien sich alles im Zeitlupentempo abzuspielen. Er wollte nach seiner Frau fragen. Aber das ernste Gesicht seiner Schwiegermutter hinderte ihn daran, und so wartete er.

»Leider bringe ich dir eine schlechte Nachricht, Masao-san.« Sekundenlang schloß er die Augen und wappnete sich gegen den Schmerz. Die Freude auf das Kind hatte sich schon vorher in einen Alptraum verwandelt. Und nun mußte er seinen schweren Verlust ertragen. »Deiner Frau geht es gut.«

Er hob die Lider und starrte sie an – unfähig, sein Glück zu fassen. In seinen Augen brannten Tränen, die andere Männer beschämt hätten. Seine Kehle krampfte sich zusammen. »Und – das Baby?« Diesmal *mußte* er sprechen. Seine geliebte Hidemi lebte. Also war nicht alles verloren.

»Nur ein Mädchen.« Bedrückt senkte seine Schwiegermutter die Augen, tief enttäuscht über die Tochter, die ihr eine so bittere Enttäuschung bereitet hatte.

»Ein Mädchen?« rief Masao aufgeregt. »Ist es gesund?«

»Natürlich.« Die Frage schien seine Schwiegermutter zu verblüffen. »Aber es tut mir so leid...«

»Mir nicht!« jubelte er, sprang auf und verneigte sich. »Ich bin überglücklich. Bitte, sag Hidemi...« Dann besann er sich eines Besseren und rannte durch den Garten, während die Sonne den Himmel feuerrot färbte.

»Wohin gehst du, Masao-san? Jetzt darfst du nicht...«

Alles durfte er. Dies war sein Heim. Seine Frau, sein Baby. Hier stellte *er* die Regeln auf. Obwohl es sich nicht schickte, Hidemi in diesem Augenblick zu besuchen, stürmte er zum Gästezimmer und klopfte leise an den Wandschirm, den seine Schwägerin sofort beiseite schob. Lächelnd erwiderte er ihren fragenden Blick. »Ich möchte meine Frau sehen.«

»Unmöglich... Sie ist... Ja, Masao-san.« Sie verneigte sich, und nach kurzem Zögern ließ sie ihn eintreten. Wenn sie sein Verhalten auch außergewöhnlich fand, er war der

Herr im Haus. Sie eilte in die Küche, um Tee zu kochen und ihrer Mutter Gesellschaft zu leisten.

»Hidemi?« flüsterte er. Friedlich lag sie, in Steppdecken gewickelt, und zitterte ein wenig. Ihr Haar war aus der Stirn gekämmt. Trotz ihrer Blässe fand er sie bildschön. Und in den Armen hielt sie das süßeste Baby, das er je gesehen hatte. Entzückt betrachtete er das winzige Gesicht, wie aus Elfenbein gemeißelt. Seine Tochter glich der Mutter und erschien ihm fast noch hübscher. »O Hidemi-san, sie ist wundervoll…« Dann musterte er seine Frau und erkannte, was sie erlitten hatte. »Wie fühlst du dich?«

»Gut.« Sie wirkte sehr weise und viel älter. In dieser Nacht hatte sich das Mädchen in eine Frau verwandelt, und die Reise von der einen Welt in die andere war sehr beschwerlich gewesen.

»Hättest du dich doch ins Krankenhaus bringen lassen!« seufzte er. Statt zu antworten, schüttelte sie nur den Kopf. Hier war sie glücklich gewesen, in der Obhut der Mutter und der Schwester, während ihr Mann im Garten gewartet hatte. »Tut mir leid, daß es nur ein Mädchen ist.« In ihren Augen glänzten Tränen. So wie ihre Mutter glaubte sie, er wäre tief enttäuscht.

»Unsinn, ich habe mir eine Tochter gewünscht.«

»Dann bist du sehr dumm.« Zum erstenmal wagte sie, so respektlos mit ihm zu reden.

»Nein, *du* bist dumm, wenn du unser Glück nicht zu schätzen weißt. Eine Tochter bedeutet mir viel mehr als ein Sohn. Eines Tages werden wir stolz auf sie sein. Wart's nur ab, Hidemi-san! Sie wird mehrere Sprachen lernen und in ferne Länder reisen. Was immer sie will, kann sie tun.«

Kichernd schaute sie ihn an. Manchmal war er so albern. Aber sie liebte ihn leidenschaftlich. Er umfaßte ihre Hand und küßte ihre Stirn.

Dann saß er eine Zeitlang schweigend bei ihr. Fasziniert musterte er das Baby. Was er versichert hatte, meinte er ernst. Daß es ein Mädchen war, störte ihn nicht im mindesten. »Wie soll unsere schöne Tochter heißen?«

»Hiroko.« Dieser Name hatte ihr schon immer gefallen – der Name ihrer toten Schwester.

»Hiroko-san, eine moderne Frau.»

Darüber mußte sie lachen. Allmählich vergaß sie ihre Schmerzen. »Sie wird bald einen Bruder bekommen«, versprach sie. Nächstes Mal wollte sie's besser machen. Was immer er auch behauptete, sie schuldete ihm einen Sohn. Nichts in ihrem Leben erschien ihr wichtiger.

»Nun solltest du schlafen, meine Kleine«, flüsterte er, als seine Schwägerin mit einem Teetablett eintrat. Hidemi mußte sich von der mühsamen Niederkunft und ihrem Blutverlust erholen.

Nachdem ihre Schwester zwei Tassen gefüllt hatte, ließ sie die junge Familie wieder allein. Wenig später ging auch Masao hinaus. Hidemi war erschöpft, und seine Schwägerin mußte sich um das Baby kümmern, das inzwischen erwacht war.

Fürsorglich rückte die Schwiegermutter einen Wandschirm neben Hidemis Lager, um ihr etwas Ruhe zu gönnen. Masao wanderte durch den Garten und lächelte vor sich hin. Noch nie in seinem Leben war er so stolz gewesen. Er hatte eine wunderbare Tochter. Eines Tages würde sie perfekt Englisch sprechen, vielleicht sogar Französisch und Deutsch, und über die bedeutsamen Ereignisse in der Welt Bescheid wissen. So viel würde sie lernen und seine Träume erfüllen – eine moderne junge Frau.

Während die Sonne am Himmel emporstieg, schaute er sich zufrieden um. Was für ein beneidenswerter Mann er war... Er hatte alles, was er sich vom Leben wünschen konnte. Eine schöne Ehefrau, eine süße kleine Tochter. Möglicherweise würde er irgendwann einen Sohn bekommen. Aber vorerst genügte ihm das Glück des Augenblicks.

Schließlich ging er in sein Zimmer, um sich auszuruhen. Er sank auf seinen Futon und schloß die Augen. Bevor er einschlief, galten seine letzten Gedanken seiner geliebten Hidemi – und Hiroko.

2

Das Erdbeben, das Tokio und Yokohama in der ersten Septemberwoche dieses Jahres heimsuchte, erschütterte auch Kyoto, aber nicht ganz so schlimm. Entsetzt drückte Hidemi die sieben Wochen alte Hiroko an sich, als der Boden unter ihren Füßen zu schwanken begann, und Masao eilte nach Hause zu seiner Familie. In der Stadt wurde beträchtlicher Schaden angerichtet. Aber sein Heim überstand die Katastrophe fast unversehrt.

Erst später erfuhren sie von der Verwüstung Tokios. Ein Großteil der Metropole war dem Erdboden gleichgemacht worden. Aus den Ruinen loderten Flammen. Wochenlang irrten Obdachlose durch die Straßen, auf der Suche nach Lebensmitteln und Wasser.

Es war das schrecklichste Erdbeben in der Geschichte Japans gewesen, und Masao erwog, wie sein Vetter Takeo nach Kalifornien zu ziehen.

»Auch dort bebt manchmal die Erde«, erinnerte ihn Hidemi mit sanfter Stimme. Trotz aller Gefahren wollte sie Japan nicht verlassen. Außerdem hatte man Masao eben erst befördert. Doch die Sicherheit seiner Familie war ihm wichtiger als die Karriere.

»Nicht so oft!« stieß er hervor, von der Tragödie entnervt. Voller Angst um Hidemis und Hirokos Leben war er am Tag des Unglücks nach Hause gestürmt. Unentwegt hörten sie gräßliche Geschichten über das Schicksal ihrer Verwandten und Freunde in Tokio, Yokohama und anderen Städten. Reiko, Takeos Frau, hatte ihre Eltern verloren. Fast jeder Japaner mußte schmerzliche Verluste ertragen.

Während das Grauen allmählich verebbte, richtete Masao seine Aufmerksamkeit wieder auf die Neuigkeiten aus aller Welt und vergaß den Plan, nach Kalifornien zu ziehen. Der Krieg in China schien kein Ende zu nehmen. Im Oktober und November enstanden ernsthafte Probleme in Deutschland, was ihn gleichermaßen interessierte. Adolf Hitler, der junge nationalsozialistische Führer, wurde im November nach seinem erfolglosen Versuch, die deutsche Regierung zu stürzen, verhaftet. Von diesem Mann fasziniert, hielt Masao an der Universität Vorlesungen über den Nationalsozialismus und gewann die Überzeugung, Hitler würde bald an die Macht kommen.

Im Januar starb Lenin, was in den Kreisen der Politologen für weitere Diskussionen sorgte. Im Februar stellte Masao fest, daß Hidemi wieder schwanger war. Diesmal sollte das Baby im Juni geboren werden. Sie ging täglich zum Schrein und betete um einen Sohn, obwohl Masao erklärte, eine zweite Tochter würde ihn genauso beglücken. Nun war Hiroko sieben Monate alt. Hidemi arbeitete bereits an traditionellen seidenen Prinzessinnenkugeln für das kleine Mädchen.

Wenn Hiroko nicht auf dem Rücken ihrer Mutter festgebunden war, krabbelte sie lachend umher und entzückte ihren Vater. Er sprach englisch mit ihr, das er nicht fehlerfrei, aber einigermaßen fließend beherrschte. Mittlerweile konnte sich auch Hidemi in dieser Sprache verständigen. Er war stolz auf seine Ehefrau, eine wunderbare Freundin und liebevolle Mutter. In den Briefen an seinen Vetter in Amerika sang er Lobeshymnen auf Hidemi und schilderte ihre Aktivitäten. Manchmal legte er Fotos von seiner Tochter bei. Für ihr Alter war sie ziemlich klein, aber sie strotzte vor Energie.

Im siebten Monat ihrer Schwangerschaft sah Hidemi das Kind zum erstenmal lauten. Diesmal war ihr Bauch noch größer, und Masao erklärte, sie müsse ihr zweites Kind unbedingt im Krankenhaus zur Welt bringen.

»Bei Hirokos Geburt ist doch alles gutgegangen«, protestierte sie. Auch ihre Schwester war wieder schwanger. Deshalb würde sie ihr nicht helfen können. Aber die Mutter wollte ihr beistehen.

»Heutzutage ist eine Niederkunft in den eigenen vier Wänden nicht mehr üblich, Hidemi-san«, beharrte Masao auf seinem Standpunkt. »Wir leben im Jahr 1924, nicht im finsteren neunzehnten Jahrhundert. In der Klinik bist du besser aufgehoben, ebenso wie das Baby.« Neben seinen politischen Zeitschriften las er regelmäßig amerikanische medizinische Journale, und nachdem er sich über die möglichen Komplikationen im Kindbett informiert hatte, wuchs seine Sorge. Aber Hidemi war nicht so modern eingestellt wie er und sehr eigensinnig. Nichts konnte sie davon abbringen, auch ihr zweites Baby daheim zu gebären.

Anfang Juni, drei Wochen vor dem errechneten Termin, zog ihre Mutter ins Haus. Sie half ihrer Tochter, Hiroko zu betreuen. Und so fand Hidemi mehr Zeit für ihren Mann. Sie verbrachten sogar einen Tag und eine Nacht in Tokio. Fasziniert beobachteten sie den Wiederaufbau nach dem Erdbeben.

Fünf Tage später, an einem milden Sommerabend, lagen sie auf ihren Futons. Masao bemerkte Hidemis innere Unrast. Schließlich stand sie auf und ging in den Garten. Er folgte ihr nach einer kleinen Weile und fragte, ob ihre Wehen beginnen würden. Zögernd nickte sie. Vor einem Jahr hätte sie nichts verraten. Aber nach zweijähriger Ehe war sie nicht mehr so scheu.

Den Kampf um die Geburt im Krankenhaus hatte er längst verloren. Während er Hidemi beobachtete, erbot er sich, ihre Mutter zu holen. Sie schüttelte den Kopf. Dann griff sie nach seiner Hand, als wollte sie ihm etwas anvertrauen.

»Stimmt was nicht, Hidemi? Das mußt du mir sagen!« Er fürchtete stets, in ihrer Schüchternheit würde sie ihm eine Krankheit oder Probleme verheimlichen, die mit ihrer Schwangerschaft zusammenhingen. »Gehorche mir!« Solche Worte haßte er. Aber er mußte sie aussprechen, um die Wahrheit zu erfahren. »Ist irgend etwas nicht in Ordnung?«

Unglücklich wandte sie sich ab und schwieg.

»Hidemi!«

Da sah sie ihn wieder an, mit den großen dunklen Augen, die er so sehr liebte und die ihn an seine Tochter erinnerten. »O Masao-san, ich habe solche Angst ...«

»Vor der Niederkunft?« Sein Herz flog ihr entgegen. So wie bei Hirokos Geburt bereute er zutiefst, daß er sie in diese Lage gebracht hatte, und er hoffte, sie würde diesmal nicht so schrecklich leiden müssen.

Aber sie schüttelte den Kopf. Nun war sie einundzwanzig, und manchmal sah sie immer noch wie ein kleines Mädchen aus. Aber es gab auch Augenblicke, wo sie den Eindruck einer reifen Frau erweckte. Masao war sieben Jahre älter und fühlte sich wie ihr Beschützer, fast wie ihr Vater.

»Nein, ich fürchte – ich werde dir wieder keinen Sohn schenken. Vielleicht werden wir viele Töchter bekommen.«

Verzweifelt starrte sie ihn an, und er nahm sie zärtlich in die Arme. »Dann werden wir eben viele Töchter bekommen. Davor ist mir nicht bange – nur vor deinen Schmerzen. Mit Söhnen und Töchtern bin ich gleichermaßen glücklich. Und wenn dich das alles so bedrückt, solltest du dir diese Qualen in Zukunft ersparen.« Hin und wieder glaubte er, sie hätte es auf eine baldige zweite Schwangerschaft angelegt, um ihm endlich mit einem Sohn Ehre zu machen. Ein wichtigeres Geschenk konnte sie ihm nicht geben.

Die Mutter erschien, um sie ins Haus zu führen, und Hidemi folgte ihr nur widerstrebend, weil sie gern mit ihm zusammen war. Seltsamerweise wollte sie sich nicht einmal jetzt von ihm trennen, obwohl die Ankunft des Babys unmittelbar bevorstand. Sie wußte, daß sie beide enger verbunden waren als die meisten japanischen Ehepaare. In ihren schweren Stunden sehnte sie sich nach Masaos Nähe. Doch das wagte sie nicht auszusprechen. Ihre Mutter wäre schockiert gewesen, denn sie verstand nicht, welche Gefühle sie teilten oder warum Masao seine Frau so respektvoll und freundlich behandelte.

Stundenlang lag sie im Zimmer ihrer Mutter, dachte an ihn, und diesmal verrieten die Wehen, daß das Baby vor dem Morgen eintreffen würde. Den ganzen Nachmittag hatte sie Schmerzen verspürt, aber geschwiegen, weil sie Masao und Hiroko nicht verlassen wollte. Und es war so schön gewesen, abends neben ihm zu liegen ... Jetzt biß sie in den Zweig, den die Mutter ihr gereicht hatte, um keinen Laut von sich zu geben und ihren Mann nicht zu entehren.

Die Zeit verstrich, und das Baby schien sich nicht zu rühren. Als die Mutter zwischen Hidemis Schenkel spähte, sah sie nichts – kein Köpfchen, kein Haar, keine Bewegung. Hidemi empfand nur unaufhörliche Schmerzen.

Am Morgen war sie fast von Sinnen. Masao spürte das drohende Unheil. Mehrmals eilte er zum *shoji*-Wandschirm und erkundigte sich nach dem Befinden seiner Frau. Die Schwiegermutter verneigte sich und versicherte, alles sei in Ordnung. Aber im ersten Tageslicht erkannte er die Angst der alten Frau.

»Wie geht es ihr jetzt?« fragte er bedrückt. Die ganze Nacht hatte er sich Sorgen gemacht. Warum, wußte er nicht genau. Irgendwie fühlte er, daß es diesmal Probleme gab. Bei Hirokos Geburt hatten die beiden Frauen eine gewisse Ruhe ausgestrahlt, während sie geschäftig umhergeeilt waren. Nun wurde Hidemi nur von ihrer Mutter betreut, die Bedenken zu hegen schien. »Kommt das Baby nicht?« flüsterte er. Zögernd schüttelte sie den Kopf und erschrak über seine nächste Frage. »Darf ich sie sehen?«

Sie wollte protestieren. Doch das wagte sie nicht angesichts seiner entschlossenen Miene. Sekundenlang blieb sie unsicher im Eingang stehen. Dann trat sie beiseite. Was er im Zimmer sah, ließ ihn erschauern.

Entsetzt lief er zu seiner halb bewußtlosen Frau, die leise stöhnte. Ihr Gesicht war aschfahl. Inzwischen hatte sie den Zweig durchgebissen. Behutsam zog Masao ihn aus ihrem Mund. Unter seiner Hand spannte sich ihr Bauch an. Er stellte ihr einige Fragen.

Aber sie hörte nichts. Als er sie näher betrachtete, merkte er, daß sie den letzten Rest ihres Bewußtseins verloren hatte und kaum noch atmete. Obwohl er sich nur geringfügige medizinische Kenntnisse angeeignet und nie zuvor eine Niederkunft beobachtet hatte, ahnte er die tödliche Gefahr.

»Warum hast du mich nicht gerufen?« herrschte er seine Schwiegermutter an. Hidemis Lippen und Fingernägel färbten sich bläulich. Lebte das Baby in ihrem gewölbten Leib noch? Seit Stunden lag sie in den Wehen.

»Sie ist jung, und sie wird es aus eigener Kraft schaffen«, erklärte ihre Mutter. Nicht einmal sie selbst schien zu glauben, was sie behauptete. Er stürmte aus dem Haus, zu den Nachbarn hinüber, die ein Telefon besaßen. Schon längst hatte er eins anschaffen wollen. Aber Hidemi war der Meinung, sie würden keins brauchen und könnten sich in Notfällen an die Nachbarn wenden. Nun rief er die Klinik an. Das hätte er längst tun sollen, trotz ihrer Proteste. Man versprach, sofort einen Krankenwagen zu schicken.

Ins Haus zurückgekehrt, mußte er eine halbe Ewigkeit warten. Er saß neben Hidemis Lager auf dem Boden, hielt sie in den Armen, wiegte sie wie ein Kind hin und her. Immer wieder verkrampfte sich ihr gewölbter Bauch, und Masao glaubte zu spüren, wie das Leben aus ihr wich. Sogar ihre Mutter wirkte jetzt völlig hilflos. All die traditionellen kleinen Tricks hatten nichts genützt. Als die Ambulanz eintraf, hing Hidemis Leben an einem seidenen Faden, und der Notarzt staunte, weil sie immer noch atmete.

Hastig wurde sie in den Wagen gebracht, und Masao bat seine Schwiegermutter, bei Hiroko zu bleiben. Als er den Sanitätern folgte, nahm er sich keine Zeit für eine Verbeugung. Während der Fahrt sagte der Doktor nicht viel. Er untersuchte Hidemi ständig.

Kurz vor der Ankunft im Krankenhaus schüttelte er den Kopf. »Ihrer Frau geht es sehr schlecht«, bestätigte er Masaos schlimmste Befürchtungen. »Da sie sehr viel Blut verloren hat, weiß ich nicht, ob wir sie retten können. Außerdem steht sie unter Schock. Ich glaube, das Baby liegt falsch. Nach den stundenlangen Wehen ist sie völlig geschwächt.« Diese Worte überraschten ihren Mann nicht. In seinen Ohren klangen sie wie ein Todesurteil.

»Sie *müssen* sie retten!« stieß er hervor. In diesem Augenblick glich der sanftmütige Masao einem Samurai. Niemals würde er den Verlust seiner geliebten Hidemi hinnehmen.

»Natürlich tun wir unser Bestes«, versuchte der Arzt ihn zu beruhigen. Das Haar zerzaust, die glühenden Augen voller Angst, sah Masao wie ein Wahnsinniger aus.

»Und das Baby?« Er wollte alles wissen. Welch ein sträflicher Leichtsinn, die Niederkunft in seinem Haus zu gestatten! Dieses verdammte altmodische Ignorantentum! Jetzt verstand er nicht mehr, warum er sich jemals darauf eingelassen hatte. Was war dabei herausgekommen? Deutlicher denn je erkannte er die fatalen Gefahren alter Traditionen.

»Ich höre noch den Herzschlag des Babys«, antwortete der Doktor. »Aber nur ganz schwach. Haben Sie andere Kinder, Takashimaya-san?«

»Eine Tochter«, erwiderte Masao und starrte Hidemi verzweifelt an.

»Tut mir leid.«

»Kann man denn gar nichts machen?« Hidemi atmete immer flacher und mühsamer. Allmählich ging sie ins Jenseits hinüber, und Masao konnte sie nicht zurückhalten. In seine Trauer mischte sich heißer Zorn.

»Wir müssen warten, bis wir die Klinik erreichen.« Wenn sie so lange am Leben bleibt, dachte der junge Arzt. Er bezweifelte, daß sie die notwendige Operation überleben würde. Auch das Baby war vermutlich nicht mehr zu retten.

In rasender Fahrt folgte die Ambulanz den Straßen, bis sie endlich vor dem Krankenhaus hielt, nach einer scheinbar endlosen Reise. Nach wie vor bewußtlos, wurde Hidemi auf eine Bahre gelegt. Und Masao fragte sich, ob er sie jemals lebend wiedersehen würde.

Während er das Resultat der Operation abwartete, dachte er an seine beiden Ehejahre. So gut war Hidemi gewesen, so liebevoll. Sollte dieses Glück ein jähes Ende finden? Wieder einmal haßte er sich selbst, weil er das Baby gezeugt hatte.

Zwei Stunden später kam eine Krankenschwester zu ihm, verneigte sich, und er verspürte plötzlich den Drang, sie zu erwürgen. Auf ihren kriecherischen Respekt konnte er verzichten. Er wollte wissen, wie es seiner Frau ging.

»Takashimaya-san, Sie haben einen prächtigen, kerngesunden Sohn bekommen«, verkündete sie. Bei der Geburt war seine Haut bläulich verfärbt gewesen, aber er hatte sich schnell erholt, im Gegensatz zu seiner Mutter, die immer noch im OP lag.

»Und meine Frau?« In einem stummen Gebet hielt Masao den Atem an.

»Leider geht es ihr sehr schlecht.« Die Schwester verbeugte sich wieder. »Und sie wird noch operiert. Aber der Doktor wollte Sie über die Geburt Ihres Sohnes informieren.«

»Wird sie gesund?«

Zögernd nickte die Schwester. Sie wollte ihm nicht die letzte Hoffnung rauben. »Bald wird der Arzt mit Ihnen sprechen, Takashimaya-san.«

Nach einer weiteren Verbeugung verschwand sie, und Masao starrte aus dem Fenster. Er hatte einen Sohn, einen kleinen Jungen. Aber die Freude wurde von der Angst um die Mutter des Babys verdrängt.

Wieder schien eine Ewigkeit zu verstreichen, bis der Doktor endlich zu ihm kam. Es war fast Mittag. Doch das wußte Masao nicht. Er hatte jedes Zeitgefühl verloren. Um neun war das Baby geboren worden, und die Ärzte hatten drei Stunden gebraucht, um die Mutter nach ihrem Blutverlust zu retten.

Bedauernd erklärte der Doktor, Masaos Gemahlin würde keine Kinder mehr bekommen. Aber sie lebte. Mit knapper Not hatte man das Schlimmste verhindert. Ihre Genesung würde lange dauern. Doch sie war noch sehr jung, und das mochte ihr helfen.

»Vielen Dank.« Masao verneigte sich ehrerbietig. In seinen Augen brannten Tränen, seine Kehle war wie zugeschnürt. »Ich stehe tief in Ihrer Schuld, Doktor«, würgte er hervor. Und er dankte auch den Göttern, die er in all den Stunden angefleht hatte, Hidemis Leben zu erhalten. Ohne sie wäre er verloren gewesen.

Den ganzen Tag blieb er in der Klinik. Er rief seine Nachbarn an und bat sie, seiner Schwiegermutter mitzuteilen, Hidemi habe einen Jungen zur Welt gebracht und die Operation einigermaßen gut überstanden.

Dann ging er zu seinem Sohn, der einem dicken Engelchen glich. Schon vor Monaten hatte Hidemi erklärt, sie würde ihn gern Yuji nennen. Für ein Mädchen hatte sie keinen Namen ausgesucht, vor lauter Angst, damit die Geburt einer zweiten Tochter heraufzubeschwören.

Endlich, am Ende des Tages, durfte er Hidemi besuchen. Noch nie hatte er ein so leichenblasses Gesicht gesehen. Sie erhielt immer noch Transfusionen und wurde mit mehreren Medikamenten intravenös behandelt. Von den starken schmerzstillenden Mitteln war sie leicht benommen. Aber sie erkannte Masao sofort und lächelte, als er sich herabneigte und sie küßte. Beinahe wünschte er, sie würde erröten, damit ihre Wangen etwas Farbe bekämen. Doch sie lebte. Und das Baby auch. Nur das zählte in diesem Augenblick.

»Du hast einen Sohn«, flüsterte sie triumphierend. Zu welchem Preis …

»Ja, ich weiß. Und eine Ehefrau.« Das erschien ihm viel wichtiger. »Oh, meine Kleine, ich war so besorgt um dich. Jetzt ist endlich Schluß mit deinen altmodischen Ideen. Die sind viel zu gefährlich.« Im Lauf dieses Tages war ihm wieder einmal bewußt geworden, wie innig er sie liebte.

»Einverstanden. Unser nächstes Kind werde ich im Krankenhaus gebären.«

Er widersprach ihr nicht. Noch war es zu früh, um ihr die ganze Wahrheit zu erzählen. Zwei Kinder genügten ihm. Ein Junge und ein Mädchen. Hidemi hatte ihre Pflicht getan. Nun durfte sie auf weitere Mutterfreuden verzichten, ohne ihre Ehre aufs Spiel zu setzen. »Mir dir und Hiroko und Yuji bin ich wunschlos glücklich«, versicherte er. Wie wundervoll, diesen neuen Namen auszusprechen und einen kleinen Jungen in die Familie aufzunehmen...

»Wie sieht er aus?« fragte sie leise, umklammerte Masaos Hand und ahnte nicht, daß sie beinahe gestorben wäre. Aber er wußte es. Niemals würde er das Grauen der letzten Nacht und dieses Morgens vergessen.

»Genau wie mein Vater, ein kleiner Samurai«, entgegnete er. Noch einmal dankte er den Göttern, die ihm ein so schreckliches Leid erspart hatten.

»Hoffentlich wird er so hübsch und klug wie du, Masao-san.« Ohne seine Hand loszulassen, schloß sie die Augen.

»Und so süß und gut wie seine Mutter«, flüsterte er. Bis zu seinem letzten Atemzug würde er sie lieben und in Ehren halten.

»Du mußt ihm Englisch beibringen. In ein paar Jahren reisen wir mit ihm nach Kalifornien und besuchen seinen Onkel.« Obwohl sie von den Medikamenten halb betäubt war, plante sie bereits die Zukunft ihres Sohnes.

»Vielleicht wird er dort studieren, an der Stanford University«, schlug er vor, um auf ihre Träume einzugehen. »Und Hiroko? Am besten schicken wir sie auch zu Takeo. Er wird sie unter seine Fittiche nehmen und sich um ihre Ausbildung kümmern.«

Lächelnd hob Hidemi die Lider. »Sie ist doch nur ein Mädchen. Jetzt hast du einen Sohn.«

»Aber sie ist ein modernes Mädchen«, betonte er leise und beugte sich tiefer zu seiner Frau hinab. »Was wir Yuji bieten, steht auch ihr zu.«

Belustigt schüttelte sie den Kopf. Wie verrückt er war mit seinen neumodischen Ideen – und wie sehr sie ihn liebte. »Vielen Dank, Masao-san«, sagte sie in ihrem unbeholfenen Englisch, bevor sie einschlief. Ihre zarten Finger berührten immer noch seine Hand.

»Gern geschehen, meine Kleine«, antwortete er in derselben Sprache, fließend und fast akzentfrei. Dann lehnte er sich in seinen Sessel zurück und beobachtete sie.

3

Nein!« protestierte Hidemi. Monatelang hatten sie über dieses Thema gestritten, und sie ließ sich nicht umstimmen. »Hiroko ist ein Mädchen, kein Mann. Also gehört sie hierher, zu uns. Was nützt es ihr denn, wenn du sie nach Kalifornien schickst?«

»Jetzt ist sie fast achtzehn«, erklärte Masao geduldig, schon zum tausendstenmal. »Sie spricht sehr gut Englisch, aber ein Jahr in den Staaten wird ihre Fähigkeiten enorm verbessern.« Eigentlich wollte er seine Tochter vier Jahre an der Stanford University studieren lassen. Doch das durfte er Hidemi vorerst nicht verraten. »Dort kann sie ihren Horizont erweitern. Mein Vetter und seine Frau werden gut für sie sorgen.«

Inzwischen hatte Takeo drei Kinder bekommen. Er lebte mit seiner Familie in Palo Alto, in gesicherten Verhältnissen. Das wußte Hidemi. Trotzdem widerstrebte es ihr, den Wunsch ihres Mannes zu erfüllen.

»Schick Yuji hin – nächstes Jahr.«

Seufzend fragte er sich, ob er bei diesen Diskussionen jemals einen Sieg erringen würde. Hirokos Studium in den Staaten bedeutete ihm sehr viel. Trotz der revolutionären Ideen ihres Vaters hielt sie an den alten Traditionen fest und war sehr schüchtern. Deshalb glaubte er, es würde ihr guttun, Japan für einige Zeit zu verlassen. Yuji, der ihm glich, konnte es kaum erwarten, seine Flügel auszubreiten und in die Welt hinauszuziehen.

»Natürlich soll auch unser Sohn in Kalifornien studieren«, entgegnete Masao. »Aber Hiroko wird wertvolle Erfahrungen sammeln – und sich in guten Händen befinden. Bedenk doch, was sie alles lernen kann!«

»Lauter verrückte amerikanische Gewohnheiten!« meinte sie mißbilligend, und er stöhnte gequält. Zweifellos war sie eine wunderbare Frau. Aber sie klammerte sich mit aller Macht an die japanischen Traditionen, die sie auch ihren Kindern nahebrachte, vor allem der Tochter. Ehe Hirokos Großmutter vor einem Jahr gestorben war, hatte sie das Mädchen in ihrem Sinn erzogen. Jetzt setzte Hidemi das Werk gewissenhaft fort. Wenn Masao die alten Sitten auch bis zu einem gewissen Grad respektierte, fand er andere Dinge, die Hiroko lernen sollte, viel wichtiger. Er wollte ihr dieselben Möglichkeiten bieten wie seinem Sohn, was in Japan keineswegs einfach war. »Hier kann sie genausogut Englisch lernen«, fügte Hidemi hinzu. »Ich hab's ja auch geschafft.«

Resignierend zuckte er die Achseln. »Ich geb's auf. Schick sie zu einer buddhistischen Nonne. Oder wende dich an einen Heiratsvermittler. Sicher wird er bald einen passenden Ehemann für Hiroko finden. Du wirst ihr ohnehin nicht erlauben, etwas Vernünftiges mit ihrem Leben anzufangen.«

»Doch, natürlich. Sie kann in Kyoto auf die Universität gehen. Um zu studieren, muß sie nicht unbedingt nach Kalifornien reisen.«

»Überleg doch mal, was du ihr vorenthältst, Hidemi. Ich meine es ernst. Willst du ihr das wirklich antun? Denk an die unvergeßlichen Erlebnisse, die sie genießen würde. Einem vierjährigen College-Studium wirst du wohl kaum zustimmen. Aber wenigstens ein Jahr! Davon würde sie bis an ihr Lebensende zehren. Sie wird viele Menschen kennenlernen, Freundschaften schließen, neue Ideen entwickeln. Danach soll sie in Kyoto weiterstudieren. Ob sie einige Zeit in den Vereinigten Staaten verbringt oder nicht – diese Entscheidung wird ihre Zukunft nachhaltig beeinflussen.«

»Und ich bin schuld, wenn sich mein Wunsch unvorteilhaft auswirkt«, schmollte Hidemi.

»Allerdings – weil du sie hier festhalten und hinter deinen Röcken verstecken willst, in deiner sicheren, kleinen Welt. Verschüchtert und altmodisch, wird sie sich ihr Leben lang an die Traditionen gebunden fühlen, die ihr deine Mutter eingeimpft hat. Laß sie frei, wie einen schönen Vogel! Sie wird zurückkommen. Bitte, beschneide nicht ihre Flügel, nur weil sie ein Mädchen ist. Das wäre unfair. In dieser Welt haben's die Frauen schon schwer genug.«

Diese Ansicht teilte Hidemi nicht. Sie war zufrieden mit ihrem Schicksal. Allerdings genoß sie als Masaos Frau viele Freiheiten, die anderen Japanerinnen nicht gestattet wurden. Das wußte sie. Und sie konnte sich seinen Argumenten ebensowenig verschließen wie der Stimme ihres Gewissens.

Nach wochenlangen Diskussionen und einer gründlichen Erforschung ihrer Seele kapitulierte sie. Ein Jahr in Kalifornien. Oder länger, wenn Hiroko sich dort wohlfühlen würde. Takeo besorgte ihr einen Studienplatz an einem kleinen, aber renommierten Frauen-College in Berkeley namens St. Andrew's, und Masao versicherte, da sei sie bestens aufgehoben.

Obwohl Hidemi die lange Trennung von der Tochter fürchtete, gab sie widerwillig zu, eine solche Chance sollte man nutzen. Doch sie verstand nach wie vor nicht, warum Frauen studieren mußten, noch dazu in einem fernen, fremden Land. Das hatte sie nicht getan, und sie führte trotzdem ein wunderbares Leben mit ihrer Familie.

Yuji konnte es kaum abwarten, seiner Schwester im nächsten Jahr in die Staaten zu folgen und an der Stanford University zu studieren. Wie glühend er das Mädchen beneidete! Hiroko fand seinen Enthusiasmus unbegreiflich.

»Bist du froh, daß ich deine Mutter endlich umgestimmt habe?« fragte Masao und lachte im Vollgefühl seines hart erkämpften Sieges.

Unsicher senkte Hiroko den Kopf und beteuerte nur, sie sei dankbar. Mit ihrem zarten Gesicht und den schmalen Gliedern glich sie einer kleinen Puppe, noch schöner und zierlicher als ihre Mutter. Und noch scheuer. Nur in der Alten Welt fühlte sie sich heimisch. Ihre Großmutter hatte ihr beigebracht, die überlieferte Lebensart zu respektieren. Nicht einmal die Mutter hielt so eisern daran fest wie die Tochter. Im Lauf der Jahre hatte Hidemi einige neue Ideen ihres Mannes schätzen gelernt. Dafür zeigte Hiroko kein Interesse. Sie war ein sehr altmodisches Mädchen, und sie fürchtete sich vor Kalifornien. Diese Reise würde sie nur antreten, weil ihr Vater so großen Wert darauf legte. Um ihn zu ehren und zu achten, bezahlte sie einen hohen Preis. Doch sie würde ihm niemals den Gehorsam verweigern.

»Nun, freust du dich?« fragte er.

Sie nickte und versuchte erfolglos, Begeisterung zu heucheln. Schweren Herzens beobachtete er seine Tochter, die er so gut kannte und innig liebte. Eher würde er sterben, als sie ins Unglück zu stürzen.

»Möchtest du nicht nach Amerika fahren? Natürlich wollen wir dich nicht bestrafen. Wir bemühen uns, deine Zukunftschancen zu verbessern.« Damit nahmen sie beträchtliche finanzielle Probleme auf sich. An der Universität verdiente er nicht allzuviel. Aber dieses Opfer brachte er seinen Kindern sehr gern.

»Oh – ich ...« Verzweifelt kämpfte sie mit ihren Gefühlen.

Sie liebte die Eltern und den Bruder. Wie sollte sie die lange Trennung ertragen? »Ich will euch nicht verlassen.«

Als er Tränen in ihren großen Augen schimmern sah, hätte er beinahe selbst geweint.

»Amerika ist so weit, Papa. Warum kann ich nicht in Tokio studieren?«

»Weil du dort genauso viel oder so wenig lernen würdest wie in Kyoto. Hier wärst du sogar besser aufgehoben als in dieser Riesenstadt. Aber Amerika ...« Masaos Blick spiegelte seine eigenen Träume wider. Sein Leben lang hatte er sich vergeblich eine Reise in die Staaten gewünscht, und wann immer er Takeos Briefe las, erwachte die alte Sehnsucht von neuem. Jetzt wollte er seinen Kindern bieten, was ihm selbst versagt geblieben war. »Du wirst nur ein Jahr in Kalifornien verbringen, Hiroko. Wenn du's nicht verkraftest, kannst du jederzeit zurückkommen. Vielleicht gefällt's dir sogar, und du möchtest länger in den Staaten studieren. Nächstes Jahr würde dir dein Bruder folgen.«

»Aber du nicht – und Mama auch nicht... Was soll ich denn ohne euch machen?« Ihre Lippen zitterten, und er nahm sie liebevoll in die Arme. Wie zart und zerbrechlich sie war...

»Wir werden dich auch vermissen. Deshalb müssen wir uns möglichst oft schreiben. Und du hast Onkel Tak und Tante Reiko.«

»Die beiden kenne ich doch gar nicht.«

»Sie sind wundervolle Menschen.« Vor neun Jahren hatte Takeo die Familie seines Vetters besucht. Hiroko erinnerte sich kaum an ihn, und Tante Reiko war nicht mitgekommen, weil sie ihre Tochter Tamiko erwartet hatte. »Sicher wirst du sie liebgewinnen. Und sie werden dich so gut betreuen wie ihre eigenen Kinder. Bitte, du darfst diese Chance nicht verpassen.« Dafür hatte er jahrelang gespart. Es war so schwierig gewesen, die Zustimmung seiner Frau zu erlangen. Und jetzt erweckte Hiroko den Eindruck, er würde ihr etwas Schreckliches zumuten.

»Dir zuliebe werde ich nach Kalifornien fahren, Papa.« Sie verneigte sich, und er hätte sie beinahe geschüttelt. Warum gab sie diese veralteten Gesten nicht endlich auf? Sie war zu jung, um sich sinnlosen Traditionen unterzuordnen.

»Tu's für dich selbst. Ich wünschte mir, daß du in Amerika glücklich bist.«

»Ja, Papa, ich will's versuchen.« Eine Träne rollte über ihre Wange. Bedrückt zog er sie wieder an seine Brust und fühlte sich wie ein Monstrum. Trotzdem war er überzeugt, sie würde sich bald in Kalifornien einleben.

Aber am Morgen ihrer Abreise begann er daran zu zweifeln. Sie stand vor dem kleinen Schrein, weinte bitterlich und verneigte sich, ehe sie ihrer Mutter in den Fond des Autos folgte. Während der Fahrt nach Kobe saß Yuji neben seinem Vater auf dem Beifahrersitz, und die beiden unterhielten sich leise. Schweigend starrte Hiroko aus dem Fenster. Hidemi wollte sie bitten, tapfer zu sein, und ihr erklären, wie sehr sie es bedauern würde, wenn sich die Entscheidung als falsch erweisen sollte. Doch sie fand nicht die richtigen Worte.

Manchmal schaute Masao in den Rückspiegel. Die tiefe Stille hinter seinem Rücken bekümmerte ihn. Freute sich seine Tochter denn kein bißchen auf die Schiffsreise, auf ihre Verwandten?

Reglos vergrub sie sich in ihrem Leid, und die Trennung von der Heimat drohte ihr das Herz zu brechen. Jedes Haus, das an ihr vorbeiglitt, verstärkte den Schmerz, jeder Baum, jeder Grashalm.

Hidemi hatte einen Koffer für ihre Tochter gepackt und an die NYK Line in Kobe geschickt. Jetzt schien die anderthalbstündige Autofahrt kein Ende zu nehmen. Nicht einmal

Yujis Versuch, seine Schwester aufzuheitern, entlockte ihr ein Lächeln. Für seine idiotischen Scherze hatte das ernsthafte Mädchen ohnehin nichts übrig. Aber trotz der unterschiedlichen Charaktere standen sie sich sehr nahe. Er redete in Englisch auf sie ein. Diese Sprache beherrschte er erstaunlich gut, besser als sie. Neben seiner Sprachbegabung besaß er noch andere Talente, interessierte sich für Musik und Sport, und obwohl er zum Übermut neigte, vollbrachte er in der Schule ausgezeichnete Leistungen.

Im Gegensatz zu Yuji war Hiroko ziemlich zurückhaltend, schloß nur selten Freundschaften und stürzte sich niemals spontan auf neue Projekte oder Ideen. Vorsichtig und bedachtsam ging sie an die Dinge heran, stets um Perfektion bemüht. Sie spielte Geige und Klavier. Auf beiden Instrumenten übte sie regelmäßig. Ihr Englisch hatte sie nicht so eifrig vervollkommnet, denn diese Sprache bereitete ihr Unbehagen.

»In Kalifornien wirst du Jitterbug tanzen lernen«, prophezeite Yuji, sichtlich stolz, weil er so gut über die amerikanische Kultur Bescheid wußte. Er kannte alle Baseballstars und drückte sich gern im amerikanischen Slang aus. »Das mußt du mir beibringen, wenn ich rüberkomme.«

Unwillkürlich lächelte Hiroko. Er ist so albern, dachte sie. Trotzdem waren sie die besten Freunde. Der Altersunterschied betrug nur ein Jahr. Wie sollte sie ohne ihn leben? Ihr Vetter Kenji war sechzehn. Außerdem hatten Onkel Tak und Tante Reiko zwei jüngere Töchter. Keines der drei Kinder würde Yujis Platz in Hirokos Herzen einnehmen. Als sie den Hafen erreichten, begann sie am ganzen Körper zu zittern.

Mühelos fanden sie den NYK-Line-Pier und die *Nagoya Maru*. Die Passagiere gingen an Bord, Freunde und Verwandte begleiteten sie in die Kabinen. Ringsum lachten und schwatzten zahlreiche Leute, während Masao und seine Familie Hirokos Kabine suchten. Sie fuhr zweiter Klasse. Erleichtert stellten die Eltern fest, daß sie den Raum mit einer älteren Amerikanerin teilen würde. Nachdem sie ein Jahr lang in Japan Kunst studiert hatte, kehrte sie nach Chicago zurück. Freundlich unterhielt sie sich mit den Takashimayas. Dann ging sie an Deck, um sich von Freunden zu verabschieden, und ließ Hiroko mit ihren Angehörigen allein. Offenbar spürte sie, daß dies ein schwieriger Augenblick war.

Masao betrachtete das bleiche Gesicht seiner Tochter, die in Panik zu geraten drohte. »Nun mußt du tapfer sein, mein kleines Mädchen...« Yuji trug das Gepäck in die Kabine, und seine Mutter zeigte ihm, wo er es abstellen sollte. »Sei stark. Nur an Bord bist du allein. Nach der Reise werden dich dein Onkel und deine Tante in ihre Obhut nehmen.« Er hatte ein Schiff gewählt, das San Francisco direkt ansteuerte. Obwohl die Fahrt ziemlich lange dauerte, zog er diesen Nachteil einer Zwischenstation in Honolulu vor, denn Hiroko würde sich nicht schutzlos an Land wagen. Noch nie hatte sie ihre Heimat verlassen. Und jetzt mußte sie sich von allem trennen, was ihr vertraut war. »Bald kommst du wieder nach Hause«, versicherte Masao, während sie sich in der beengten Kabine umsah. »Das Jahr wird schnell vergehen.«

»Ja, Papa.« Sie verneigte sich und flehte stumm, er möge sie nicht wegschicken. Nur der Respekt vor ihrem Vater bewog sie, seinen Wunsch zu erfüllen. Alles würde sie darum geben, wenn sie nicht nach Kalifornien fahren müßte. Sie verstand ebensowenig wie ihre Mutter, welche Vorteile ihr das Studium in einem fernen Land bieten würde. Ist es denn so wichtig, eine andere Welt kennenzulernen, fragte sie sich. Zu Hause ging es ihr viel besser. Sie war nicht die moderne junge Frau, von der Masao träumte. Aber er hoffte, die Reise würde ihre Gesinnung ändern.

Ein Pfiff erklang, und ein Gong forderte die Begleiter der Passagiere auf, von Bord zu gehen, noch bevor Hiroko Zeit gefunden hatte, sich häuslich in der Kabine einzurichten. Gut so, dachte Masao. Je länger wir bei ihr bleiben, desto schwerer fällt uns allen der Abschied.

Mit einer bebenden Hand gab sie ihrer Mutter eine Blume aus dem winzigen Strauß, den ihr ein Angestellter der NYK Line überreicht hatte. Und Hidemi nahm das Geschenk mit zitternden Fingern entgegen. Dann umarmte sie ihre Tochter. Beide brachten kein Wort hervor. Als der Gong zum zweitenmal ertönte, berührte Masao die Schulter seiner Frau. Es war an der Zeit, das Schiff zu verlassen.

Schweigend folgte Hiroko ihrer Familie aus der Kabine. Sie trug einen hellblauen Kimono, ein Geschenk ihrer Mutter. Aber Masao hatte sie aufgefordert, auch westliche Kleidung mitzunehmen, die sie am College brauchen würde. Noch nie hatte sie westliche Kleidung getragen, weil sie wie Hidemi ihre Kimonos vorzog. Doch sie fügte sich dem Wunsch des Vaters.

Wenig später standen sie alle an Deck, im warmen Sonnenschein. Das Wetter eignete sich großartig für eine Schiffsreise, und die Passagiere freuten sich auf die Fahrt. Am Pier erklang fröhliche Musik, bunte Ballons flogen in die Luft. Nur Hiroko sah todtraurig aus, wie ein hilfloses, verlassenes Waisenkind.

»Sei nett zu deinem Vetter und den Kusinen«, mahnte Hidemi, die Augen voller Tränen. »Und schreib uns…« Sie wollte ihre Tochter bitten, ihre Familie nicht zu vergessen, Kalifornien nicht in ihr Herz zu schließen und auf keinen Fall dort zu bleiben. Aber ihre Stimme versagte, und sie konnte Hiroko nur anschauen und sich nach den alten Zeiten zurücksehnen, wo das kleine Mädchen daheim gewohnt hatte, in Sicherheit. Und Hiroko konnte nur weinen.

»Paß gut auf dich auf, Sis!« rief Yuji in englischer Sprache und schaute lächelnd in ihr tränenüberströmtes Gesicht. »Sag hallo zu Clark Gable!«

»Und du darfst den Mädchen nicht nachlaufen«, hänselte sie ihn auf japanisch. Dann umarmte sie ihn und wandte sich zu Masao. Der Abschied von ihrem Vater fiel ihr am schwersten, weil sie wußte, was er von ihr erwartete.

»Alles Gute, Hiroko. Versuch möglichst viel zu lernen. Halt deine Augen und Ohren offen. Und wenn du nach Hause kommst, mußt du uns deine Erlebnisse erzählen.«

»Ja, Papa.« Sie verneigte sich und gelobte ihm stumm, seine Forderungen zu erfüllen. Sie würde tapfer und klug sein, fleißig lernen und bei ihrer Rückkehr ein perfektes Englisch sprechen. Erstaunt sah sie auch in seinen Augen Tränen. Er preßte sie an sich. Nur zögernd ließ er sie los. Ein letztes Mal drückte er ihre Hände, bevor er seine Frau und seinen Sohn an Land führte.

Hiroko starrte ihnen verzweifelt nach. Als sie ihren Lieben zuwinkte, fühlte sie sich schrecklich einsam, und ihre Angst vor Kalifornien wuchs. Das Schiff lief aus, und ihre Familie, die ihr so viel bedeutete, wurde immer kleiner. Inständig hoffte sie, das Jahr würde schnell vergehen. Sie sah die Berge Japans vorbeiziehen. Stundenlang stand sie an der Reling und beobachtete, wie ihre Heimat allmählich am Horizont verschwand.

Ohne Hiroko wirkte das Haus beklemmend leer. Still und umsichtig hatte sie ihre Pflichten erledigt, der Mutter geholfen und nur selten gesprochen. Aber ihre Gegenwart war stets spürbar gewesen. Erst jetzt merkte Yuji, wie schmerzlich er sie vermißte. Er ging aus und traf sich mit seinen Freunden, damit er nicht unentwegt an seine Schwester denken mußte.

Masao und Hidemi schauten sich an und überlegten, ob

sie die richtige Entscheidung getroffen hatten. War es ein Fehler gewesen, das blutjunge Mädchen nach Kalifornien zu schicken? Insbesondere Masao hegte plötzlich Bedenken. Am liebsten hätte er Hiroko nach Hause zurückgeholt.

Aber diesmal war es Hidemi, die erkannte, welchen Nutzen ihre Tochter aus dem Aufenthalt in Amerika ziehen konnte. Bei ihrer Hochzeit war sie nur ein Jahr älter gewesen als das Mädchen jetzt – und so unerfahren. In Kalifornien würde Hiroko sehr viel lernen, gute Freunde finden und nach ihrer Heimkehr von diesem aufregenden Jahr träumen. Masao hatte recht. Auf dieser Welt genügte es nicht, die Traditionen zu kennen, zu wissen, wie man Blumen arrangierte und Tee einschenkte. Die Zukunft gehörte der Jugend. Darauf mußte sich Hiroko vorbereiten und die Lektionen lernen, die sie nach ihrer Rückkehr brauchen würde.

Von solchen Gedanken erfüllt, lächelte Hidemi ihren Mann an. »Du hast richtig gehandelt«, tröstete sie ihn, weil sie spürte, daß ihn die traurigen Augen seines Kindes immer noch verfolgten.

»Wie kannst du so sicher sein?« fragte er unglücklich und dankbar zugleich.

»Weil du klug bist, Masao-san.«

Er ergriff ihre Hand und zog sie langsam an sich. Neunzehn schöne Jahre hatten sie zusammen verbracht. Sie respektierten und liebten einander. Die ganze Zeit hatte ihnen diese Liebe Kraft gegeben und geholfen, alle Klippen zu umschiffen. Sie hatten schon viele Entschlüsse fassen müssen. Aber keiner war so schwierig gewesen wie dieser.

»Sie wird glücklich sein«, versicherte Hidemi.

»Und wenn nicht?« In diesem Moment fühlte er sich uralt.

»Dann wird sie ihre innere Stärke beweisen, die Probleme meistern und daraus lernen.«

»Hoffentlich.« Hand in Hand wanderten sie in den Garten.

Von hier aus konnten sie das Meer nicht sehen. Aber sie blickten in die Richtung, die das Schiff nahm, und dachten an ihre Tochter. Nun würde sie an der Reling der *Nagoya Maru* stehen und sich vor dem Horizont verneigen.

4

Am 1. August, nach zweiwöchiger Fahrt, erreichte die *Nagoya Maru* den Hafen von San Francisco. Das Meer war ruhig gewesen, das Wetter angenehm, und die meisten Passagiere hatten eine ereignislose, bequeme Reise erlebt.

Zum Großteil befanden sich Familien an Bord, außerdem einige ältere Leute, die keinen Gefallen an der abwechslungsreicheren Route über Honolulu fanden. Die meisten waren Japaner, die Peru und Brasilien ansteuerten. Auch einige Amerikaner hatten sich hinzugesellt, darunter Hirokos Kabinengenossin. Mit den anderen Passagieren sprach sie nicht, nur mit Hiroko, wenn sie sich ankleideten oder einander auf dem Weg zum Bad begegneten. Immer noch in ihrem Heimweh versunken und täglich seekrank, wußte Hiroko nichts zu sagen.

Mehrere junge Japaner hatten sie angesprochen. Höflich, aber bestimmt wehrte sie alle Annäherungsversuche ab. Während der ganzen Reise gebrauchte sie nur zwei Redewendungen – »guten Morgen« und »guten Abend«. Bei den Mahlzeiten im Speisesaal unterhielt sie sich niemals mit ihren Tischgefährten, senkte den Blick und blieb unnahbar. Sie trug nur dunkle, schlichte Kimonos.

Kurz vor der Ankunft versperrte sie ihren Koffer und schloß die kleine Reisetasche. Dann spähte sie durch ein

Bullauge. Sie sah die Golden Gate Bridge, die Stadt, die sich auf Hügeln ausbreitete, strahlendweiß im Sonnenlicht. Imposant – aber so fremdartig... Was mochte sie hier erwarten? Sie würde bei Verwandten leben, die sie nicht kannte. Sie hoffte nur, sie wären so freundlich, wie es der Vater behauptet hatte.

Einige Beamte von der Einwanderungsbehörde fuhren mit einem Schlepper zur *Nagoya Maru*, kamen an Bord, und die Passagiere mußten vor dem Speisesaal Schlange stehen, um die Pässe überprüfen und abstempeln zu lassen. Danach folgte Hiroko ihren Mitreisenden an Deck und glättete ihr hochgestecktes schwarzes Haar. Sie trug ihren himmelblauen Kimono, den schönsten, den sie besaß. Als sie an der Reling stand, glich sie einer zierlichen, ätherischen Vision.

Gellend erklang das Schiffshorn, und der Schlepper zog die *Nagoya Maru* zum Pier 39. Wenig später gingen die Passagiere von Bord. Die meisten hatten es eilig und konnten es kaum erwarten, ihre Freunde oder Verwandten zu treffen. Aber Hiroko stieg ganz langsam die Gangway hinab, mit anmutigen Schritten. Würde sie ihre Verwandten erkennen? Wo sollte sie nach ihnen Ausschau halten? Hatten sie vergessen, ihre Nichte abzuholen? Und wenn nicht – würden sie ihr freundlich begegnen? Zahllose Gedanken schwirrten ihr durch den Kopf, als sie den Pier betrat, und sie sah tausend fremde Gesichter. Geschäftig eilten die Leute umher, suchten ihr Gepäck und winkten Taxifahrer heran. Hiroko stand mitten im Getümmel, fühlte sich hilflos und verloren. Ringsum herrschte eine fast festliche Stimmung. In der Nähe würde ein Dollar-Line-Schiff demnächst auslaufen, von dröhnender Musik begleitet. Aber das Geschrei und der Lärm übertönten beinahe die Melodie »Deep in the Heart of Texas«.

Der Verzweiflung nahe, blickte Hiroko sich um. Und da

entdeckte sie ein Gesicht, das sie an ihren Vater erinnerte. Der Mann war etwas älter, nicht so groß, doch er wirkte irgendwie vertraut.

»Hiroko?« rief er und eilte zu ihr. Ja, sie mußte es sein. Genauso sah sie auf dem Foto aus, das Masao ihm geschickt hatte. Ihre Scheu rührte ihn.

Überwältigt von all den neuen Eindrücken, die auf sie einstürmten, konnte sie nur nicken. Sie fand keine Worte, um ihre maßlose Erleichterung zu bekunden. Endlich hatte er sie gefunden.

»Ich bin Takeo Tanaka, dein Onkel Tak.« Wieder nickte sie, etwas verblüfft, weil er sie auf englisch ansprach, perfekt und akzentfrei. »Deine Tante Reiko und die Kinder warten im Auto.« Respektvoll verneigte sie sich. Nun war es an ihm zu staunen. Nach kurzem Zögern verbeugte er sich ebenfalls. Andernfalls würde er nicht nur seine Nichte, sondern auch ihren Vater beleidigen. Aber diese Geste war nur mehr bei den älteren Japanern üblich, die in Amerika lebten, nicht unter den jungen Leuten. Da er Masao kannte, hatte er erwartet, sie wäre nicht so tief in der Tradition verwurzelt. Andererseits entsann er sich, wie förmlich ihm Hidemi bei seinem Besuch in Kyoto begegnet war. »Weißt du, wo dein Gepäck ist?« fragte er mit sanfter Stimme, ein beruhigender Fels in der Brandung. Die Koffer, mit den Namen der Reisenden versehen, standen in alphabetischer Reihenfolge auf dem Pier und wurden von Zollbeamten kontrolliert.

Während Hiroko auf die Gepäckstücke mit dem Buchstaben T zeigte, überlegte sie, ob sie englisch sprechen sollte. Noch hatte sie kein Wort gesagt. Schüchtern wich sie seinem Blick aus. »Ich glaube, da drüben«, sagte sie leise und beantwortete die stumme Frage nach ihrem Englisch. Sie artikulierte sorgfältig. Aber die fremde Sprache schien sie zu irritieren. »Ich habe nur einen Koffer«, fügte sie hinzu und glaubte in diesen Worten das holprige Englisch ihrer Mutter wiederzuerkennen.

»Wie war die Reise?« erkundigte sich Takeo, als sie zum Gepäck gingen. Ein Beamter bedeutete ihnen, der Koffer sei bereits inspiziert worden. Nachdem Takeo einem Träger gezeigt hatte, wo der Wagen stand, führte er Hiroko zu ihren Verwandten. Er war in einem dunkelgrünen Chevrolet-Kombi zum Hafen gefahren, den er erst dieses Jahr gekauft hatte. Darin fand die ganze Familie Platz, sogar der Hund. Diesmal hatten sie ihn daheim gelassen, damit sie Hirokos Gepäck auf der Ladefläche transportieren konnten.

»Danke, die Reise war sehr angenehm«, erwiderte sie und verstand noch immer nicht, warum er englisch mit ihr sprach, denn er war schließlich ein Japaner. Vielleicht hatte ihr Vater ihn darum gebeten, weil sie ihre Englischkenntnisse verbessern sollte. Aber sie sagte sich, es sei doch albern, dauernd die fremde Sprache zu gebrauchen. Viel lieber hätte sie sich mit ihrem Onkel auf japanisch unterhalten. Er war kein Amerikaner, wenn er auch seit zwanzig Jahren in den Vereinigten Staaten lebte und seine Frau hier zur Welt gekommen war, ebenso wie seine Kinder.

Um Hiroko einen Weg durch die Menge zu bahnen, ging er voraus, und der Träger folgte ihnen mit dem Koffer.

Nach wenigen Minuten erreichten sie den Wagen. Reiko, die ein rotes Kleid trug, stieg aus und umarmte Hiroko warmherzig, während Takeo das Gepäck auf die Ladefläche legte.

»Wie hübsch du bist!« rief Reiko, eine schöne Frau in Hidemis Alter. Aber ihr Haar war kurz geschnitten, das Gesicht geschminkt, und das rote Kleid erschien ihrer Nichte ziemlich glamourös. Ehrerbietig verneigte sich Hiroko. »Das mußt du hier nicht tun«, erklärte die Tante lächelnd, hielt ihre Hand fest und stellte ihr die Kinder vor, die sie Ken,

Sally und Tami nannte. In Kyoto hatte Masao von Kenji, Sachiko und Tamiko erzählt. Ken war sechzehn, erstaunlich groß für einen Japaner, und Sally vierzehn. Aber in ihren Sportschuhen, dem grauen Rock und dem rosa Kaschmirpullover wirkte sie sehr erwachsen, eine attraktive junge Dame, die ihrem Bruder glich. Und die temperamentvolle achtjährige Tami sah reizend aus. Ehe Hiroko ein Wort hervorbrachte, schlang das Kind beide Arme um ihren Hals und küßte sie.

»Willkommen daheim, Hiroko!« rief das Mädchen freudestrahlend. »Wie klein du bist, kaum größer als ich!« Hiroko lachte und verbeugte sich vor allen Kindern, die sie interessiert musterte. »Das ist hier nicht nötig«, teilte Tami ihr nun ebenfalls mit. »So benehmen sich nur die Großmütter. Und du mußt auch keinen Kimono tragen. Aber der da ist wirklich schön.« Sie bestand darauf, daß Hiroko mit Ken und ihr selbst hinten ins Auto stieg, während Sally vorn neben den Eltern saß.

Während der Fahrt nach Palo Alto lachten und schwatzten die Kinder unentwegt, erzählten von der Schule und ihren Freunden, und Tami beschrieb ihr Puppenhaus. Reiko versuchte, den Enthusiasmus zu dämpfen. Aber sie waren viel zu aufgeregt über die Ankunft ihrer Kusine, um die mütterliche Ermahnung zu beachten. Sie fanden Hiroko wunderschön mit ihrem prachtvollen Haar und der zierlichen Figur. Genauso würde ihre Puppe aussehen, meinte Sally, ein Geschenk des Vaters. Dann fragte sie, ob Hiroko auch westliche Kleidung mitgebracht habe.

»Ja, mein Vater sagte, am College würde ich solche Sachen brauchen.«

»Eine gute Idee«, meinte Reiko. »Und Sally kann dir was leihen.« Tante Rei, wie sie genannt werden wollte, faszinierte Hiroko, denn sie erweckte den Eindruck einer waschechten Amerikanerin. In ihrem Englisch schwang nicht der geringste japanische Akzent mit.

Vielleicht lag es daran, daß sie in Fresno zur Welt gekommen war. Dort hatten die Kusinen ihres Vaters ein Blumengeschäft betrieben, und seine Familie war ihnen kurz vor Reikos Geburt gefolgt. Ein paar Jahre lang hatte sie eine Schule in Japan besucht. Deshalb war sie eine *kibei.* Aber sie hatte sich in Japan niemals heimisch gefühlt. Ihr Herz gehörte den USA. Also kehrte sie zurück und erhielt ein Stipendium an der Stanford University, wo sie Takeo kennenlernte. Ein Jahr später heirateten sie. Reikos Eltern beschlossen, ihren Lebensabend in Tokio zu verbringen. Kurz nach Hirokos Geburt waren sie bei jenem schrecklichen Erdbeben gestorben. Nun hatte Reiko keine Verwandten mehr außer den Tanten, die immer noch den Blumenladen in Fresno besaßen.

»Ich weiß, wie dir zumute ist, Hiroko«, beteuerte sie. »Als meine Eltern mich nach Japan schickten, glaubte ich auf einem anderen Planeten zu landen. Alles war so fremd und ungewohnt. Damals konnte ich mich nur mühsam auf japanisch verständigen, und meine Verwandten sprachen nicht englisch. Sie kamen mir sonderbar und altmodisch vor ...«

»So wie du«, unterbrach Sally ihre Mutter, zeigte auf Ken, und alle lachten.

»Sicher ist es nicht leicht für dich, und ich nehme an, du wirst uns alle ziemlich eigenartig finden.« Reiko drehte sich zu Hiroko um, die den Blick senkte und schüchtern lächelte. Bisher hatte sie kaum ein Wort gesagt, und sie schien von einer Verlegenheit in die andere zu stürzen. Nie zuvor hatte Sally ein so scheues Mädchen gesehen.

Hiroko konnte nicht fassen, daß sich ihre Verwandten wie eingefleischte Amerikaner benahmen. Nur die Gesichter verrieten ihre Herkunft. Offensichtlich gab es nichts mehr, was sie mit der japanischen Kultur verband.

»Magst du amerikanisches Essen?« fragte Sally neugierig. Sie würde ein Zimmer mit ihrer Kusine teilen. Sobald sie allein waren, wollte sie fragen, ob Hiroko einen Freund hatte. Das interessierte auch Ken, der für seine Nachbarin Peggy schwärmte.

»So etwas habe ich nie gegessen«, erwiderte Hiroko.

»Keine Hamburger? Keine Milchshakes?« Tami starrte sie an wie einen Marsmenschen.

»Nein. Schmeckt das gut?«

»Phantastisch!« rief Tami. »Du wirst begeistert sein.« Für diesen Abend hatten sie ein typisch amerikanisches Dinner geplant, ein Barbecue im Hof, und ein paar Nachbarn eingeladen – Amerikaner und Japaner, die Hiroko kennenlernen sollten. Takeo würde Hamburger, Hot dogs, Steaks und Hähnchen grillen. Dazu wollte Reiko Maiskolben, Kartoffelbrei und Salat servieren. Sally konnte ein köstliches Knoblauchbrot rösten. Und Tami hatte ihrer Mutter den ganzen Vormittag geholfen, Schokoladenkekse und Napfkuchen zu backen und Eiscreme vorzubereiten.

Die Fahrt nach Palo Alto dauerte eine Stunde. Um seiner Nichte die Universität zu zeigen, steuerte Takeo das Auto den University Drive entlang. Hiroko bewunderte das schöne, von gepflegten Rasenflächen umgebene Gebäude, dessen architektonischen Stil sie für spanisch oder mexikanisch hielt. Davon hatte sie jahrelang gehört, und nun sah sie es mit eigenen Augen.

Zum erstenmal, seit sie ihre Heimat verlassen hatte, empfand sie freudige Erregung. »Hier wird Yuji nächstes Jahr studieren.« Unwillkürlich sprach sie japanisch. Ihr Vetter und ihre Kusinen schauten sie verwirrt an. »Sprecht ihr nicht japanisch?« fragte sie auf englisch und runzelte überrascht die Stirn. Hatten es die Eltern versäumt, den Kindern die Sprache ihrer Heimat beizubringen?

»Jetzt spreche ich's nie mehr«, erklärte Tante Reiko. »Leider vernachlässige ich meine Muttersprache seit dem Tod meiner Eltern. Ständig nehme ich mir vor, mit Tak japanisch zu sprechen. Aber wir tun's nie. Und die Kinder verstehen nur Englisch.«

Wortlos nickte Hiroko und versuchte ihre Bestürzung zu verbergen. Nicht einmal Onkel Tak respektierte seine japanischen Wurzeln. Sie konnte sich nicht vorstellen, ihre eigene Kultur so sträflich zu mißachten. Immerhin hatte er in Japan das Licht der Welt erblickt. Nun fühlte sie sich in Kalifornien fremder denn je. Was würden ihre Eltern sagen, wenn sie das alles wüßten? Gewiß, ihre Verwandten waren nett und freundlich – aber keine Japaner.

»Du sprichst sehr gut Englisch, Hiroko«, lobte Onkel Tak. »Das hast du sicher von deinem Vater gelernt.« Lächelnd erinnerte er sich an Masaos Leidenschaft für die amerikanische Lebensart. Im Lauf der Jahre hatte Takeo ihn mehrmals aufgefordert, in die Staaten zu ziehen. Aber sein Vetter wollte den Posten an der Universität von Kyoto nicht aufgeben.

»Oh, mein Bruder kann's noch viel besser«, erwiderte Hiroko und hörte selbst, wie fremdartig ihr Akzent klang. Doch sie hatte keine Wahl. Sie mußte englisch sprechen.

Wenig später bogen sie in eine schöne Allee. Hiroko staunte, weil ihre Verwandten ein so großes Haus bewohnten. Früher war es kleiner gewesen, aber nach Tamis Geburt hatte sich ihr Vater zu einem Anbau entschlossen. Die ganze Familie liebte ihr Heim und seine angenehme Lage. Von hier aus konnte Takeo die Stanford University leicht erreichen. Wie sein Vetter war er ordentlicher Professor für Politologie. Im Gegensatz zu Masao leitete er das Institut. Reiko arbeitete halbtags als Krankenschwester in der Universitätsklinik.

Vor und hinter dem Haus lagen Gärten mit hohen Bäumen. Im letzten Sommer hatten die Tanakas einen Patio bauen lassen. Dort würden alle Freunde Platz finden, die sie zu Hirokos Ehren eingeladen hatten. Sally führte ihre Kusine in das Zimmer, das sie gemeinsam bewohnen würden. Beeindruckt musterte Hiroko das breite Vierpfostenbett, die weißrosa Rüschen. Wie aus einer Illustrierten. Sally schien es nicht zu stören, das Bett mit ihr zu teilen, und sie hatte im Schrank bereits Platz für Hirokos Sachen gemacht.

»Allzuviel habe ich nicht mitgebracht.« Hiroko zeigte auf den kleinen Koffer, der ihre Schulkleidung und Kimonos enthielt. Sorgsam packte sie einen rosaroten geblümten Kimono aus, den sie am Abend tragen wollte. In diesem Augenblick rannte Tami herein und bat sie, das Puppenhaus zu begutachten.

»Soll ich dir was für heute abend leihen?« rief Sally ihrer Kusine nach, die Tami zur Treppe folgte. Sie mochte es nicht erwähnen, doch sie fürchtete, bei einem Barbecue würde ein Kimono albern aussehen. Darauf wies sie ihre Mutter hin, als sie etwas später in die Küche hinunterging.

Reiko schälte gerade Kartoffeln. »Laß ihr Zeit. Sie ist eben erst angekommen. Wahrscheinlich hat sie bisher nur Kimonos getragen. Also darfst du nicht erwarten, daß sie schon nach fünf Minuten einen Faltenrock und einen Pullover anzieht.«

»Nein, aber werden's die Leute nicht komisch finden, wenn sie in diesem Aufzug rumläuft?«

»Natürlich nicht. Sie ist ein bildhübsches Mädchen – und Japanerin. Hab Geduld mit ihr. Sie braucht Zeit, um sich an uns zu gewöhnen. Sicher wird es eine Weile dauern, ehe sie ihre Traditionen aufgibt und sich unserem Stil anpaßt.«

»O Mann!« Ken war in die Küche geschlendert und hatte den letzten Teil des Gesprächs gehört. »Was verlangst du denn von ihr, Sal?« seufzte er und bestrich ein Sandwich mit Erdnußbutter. »Soll sie sich Lockenwickler ins Haar stecken und morgen abend bei einem Jitterbug-Wettbewerb mitmachen? Gib ihr eine Chance. Sie ist doch gerade erst angekommen.«

»Das habe ich deiner Schwester schon erklärt«, bemerkte Reiko.

»Wenn sie beim Barbecue einen Kimono anhat, wird sie ziemlich blöd aussehen.« Für die vierzehnjährige Sally war es äußerst wichtig, niemals aus dem Rahmen zu fallen.

»Nicht so blöd wie du.« Grinsend goß Ken kalte Milch in ein Glas. Dann wandte er sich besorgt zu seiner Mutter. Er legte großen Wert auf sein Essen, das er stets mit reichlich Ketchup würzte. »Mom, du kochst doch heute abend nichts Japanisches?«

»Ich weiß nicht einmal mehr, wie man's macht«, gestand sie und lachte wehmütig. »Seit achtzehn Jahren ist eure Grandma tot, und ich erinnere mich nur dunkel an ihre Kochkunst.«

»Gut so. Ich hasse das Zeug. Dieser rohe Fisch! Und was sich da alles ringelt!«

»Wer ringelt sich?« Tak kam aus dem Patio herein, um Holzkohle für das Barbecue zu holen. »Jemand, den wir kennen?«

Belustigt hob Reiko die Brauen und lächelte ihn an. Sie führten eine glückliche Ehe. Mit ihren achtunddreißig Jahren sah sie immer noch sehr hübsch aus, und er war ein attraktiver Mann um die Fünfzig. »Gerade unterhielten wir uns über rohen Fisch«, erklärte sie. »Ken hatte Angst, ich würde für Hiroko was Japanisches kochen.«

»Keine Bange«, beruhigte Tak seinen Sohn, öffnete einen Schrank und nahm einen Beutel Holzkohle heraus. »Deine Mutter ist die schlechteste japanische Köchin von Kalifornien. Um so besser schmecken ihre Hamburger und der Schmorbraten.« Liebevoll küßte er seine Frau.

Während Ken sein zweites Sandwich verspeiste, kamen Hiroko und Tami aus dem Spielzimmer im Kellergeschoß herauf. Tami hatte der Kusine das hübsche, von ihrem Vater gebaute Puppenhaus gezeigt. Dafür hatte Reiko winzige Teppiche gehäkelt und Vorhänge genäht. Sogar die Wände waren tapeziert. Tak hatte kleine Bilder gemalt und einen exquisiten Miniaturlüster aus England bestellt, der einwandfrei funktionierte.

»Was für ein schönes Puppenhaus!« rief Hiroko. »Eigentlich müßte es in einem Museum stehen.«

Ken bot ihr die Hälfte von seinem letzten Sandwich an. »Erdnußbutter mit Traubengelee.«

»So etwas habe ich noch nie gegessen«, erwiderte sie unsicher.

»Dann mußt du's mal probieren«, drängte Tami.

Als Hiroko gehorchte, war sie sichtlich verwirrt. Offenbar hatte sie etwas anderes erwartet. Aber sie lächelte höflich.

»Schmeckt gut, nicht wahr?« fragte Tami, und Hiroko überlegte, ob ihre Lippen bis in alle Ewigkeit zusammenkleben würden. Reiko schien das Problem zu erraten, denn sie reichte ihr ein Glas Milch. Allzu erfolgreich war Hirokos erste Begegnung mit der amerikanischen Eßkultur nicht verlaufen.

Dann kehrte Tak mit der Holzkohle in den Patio zurück, und der Hund sprang in die Küche. Hiroko lächelte. Endlich ein vertrauter Anblick. Die hübsche Hündin gehörte einer japanischen Rasse namens Shiwa an.

»Sie heißt Lassie«, verkündete Tami. »Weil mir dieses Buch so gut gefallen hat.«

»Nicht, daß sie wie Lassie aussehen würde – das war nämlich ein Collie«, warf Ken ein. In diesem Augenblick erinnerte er Hiroko an Yuji. So ähnlich hätte sich ihr Bruder auch ausgedrückt. Einerseits fühlte sie sich bei diesem Gedanken getröstet – andererseits wurde sie von heftigem Heimweh befallen.

Am Nachmittag besuchte Ken seine Freundin Peggie, und Sally verschwand im Haus eines anderen Nachbarn. Sie hätte ihre Kusine gern mitgenommen, fürchtete aber, Hiroko würde daheim was ausplaudern. So gut kannten sie sich noch nicht. Sally ging nur zu ihrer Freundin, weil sie mit deren sechzehnjährigem Bruder flirten wollte.

Während Tami ihrem Dad im Patio zur Hand ging, half Hiroko ihrer Tante in der Küche. Beeindruckt stellte Reiko fest, wie flink und geschickt das Mädchen alles erledigte. Hiroko sagte nicht viel, erwartete kein Lob und lernte sehr schnell, was zu tun war. Obwohl sie noch nie einen Kartoffelbrei gesehen hatte, verstand sie sofort, worauf es ankam. Danach putzte sie die Maiskolben und bereitete den Salat vor. Als Tak seine Frau bat, das Grillfleisch zu marinieren, übernahm Hiroko auch diese Aufgabe. Dann ging sie mit Reiko in den Patio, wo sie das große Buffet anrichteten.

Bald war es an der Zeit, sich für das Barbecue umzukleiden, und sie gingen nach oben. Reiko lächelte ihre Nichte an. »Vielen Dank für deine Hilfe. Hoffentlich wirst du dich bei uns wohl fühlen. Wir sind so froh, daß du jetzt hier bist.«

»Darüber freue ich mich auch«, erwiderte Hiroko leise und verneigte sich.

Behutsam umfaßte Reiko die Schultern des Mädchens. »Das mußt du wirklich nicht tun.«

»Wie soll ich dir sonst Respekt zollen und für deine Freundlichkeit danken?«

Reiko begleitete ihre Nichte in Sallys Zimmer. Nach ihrer Ankunft hatte Hiroko den Koffer ausgepackt und alle Sachen ordentlich in den Schrank geräumt. Nur Sally hatte wieder einmal für Unordnung gesorgt. »Natürlich wissen wir deinen Respekt zu schätzen. Aber du mußt ihn nicht dauernd bezeugen. Wir gehen nicht so förmlich miteinander um.«

Automatisch wollte Hiroko wieder den Kopf neigen. Aber dann hielt sie sich zurück und lächelte. »Hier ist alles ganz anders. Ich muß sehr viel lernen.«

»Nur keine Angst – du wirst dich sehr schnell eingewöhnen.«

Da war sich Hiroko nicht so sicher, als sie abends im Patio stand, umringt von fremden Leuten, die unentwegt lachten und schwatzten. Alle schüttelten ihr die Hand, und sie verbeugte sich. Dann beteuerten sie, wie reizend sie aussehen würde und wie schön ihr Kimono sei. Obwohl sie viele japanische Gesichter sah, hörte sie nur englische Gespräche. Diese *nisei* oder *sansei,* Amerikaner der ersten oder zweiten Generation, hatten ihre Traditionen längst vergessen. Nur ihre Großeltern wären Hiroko vertraut erschienen. Aber sie sah auch viele angestammte Amerikaner auf der Party. In dieser Gesellschaft fühlte sie sich fehl am Platz. Nachdem sie ihrer Tante geholfen hatte, das benutzte Geschirr in die Küche zu tragen, stand sie allein in einer Ecke des Hofs, schaute zum Sternenhimmel hinauf und dachte an ihre Eltern.

»Vermutlich stellen Sie sich gerade vor, wie weit Sie von Ihrer Heimat entfernt sind«, sagte eine leise Stimme hinter ihr, und sie drehte sich verwundert zu einem jungen Amerikaner um. Er hatte dunkles Haar, und nach westlichen Maßstäben sah er sehr gut aus. Hastig senkte sie den Kopf, um ihre Tränen zu verbergen. Sie fühlte sich so einsam. Und das Heimweh lastete bleischwer auf ihrer Seele. »Peter Jenkins«, stellte er sich vor und reichte ihr seine Hand, die sie zögernd ergriff. Dann hob sie langsam den Kopf. Er war sogar noch größer als Kenji, sehr schlank, mit blauen Augen. Wie sie erst später erfahren sollte, war er siebenundzwanzig Jahre alt und Taks Assistent an der Stanford University. »Vor einiger Zeit war ich in Japan«, fuhr er fort, »ein wunderschönes Land! Und Kyoto gefiel mir besonders gut.« Er wußte, daß sie aus dieser Stadt stammte, und er meinte seine Worte ernst. »Wie seltsam und fremdartig muß Ihnen unsere amerikanische Welt erscheinen ... Sogar ich brauchte eine ganze Weile, um mich nach der Rückkehr aus Japan wieder an Kalifornien zu gewöhnen. Natürlich ist das für Sie noch viel schwieriger.« Sein freundliches Lächeln erwärmte ihr Herz, obwohl sie ihn kaum kannte.

Verlegen senkte sie den Blick. Er hatte recht – es fiel ihr sehr schwer, all die neuen Eindrücke zu verarbeiten. Sollte sie sich verbeugen, um ihre Dankbarkeit für sein Verständnis zu zeigen? Lieber nicht – ihre Tante hielt diese Geste für überflüssig. »Hier gefällt es mir sehr gut, und ich bin glücklich.« Sie versuchte ihn wieder anzuschauen. Doch sie konnte sich nicht dazu durchringen. Belustigt registrierte er ihre Scheu. Sie sah wie ein Kind aus und trotzdem wie eine Frau, so zart und zerbrechlich. Aber er spürte eine sonderbare Kraft, die in ihr steckte. Ein interessantes Mädchen, dachte er, schön und offensichtlich klug. Sie verkörperte alles, was ihn an der japanischen Kultur fasziniert hatte. Hingerissen schaute er sie an.

Als er sie zittern sah, fragte er sanft: »Wollen Sie hineingehen?« Er hatte sie in die Enge getrieben. Vermutlich hätte sie gern die Flucht ergriffen. Aber dafür war sie zu schüchtern. Ohne aufzublicken, nickte sie. »Tak hat mir erzählt, Sie würden im Dezember Ihr Studium am St. Andrew's beginnen«, bemerkte er, während sie langsam zum Haus wanderten. Bewundernd musterte er ihren Kimono. Er sah Reiko mit zwei Freundinnen schwatzen und führte Hiroko zu ihr. Lächelnd nickte ihm die Gastgeberin zu und machte ihre Nichte mit den beiden Frauen bekannt.

Um ihren Respekt zu bezeugen, verneigte sich Hiroko, was Reikos Freundinnen erstaunt und amüsiert registrierten.

Peter ging zu Tak und erklärte, soeben habe er den Neuankömmling kennengelernt. »Was für ein süßes Mädchen! In dieser fremden Welt muß sie sich total verloren fühlen.« Hirokos zarte Schönheit erweckte den Wunsch, alles Böse von ihr fernzuhalten.

»Bald wird sie sich bei uns einleben.« Lächelnd nippte Tak an seinem Weinglas. Das Barbecue war ein voller Erfolg gewesen, und alle schienen sich auf der Party zu amüsieren. Zufrieden betrachtete er die fröhlichen Gesichter. »Ich habe mich ja auch an Amerika gewöhnt. Seit deiner Reise bist du ganz begeistert von Japan, nicht wahr?«

Das stimmte. Schon nach wenigen Tagen hatte sich Peter in das schöne Land verliebt. »Ich verstehe nicht, warum du kein Heimweh empfindest.«

Aber Taks Herz hatte schon immer den Vereinigten Staaten gehört. Bedauerlicherweise verwehrte ihm ein Gesetz die amerikanische Staatsbürgerschaft, obwohl er schon zwanzig Jahre lang hier lebte und mit einer Amerikanerin verheiratet war. »In Japan fühlte ich mich schrecklich eingeengt. Schau doch meine Nichte an!« Für ihn verkörperte Hiroko alles, was er an Japan haßte und wovor er geflohen war. »Sie ist völlig verschüchtert. Ständig weicht sie meinem Blick aus. Und sie kleidet sich wie die Japanerinnen, die vor fünfhundert Jahren lebten. Vermutlich schnürt sie ihre Brüste ab. Wenn sie ein Baby erwartet, wird sie ihren Bauch bandagieren und ihrem Ehemann verschweigen, in welchem Zustand sie sich befindet. Bald werden ihre Eltern einen Bräutigam aussuchen, den sie nie zuvor gesehen hat. Sie wird niemals ein ernsthaftes Gespräch mit ihm führen. Ihr Leben lang werden sie sich voreinander verneigen und ihre Emotionen verbergen. Genauso geht es in der Geschäftswelt zu, nur noch schlimmer. Alles wird von Traditionen bestimmt, vom äußeren Schein, von wechselseitigem Respekt und alten Sitten. Man darf seine Gefühle nicht in Worte fassen, und es ist unmöglich, eine Frau zu umwerben, die man liebt. Hätte ich Reiko in Japan kennengelernt, wären wir sicher nicht verheiratet. Meine Eltern hätten meine Braut für mich gewählt. Damit wollte ich mich nicht abfinden. Als ich Hiroko heute vom Schiff abholte, wurde mir wieder einmal bewußt, welche Fesseln ich abgeschüttelt habe. Wie ein Vogel sitzt sie in einem Käfig und wagt nicht einmal zu singen. Nein, ich vermisse Japan nicht.« Er lächelte wehmütig. »Aber sie sehnt sich zweifellos nach ihrer Heimat. Ihr Vater ist ein guter Mann, den ich sehr schätze. Irgendwie gelang es ihm trotz aller Repressalien, seinen freien Geist zu bewahren. Seine Frau ist bezaubernd. Und ich glaube, die beiden lieben sich. Vielleicht ist er sogar glücklich. Aber ich könnte die japanische Lebensart nicht ertragen. Die alten Gebräuche erdrücken die Menschen. Daran wird sich auch nichts ändern«, fügte er hinzu, und Peter nickte. Er kannte die Traditionen. Doch er hatte auch andere Dinge gesehen und verstand nicht, warum Tak dieses traumhafte Land verabscheute.

»Ich bewundere die Ehrfurcht, die man in Japan der eigenen Geschichte entgegenbringt, und ich hoffe, man wird sie auch in den nächsten tausend Jahren respektieren. Mir gefällt Hirokos scheues Wesen, und ich liebe alles, was sie repräsentiert.«

Belustigt hob Tak die Brauen. »Erzähl das bloß nicht meiner Frau! Sie glaubt, die Japanerinnen würden niemals eine faire Chance kriegen und wären die Sklavinnen ihrer Ehemänner. Obwohl japanisches Blut in ihren Adern fließt, ist sie genauso amerikanisch wie Apfelpastete. Als sie in Tokio zur Schule gehen mußte, war sie todunglücklich.«

»Nicht zu fassen!« Peter schüttelte grinsend den Kopf.

Dann wurde er von zwei Stanford-Professoren in eine Diskussion verwickelt.

An diesem Abend sprach er nicht mehr mit Hiroko. Aber er beobachtete, wie sie sich verneigte und einigen Freunden der Tanakas eine gute Nacht wünschte. Trotz allem, was Tak behauptete, fand Peter die junge Japanerin anmutig und würdevoll. Ihre ehrerbietige Geste erschien ihm keineswegs erniedrigend, sondern rührend. Vor dem Ende der Party begegnete er sekundenlang ihrem Blick. Hastig senkte sie den Kopf und wandte sich zu ihren Kusinen.

An diesem Abend hatte niemand japanisch mit ihr gesprochen. Als Peter sich vor ihr verbeugte und *»sayonara«* sagte, errötete sie vor Freude. Unsicher schaute sie ihn an, um festzustellen, ob er sich lustig über sie machte. Aber sie las aufrichtige Zuneigung in seinen Augen. Auch sie verneigte sich und beteuerte, es sei eine Ehre gewesen, ihn kennenzulernen. Das Vergnügen sei ganz auf seiner Seite, erwiderte er und verließ das Haus mit der attraktiven Blondine, die ihn hierherbegleitet hatte. Hiroko schaute ihm kurz nach. Dann folgte sie Tami die Treppe hinauf. Das Kind gähnte herzhaft. Inzwischen war es spät geworden. Alle hatten gezögert, die fröhliche Party zu beenden. Sogar Hiroko hatte sich amüsiert, trotz der ungewohnten Atmosphäre.

»Hat's dir gefallen?« fragte Reiko, als ihre Nichte in die Küche kam.

Hiroko hatte Tami ins Bett gebracht, und nun wollte sie ihrer Tante helfen. Die Tanakas hatten einige Studentinnen eingeladen, in der Hoffnung, Hiroko würde Freundinnen finden. Aber sie war zu scheu gewesen, um mit ihnen zu sprechen. Meistens hatte sie ihren Kusinen Gesellschaft geleistet und nur mit einem einzigen Gast geredet – mit Peter Jenkins. Aber da war die Initiative von ihm ausgegangen, nicht von ihr. Sie brachte es einfach nicht über sich, jemanden anzusprechen. Doch sie hatte den Abend genossen, und alle Leute waren freundlich zu ihr gewesen.

»O ja«, antwortete sie.

Erwartungsvoll lag Lassie auf dem Boden, wedelte mit dem Schwanz und freute sich auf die Essensreste, die Reiko ihr bald anbieten würde. Takeo und Ken machten im Patio sauber und sammelten die leeren Gläser ein. Nur Sally rührte keinen Finger. Sie saß in einem kleinen Nebenzimmer und telefonierte mit einer Freundin. Vor einer halben Stunde hatte sie versprochen, sie würde in einer Minute Schluß machen.

»Du warst ein großer Erfolg, Hiroko«, meinte Reiko, »und alle haben sich gefreut, dich kennenzulernen. Für dich war's sicher nicht einfach.«

Errötend stapelte die junge Japanerin einige Teller aufeinander und schwieg.

Wann wird sie ihre Scheu endlich ablegen, fragte sich Reiko. Sie hatte die Unterhaltung zwischen Hiroko und Peter beobachtet, der mit seiner neuen Freundin auf die Party gekommen war, einem hübschen Model. Wohlgefällig hatte Ken das blonde Mädchen angestarrt.

»Nun, haben sich alle amüsiert?« Tak trug ein Tablett mit Gläsern in die Küche. »Ein netter Abend, nicht wahr?« Er wandte sich zu Hiroko, die sein Lächeln erwiderte.

»Ja. Und die Hamburger haben großartig geschmeckt.« Sie imitierte Tamis Tonfall, und alle lachten.

Heißhungrig machte sich Ken über eine übriggebliebene Hühnerkeule her. Er aß von morgens bis abends, wie die meisten Jungs in seinem Alter. Aber schließlich mußte er auch Kräfte für das Football-Training sammeln, das Ende August in seiner Schule beginnen würde.

»Vielen Dank für die schöne Party«, fügte Hiroko höflich hinzu. Bald danach gingen alle nach oben und verschwanden in ihren Schlafzimmern. Sally und Hiroko zogen sich aus, schlüpften in die Nachthemden und krochen ins Bett.

Nachdenklich starrte Hiroko ins Dunkel. Was für eine lange Reise lag hinter ihr – und wie freundlich war sie von den Verwandten aufgenommen worden... Obwohl sie sich nicht wie Japaner verhielten, wuchsen sie ihr allmählich ans Herz. Sie mochte Ken mit seinen langen, schlaksigen Gliedern und seinem unersättlichen Appetit. Sally mit ihrer Schwärmerei für hübsche Kleider und Jungs und geheimnisvolle Telefongespräche, ganz besonders die kleine Tami, die mit aller Macht eine Amerikanerin aus ihr machen wollte – und natürlich den Onkel und die Tante. Wie nett die beiden sind, dachte sie. Sogar eine Party haben sie für mich gegeben... Wenn bloß ihre Eltern und Yuji hier wären! Dann ließe sich das Heimweh vielleicht etwas besser ertragen.

Sie drehte sich zur Seite, das lange schwarze Haar auf dem Kissen ausgebreitet. Hinter ihrem Rücken hörte sie Sally leise schnarchen. Aber Hiroko fand noch keinen Schlaf. Zuviel war an ihrem ersten Tag in Amerika geschehen. Und sie mußte ein ganzes Jahr überstehen, bevor sie zu ihrer Familie zurückkehren durfte.

Erst zählte sie die Monate, dann die Wochen, die Tage, die Minuten – bis sie allmählich ins Reich der Träume hinüberglitt. Im Halbschlaf glaubte sie, Kyoto zu sehen. »Bald«, wisperte sie. Irgendwo in der Ferne rief ein junger Mann: *»Sayonara!«* Wer er sein mochte oder was das bedeutete, wußte sie nicht. Seufzend drehte sie sich auf die andere Seite und legte einen Arm um Sally.

5

Ihr zweiter Tag in Amerika verlief sehr angenehm. Nachmittags fuhr sie mit ihren Verwandten im Kombi nach San Francisco. Sie besuchten den Golden Gate Park, tranken Tee im japanischen Tea Garden und gingen in die Academy of Science. Dann durchquerten sie die City, und Hiroko bewunderte vom Auto aus das bekannte Modehaus I. Magnin, bevor sie nach Palo Alto zurückkehrten.

Daheim wartete Lassie. Sobald sie Hiroko sah, wedelte sie mit dem Schwanz.

Sally und Ken verschwanden wieder, und Hiroko half Tante Reiko, das Dinner vorzubereiten. Nachdem Tami den Tisch gedeckt hatte, rannte sie ins Kellergeschoß hinunter und spielte mit ihrem Puppenhaus. Die Mutter hatte sie gebeten, sieben Gedecke aufzulegen, und Hiroko fragte sich, wer erwartet wurde. Vielleicht ein Freund der Kinder? Aber Reiko erwähnte beiläufig, sie habe Taks Assistenten eingeladen. »Gestern abend hast du Peter Jenkins kennengelernt.« Hiroko nickte, senkte den Blick und erinnerte sich an den jungen Mann, der ihr versichert hatte, wie begeistert er von Kyoto gewesen sei.

Als er das Haus betrat, war er genauso freundlich wie beim Barbecue – und Hiroko genauso scheu. Er brachte eine Flasche Wein für Tak mit und überreichte Reiko einen Blumenstrauß. Dann erkundigte er sich, wie sie den Tag verbracht hatten. Während er mit den Gastgebern im Wohnzimmer saß, floh Hiroko in die Küche, um nach dem Essen zu sehen. Peter hatte ihre respektvolle Verbeugung erwidert, und Tak amüsierte sich darüber. »Wie schüchtern das arme kleine Ding ist!« seufzte er. Seit er Japan vor zwanzig Jahren verlassen hatte, war ihm keine Frau mehr begegnet, die sich so benahm. Er hoffte, seine Nichte würde ihr Verhalten in Kalifornien ändern. Obwohl er ihr Onkel war, wagte sie nicht, ihn anzuschauen.

Bei der Mahlzeit schwieg sie, aber sie hörte den anderen interessiert zu. Ken und Sally stritten über einen Film, den sie gesehen hatten, Tami träumte vor sich hin, und die Erwachsenen erörterten die Kriegsereignisse in Europa. Offensichtlich eskalierte die Situation. Die Briten mußten schwere Niederlagen hinnehmen, gar nicht zu reden von den beängstigenden Kämpfen zwischen den Deutschen und den Russen.

»Wahrscheinlich müssen wir eingreifen«, meinte Takeo. »Das hat Roosevelt inoffiziell schon angekündigt. Es läßt sich wohl kaum verhindern.«

»Aber der amerikanischen Öffentlichkeit erzählt er was anderes«, wandte Reiko besorgt ein. Ihr Mann war zu alt, um eingezogen zu werden. Doch sie fürchtete, man würde Ken in zwei Jahren rekrutieren, falls der Krieg so lange dauerte.

»Letztes Jahr wollte ich mich freiwillig bei der britischen Royal Air Force melden«, erklärte Peter, und Hiroko warf ihm einen verstohlenen Blick zu. Niemand achtete auf sie. Deshalb fiel es ihr leichter, ihn zu beobachten. »Aber ich möchte die Universität nicht verlassen. Sonst würde ich womöglich meinen Job verlieren.« Da er sehr gern in Taks politologischem Institut arbeitete, mochte er seine Stellung nicht einmal für eine ehrenwerte Aufgabe riskieren. Wie auch immer, vorerst dachte er an seine persönliche Zukunft. Mit siebenundzwanzig Jahren fühlte er sich in seiner Position noch nicht sicher genug, um alles stehen- und liegenzulassen und die Kämpfe fremder Leute auszufechten.

»Damit solltest du warten, bis wir tatsächlich in den Krieg hineingezogen werden«, entgegnete Takeo nachdenklich. Wäre er jünger gewesen, hätte er die gleichen Konflikte mit sich ausgetragen wie sein Assistent.

Nach der Mahlzeit schnitten sie andere Themen an – die Vorlesung, die Tak mit Peters Hilfe vorbereitete, und einige geplante Veränderungen im Institut. Erst jetzt bemerkte der junge Mann, wie aufmerksam Hiroko zuhörte. »Interessieren Sie sich für Politik?« Sie saß ihm direkt gegenüber. Wieder einmal errötete sie und senkte den Kopf.

»Manchmal. Auch mein Vater spricht über solche Dinge. Aber ich verstehe nicht alles.«

»Ich auch nicht«, gestand er lächelnd und wünschte, sie würde ihn anschauen mit ihren glänzenden, unergründlichen schwarzen Augen. »Soviel ich weiß, unterrichtet Ihr Vater Politologie an der Universität von Kyoto.« Sie nickte, dann stand sie auf und half Reiko, das Geschirr in die Küche zu tragen. Obwohl sie ihn sympathisch fand, konnte sie einfach nicht mit ihm reden.

Nun zogen sich Tak und Peter ins Arbeitszimmer zurück, um einiges zu besprechen. Nachdem das Geschirr gespült war, eilte Hiroko ins Kellergeschoß und spielte mit Tami. Sie bastelte winzige Origami-Blumen und -Vögel für das Puppenhaus und zeichnete kleine Landschaftsbilder, Berge und Wälder im Sonnenuntergang. Später kam Reiko herunter und staunte über die vielseitige Begabung der jungen Japanerin. »Hast du das bei deiner Mutter gelernt?« Fasziniert musterte sie einen Papiervogel.

»Bei meiner Großmutter.« In einem grünblauen Kimono mit blauem Obi saß Hiroko auf dem Boden und sah zauberhaft aus. »Sie brachte mir sehr viel bei, über Blumen und Tiere, wie man einen Haushalt führt und Strohmatten webt.« Traurig fügte sie hinzu: »Mein Vater findet diese Dinge altmodisch und überflüssig.« Aus diesem Grund hatte er sie nach Kalifornien geschickt – um ihr die antiquierte Gesinnung auszutreiben, die sie von der Großmutter übernommen hatte. Aber sie liebte die alten Traditionen, half ihrer Mutter gern im Haushalt und im Garten, und sie konnte gut mit Kindern umgehen. Eines Tages würde sie eine vorbildliche Ehefrau sein, allerdings keine moderne. Oder würde sie in Amerika lernen, was ihr Vater an ihr vermißte? Das hoffte sie, damit sie wieder zu ihrer Familie zurückkehren durfte. Nach den ersten beiden Tagen in Amerika fühlte sie sich etwas besser. Doch sie litt nach wie vor unter ihrem Heimweh.

Tami zeigte ihrer Mutter Hirokos Zeichnungen. Schließlich gingen die beiden Frauen nach oben, brachten das Kind ins Bett und stiegen wieder die Treppe hinab. Tak und Peter hatten ihre Besprechung inzwischen beendet. Nun saßen sie mit Ken und Sally im Wohnzimmer. Sie spielten Monopoly, und Hiroko schaute neugierig zu. Als Ken seiner Schwester vorwarf, sie würde schummeln, lachten alle. »Du hast das Hotel an der Parkstraße geklaut!«

»Nein!« protestierte sie und behauptete, er habe sich die Badstraße unrechtmäßig angeeignet. Zur allgemeinen Belustigung stritten sie erbittert, und Hiroko versuchte, die Spielregeln zu verstehen. Offensichtlich war Monopoly sehr lustig. Peter machte genauso eifrig mit wie die Kinder. Nach einer Weile bot er ihr seinen Platz an, den sie dankend ablehnte. Sie war viel zu schüchtern, um sich an diesem Vergnügen zu beteiligen. Mit ihrem Bruder hatte sie manchmal *shogi* gespielt und sich über seine Mogeleien geärgert. Das hatte zu endlosen Diskussionen geführt.

Kurz nach zehn Uhr verabschiedete sich Peter. Reiko versprach, ihn nächste Woche noch einmal zum Dinner einzuladen. Dann sollte er seine neue Freundin mitbringen. Aber Takeo erinnerte seine Frau an den Urlaub, der am Wochenende beginnen würde. Sie wollten für vierzehn Tage an den Lake Tahoe fahren. So wie jedes Jahr hatten sie ein Ferienhaus gemietet. Tak und Ken liebten den Angelsport, und Sally fuhr gern Wasserski, obwohl der See eiskalt war.

»Wenn wir zurückkommen, rufe ich dich an, Peter«, sagte Reiko, und er dankte ihr für den netten Abend. Eine arbeitsreiche Woche erwartete ihn. Bevor Tak seinen Urlaub antrat, wollte er zusammen mit seinem Assistenten den Studienplan für das nächste Jahr aufstellen.

Lächelnd winkte Peter der Familie. Und ehe er das Haus verließ, begegnete er Hirokos Blick. Sekundenlang herrschte ein seltsames Einvernehmen zwischen ihnen. Sie hatte den ganzen Abend kaum ein Wort mit ihm gewechselt. Aber sie fand ihn klug und liebenswürdig. Seine Ideen interessierten sie. Trotzdem würde sie sich niemals in solche Gespräche einmischen. Obwohl ihr Vater jahrelang versucht hatte, sie aus der Reserve zu locken, wollte sie nicht mit fremden Leuten reden.

Während des Urlaubs am See ließ ihre Scheu ein wenig nach. Die Tanakas vertrieben sich die Zeit genauso wie Hirokos Familie, wenn sie die japanischen Berge besuchten. Jahrelang hatten die Takashimayas in den Sommerferien ein *ryokan* am Biwasee gemietet. Hiroko liebte auch das Meer. Aber das Gebirge erschien ihr so ruhig und friedlich. Jeden Tag schrieb sie ihren Eltern und ihrem Bruder, spielte Tennis mit Ken, und er brachte ihr das Angeln bei. Darum hatte Yuji sich stets vergeblich bemüht. Nun hänselte sie ihn und behauptete in einem ihrer Briefe, sie habe einen riesigen Fisch gefangen.

Sie versuchte auch, mit Sally Wasserski zu fahren. Aber im eisigen Wasser spürte sie ihre Beine kaum, und sie konnte ihre Arme nicht geradehalten, so daß sie ständig in den Wellen versank. Sie tat ihr Bestes, mit einem gewissen Erfolg. Gegen Ende des Urlaubs schaffte sie eine kurze Strecke ohne Sturz. Alle Insassen des Boots schrien triumphierend, und Tak war sehr stolz auf seine Nichte. »Gott sei Dank! Ich dachte schon, sie würde ertrinken, und ich müßte es ihrem Vater mitteilen.« In diesen zwei Wochen hatte er Hiroko liebgewonnen. Er bewunderte ihre Courage und Intelligenz. Nur ihre Schüchternheit mißfiel ihm.

Als sie den See verließen, benahm sie sich etwas unbefangener. Sie ergriff das Wort, ohne angesprochen zu werden, und scherzte mit Ken. Einmal hatte sie sogar einen Rock und einen Pullover getragen, um Sallys Wohlgefallen zu erregen. Doch sie bevorzugte ihre Kimonos. Wie Reiko zugeben mußte, sah das Mädchen zauberhaft darin aus. Sie bedauerte sogar, daß ihre Nichte am College westliche Kleidung anziehen mußte.

Beim nächsten Dinner mit Peter – am Sonntagabend nach der Rückkehr vom Lake Tahoe – zeigte sich deutlich, welche Veränderung mit Hiroko vorgegangen war. Er hatte versprochen, seine Freundin mitzubringen. Wegen einer Foto-Session in Los Angeles war sie verhindert, was ihn kein bißchen störte. Ohne sie fühlte er sich unbefangener, wie ein Mitglied der Familie Tanaka. Jubelnd fielen ihm die Kinder um den Hals. Hiroko verneigte sich wie üblich, in einem orangeroten Kimono mit rosa Blumenmuster, der ihre Sonnenbräune betonte. Diesmal fiel ihr seidiges, glänzendes schwarzes Haar offen auf die Schultern herab. Sie lächelte und wich Peters Blick nicht mehr aus. In den zwei Wochen am See war sie viel selbstbewußter geworden. »Guten Abend, Peter-san«, begrüßte sie ihn höflich und nahm die Blumen entgegen, die er Reiko mitgebracht hatte. »Geht es Ihnen gut?« Nun senkte sie wieder die Augen, weil sie die Frage ein bißchen zu kühn fand.

»Danke, sehr gut, Hiroko-san.« Auch er verbeugte sich förmlich. »Wie hat es Ihnen am Lake Tahoe gefallen?«

»Oh, es war wunderbar. Ich habe viele Fische gefangen und gelernt, auf dem Wasser Ski zu fahren.«

»Lügnerin!« stichelte Ken, der vorbeischlenderte. Nach dem gemeinsamen Urlaub begegneten sie einander wie Bruder und Schwester. »Sie hat zwei winzige Fische geangelt. Aber einmal ist's ihr gelungen, die Skier über Wasser zu halten.«

»Nein, ich habe sieben Fische gefangen«, verteidigte sie sich empört, wie eine ältere Schwester, die sich nichts von ihrem kleinen Bruder gefallen ließ. Und dann lachten sie alle.

Peter stellte entzückt fest, daß sie während der letzten vierzehn Tage richtig aufgeblüht war. »Offenbar habt ihr euch großartig amüsiert.«

»O ja«, bestätigte Reiko, küßte seine Wange und dankte ihm für die Blumen. »Da oben ist es immer wieder schön. Nächstes Jahr solltest du uns begleiten.«

»Mit Vergnügen – das heißt...« Er warf seinem Chef einen schmerzlichen Blick zu. »Wenn dein Mann mir nicht wieder die ganze Studienplanung aufhalst.« Das hatte der Professor allerdings gar nicht getan, sondern vor dem Urlaub den Großteil der Arbeit gemeinsam mit seinem Assistenten erledigt. Peter hatte nur noch ein paar kleinere Probleme lösen müssen, und Tak lobte die Leistung des jungen Mannes.

In knappen Worten berichtete Peter, was inzwischen an der Universität geschehen war. Beim Dinner drehte sich das Gespräch erneut um die Lage in Rußland.

Etwas später wandte sich Peter zu Hiroko und fragte, ob sie eine Nachricht von ihren Eltern erhalten habe. Sie staunte immer noch, weil hier jeder so freimütig seine Meinung äußerte – insbesondere Reiko. Daß eine Frau ihre Gedanken offen aussprach, erschien der jungen Japanerin bemerkenswert. Verlegen senkte sie den Kopf und antwortete, vor kurzem habe sie einen Brief ihrer Familie bekommen. Dann zwang sie sich, Peter anzulächeln, und dankte ihm höflich für die Anteilnahme. Sie berichtete von einem Gewittersturm, den ihr Vater geschildert hatte. Ansonsten sei zu Hause alles in Ordnung. Allein schon der Gedanke an Kyoto weckte wieder ein heftiges Heimweh.

»Wann gehen Sie aufs College?« fragte Peter in sanftem Ton. Bei ihrem Anblick gewann er stets den Eindruck, sie wäre ein scheues Reh, das sofort in den Wald flüchten würde, wenn er zu laut spräche. Es drängte ihn, ihre Hand zu ergreifen und zu beteuern, sie müsse ihn nicht fürchten.

»In zwei Wochen.« Tapfer schaute sie ihn an. Sie wollte sich nicht mehr wie ein eingeschüchtertes japanisches Mädchen vor seinen Augen verstecken. Wenn sie doch so unbeschwert wäre wie Sally …

»Freuen Sie sich darauf?« Nun führte er tatsächlich ein Gespräch mit ihr, und diese Erkenntnis beglückte ihn. Er würde sein Bestes tun, um ihr das Unbehagen zu nehmen. Warum ihm das so wichtig war, wußte er nicht. Jedenfalls wünschte er, sie würde sich in seiner Gesellschaft wohl fühlen, und er wollte sie besser kennenlernen.

»Ein bißchen schon, Peter-san.« Ihre Ehrlichkeit überraschte ihn. »Vielleicht wird man mich nicht mögen, weil ich so anders bin.« Mit klugen Augen schaute sie ihn an. Ihre Schönheit und Anmut bezauberten ihn. Wer sollte ein solches Mädchen nicht mögen. Unvorstellbar …

»Unsinn, man wird Sie mit offenen Armen aufnehmen«,

erwiderte er, ohne seine Bewunderung zu verhehlen. Takeo beobachtete die beiden. Interessierte sich Peter ernsthaft für Hiroko? Wohl kaum.

»Am College wird sie normale Kleider tragen«, betonte Tami, und Hiroko kicherte. Sie wußte, daß das Kind befürchtete, seine Kusine würde im Kimono studieren. »Nicht wahr, Hiroko?«

»Natürlich, Tami-san, ich werde mir ein Beispiel an Sally nehmen.« Wie Hiroko inzwischen herausgefunden hatte, waren die westlichen Kleider, die aus Kyoto stammten, nicht mehr in Mode. Das hatten weder ihre Mutter noch sie selbst erkannt, als sie einkaufen gegangen waren.

»Mir gefallen Ihre Kimonos sehr gut, Hiroko-san«, erklärte Peter. »Und sie stehen Ihnen ausgezeichnet.«

Vor Verlegenheit fand sie keine Worte.

Nach dem Dinner spielten sie wieder Monopoly, und diesmal gesellte sich Hiroko hinzu. Dieses Spiel hatte sie am Lake Tahoe gelernt. Inzwischen verstand sie, worum es ging. Wenn sie Sally und Ken beim Mogeln ertappte, brachen alle in Gelächter aus. Später gingen Takeo und Peter in die Küche, um Kaffee zu holen. Reiko, die das Geschirr spülte, füllte zwei Tassen. Dann schauten die Erwachsenen ins Wohnzimmer und beobachteten die Possen der vier Kinder. Nicht, daß Hiroko und Ken noch Kinder gewesen wären. Aber sie strahlten immer noch liebenswerte Unschuld aus.

»Was für ein reizendes Mädchen«, meinte Peter fast wehmütig, und Takeo nickte. Er erinnerte sich an die Ermahnung seines Vetters, Hiroko während ihres Studiums am St. Andrew's College keine Romanze zu gestatten. Was er jetzt in Peters Augen las, beunruhigte ihn ein wenig. Andererseits hatte Peter eine Freundin, und Tak sagte sich, er dürfe seine Beschützerrolle nicht übertreiben. Gewiß, Hiroko war sehr schön – aber blutjung und unerfahren. Gerade ihre Naivität mochte jedoch verführerisch wirken.

»Zweifellos ist sie ein süßes Kind.« Bei diesen Worten fiel ihm ein, daß Reiko im selben Alter gewesen war, als er sie kennengelernt hatte. Eine seiner Studentinnen. Und Takeo, ein dreißigjähriger Professor, hatte sich in sie verliebt. Auch Peter könnte solche Gefühle entwickeln. Ein Jahr nach der ersten Begegnung hatten Tak und Reiko geheiratet. Aber im Vergleich zu dem Mädchen, das Reiko gewesen war, wirkte Hiroko sehr kindlich. Vermutlich bemerkte sie gar nicht, wie fasziniert Peter sie betrachtete.

Nein, er mußte sich wohl keine Sorgen machen. Hiroko war durch und durch Japanerin, und sie würde wohl kaum einen Amerikaner lieben lernen. In einem Jahr sollte sie nach Japan zurückkehren. Selbst wenn ihr Vater moderne Ideen verfocht, würde er seine Tochter nicht mit einem Amerikaner verheiraten. Im Augenblick durfte sie sich ohnehin mit keinem Jungen anfreunden, nicht einmal mit einem Japaner. Und bevor sie anfangen würde, an eine Romanze oder sogar eine Ehe zu denken, würde sie sich längst wieder in der Obhut ihrer Familie befinden.

»Ich mag Carole sehr gern«, verkündete Peter unvermittelt, als wollte er sich selbst davon überzeugen. Aber nicht einmal in seinen eigenen Ohren klangen die Worte aufrichtig. Hirokos Schönheit und ihr sanftes Wesen beeindruckten ihn viel tiefer als das attraktive blonde Model. Zweifellos sah Carole hinreißend aus. Aber sie war ziemlich oberflächlich. Das wußte er. Seltsam – es irritierte ihn, die beiden Mädchen miteinander zu vergleichen. Während er mit den Gastgebern ins Wohnzimmer zurückkehrte, wurde ihm Hirokos Jugend bewußt. Es wäre albern gewesen, tiefere Gefühle für sie zu entwickeln. Aber er konnte einfach nicht ignorieren, wie reizend sie aussah, wenn sie lächelte. Und wenn sie Ken aufzog, klang ihr Gelächter glockenhell. Allmählich ärgerte sich Peter, weil er seinen Blick nicht von ihr losreißen konnte, und er hoffte, es würde niemandem auffallen. Dann tröstete er sich mit dem Gedanken, er würde seine Emotionen jederzeit bezähmen können. Er wollte sich nicht in eine so junge Japanerin verlieben und ihrer Familie womöglich Schwierigkeiten bereiten.

Beim Abschied war er ungewöhnlich ernst und still. Hiroko verneigte sich wieder vor ihm, und er erwiderte die Geste. Aber er sagte nichts. Nachdenklich fuhr er zu seinem Haus im Menlo Park und gewann den Eindruck, sonderbare Wellen würden ihn davontragen, so subtil, daß er sie zunächst gar nicht wahrgenommen hatte. Nein, er würde sich nicht hinreißen lassen, so bezaubernd Hiroko auch sein mochte. Nichts durfte zwischen ihnen geschehen.

Nachdem er gegangen war, fragte Hiroko ihre Tante, ob Peter-san böse sei. Sie hatte sein ungewohntes Schweigen bemerkt.

»Böse? Nein, warum?« Erstaunt hob Reiko die Brauen. Aber Takeo verstand die Frage. Peters sonderbares Verhalten war ihm nicht entgangen, und es beunruhigte ihn. Beinahe hätte er Peter vor problematischen Gefühlen gewarnt.

»Beim Abschied war er so ernst«, erklärte Hiroko, und ihr Onkel Tak nickte.

»Im Augenblick hat er viel zu tun. Er muß an seine Arbeit denken. So wie du, Hiroko. Bald wirst du dein Studium beginnen.«

Ist er mir ebenfalls böse, fragte sie sich. Habe ich mich irgendwie falsch benommen? Aber die Tante lächelte und wirkte keineswegs verärgert. Wahrscheinlich hatte der eigenartige Tonfall des Onkels nichts zu bedeuten. Aber als sie an diesem Abend zu Bett ging, machte sie sich Sorgen. Hatte sie Peter-san beleidigt? War sie zu freimütig gewesen? Diese neue Welt verwirrte sie.

Am nächsten Morgen beschloß sie, ihre Bedenken zu vergessen. Onkel Tak hatte Peter-sans Schweigen plausibel erklärt. Da sein Assistent soviel arbeiten mußte, kam er in den nächsten beiden Wochen nicht mehr zum Dinner. Und am 7. September stieg die ganze Familie in den grünen Chevy, um Hiroko zum St. Andrew's College zu bringen.

In dem schönen, von einem gepflegten Gelände umgebenen Gebäude studierten über neunhundert Mädchen. Die meisten stammten aus Kalifornien, einige aus anderen amerikanischen Bundesstaaten. Eine junge Dame kam sogar aus Frankreich, eine aus England. Ihre Eltern hatten sie für die Dauer des Krieges hierhergeschickt. Am weitesten lag Hirokos Heimat entfernt. Sie sollte ihr Zimmer mit zwei Mädchen teilen. An der Anschlagtafel las sie die Namen – Sharon Williams aus Los Angeles, Anne Spencer aus San Francisco. Bis jetzt war keine der beiden eingetroffen.

Reiko und Sally halfen ihr, die Sachen auszupacken, während Ken, Tak und Tami im Erdgeschoß warteten. Schon den ganzen Tag hatte das Kind unter der Trennung von seiner Kusine gelitten.

»Sei nicht albern«, mahnte Reiko. »Wenn sie am Wochenende Zeit hat, besucht sie uns. Und sie wird alle Ferien bei uns verbringen.«

»Aber sie soll immer bei uns wohnen«, klagte Tami. »Warum studiert sie nicht bei Daddy an der Stanford University?« Das hatten ihre Eltern erwogen. Aber St. Andrew's war ein exklusives Frauen-College. Hier würde sich ein Mädchen, das so behütet aufgewachsen war wie Hiroko, sicherer fühlen. Außerdem hätte Hidemi ihrer Tochter niemals erlaubt, gemeinsam mit Männern zu studieren.

Als Hiroko mit Reikos und Sallys Hilfe ihre Sachen in einen der drei winzigen Schränke räumte, kamen ihr neue Bedenken. Plötzlich hatte sie das Gefühl, sie würde schon wieder ihre Familie verlieren. Etwas später folgte sie ihrer Tante und ihrer Kusine bedrückt ins Erdgeschoß hinunter. Sie trug westliche Kleidung, die ihr die Mutter gekauft hatte, einen braunen Rock und einen beigen Pullover, dazu eine kleine Perlenkette, das Geschenk ihrer Eltern zum achtzehnten Geburtstag. Zum erstenmal in ihrem Leben hatte sie Seidenstrümpfe und hochhackige Schuhe an. Auf dem schwarzen Haar saß ein braunes Hütchen, das Sally zurechtgerückt hatte. Sie fand, nun würde ihre Kusine viel hübscher aussehen als im Kimono. Aber Hiroko vermißte die vertraute Seide und kam sich fast nackt vor.

Eine ältere Studentin führte die Familie herum, zeigte ihr das Gelände, den Speise-, den Turnsaal und die Bibliothek. Schließlich gab es nichts mehr für die Tanakas zu tun, und Tak meinte, nun müßten sie nach Palo Alto zurückfahren. An diesem Abend wurden Peter und seine Freundin Carole zum Dinner erwartet. Als Hiroko das hörte, wurde ihr noch schwerer ums Herz. Sie gewann den Eindruck, alle würden sie im Stich lassen und sie hätte in den letzten zwei Monaten immer nur schmerzliche Trennungen erlebt.

Beim Abschied weinte Tami. Sally umarmte ihre Kusine und nahm ihr das Versprechen ab, möglichst oft nach Palo Alto zu kommen. Dann müßte Hiroko ihr alles über die Zimmergenossinnen und die Jungs erzählen, die sie vielleicht kennenlernen würde. »Wenn ich dich vor irgend jemandem beschützen soll, brauchst du nur anzurufen«, sagte Ken, »und ich komme sofort hierher.« Und Tante Reiko schärfte ihr ein, sie möge sich melden, falls sie etwas benötigte. Onkel Tak erinnerte Hiroko in diesem Augenblick so lebhaft an ihren Vater, daß ihre Kehle wie zugeschnürt war. Als die Tanakas in den Chevy stiegen, brachte sie kein Wort mehr hervor und winkte ihnen nur zu. Langsam ging sie in ihr Zimmer, um auf ihre Gefährtinnen zu warten.

Um fünf Uhr traf die erste ein, nachdem sie mit der Bahn von Los Angeles hierhergefahren war. Zu ihrem hellroten Haar paßte die temperamentvolle Persönlichkeit. Sie packte ein Dutzend Fotos von Filmstars aus ihrem Koffer und stellte sie vor ihrem Spiegel auf. Sogar Hiroko kannte diese Hollywood-Größen und war tief beeindruckt, als Sharon beiläufig erwähnte, ihr Vater sei ein Filmproduzent. All diesen prominenten Leuten war sie schon begegnet, und sie erklärte, welche ihr gefielen und welche nicht.

»Ist deine Mutter ein Filmstar?« fragte Hiroko ehrfürchtig. Sicher würden sich ihre Eltern freuen, wenn sie wüßten, daß sie ihr Zimmer mit einem so weltgewandten Mädchen teilte.

»Meine Mom hat einen Franzosen geheiratet, und die beiden leben in England. Jetzt ist sie in Genf, wegen des Krieges.« Geflissentlich verschwieg Sharon, daß die Scheidung ein Skandal in Los Angeles gewesen war und daß sie immer noch darunter litt. Drei Jahre lang hatte sie ihre Mutter nicht mehr gesehen. Wenigstens erhielt sie zum Geburtstag und zu Weihnachten kostbare Geschenke.

»Wie ist's denn in Japan?« Nachdem sie ihre Sachen ausgepackt hatte, ließ sie sich auf ihr Bett fallen. Offensichtlich war sie von Hiroko fasziniert. Die einzigen Japaner, die sie kannte, arbeiteten als Gärtner und Dienstmädchen. Aber Hirokos Vater dozierte an einer Universität. »Was macht deine Mom? Hat sie einen Job?«

Verwirrt hob Hiroko den Kopf. Reiko war Krankenschwester – allerdings in Amerika. In Japan gingen die Frauen nicht arbeiten. »Sie ist nur eine Frau«, erwiderte sie und hoffte, diese Erklärung würde genügen.

Sharon sprang auf, trat ans Fenster und stieß einen Pfiff aus. »Toll!« rief sie bewundernd. Hiroko ging zu ihr, und sie beobachteten, wie eine bildhübsche junge Dame mit der

Hilfe eines livrierten Chauffeurs aus einer Limousine stieg. Sie hatte lange, schlanke Beine. Auf ihrem blonden Haar saß ein Strohhut, und das weiße Seidenkleid sah wie ein Pariser Modell aus. »Wen haben wir denn da? Carole Lombard?«

»Ein Filmstar?« fragte Hiroko verblüfft, und Sharon lachte.

»Das glaube ich nicht. Wahrscheinlich eine Studentin. Mein Dad hat auch so ein Auto. Aber er wollte mich nicht hierherfahren. Er verbringt das ganze Wochenende in Palm Springs, mit seiner Freundin.« Wie einsam sie sich fühlte, wollte sie Hiroko nicht anvertrauen. Viele Mädchen beneideten sie um das Leben, das sie führte. Doch die Wahrheit stand auf einem anderen Blatt. Und Hiroko war viel zu naiv, um zu verstehen, was hinter Sharons Worten steckte.

Während sie überlegten, wer der Neuankömmling sein mochte, klopfte es an der Tür. Dicht gefolgt von Anne Spencer, trug der livrierte Chauffeur einen Koffer ins Zimmer. Mit eisblauen Augen schaute sie sich um.

»Anne Spencer?« erkundigte sich Sharon.

»Ja«, bestätigte die Blondine und musterte die beiden Mädchen, wobei sie Hiroko nur eines kurzen Blickes würdigte.

»Wir sind deine Zimmerkameradinnen«, verkündete Sharon und zeigte dem Chauffeur den dritten Schrank. »Sharon und Hiroko.«

»Aber man hat mir versichert, ich würde ein Einzelzimmer bewohnen«, klagte Anne Spencer, als würde sie Sharon und Hiroko die Schuld an dem Mißgeschick geben.

»Darum habe ich auch gebeten, und man hat mir mitgeteilt, das würde erst nächstes Jahr klappen. Die Erstsemester schlafen zu dritt und zu viert. Später kriegt man ein Einzel- oder Doppelzimmer.«

»Wie auch immer, mir wurde schon jetzt ein eigenes Zimmer zugesagt.« Anne Spencer eilte hinaus, und der diskrete Chauffeur verließ ebenfalls den Raum, um draußen zu warten. Seufzend zuckte Sharon die Achseln. Sie hoffte, man würde dieses Biest woanders einquartieren. Und Hiroko wußte nicht, was sie von alldem halten sollte. Die Welt, der beide Mädchen entstammten, war voller Rätsel.

Zwanzig Minuten später kehrte Anne Spencer zurück. Sichtlich indigniert befahl sie dem Chauffeur, den Koffer zu öffnen und vor dem Schrank stehenzulassen. Sie hatte erwogen, das Dienstmädchen mitzubringen, das die Sachen auspacken sollte, und sich dann eines Besseren besonnen. Eigentlich hatte sie erwartet, die Eltern würden sie begleiten. Aber sie waren nach New York gereist, um Annes Schwester zu besuchen, die soeben ihr erstes Baby bekommen hatte.

Erbost warf sie ihren Hut auf einen Stuhl und betrachtete die Filmstarfotos, die Sharon vor den Spiegel gestellt hatte. Das schien ihr zu mißfallen. »Wem gehören diese Bilder?« Vorwurfsvoll starrte sie Hiroko an. Wie konnte man ihr zumuten, dieses Zimmer mit einer Gärtnerstochter zu teilen? Darüber hatte sie sich soeben beschwert. Doch die zuständige Frau hatte ihr erklärt, dieses Problem müsse sie am Montag mit der Vorsteherin besprechen und sich vorerst mit ihren Zimmerkameradinnen abfinden. »Gehören sie dir?« Annes Tonfall verhehlte nicht, was sie von Japanerinnen hielt.

»Nein, mir«, entgegnete Sharon stolz. »Mein Vater ist Filmproduzent.« Verächtlich hob Anne die Brauen. Ihre Familie vertrat die Ansicht, die Leute vom Showbusineß seien nicht viel besser als die Asiaten. Und ausgerechnet diese beiden gräßlichen Mädchen würden mit ihr zusammen wohnen. Unfaßbar…

Schließlich entließ sie den Chauffeur und packte schweigend ihre Sachen aus. Da Hiroko keine ihrer Gefährtinnen stören wollte, setzte sie sich an den Tisch und begann, einen

Brief zu schreiben. Sie spürte die Spannung, die im Raum lag, die mangelnde Harmonie zwischen ihren Zimmerkameradinnen. Wenigstens Sharon war freundlich zu ihr. Aber nach jenem flüchtigen Versuch, sie zu beeindrucken, eilte sie in die anderen Zimmer, schloß Bekanntschaften mit sämtlichen anwesenden Studentinnen und erzählte von ihrem Vater, dem Filmproduzenten. Nachdem sie verschwunden war, hätte Anne beinahe ihre Antipathie zum Ausdruck gebracht. Doch sie mochte kein einziges Wort an die Japanerin verschwenden.

»Liebe Mama, lieber Papa, lieber Yuji«, schrieb Hiroko in der kunstvollen Schrift, die sie in ihrer Heimat gelernt hatte. »St. Andrew's ist sehr schön, und ich habe zwei nette Zimmergenossinnen.« Das wollten sie lesen, und es wäre ihr viel zu schwer gefallen, Annes Tonfall zu beschreiben, ihr Vorurteil gegen Hiroko. Mit solchen Ressentiments war sie nie zuvor konfrontiert worden, und sie spürte, daß sich nicht einmal Sharon über die japanische Zimmergefährtin freute. Mit Reiko oder Tak würde sie darüber reden. Aber ihre Eltern durfte sie nicht beunruhigen. »Die eine kommt aus Los Angeles. Wie sie mir erzählt hat, arbeitet ihr Vater in Hollywood. Die andere ist sehr schön und stammt aus San Francisco.« Angewidert starrte Anne zu ihr hinüber, warf die Tür hinter sich zu und ging zum Dinner.

Am nächsten Tag versuchte sie erfolglos, in ein eigenes Domizil zu übersiedeln. Die Verwaltung bedauerte, daß ihr das Zimmer nicht gefiel. Natürlich sei man über die großzügigen Spenden ihrer Familie informiert, und ihre Mutter habe 1917 ihr Studium am St. Andrew's abgeschlossen. Aber vorerst stehe leider kein Privatraum zur Verfügung.

Wütend stürmte sie in ihr Zimmer zurück. Dort wanderte sie rastlos umher, als Hiroko eintrat, um einen Pullover zu holen. Meistens fror sie in der westlichen Kleidung.

»Was willst du?« fauchte Anne.

»Nichts, Anne-san«, erwiderte Hiroko und verneigte sich unwillkürlich. »Entschuldige die Störung…«

»Unglaublich, daß man uns ins selbe Zimmer gesteckt hat!« Anne wußte, wie unhöflich sie war. Wenn sie wollte, konnte sie sehr charmant sein. Aber das verdiente diese Japanerin nicht. Frustriert sank sie auf ihr Bett. »Wieso bist du hier?«

»Weil mich mein Vater aus Japan nach Kalifornien geschickt hat«, erklärte Hiroko, die Annes Groll noch immer nicht verstand.

»Auch ich studiere am St. Andrew's, weil es der Wunsch meines Vaters ist. Natürlich konnte er nicht ahnen, mit wem ich mein Zimmer teilen würde.« Sie war sehr verwöhnt und mit den Vorurteilen ihrer Gesellschaftsschicht aufgewachsen. Deshalb sah sie in allen »Japs« Dienstboten, die tief unter ihr standen.

Hiroko fand das alles unbegreiflich. An diesem Tag war sie auch von den anderen Studentinnen ziemlich kühl behandelt worden. Keine wollte mit ihr Freundschaft schließen. Nicht einmal Sharon, die sie so freundlich begrüßt hatte, ging mit ihr zu den Mahlzeiten oder bot ihr an, bei gemeinsamen Vorlesungen neben ihr zu sitzen. Anders als Anne war sie wenigstens nett zu Hiroko, wenn sie einander im Zimmer begegneten. Aber außerhalb dieser vier Wände schien sie die junge Japanerin nicht zu kennen. Anne ignorierte sie, und Sharons Heuchelei verletzte sie nicht so schmerzlich wie diese eisige Kälte.

»Das kann ich mir nicht erklären«, gestand sie Reiko traurig, während sie ein Wochenende in Palo Alto verbrachte. Alle Studentinnen gingen ihr aus dem Weg. Wenn Anne und ihre Freundinnen nicht durch sie hindurchschauten, nutzten sie jede Gelegenheit, um sie zu beleidigen.

»Warum sind sie mir böse, Reiko-san? Was habe ich ihnen getan?« In ihren Augen glänzten Tränen, und Reiko seufzte bedrückt. An anderen Colleges hätte Hiroko ähnliche Probleme. Vielleicht würde man sie an der größeren, nicht ganz so exklusiven Stanford University eher akzeptieren. Aber St. Andrew's war eine kleine, in sich geschlossene Welt. Dort würde Hiroko zweifellos eine ausgezeichnete Ausbildung erhalten. Doch nun überlegte Reiko, ob Tak seinem Vetter schreiben sollte, an der Stanford oder an der University of California in Berkeley wäre Hiroko besser aufgehoben.

»Leider sind solche Vorurteile gegen die Japaner in Kalifornien üblich«, antwortete Reiko bekümmert. »Und sie sind schwer zu überwinden. Halte dich an deine Landsleute.« Was Reiko da sagte, tat ihr selbst in tiefster Seele weh. Doch das arme Mädchen sah so unglücklich aus. »Vielleicht wird man dir bald etwas freundlicher begegnen, wenn man dich besser kennt. Es gibt sicher auch einige Studentinnen, die aufgeschlossen denken.« Mitfühlend nahm sie Hiroko, die ihr wie ein Kind mit gebrochenem Herzen erschien, in die Arme.

»Warum hassen sie mich, Reiko-san? Nur weil ich eine Japanerin bin?«

So unglaublich das auch klang – Reiko nickte. »Snobismus, Rassismus, Vorurteile ... Vermutlich bildet sich diese Anne Spencer ein, sie wäre zu wichtig, um ihr Zimmer mit einer Japanerin zu teilen. Und Sharon Williams scheint das ebenfalls zu glauben, wagt aber nicht, es offen zuzugeben. Studieren noch andere Ausländerinnen am St. Andrew's?« Sicher wäre die Situation für Hiroko etwas leichter, wenn sie sich mit einer Japanerin anfreunden könnte.

»Nur eine Engländerin und eine Französin. Aber die kenne ich nicht.« Mutlos fragte sich Hiroko, wie sie die Feindseligkeit ihrer Kommilitoninnen ein ganzes Jahr ertragen sollte.

»Vielleicht müßtest du mit einer der Aufsichtspersonen sprechen.«

»Damit würde ich die Mädchen erst recht gegen mich einnehmen. Wahrscheinlich ist es meine Schuld, daß sie mich nicht mögen.«

Daran zweifelte Reiko. Während ihrer Schulzeit in Fresno war sie den gleichen Ressentiments begegnet. Und seither hatte sich nicht viel geändert. In ihrer großen japanischen Gemeinde konnten sie sich sicher fühlen. Aber in der übrigen Welt trafen sie Menschen, für die sie eine Bedrohung darstellten. Bezeichnenderweise gab es in Kalifornien immer noch ein Gesetz, das Ehen zwischen Japanern und Weißen verbot. Wie sollte man eine so menschenverachtende Geisteshaltung einem achtzehnjährigen Mädchen aus Kyoto erklären?

»Sicher wirst du bald Freundinnen finden«, versuchte Reiko ihren Schützling zu trösten. »Hab Geduld. Und halt dich von allen Leuten fern, die dich nicht mögen.« Dazu hatte sie Sally und Ken auch geraten. Beide besuchten Schulen, wo Weiße zusammen mit Japanern unterrichtet wurden. Hin und wieder stießen sie auf Vorurteile bei den Mitschülern, deren Eltern und den Lehrern. Wann immer Reiko davon erfuhr, krampfte sich ihr Herz zusammen. Sie zog es vor, daß sich ihre Kinder nur mit Japanern anfreundeten, vor allem jetzt, während sie allmählich älter wurden und romantische Gefühle entwickelten. Was Reiko nicht wußte – der Junge in der Nachbarschaft, für den Sally schwärmte, war halb Ire, halb Pole. »Wenn du willst, kannst du jedes Wochenende zu uns kommen«, schlug sie Hiroko vor. Aber Hiroko entgegnete, sie müsse diese betrübliche Lektion lernen und mit *gambare* ertragen, also tapfer. So unfreundlich die Mädchen im St. Andrew's auch sein mochten, sie würde durchhalten. Trotz dieses Versprechens machte sich

Reiko große Sorgen. Nach dem Dinner sprach sie mit Tak darüber.

»Natürlich könnte sie auch an der Stanford studieren«, meinte er, als Reiko ihn gebeten hatte, seinem Vetter zu schreiben und ihn darauf hinzuweisen. »Aber dort müßte sie sich mit ähnlichen Problemen auseinandersetzen. Wir leben halt in Kalifornien.«

»Und deshalb findest du das alles okay?« Sie war wütend, weil er diese Zustände so bereitwillig akzeptierte.

»So ist es nun einmal. Die Kalifornier wollen uns ausgrenzen, weil sie glauben, wir wären anders – weil sie die kulturellen Unterschiede fürchten, unsere Traditionen, an die sich unsere Eltern und Großeltern klammern.« Für ihn war das alles nicht neu. Aber er bedauerte Hiroko. Wenn ein süßes, sanftmütiges Mädchen auf so schroffe Ablehnung stieß, mußte es einen Schock erleiden. Doch das ließ sich nicht ändern. »Trägt sie im St. Andrew's ihre Kimonos?« Damit würde sie ihre Lage noch verschlechtern. In ihrer westlichen Kleidung wirkte sie schon fremdartig genug.

»Nein, ich glaube, sie hat alle hiergelassen.«

»Gut.« Er versprach, mit Hiroko zu reden. Am nächsten Tag hielt er sein Wort. Zu seinem Leidwesen konnte er ihr keinen anderen Rat geben als Reiko. Sie würde mit den Vorurteilen leben und versuchen müssen, aufgeschlossene Freundinnen zu finden. Sicher werde es eine Weile dauern, und in der Zwischenzeit sei sie seiner Familie stets willkommen.

Einen Monat später hatte sich die Situation nicht gebessert. Jeden Freitag nachmittag fuhr sie mit der Bahn nach Palo Alto, so wie an jedem Freitag der Chauffeur erschien, um Anne Spencer abzuholen. Nur ein einziges Mal hatte sie in den letzten drei Wochen mit Hiroko gesprochen, um ihr zu befehlen, ihren Koffer woanders abzustellen.

»Ungeheuerlich«, meinte Peter, als Tak davon erzählte.

»Wahrscheinlich sind's nur ein paar Mädchen, die ihr das Leben schwermachen. Und in ihrer Schüchternheit weiß sie nicht, wie sie sich verhalten soll. Sie genießt eine großartige Ausbildung. Aber sie hat keinen Spaß. Jedes Wochenende kommt sie zu uns – was mich natürlich nicht stört. Aber sie tut mir leid.«

Hiroko fuhr sehr gern nach Palo Alto. Im Kreis ihrer Verwandten fühlte sie sich mittlerweile völlig unbefangen. Stundenlang spielte sie mit Tami, lernte Kens Freunde kennen, und Sally erzählte ihr sogar von ihrem sechzehnjährigen Freund. Das beunruhigte Hiroko, denn sie fand, der Junge sei zu alt für ihre Kusine – und noch dazu kein Japaner. Außerdem mißfiel ihr die Heimlichtuerei. Trotzdem versprach sie, Tante Reiko nichts zu verraten.

»Vielleicht sollte sie woanders studieren«, seufzte Peter. Seit sie ins St. Andrew's übersiedelt war, hatte er sie nicht mehr gesehen. Wenn er Sonntag abends zum Dinner kam, war sie bereits abgereist. Und so sahen sie sich erst Ende Oktober wieder.

Eines Samstag nachmittags traf er sie in der Reinigung in Palo Alto. Ken hatte ihr beigebracht, den Kombi zu fahren, und sie erledigte einige Besorgungen für Reiko. In einem lavendelblauen Kimono und hölzernen *geta* taumelte sie unter der Last eines Kleiderbergs, hinter dem sie kaum zu sehen war. Peter erkannte sie trotzdem sofort. »Hiroko?« Lächelnd spähte sie an den Kleidern vorbei. »Lassen Sie sich helfen«, bat er und nahm ihr die schwere Bürde ab. Offensichtlich freute sie sich über das Wiedersehen. Und diesmal schaute sie ihm sogar sekundenlang in die Augen. Am College war sie etwas tapferer geworden, und Peter hoffte, die Situation habe sich inzwischen gebessert. »Wie geht es Ihnen?« Er begleitete sie zum Kombi und half ihr, die Kleider auf der Ladefläche zu verstauen. Von seinen eigenen Emotionen überrascht, wünschte er plötzlich, er könnte irgendwo mit ihr sitzen und reden und ihre zarte Gestalt im lavendelblauen Kimono bewundern. »Studieren Sie gern am St. Andrew's?«

Nun schien sie mit den Tränen zu kämpfen. »Ja. Und wie geht es Ihnen, Peter-san?«

»Ich habe viel zu tun. Wie immer um die Mitte des Semesters.« Er hätte gern nach ihren Problemen gefragt. Doch er wollte sie nicht aufregen und auch nicht zugeben, daß Tak ihm davon erzählt hatte. »Wie ich höre, verbringen Sie jedes Wochenende bei den Tanakas. Leider habe ich Sie immer verpaßt, wenn ich Sonntag abends eingeladen war.« Lächelnd senkte sie den Blick. Sie geriet immer noch in Verlegenheit, wenn sie mit ihm sprach, noch dazu allein. Aber sie genoß seine Gesellschaft. »Also gefällt's Ihnen im St. Andrew's?« Er versuchte das Gespräch in die Länge zu ziehen.

Diesmal zögerte sie, bevor sie antwortete. »Vielleicht wird's mir eines Tages besser gefallen.« Sie haßte es, jeden Sonntag ans College zurückzukehren. Noch siebeneinhalb Monate ... Und sie zählte jede einzelne Minute.

»Das klingt nicht besonders enthusiastisch.« Aufmerksam beobachtete er sie und verspürte erneut den Wunsch, in Ruhe mit ihr zu sprechen, mit ihr spazierenzugehen, im Wald oder auf dem Campus. Gleichzeitig erinnerte er sich an die Sorge in den Augen seines Professors, der betont hatte, wie jung Hiroko sei, wie unschuldig, ganz anders als die amerikanischen Mädchen.

»Nun ja, es ist schwierig, wenn man aus einer anderen Welt kommt«, erwiderte sie traurig. »Und ich wußte nicht, was mich hier erwarten würde.« Sie hatte gehofft, im College Freundinnen zu finden. Und nun wurde sie wie eine Aussätzige behandelt.

»Genauso habe ich mich in Japan gefühlt.« Von unausgesprochenem Mitleid erfaßt, betrachtete er ihr Gesicht. »Wie ich aussah, wie ich mich kleidete, wie ich mich bewegte – das alles unterschied mich von den Japanern. Aber obwohl ich ein Fremder war, gefiel mir dieses faszinierende Land. Und nach einer Weile störte mich meine Außenseiterrolle nicht mehr.« In seinen Erinnerungen versunken, lächelte er. »Manchmal rannten mir die Kinder nach und starrten mich an. Ich schenkte ihnen Süßigkeiten. Darüber freuten sie sich. Und ich machte viele Fotos.«

Sie nickte und dachte an die Ausländer inmitten großer Kinderscharen, die sie oft beobachtet hatte. Vielleicht wäre auch sie den Touristen nachgelaufen, wenn ihre Eltern das jemals erlaubt hätten. »Ach, Peter-san, ich hätte niemals gedacht, daß man mich so seltsam finden würde. Alle Mädchen gehen mir aus dem Weg. Und deshalb fühle ich mich sehr einsam im St. Andrew's«, gestand sie, die großen dunklen Augen voller Trauer.

»Das tut mir leid.« Wie gern hätte er sie gegen ihren Kummer abgeschirmt und ihr geholfen, nach Hause zu reisen ... Der tiefe Schmerz in ihrem Blick erschien ihm unerträglich. »Vielleicht werden Sie sich bald einleben und mit einigen Mädchen Freundschaft schließen.« Was sollte er sonst sagen? Er konnte die Gesinnung der Studentinnen nicht ändern, und das wußte Hiroko.

»Bei Onkel Tak und Tante Rei bin ich glücklich. Sie sind so gut zu mir.«

»Und die beiden freuen sich sehr über Ihre Gesellschaft«, versicherte er. Dann verneigte sie sich und erklärte bedauernd, nun müsse sie nach Hause fahren und Tante Reiko helfen. »Hoffentlich werden Sie die Schwierigkeiten am College bald meistern«, versuchte er sie zu ermutigen und wünschte, er würde sie am Sonntag antreffen, wenn er bei den Tanakas zu Abend aß. Oder besser nicht. Wann immer er Hiroko sah, empfand er viel zu intensive Gefühle. Bedrückt schaute er ihr nach, als sie im Kombi davonfuhr. Eine unwiderstehliche Macht zog ihn zu ihr hin. Das verstand er nicht. Sie war ein blutjunges Mädchen – und er ein reifer Mann, der sein eigenes Leben führte. Seine Freundin Carole entstammte seiner eigenen Welt und paßte viel besser zu ihm. Was wollte er von diesem Kind mit den Samtaugen und dem süßen Gesicht, das ihn in manchen Träumen verfolgte? Und wohin mochten seine sonderbaren Emotionen führen?

Verärgert über sich selbst, stieg er in seinen Wagen. Es mußte aufhören, bevor es begann. Er durfte sich nicht mit Takeo vergleichen, der sich 1922 in Reiko verliebt hatte. Er war schließlich ein Amerikaner und Hiroko eine Japanerin – es gab keine gemeinsame Zukunft. Entschlossen trat er aufs Gaspedal, fuhr davon und nahm sich vor, das Mädchen zu vergessen. Es ist sinnlos, von ihr zu träumen, ermahnte er sich, als seine Gedanken wieder zu dem schimmernden lavendelblauen Kimono wanderten.

6

Im November besserte sich Hirokos Situation ein wenig. Sharon hatte Probleme am College, und Hiroko erbot sich, ihr bei den Studien zu helfen. Während sie jeden Abend stundenlang am Schreibtisch saßen, über die Bücher gebeugt, wiegte sich Hiroko in der Illusion einer beginnenden Freundschaft.

Anne machte keinen Hehl aus ihrer Abneigung gegen die Japanerin und ärgerte sich immer noch, weil sie das Zimmer mit ihr teilen mußte. Von Sharon hielt sie auch nichts. Die Leute vom Showbusineß seien ihr fast ebenso zuwider wie die Asiaten, erklärte sie den anderen Studentinnen unmißverständlich. Und gerade sie müsse mit diesem Abschaum zusammen wohnen. Da ihre Eltern dem St. Andrew's soviel Geld gespendet hatten, würde sie was Besseres verdienen. Ihr Dad und ihre Mom waren sogar ins College gekommen, um mit der Vorsteherin zu reden, und sie hatte ihnen versprochen, Anne bei nächster Gelegenheit in einem Einzelzimmer unterzubringen. Außerdem sei es den anderen Mädchen gegenüber unfair, Miss Spencers wegen Ausnahmen zu machen. Zusätzlich betonte sie, Hiroko sei eine sehr nette junge Dame, die einer respektablen japanischen Familie entstamme. Doch die Spencers erwiderten, man lebe nun einmal in Kalifornien, wo man die Japaner nicht schätze. Schließlich drohte Charles Spencer, von weiteren Spenden abzusehen, bis seine Tochter ein eigenes Zimmer erhalten würde. Damit konnte er die Vorsteherin nicht beeindrucken. Sie ließ sich nicht erpressen.

Um ihren Unmut zu demonstrieren, reiste Anne schon zwei Tage vor dem Erntedankfest ab. Zuvor hatte sie angekündigt, vielleicht würde sie das College wechseln. Die Verwaltung hatte ihr empfohlen, einen solchen Entschluß gründlich zu überdenken.

Und das alles nur wegen der armen Hiroko! Sie erzählte niemandem von den fortgesetzten Demütigungen, denn jenes Gespräch mit Reiko war schon beschämend genug gewesen. Wenigstens benahm sich Sharon etwas netter, seit die Zimmerkameradin sie bei den Studien unterstützte – allerdings nicht in der Öffentlichkeit, nur in den eigenen vier Wänden. Einmal schenkte sie der Japanerin sogar eine Bonbonniere, um sich erkenntlich zu zeigen. Von Physik und Chemie verstand Hiroko besonders viel. Auch in Mathematik und Latein hatte sie keine Schwierigkeiten. In keinem der Fächer konnte Sharon brillieren. Also war sie auf die Hilfe der Wohngenossin angewiesen. Ihre einzigen Erfolge erzielte sie im Spanischen. Doch das hatte Hiroko nicht belegt, und so vermochte Sharon keine Gegenleistung zu bieten.

Sharon würde das Erntedankfest bei ihrem Vater in Palm Springs verbringen, und Anne flog zu ihrer Schwester nach New York. Deshalb würde sie eine ganze Woche im College versäumen, was Hiroko nicht bedauerte, als sie am Fenster stand und der Limousine nachschaute. Ohne Anne war das Leben ein bißchen leichter.

Wegen der Ferien fuhr Ken zum St. Andrew's und holte seine Kusine in bester Laune ab. Niemand verabschiedete sich von ihr, nicht einmal Sharon, die es kaum erwarten konnte, in den Zug nach Los Angeles zu steigen. Wie sie

Hiroko erklärte hatte, würde sie in Palm Springs wahrscheinlich Carole Lombard und Clark Gable treffen. Aber Hiroko wußte nicht, ob sie ihr glauben sollte.

»Nun, wie ist's am College?« fragte Ken.

Bevor sie antwortete, schaute sie eine Zeitlang aus dem Autofenster. »Ziemlich lausig«, erwiderte sie in perfektem Slang, und er brach in schallendes Gelächter aus.

»O Mann, du sprichst immer besser Englisch.«

Auch Hiroko lachte. In diesem Augenblick erinnerte er sie wieder einmal an ihren Bruder. »Darüber wird sich Yuji freuen. Er beherrscht den amerikanischen Dialekt fast perfekt. Aber ich muß noch viel lernen.«

»Ich habe eher das Gefühl, du könntest *mir* was beibringen«, meinte Ken bewundernd. Doch er verschwieg, daß ihn ihre Erklärung nicht überraschte. Er hatte seine Eltern über Hirokos Probleme reden hören, und sie tat ihm leid. Warum mußten die Studentinnen das arme, schüchterne Mädchen so unfair behandeln? Sicher war es grauenhaft, mit einem Biest wie Anne Spencer zusammen zu wohnen.

Nun unterhielten sie sich über ihre Pläne für das Erntedankfest. Beide wollten den Film »Die Spur des Falken« mit Humphrey Bogart und Sydney Greenstreet sehen, und Ken hatte Tami versprochen, sie würden gemeinsam Schlittschuh laufen. Inzwischen hatte er herausgefunden, mit wem sich Sally so oft traf. Obwohl er diese romantische Freundschaft mißbilligte, hatte er versprochen, den Eltern weiszumachen, Sally würde ihre Geschwister zum Eislaufplatz begleiten. Sie war erst vierzehn und der Junge zwei Jahre älter. Also würden Mom und Dad kein Rendezvous erlauben. Zu allem Überfluß war Sallys Verehrer kein Japaner, und Ken fürchtete, das würde den Eltern nicht gefallen.

»Hast du noch keine Jungs kennengelernt, Hiroko?« Soviel er wußte, besuchten einige Studenten von der U. C. Berkeley manchmal Tanzfeste im St. Andrew's. Aber vermutlich war seine Kusine zu schüchtern, um daran teilzunehmen.

»Dafür habe ich keine Zeit, Kenji-san. Ich bin vollauf mit meinen Studien beschäftigt.« Und mit Sharons Aufgaben. In der letzten Woche hatte sie alle schriftlichen Arbeiten ihrer Zimmergenossin erledigt, damit sich das Mädchen während der Ferien nicht darum kümmern mußte. Jede Nacht, nachdem das Licht gelöscht worden war, hatte Hiroko mit einer Taschenlampe im Bad gesessen, um das Pensum zu schaffen.

»Magst du keine Jungs?« neckte er sie. Immerhin war sie alt genug, um zu heiraten.

»Wenn ich wieder in Japan bin, werden sich meine Eltern an einen Heiratsvermittler wenden und einen Ehemann für mich suchen.« Wie ihr gleichmütiger Tonfall verriet, fand sie das akzeptabel und sogar viel angenehmer, als selbst eine Wahl treffen zu müssen.

Verblüfft starrte er sie an. »Meinst du das ernst? Das ist unzivilisiert! Wir leben doch nicht mehr im Mittelalter!«

»Auch meine Eltern wurden auf diese Weise vermählt«, entgegnete sie und amüsierte sich über sein Entsetzen. In ihren Augen waren arrangierte Ehen völlig normal. Ihre Großmutter hatte behauptet, das sei gut und richtig, und Hiroko zweifelte nicht daran. Außerdem vertraute sie Vaters und Mutters Urteilsvermögen.

»Und meine Großeltern. Aber meine Eltern haben aus Liebe geheiratet.«

»Dann dürfen sie sich glücklich schätzen. In Amerika ist es vielleicht anders.« Alles war anders. Warum sollte die Brautschau so verlaufen wie in Japan? Doch sie zog die alten Traditionen vor und überließ es sehr gern ihren Eltern, einen Schwiegersohn auszusuchen.

»Willst du wirklich jemanden heiraten, den du nie zuvor gesehen hast?« Von dieser Sitte hatte er gehört, verstand aber nicht, daß man immer noch daran festhielt. Ausgerechnet seine schöne Kusine, bei der die Männer Schlange stehen würden!

»Natürlich werde ich meinen Bräutigam vor der Hochzeit treffen und feststellen, ob ich ihn mag. Auch mein Vater hat meine Mutter vorher kennengelernt.« Masao meinte, er würde keinen Heiratsvermittler brauchen, um einen passenden Schwiegersohn zu finden. Aber Hidemi hatte ihrer Tochter versichert, sie würde ihn schon noch umstimmen.

»Du bist wahnsinnig!« stöhnte Ken und schüttelte den Kopf, während sie sich San Mateo näherten.

»Keineswegs, Kenji-san. Zum Beispiel esse ich keine Erdnußbutter, die meinen Mund für immer zukleben würde.« Lachend erinnerte er sich, wie verstört sie gewesen war, als sie zum erstenmal Erdnußbutter gekostet hatte. »*Du* bist wahnsinnig«, fügte sie hinzu. »Weil du dauernd diese irre Musik hörst.« Er liebte den Sound der Big Bands, Jazz und Boogie-Woogie, und Sally war ganz verrückt nach Frank Sinatra, der auch Hiroko gefiel. Trotzdem bevorzugte sie japanische Musik. Wenn sie diese Platten hörte, wurde sie von Ken gehänselt, und Tami hielt sich jammernd die Ohren zu.

Hiroko freute sich immer wieder auf die Tage, die sie im Haus ihrer Verwandtschaft verbrachte. Dort fühlte sie sich inzwischen immer wohler, und ihre Scheu war restlos verflogen. Bei der Ankunft umarmte sie Onkel Tak, dann rannte sie in die Küche, um der Tante zu helfen. Am nächsten Tag sollte das Erntedankfest gefeiert werden. Reiko backte Apfelkuchen und Hackfleischpasteten. Bis vor kurzem war sie von ihrer älteren Tochter unterstützt worden. Aber nachdem Sally eine Stunde lang Teig ausgerollt hatte, war sie zu einer Freundin geflohen.

»Hi, Hiroko!« rief Reiko. »Wie war's am College?«

Sehnsüchtig spähte Ken in den Kühlschrank und entschied sich schließlich für ein übriggebliebenes Lammkotelett. »Ziemlich lausig, hat sie gesagt«, antwortete er statt seiner Kusine. »Wenigstens wird ihr Englisch immer besser.« Alle drei lachten.

Nun kam Tami in die Küche und zeigte Hiroko eine Zeitschriftenanzeige, die eine neue Puppe anpries. Darum wollte sie Santa Claus bitten. Ihre Mutter hatte das Geschenk bereits gekauft und in einem Schrank versteckt. »Dann mußt du sehr brav sein«, mahnte sie.

Grinsend goß sich Ken ein Glas Milch ein und neckte seine kleine Schwester: »Also kannst du's vergessen.«

Sie starrte ihn wütend an, und Hiroko nahm sie in die Arme. Welch eine Freude, endlich wieder die wunderbare Atmosphäre in diesem Familienkreis zu genießen...

Nach dem Dinner gingen Ken und Sally aus. Hiroko blieb lieber bei Tak und Reiko. Ein paar Minuten lang hörten sie Radionachrichten. Tak interessierte sich besonders für die Diskussionen zwischen den USA und Japan, die zum Abbruch diverser Handelsbeziehungen geführt hatten. Schon seit einiger Zeit verschlechterten sich die diplomatischen Kontakte, und die Neuigkeiten aus Europa klangen beängstigend.

»Die Welt droht im Chaos zu versinken, Rei«, meinte er besorgt. Obwohl Roosevelt immer noch beteuerte, er werde sich aus dem Krieg heraushalten, glaubte Takeo ihm kein Wort. Viele Politiker in Washington fürchteten, Japan könnte gefährliche Aggressionen entwickeln. Daran zweifelte Tak, aber angesichts der gegenwärtigen Situation mußte man mit allen Möglichkeiten rechnen. Erst letzte Woche war ein britischer Flugzeugträger von einem italienischen Torpedo versenkt worden. »Ich sorge mich ernsthaft um die amerikanischen Beziehungen zu Japan und den Krieg in Europa. Lange werden die armen Briten den Angriffen nicht mehr standhalten. Erstaunlich, daß sie's bis jetzt geschafft haben ...«

Reiko nickte, ebenfalls beunruhigt, wenn sie sich auch nicht so intensiv mit der politischen Lage beschäftigte wie ihr Mann. Als Politologe fühlte er sich natürlich verpflichtet, die internationalen Ereignisse zu analysieren, die ihn seit Monaten erschreckten.

Am nächsten Morgen war die Weltpolitik vergessen. Zwei Feste wurden auf einmal begangen – das Erntedankfest und der japanische Feiertag *Kinro Kansha-no-Hi,* der in diesem Jahr auf denselben Tag fiel. Auch in Japan dankte man den höheren Mächten für eine gute Ernte.

»Also sind wir diesmal doppelt dankbar«, bemerkte Takeo, während er den Truthahn tranchierte. »Nein, dreifach – weil Hiroko bei uns ist, ein wunderbares neues Familienmitglied.« Er hob sein Glas, und Peter Jenkins prostete ihm zu.

Wie seit Jahren üblich, feierte er das Erntedankfest mit den Tanakas, und er war froh, daß Carole das Wochenende bei ihrer Familie in Milwaukee verbrachte. Er besuchte seine Freunde lieber allein, vor allem, wenn er Hiroko wiedersah. Trotzdem setzte er sich nicht zu ihr, sondern ans andere Ende des Tisches. Seit einem Monat hatte er sie nicht mehr getroffen. Letztes Mal war er ziemlich genervt gewesen. Wann immer er ihr begegnete, mußte er tagelang an sie denken. Das wollte er diesmal verhindern. Die Anziehungskraft, die das blutjunge Mädchen auf ihn ausübte, war einfach lachhaft. Wahrscheinlich hing die Faszination nur mit Hirokos Scheu zusammen, mit ihren mysteriösen, romantischen Kimonos. Diese Erkenntnis würde ihn hoffentlich ernüchtern.

An diesem Nachmittag trug sie einen leuchtendroten Kimono mit einem Muster aus Herbstblättern und einen schweren Obi in derselben Farbe. Ihr glänzendes schwarzes

Haar hing offen auf den Rücken herab. Während sie Reiko half, das Essen zu servieren, ahnte sie vermutlich gar nicht, wie bezaubernd sie aussah.

Der gefüllte Truthahn und Reikos Pasteten schmeckten köstlich, und Peter verkündete, ein besseres Erntedankfest-Dinner sei ihr noch nie gelungen. Nur weil Hiroko ihr geholfen habe, betonte sie. Verlegen senkte die junge Japanerin den Blick, dann lächelte sie strahlend.

Trotz ihrer angeborenen Schüchternheit benahm sie sich fast unbefangen. Ein paarmal schaute sie Peter sogar an. Wenn sie nicht von Tami beansprucht wurde, verwickelte sie ihn in Gespräche. Um so schwerer fiel es ihm, an seinem Vorsatz festzuhalten und sie zu ignorieren. Verzweifelt wünschte er, sie wäre ihm gleichgültig, er würde ihre anmutigen Gesten nicht wahrnehmen, nicht spüren, wie sich ihre Hand anfühlte, wenn sie seinen leeren Teller entfernte oder neue Speisen servierte und seine Finger zufällig berührte. Manchmal bewegte sie sich etwas zu schnell, und ihr Haar streifte seine Wange. Bald ertrug er ihre Nähe nicht mehr. Wann immer sie neben ihm stand, wollte er sie umarmen. Nun bereute er, daß er die Einladung zu diesem Dinner angenommen hatte. Allein schon Hirokos Anblick war eine Qual.

Tak bemerkte, was in Peter vorging, und empfand tiefes Mitgefühl. Offensichtlich hatte Hiroko seinem Assistenten den Kopf verdreht. Sie selbst erkannte nicht, welche Wirkung sie auf ihn ausübte. Immer wieder eilte sie leichtfüßig an ihm vorbei, ohne auch nur zu ahnen, daß ihm abwechselnd heiß und kalt wurde.

»Darf ich Ihnen noch etwas bringen, Peter-san?« fragte sie und musterte ihn besorgt. An diesem Nachmittag erschien er ihr so ernst und bedrückt, und sie fragte sich, warum. Verstand er sich nicht mehr mit seiner Freundin?

Er hatte jedoch entschieden andere Probleme. Er verliebte

sich immer leidenschaftlicher in Hiroko und wußte nicht, was er dagegen tun sollte. Sie war zu jung für ihn und unerreichbar – und sein Herz hörte nicht auf die Stimme seiner Vernunft. »Nein, danke, Hiroko-san, ich brauche nichts…«

Später bat er Reiko um eine Tasse Kaffee. Hiroko begegnete seinem Blick, den sie falsch deutete. Sie glaubte, er sei ihr böse. Statt dessen hypnotisierte ihn ihre Anwesenheit. Viel zu oft stieg ihm der zarte Duft ihres Parfums in die Nase, und er fürchtete allmählich, den Verstand zu verlieren.

Während sie ihrer Tante half, das Geschirr in die Küche zu tragen, seufzte sie wehmütig.

»Stimmt was nicht?« fragte Reiko.

»Ich habe Peter-san beleidigt, und jetzt ist er mir böse, Tante Rei.«

»Das bezweifle ich«, erwiderte Reiko sanft. Auch sie hatte Peters Seelenqualen bemerkt, die sie besser verstand als ihre Nichte. »Er ist wohl eher verwirrt…« Was sollte sie dem Mädchen erklären? Gar nichts. Das war Peters Sache. Am liebsten würde sie ignorieren, was da geschah. Das wäre viel einfacher.

»Verwirrt?« wiederholte Hiroko. «Warum?«

»Nun, ich glaube – im Augenblick gehen ihm viele Gedanken durch den Kopf.«

Hiroko nickte erleichtert. Also trug sie keine Schuld an Peters Kummer. Sie brachte frischen Kaffee ins Arbeitszimmer, wo Tak und Peter über die Briten und die Deutschen diskutierten. Mit einer graziösen Verbeugung servierte sie den Kaffee und stellte einen Teller mit Keksen neben die Tassen. Peter schaute unglücklich zu ihr auf und konnte sich kaum auf die Kommentare seines Professors konzentrieren.

Nachdem sie den Raum verlassen hatte, fragte Tak: »Du hast kein Wort gehört, was?«

»Doch, gerade habe ich darüber nachgedacht«, log Peter, und Tak lächelte verständnisvoll.

In gewisser Weise war auch Peter noch ein Kind – und so verliebt in Hiroko, daß er keinen klaren Gedanken mehr fassen konnte. Das hatte Takeo verhindern wollen. Aber in manchen Situationen nützte alle Vorsicht nichts. Das Schicksal bestimmte die Ereignisse, mochten sich wohlmeinende Verwandte oder Freunde auch noch so entschlossen dagegen sträuben. »Vorhin sagte ich, Churchill und Hitler würden am Samstag heiraten. Ich fragte, ob du in die Kirche gehen würdest.«

Peter grinste verlegen. Also hatte Tak ihn ertappt. »Okay, ich bin halb von Sinnen. Was nun?« Tapfer hatte er sich gegen seine Emotionen gewehrt – ohne Erfolg. Er wollte Tak weder verärgern noch beleidigen und die Familie nicht in Schwierigkeiten bringen. Aber angesichts seiner Liebe zu Hiroko fühlte er sich hilflos.

»Hast du schon mit ihr gesprochen?« Tak hatte den Eindruck gewonnen, Hiroko würde nicht einmal ahnen, was Peter für sie empfand.

»Nein, ich möchte sie nicht beunruhigen. Außerdem habe ich kein Recht dazu...« Das hatte er sich schon tausendmal gesagt, seit er sie kannte.

»Kämpfst du dagegen an?« fragte Tak hoffnungsvoll, und Peter nickte.

»Heute abend tat ich mein Bestes, um Hiroko möglichst kühl zu behandeln. An einigen Wochenenden lehnte ich sogar deine Einladung ab, weil ich ihr nicht begegnen wollte. Aber das ist zwecklos – es wird immer schlimmer. Ihr Vater wäre wohl kaum begeistert, nicht wahr?«

Was sollte Takeo darauf antworten? Schließlich hatte Masao ihm seine einzige Tochter anvertraut. »Wahrscheinlich nicht. Andererseits ist er ein kluger Mann und für einen Japaner ungewöhnlich modern eingestellt. Ich glaube, er würde dich sogar mögen. Nicht, daß ich deine Liebe zu Hiroko billige!« fügte er hastig hinzu. Doch er konnte Peter auch nicht verurteilen. Dafür mochte und respektierte er ihn zu sehr. Er schätzte die Intelligenz und Integrität seines Assistenten. Außerdem erfüllte Peter alle Ansprüche, die Masao an die Ehrbarkeit seines Schwiegersohns stellen würde. Aber er war kein Japaner und fast zehn Jahre älter als Hiroko. Für dieses Problem gab es keine einfache Lösung. »Wirst du mit ihr sprechen?«

»Das weiß ich noch nicht. Vermutlich würde sie erschrecken und kein Wort mehr mit mir reden.« Was für ein beängstigender, unerträglicher Gedanke... »Ich glaube, zu einer engeren Beziehung ist sie nicht bereit. Und ich bin's vielleicht auch nicht. Ich muß mir erst mal klarwerden, was ich eigentlich will. Von Carole ganz zu schweigen. Seit einiger Zeit verstehen wir uns nicht mehr allzugut. Offen gestanden, ich war erleichtert, als sie mir erklärte, sie würde das Erntedankfest in Milwaukee verbringen.«

»Und wie soll's weitergehen?«

»Keine Ahnung. Im Augenblick bin ich viel zu verwirrt, um irgendwas zu unternehmen.« Bedrückt schaute Peter seinen Freund an. Dann seufzte er erleichtert, denn er las keinen Zorn in Taks Augen. Nur Mitgefühl.

»Ich habe dich nie für einen Feigling gehalten«, erwiderte Tak, womit er keineswegs sein Einverständnis bekundete. Aber er würde Peter auch nichts verbieten. »Denk in aller Ruhe darüber nach. Hiroko ist sehr verletzlich. Was immer du jetzt tust, könnte ihre und deine Zukunft entscheidend beeinflussen.«

»Genau das sage ich mir seit Monaten.«

»Du wirst ihr nicht weh tun – das weiß ich.«

»Natürlich nicht.«

Sie erörterten das heikle Thema noch ein paar Minuten lang. Dann kehrten sie zur Politik zurück, und schließlich gingen sie zu den anderen ins Wohnzimmer, wo Ken und Sally einen Kinobesuch planten. Sie entschieden sich für »Der Wolfsmensch« mit Lon Chaney jr. und forderten Hiroko auf mitzukommen.

Aber sie erklärte, sie sei zu müde. Den ganzen Nachmittag habe sie Reiko geholfen. Nun wolle sie an ihrer Petitpoint-Stickerei arbeiten und sich mit Peter unterhalten. Sie fertigte ein halbes Dutzend winziger Teppiche für Tamis Puppenhaus an, und die mußten bis Weihnachten vollendet werden. Sobald das Kind zu Bett gegangen war, holte sie ihre Handarbeit hervor. Tak folgte Reiko in die Küche, um ihr Gesellschaft zu leisten, während sie Kaffee kochte. Außerdem mußte er mit ihr reden. Sein Gespräch mit Peter bereitete ihm Sorgen, und er wollte wissen, was seine kluge Frau von dem schwierigen Problem hielt.

Als er sie darüber informierte, wunderte sie sich nicht.

Nun bereute er, daß er Peter die stillschweigende Erlaubnis gegeben hatte, Hiroko zu umwerben. Aber Reiko beruhigte ihn liebevoll. »Du kannst ohnehin nichts ändern. Das müssen die beiden unter sich ausmachen.«

Er nickte und überlegte, ob er seinen Vetter hinterging, wenn er Hiroko nicht vor Peter schützte. Andererseits – was konnte er unternehmen? In dieser Situation war er machtlos.

Im Wohnzimmer beobachtete Peter, wie Hiroko sorgfältig an einem Puppenteppich stickte. Eine Zeitlang saßen sie sich schweigend gegenüber, bis sie ihn mit einer Frage überraschte. »Habe ich Sie beleidigt, Peter-san?« Obwohl Reiko ihr das Gegenteil versichert hatte, waren neue Zweifel aufgetaucht.

»Nein, Hiroko, wirklich nicht.« Ihre Nähe erhitzte sein Blut – und sie ahnte nach wie vor nicht, was sie ihm antat.

»Glauben Sie mir, Sie müssen sich keine Vorwürfe machen. Es ist nur – ich war sehr dumm...« Dann suchte er nach Worten und schaute sie unglücklich an. Würde sie ihm jemals verzeihen? »In Zukunft kann ich nicht mehr hierherkommen.«

Bestürzt erwiderte sie seinen Blick. Für sie gehörte er zur Familie, und sie würde ihn schmerzlich vermissen. Was ihn bewegte, wußte sie nicht. Jedenfalls verspürte sie in seiner Gegenwart stets ein seltsames Zittern. Hatte er es bemerkt? Wollte er ihre Verwandten deshalb nicht mehr besuchen? Sicher würden sie ihr sehr böse sein, wenn sie herausfanden, daß sie Onkel Taks Assistenten und guten Freund aus dem Haus getrieben hatte. »Ich habe mich schlecht benommen, Peter-san«, sagte sie leise, »weil ich Ihnen so freimütig begegnet bin – aber nur, weil ich Sie gewissermaßen als lieben Vetter betrachte.«

»Nein, Hiroko, Sie haben sich nicht falsch verhalten. Aber – für mich sind Sie keine Kusine.«

»Tut mir leid...« Jetzt senkte sie den Kopf, so tief, daß er ihr Gesicht nicht mehr sah. »Ich habe mir zuviel erlaubt und war sehr unhöflich.« Zögernd blickte sie auf, und die Tränen in ihren Augen krampften ihm das Herz zusammen. »Verzeihen Sie mir...«

»O Hiroko, kleine Närrin!« Lächelnd sprang er auf, kniete neben ihr nieder und zog sie an sich. Wie fragil sie war – als würde er Schmetterlingsflügel umarmen... »Sie waren nicht unhöflich. Und – für mich sind Sie keine Kusine«, wiederholte er. Durfte er aussprechen, was er empfand? Ja, er mußte es tun. »Sie bedeuten mir sehr viel. Vielleicht ist es nicht richtig. Ich habe versucht, dagegen anzukämpfen. Aber wann immer ich Sie sehe – jedesmal...« Und weil ihm wieder einmal die Worte fehlten, drückte er sie noch fester an seine Brust und küßte sie. Wie Seide fühlten sich ihre Lippen an, und es war so wundervoll, ihre zarte Gestalt festzuhalten. Am liebsten wäre er mit ihr davongelaufen, zu einem Ort, wo sie für immer in Sicherheit wären. »Wahrscheinlich bin ich verrückt«, flüsterte er an ihren Lippen, fast trunken von dem süßen Kuß, den sie erwidert hatte. Und sie teilte alle seine Gefühle. »Aber so verrückt es auch sein mag, ich liebe dich«, beteuerte er, küßte sie wieder und vergaß völlig, wo sie sich befanden.

»Ja, du bist wirklich verrückt, Peter-san«, wisperte sie. »Das dürfen wir nicht…«

»Natürlich nicht«, bestätigte er unglücklich. »So lange habe ich mich gequält und mir vorgenommen, nicht mehr hierherzukommen. Und bei jedem Wiedersehen wird mir schmerzlich bewußt, was ich für dich empfinde. Wie kann das falsch sein? Ich will für immer mit dir zusammenbleiben und für dich sorgen – und wenn es sein muß, gehe ich mit dir nach Japan.«

»O Peter!« hauchte sie überwältigt. Was würde ihr Vater sagen? Sicher wäre er entsetzt. Andererseits hatte er sich stets eine moderne Tochter gewünscht. Und es war zweifellos sehr modern, einen Amerikaner zu lieben. Was ihre Mutter davon halten würde, wollte sie sich gar nicht vorstellen. Sogar ihre amerikanischen Verwandten wären schockiert. Peter schien ihre Gedanken zu lesen. Zärtlich küßte er ihre Hand.

»Wahrscheinlich wußte Takeo schon Bescheid, bevor ich selbst merkte, wie sehr ich dich liebe. Und heute abend habe ich ihm alles gestanden.«

»War er sehr böse?« fragte sie angstvoll. Wenn Onkel Tak ihren Vater verständigte…

»Nicht böse, nur besorgt. Und das kann ich ihm nicht verübeln. Du weißt selber, wie schwierig die Beziehungen zwischen Japanern und Amerikanern sind.« Das hatte sie am College zur Genüge erfahren. Im Staat Kalifornien waren

Ehen zwischen Weißen und Japanern verboten. Um zu heiraten, müßten sie in einen anderen Staat übersiedeln – nicht, daß sie bereits eine Hochzeit planten. »Auf gar keinen Fall möchte ich dich verletzen, Hiroko«, versicherte er, küßte sie wieder, und sein Herz schlug schneller. Keine andere Frau hatte jemals so intensive Gefühle in ihm geweckt wie dieses süße, unschuldige Mädchen. Ihre scheuen Küsse glichen der Berührung zarter Blütenblätter.

Was sollten sie tun? Das Wagnis eingehen, das heimliche Glück genießen, solange es möglich war. Wohin ihr Weg führen mochte, wußten sie beide nicht. Aber was sie verband, war so übermächtig, daß sie einfach mitgerissen wurden – von heißer, drängender Sehnsucht.

»Bevor wir irgend etwas unternehmen, sollten wir gründlich nachdenken, Peter-san.«

In diesem Augenblick erschien sie ihm viel älter und klüger, als er sich fühlte. Beinahe kam er sich wie ein kleiner Junge vor. Gleichzeitig war er ein Mann, der seine Leidenschaft kaum bezähmen konnte. Wäre es möglich gewesen, hätte er Hiroko auf der Stelle geheiratet.

»Wir müssen vernünftig sein«, fuhr sie fort, »und stark.« An ihren Wimpern hingen Tränen. »Vielleicht wird man uns zwingen, auf alles zu verzichten, was wir uns so inständig wünschen. Wir dürfen niemandem weh tun.«

Jetzt rollten die Tränen über ihre Wangen, und er preßte sie ganz fest an sich.

»Alles in Ordnung mit euch beiden?« Aus der Küche drang Takeos Stimme ins Wohnzimmer, und sie hörten den sorgenvollen Unterton, der darin mitschwang. Was sollten sie antworten?

Schließlich erwiderte Peter, alles sei okay, und Reiko rief, gleich werde sie den Kaffee servieren. Inzwischen hatte sie mit ihrem Mann ausführlich über die beiden jungen Leute gesprochen und erklärt, sie müßten ihren Gefühlen folgen. Tak versuchte sich nun vergeblich einzureden, es sei nur eine harmlose Schwärmerei.

»Gehst du morgen nachmittag mit mir spazieren, Hiroko?« schlug Peter nervös vor. »Dann sprechen wir noch einmal darüber.«

Immer noch überwältigt, nickte sie, obwohl ihr vor diesem Rendezvous bangte. Noch nie war sie mit einem Mann allein gewesen, abgesehen von ihrem Vater. Doch sie wußte, daß sie Peter vertrauen konnte.

Einige Minuten später trug Reiko das Kaffeetablett ins Wohnzimmer, gefolgt von ihrem Mann. Sie unterhielten sich über ihre Weihnachtspläne und einige Zwischenfälle an der Universität. Nach einer halben Stunde verabschiedete sich Peter und dankte Reiko für das wundervolle Erntedankfest. Für ihn war es ein ganz besonderer Tag gewesen, der sein Leben für immer verändern würde.

Wie üblich verneigte sich Hiroko. Diesmal wirkte die Geste nicht förmlich, sondern beinahe feierlich. Sie hatten vereinbart, daß er sie am nächsten Nachmittag zu einem Spaziergang abholen würde.

Sobald er das Haus verlassen hatte, wünschte sie ihrem Onkel und ihrer Tante eine gute Nacht. Dann stieg sie die Treppe hinauf. Was nun geschehen würde, wußte sie ebensowenig wie Peter, der sein Auto nachdenklich durch das nächtliche Dunkel steuerte. Nur eins wußten sie beide – sie hatten einen sicheren Hafen verlassen und eine Reise ins Ungewisse angetreten.

7

Als er sie am nächsten Nachmittag abholte, war sonst niemand zu Hause. Sie trug einen dunkelgrünen Kimono, in ihren Augen eine »ernste« Farbe. Sie befand sich jedoch auch in ernsthafter Stimmung, während sie langsam zu seinem Auto gingen. Auf der Fahrt erzählte Peter, wann ihm seine Liebe bewußt geworden war. Hiroko hatte ebenso gespürt, was sie zueinander hinzog, ihre Emotionen aber verdrängt. Es war eine unwiderstehliche Macht gewesen, der sie erst am letzten Abend nachgegeben hatten, und nun staunte sie immer noch über ihre eigenen Gefühle – und seine.

»Was sollen wir tun, Peter-san?« fragte sie beklommen. Durfte sie Mutter und Vater kränken, ihre Ahnen verraten? Niemals! Sie war nicht nach Amerika gekommen, um ihre Familie zu entehren. Aber eine innere Stimme flüsterte ihr zu, das Schicksal habe sie hierhergeführt, zu Peter, und dieser Erkenntnis konnte sie sich nicht verschließen.

»Wir müssen eine vernünftige Entscheidung treffen, Hiroko. Bis zum Juli bleibst du in Kalifornien. Wer weiß, was inzwischen geschehen wird? Vielleicht fahre ich im Sommer nach Japan und besuche deinen Vater.«

Daß sie ihn kaum kannte, bedrückte sie am allerwenigsten. In Kyoto wäre sie bereit gewesen, einen Unbekannten zu ehelichen, den ein Heiratsvermittler ihren Eltern vorgestellt hätte. Das Problem lag in Peters Herkunft – er war kein Japaner. Und dieses Hindernis erschien ihr unüberwindlich.

»Was wird dein Vater sagen?« fragte er besorgt.

»Keine Ahnung, Peter-san«, antwortete sie wahrheitsgemäß. »Ich fürchte, er wird einen Schock erleiden. Sicher wäre es am besten, wenn Onkel Tak im Sommer mit ihm sprechen würde.« Dann schenkte sie ihm ein fast verführerisches Lächeln, das ihn überraschte. »Und bis dahin?«

»Warten wir ab, wie sich die Dinge entwickeln werden. Vielleicht willst du im Sommer gar nichts mehr von mir wissen.« Höchst unwahrscheinlich, dachte er und lachte leise, wo ich doch spüre, wie sehr sie mich liebt...

Sie waren zu einem kleinen See gefahren. Eine Zeitlang wanderten sie am Ufer entlang, dann setzten sie sich auf eine Bank und tauschten heiße Küsse. Er nahm ihr den Atem. Nie zuvor hatte sie so erregende Gefühle empfunden. »Ich liebe dich«, flüsterte er in ihr Haar, restlos hingerissen. Was ihn jetzt bewegte, hatte noch keine Frau in seinem Herzen entfacht. Hiroko war das Glück seines Lebens, und darüber wollte er nicht einmal mit Tak und Reiko reden – vor lauter Angst, damit den schönen Traum zu zerstören.

Auf der Heimfahrt besprachen sie, ob sie Hirokos Verwandte einweihen sollten. Sie beschlossen, noch eine Weile zu warten, ihr kostbares Geheimnis zu hüten und zu sehen, was geschehen würde. Wenn Takeo auch von Peters Liebe zu Hiroko wußte – daß sie erwidert wurde, konnte er nicht ahnen.

»Nachdem ich Tak gestanden habe, was du mir bedeutest, wird Reiko mittlerweile informiert sein«, seufzte Peter. »Aber deine kleinen Kusinen und dein Vetter brauchen nichts zu erfahren. Die würden uns zum Wahnsinn treiben.«

Bei diesem Gedanken mußte Hiroko lachen. Wie würde ihr Bruder reagieren? Er schwärmte für die Vereinigten Staaten. Doch er würde niemals annehmen, sie könnte sich in einen Amerikaner verlieben – ebensowenig wie die Eltern. Hätten sie das befürchtet, wäre ihre Tochter sicher nicht an Bord der *Nagoya Maru* gegangen.

Um Diskretion zu üben, fuhr Peter nicht bis zum Haus der Tanakas. Statt dessen ließ er Hiroko an der Straßenecke aussteigen. Als sie davoneilte, schaute er ihr nach und hoffte, Tak würde akzeptieren, was sich ereignet hatte. Vielleicht würde der Freund Verständnis zeigen und erkennen, daß man gegen wahre Liebe machtlos war. Wie auch immer, die Situation lastete bleischwer auf Peters Seele. Abgesehen von den Schwierigkeiten, die ihm Hirokos Verwandtschaft und ihre Familie in Japan bereiten mochten – er mußte auch mit Carole reden und die Beziehung beenden. Er würde ihr wohl kaum das Herz brechen, aber sie würde nicht gerade glücklich sein.

Trotz seiner guten Vorsätze fuhr er am nächsten Tag nach Dienstschluß nicht in die City, um Carole zu treffen. Weil er der Versuchung nicht widerstehen konnte, besuchte er Hiroko und saß im Wohnzimmer, bis Reiko ihn zum Dinner einlud. Natürlich erriet sie, was ihn hierhergeführt hatte. Doch sie verlor kein Wort darüber. Gerührt beobachtete sie die Liebenden. Peter behandelte Hiroko so zärtlich und fürsorglich. Und wie respektvoll sie ihm begegnete... Sie verneigte sich sogar noch tiefer denn je.

Hingegen wünschte Takeo, er müßte diese Szenen nicht mit ansehen. Nicht, daß er den beiden ihr Glück mißgönnte – aber wie sollte er seinem Vetter Masao erklären, Hiroko habe sich in einen Amerikaner verliebt? Und was mochte die Zukunft bringen? Während er seine Nichte und Peter betrachtete, lächele er wehmütig. Sie waren so jung, so verletzlich.

Nach dem Dinner gingen sie alle ins Kino, und Tak lud Peter ein mitzukommen. Belustigt sah er den Komplizenblick, den sein Assistent und Hiroko wechselten. Glaubten sie, niemand würde bemerken, was sie füreinander empfanden – obwohl es offensichtlich war?

Sie schauten sich »Verdacht« mit Cary Grant und Joan Fontaine an, und der Film gefiel ihnen sehr gut. Dann kehrten sie ins Haus zurück, um heiße Schokolade zu trinken. Um Mitternacht mußte sich Peter wohl oder übel von seiner Liebsten losreißen. Beim Abschied schauten sie sich sehr lange in die Augen. Ken würde Hiroko am nächsten Tag zum College zurückfahren, und Peter hatte versprochen, mit ihr zu telefonieren.

Am nächsten Morgen trug sie einen schwarzen Rock und eine weiße Bluse. Reiko schaute sie prüfend an und nahm sie in die Arme. »Mach keine Dummheiten, Kleines«, warnte sie. »Manchmal läßt man sich zu leicht hinreißen.« Hiroko nickte. Von solchen Dingen wußte sie nicht viel. Aber ihre Mutter hatte sie schon vor Jahren ermahnt, den Männern aus dem Weg zu gehen. Und nun glaubte sie, etwas Schreckliches würde geschehen, nachdem sie Peter geküßt hatte.

»Ich werde dir keine Schande machen, Reiko-san«, beteuerte sie, erwiderte die Umarmung und vermißte ihre Mutter.

»Paß gut auf dich auf«, bat Reiko, und Hiroko erriet, was ihre Tante meinte.

»Bald komme ich zurück.« Wegen der Examen würde Hiroko die nächsten Wochenenden im St. Andrew's verbringen, und danach begannen die Weihnachtsferien, die drei Wochen dauern würden. Darauf freute sie sich sehr – vor allem, weil Peter, der an einer Universität arbeitete, zur selben Zeit Urlaub hatte.

Während der Fahrt schwieg sie beharrlich, und Ken vermutete, sie sei einfach nur traurig, weil sie aufs College zurückkehren mußte. »So schlimm wird's nicht«, versuchte er sie aufzuheitern. »Bald hast du ja Ferien.«

Allein schon bei diesem Gedanken mußte sie lächeln. Ungeduldig würde sie die Tage bis zu ihrer Rückkehr nach Palo Alto zählen.

Ken trug ihr Gepäck in die Halle von St. Andrew's, verabschiedete sich und fuhr nach Hause. In ihrem Zimmer traf sie eine deprimierte Sharon an. Das Erntedankfest in Palm Springs war gräßlich gewesen. Aber das würde sie Hiroko nicht auf die Nase binden. Vier Tage lang hatte sich ihr Vater zusammen mit einer neuen Freundin betrunken. Sharon haßte ihn, wenn er sich so aufführte. Aber die Rückkehr ans College erschien ihr noch schrecklicher. Sie hatte miserable Zensuren bekommen. Nun würde sie erneut auf Hirokos Hilfe und Gnade angewiesen sein. Das verletzte ihren Stolz. Nun, sie hatte das Studium ohnehin satt. Am Ende des Semesters wollte sie es an den Nagel hängen und Schauspielerin werden.

»War dein Urlaub nicht schön, Sharon-san?« fragte Hiroko mitfühlend, und ihre rothaarige Zimmergenossin zuckte die Achseln. Sie trug eine Hose und einen Pullover, und alle behaupteten, sie würde wie Katherine Hepburn aussehen.

»Doch«, erwiderte sie und zündete sich eine Zigarette an. Im St. Andrew's war Rauchen streng verboten. Darum kümmerte sie sich nicht. Wenn sie aus dem College geworfen würde, wäre es keine Tragödie. Dann konnte sie ihre Pläne sogar noch leichter verwirklichen.

»Das darfst du nicht«, mahnte Hiroko. Womöglich würde man den Rauch riechen und Alarm schlagen.

Eine halbe Stunde später kam eine Studentin ins Zimmer, um sich mit Sharon zu unterhalten, und sah die Zigarettenstummel. Voller Schadenfreude rannte sie zur zuständigen

Monitorin – einer älteren Studentin, die als Aufseherin fungierte – und behauptete, die Japanerin habe geraucht. Am nächsten Tag wurden Hiroko und Sharon ins Verhör genommen.

Sharon legte kein Geständnis ab. Da Hiroko ihre Zimmerkameradin nicht in Schwierigkeiten bringen wollte, nahm sie die Schuld auf sich. Danach saß sie weinend auf ihrem Bett. Man hatte ihre Strafe zur Bewährung ausgesetzt – eine unerträgliche Schande. An diesem Abend rief Peter an und erfuhr, was geschehen war. »Um Himmels willen, sag die Wahrheit!« bat er erschrocken. »Tu dir das nicht an!«

»Dann würden sie mich noch mehr hassen, Peter-san«, erwiderte sie unglücklich.

Wütend auf die Verräterin und Sharon, die ihrer Zimmergenossin die Schuld in die Schuhe schob, stieß er hervor: »Was für verzogene Biester!« Damit traf er den Nagel auf den Kopf, und er bedauerte zutiefst, daß Hiroko nicht an der Stanford University studierte. »Soll ich dich nächste Woche besuchen?« Das lehnte sie ab, weil sie fürchtete, er würde im College unliebsames Aufsehen erregen. Deshalb blieb ihm nichts anderes übrig, als ihr zu versprechen, bald wieder anzurufen.

Am Wochenende kehrte Anne Spencer ins St. Andrew's zurück, gerade noch rechtzeitig vor den Prüfungen, und ignorierte ihre Wohngenossinnen. Einen Tag später kam Sharon erst nach der Ausgangssperre heim. Sie war betrunken und stritt lautstark mit den Monitorinnen. Daraufhin wurde sie ebenfalls mit einer Strafe auf Bewährung belegt. In ihrem Groll bereitete sie sich nicht auf ihr Geschichtsexamen vor, fiel prompt durch und beklagte sich bitter bei Hiroko.

Diese Turbulenzen berührten Anne nicht. Warum sollte sie sich um die Probleme der beiden kümmern? So tief würde sie nicht sinken. Als sie von dem Verstoß gegen das Rauchverbot erfuhr, zuckte sie nur die Schultern. Sie hatte gewußt, daß Sharon rauchte, staunte nur über Hirokos Mittäterschaft.

Wie immer hielt sie sich von den Zimmerkameradinnen fern. Sie lernte zusammen mit ihren Freundinnen und erhielt ausgezeichnete Zensuren. Manchmal schlief sie sogar bei den anderen Mädchen, um Sharons und Hirokos Gesellschaft zu meiden. Wenn sie erwischt wurde und ihre Gründe darlegte, drückte man beide Augen zu.

Hiroko glaubte, diese gräßliche Woche würde kein Ende nehmen. Am Freitag abend bedauerte sie, daß sie nicht nach Palo Alto fahren konnte. Sie hatte wieder mit Peter telefoniert. Das ganze Wochenende dachte sie an ihn, an das Geständnis seiner Liebe, an seine Küsse. Das alles erschien ihr nach wie vor unglaublich. Als sie ihren Eltern schrieb, erwog sie, ihn zu erwähnen. Doch sie wollte ihnen keine Sorgen bereiten. Außerdem wäre es ihr schwergefallen, ihre Gefühle zu erklären, die sie selber kaum verstand. So berichtete sie nur von dem Erntedankfest bei den Tanakas. Am Samstag abend kroch sie früh ins Bett. Wie üblich war Anne ausgegangen. Sharon saß im Zimmer einer Freundin, rauchte und trank Gin. Das wußte Hiroko. Glücklicherweise fanden diese Missetaten woanders statt und konnten ihr nicht schaden. Die Bewährungsfrist war noch nicht abgelaufen.

Am Sonntag morgen spielte sie mit drei Mädchen Tennis, die ihr freundlich begegneten. Eine der Studentinnen hatte beim Anblick der Japanerin gezögert, dann überwand sie ihre Ressentiments. So etwas erlebte Hiroko sehr oft. Anfangs fühlten sich die Kommilitoninnen in ihrer Gesellschaft unbehaglich, und nach näherer Bekanntschaft gewann sie ihre Zuneigung. Aber einige, insbesondere die junge Dame aus San Francisco, vermochten ihre Vorurteile nicht abzulegen und glaubten, alle Japaner kämen aus primitiven Verhältnissen. Dabei stammte Hiroko aus einer älteren, kultivierteren Familie als die meisten anderen Mädchen. Ihr Vater konnte seine Ahnen bis ins vierzehnte Jahrhundert zurückverfolgen, ihre Mutter sogar noch weiter. Allerdings waren die Takashimayas nicht so reich wie die Spencers.

Hiroko und ihre Partnerin gewannen das Doppel. Danach tranken sie Limonade in der Cafeteria und schwatzten angeregt über das Spiel. Die drei Mädchen erklärten, sie würden gern wieder mit Hiroko Tennis spielen. Zum erstenmal seit drei Monaten glaubte sie, Freundinnen zu finden. Vielleicht hatte sie einfach nur Pech, was ihre Zimmergenossinnen betraf.

Kurz nach elf Uhr ging sie in ihr Zimmer und schlüpfte aus dem Tennisdreß. Als sie eine halbe Stunde später die Duschkabine verließ, hörte sie einen Schrei und nahm an, jemand hätte einen Unfall erlitten. Ohne sich abzutrocknen, zog sie hastig ihren Morgenmantel an und rannte in den Flur. Dort hatten sich mehrere Mädchen rings um ein Transistorradio versammelt. Einige weinten. Am lautesten schluchzte eine Studentin, die aus Hawaii stammte.

»Was ist geschehen?« rief Hiroko angstvoll.

»Wir wurden bombardiert!« erwiderte eine schrille Stimme.

Unwillkürlich schaute Hiroko zum Fenster. Aber sie sah nichts. Ein Mädchen wandte sich zu ihr, das Gesicht tränenüberströmt. »O Gott, Pearl Harbor wurde bombardiert!« Wo das lag, wußte Hiroko ebensowenig wie die meisten anderen.

Nur die leichenblasse Hawaiianerin wußte es ganz genau. »Auf Hawaii«, beantwortete sie die atemlose Frage.

»Gerade haben die Japaner Bomben über Pearl Harbor abgeworfen«, erkärte jemand, und Hirokos Herz drohte zu versteinern.

»Unmöglich!« protestierte ein Mädchen.

»Und wenn sie hierherkommen?«

Plötzlich schrien alle durcheinander. Einige rannten davon, und in den Fluren von St. Andrew's brach ein Chaos aus. Verzweifelt versuchte Hiroko zu verstehen, was passiert war. Das schien niemand genau zu wissen. Offenbar hatten die Japaner zwei Bombenangriffe auf den Hawaii-Stützpunkt der US-Streitkräfte durchgeführt. Alle am Boden stationierten amerikanischen Flugzeuge waren zerstört, mehrere Schiffe versenkt, zahlreiche Menschen getötet oder verwundet worden. Obwohl man noch keine genauen Zahlen kannte, handelte es sich eindeutig um eine schwerwiegende Attacke auf die USA, und die Kriegserklärung stand unmittelbar bevor. Natürlich befürchteten die Studentinnen so wie alle Bewohner der Westküste, die japanischen Bomber würden auch Kalifornien überfliegen.

Schreiend und schluchzend rannten die Mädchen in die Korridore. Hiroko zog sich verwirrt in ihr Zimmer zurück. Was hatte der Angriff zu bedeuten? Würde ein Krieg ausbrechen? Waren ihre Eltern in Sicherheit? Mußte sie nach Hause reisen? Würde man sie festnehmen und deportieren? Mußte Yuji einrücken? Das alles erschien ihr unvorstellbar. Nun ergaben die Ereignisse der letzten Monate, die Rundfunknachrichten und Zeitungsmeldungen einen Sinn – die Verhandlungen mit Japan, die Vertragsbrüche in Europa, Hitler und Mussolini und Stalin. Ein Weltkrieg – und sie war eine Feindin im fremden Land, viertausend Meilen von ihrer Familie entfernt …

Eine Stunde später, nachdem sie sich angezogen hatte, kehrte sie bedrückt in den Flur zurück. Die meisten Mädchen hatten ihre Zimmer aufgesucht. Aber einige standen immer noch draußen, diskutierten aufgeregt und hörten Radio. Als Hiroko zögernd zu ihnen ging, erkannte sie eine der Studentinnen, mit denen sie Tennis gespielt hatte – eine Hawaiianerin, noch vor wenigen Stunden eine Freundin. Jetzt las Hiroko kalten Haß in den tränenfeuchten Augen.

»Wie kannst du es wagen, uns auch nur anzuschauen!« fauchte das Mädchen. »Vielleicht sind meine Eltern schon tot! Und du bist schuld daran!« Diese Anklage war völlig unlogisch. Aber an diesem Tag besiegten die Emotionen jede Vernunft. Als die andere Hawaiianerin schluchzend auftauchte, floh Hiroko in ihr Zimmer.

Dort blieb sie den ganzen Nachmittag und hörte beängstigende Rundfunknachrichten. Wenigstens erfolgte kein Angriff auf Kalifornien. In den Straßen war Panik ausgebrochen. Alles hielt nach feindlichen Flugzeugen Ausschau, Soldaten wurden in ihre Stellungen beordert, viele Bürger meldeten sich bei der Polizei und der Feuerwehr freiwillig zur zivilen Verteidigung. Nie zuvor waren die Vereinigten Staaten auf ihrem eigenen Grund und Boden attackiert worden.

Immer wieder versuchten Takeo und Reiko, ihre Nichte telefonisch zu erreichen. Doch sie wurden nicht mir ihr verbunden und mit der Erklärung abgespeist, man müsse die Leitungen für Notrufe freihalten. Tak wagte nicht zu insistieren, weil er keine erhöhte Aufmerksamkeit auf Hiroko lenken wollte. Natürlich ahnte er, was sie durchmachte.

Den ganzen Tag sorgte er sich um sie. Am liebsten hätte er sie aus dem College geholt und nach Palo Alto gebracht. Aber er konnte seine Familie nicht allein lassen. Die Angst der Tanakas galt den USA. Mit Japan verband sie nichts mehr, abgesehen von Hirokos Vater. Auch ihn versuchte Tak anzurufen, ohne Erfolg. Schließlich erkundigte er sich telegrafisch nach dem Befinden seiner Verwandten und fragte, was mit Hiroko geschehen solle. Wenn die Vereinigten Staaten Japan den Krieg erklärten, was unvermeidlich schien, würde Masao vermutlich wünschen, daß seine Tochter in Amerika bliebe, in Sicherheit. Andererseits wußte Takeo nicht, ob die Behörden ihr den Aufenthalt auch weiterhin gestatten würden. Diese Frage mußte geklärt werden, sobald er genauere Informationen erhielt.

Um sechs Uhr durfte er endlich mit Hiroko telefonieren, die einem hysterischen Anfall nahe war. Seit Stunden hatte sie sich in ihrem Zimmer verkrochen, voller Angst, man würde ihr vorwerfen, was ihr Vaterland dem Stützpunkt Pearl Harbor angetan hatte. Niemand war zu ihr gekommen – bis endlich eine Monitorin erschien und ihr mitteilte, ihr Onkel sei am Telefon. Kommentarlos führte sie die Japanerin in die Halle hinunter. Hiroko ergriff den Hörer und berichtete schluchzend, was geschehen war. Plötzlich vergaß sie ihr Englisch und fügte auf japanisch hinzu, sie würde sich solche Sorgen um ihre Familie und Tak und Reiko und die Kinder machen. Was solle sie denn tun, ein achtzehnjähriges Mädchen, allein im Feindesland? »Du hast immer noch uns«, erwiderte Takeo.

Und Peter, erinnerte sie sich stumm. Oder haßte er sie jetzt auch? Vielleicht würden die Amerikaner nie wieder mit ihr sprechen. Den ganzen Tag hatte sie auf die Polizei gewartet, auf jemanden von der College-Verwaltung, der ihr die Tür weisen würde. Aber vielleicht habe man beschlossen, sie erst am Montag hinauszuwerfen oder zu verhaften, erklärte sie ihrem Onkel.

»Beruhige dich«, bat er. »Das brauchst du nicht zu befürchten. Für diese schrecklichen Ereignisse bist du nicht verantwortlich. Warten wir ab, was der Präsident beschließen wird.« Aber er zweifelte nicht am baldigen Kriegsausbruch. »Vielleicht mußt du nach Japan zurückkehren. Ins Gefängnis wird man dich sicher nicht stecken. Um Himmels willen, du bist doch keine japanische Agentin! Ich habe bereits Verbindung mit deinem Vater aufgenommen. Wahrscheinlich würde er's vorziehen, daß du in Amerika bleibst. Hier wärst du in Sicherheit.« Seine Worte klangen einleuchtend. Doch er war kein achtzehnjähriges Mädchen, und er hatte sich nicht stundenlang vor feindseligen Studentinnen versteckt.

»Und Mama und Papa und Yuji? Sind sie denn in Sicherheit, wenn Amerika gegen Japan kämpft?«

»Sie werden sich schützen. Jedenfalls bist du bei uns besser aufgehoben. Morgen werde ich die nötigen Informationen sammeln. Ich melde mich wieder. Nur keine Panik.«

Es war tröstlich gewesen, mit ihm zu reden. Am Abend rief Peter an. Er hatte sich schreckliche Sorgen um sie gemacht und den ganzen Nachmittag vergeblich versucht, mit ihr zu telefonieren. An die Tanakas hatte er sich nicht gewandt, weil es ihm immer noch widerstrebte, seine Gefühle für Hiroko offen zu zeigen – obwohl Tak und Reiko zweifellos Bescheid wußten. »Geht's dir jetzt besser?« fragte er nervös, nachdem er erfahren hatte, was ihr die Studentinnen vorwarfen.

»Ja, Peter-san«, erwiderte sie tapfer.

»Fährst du nach Palo Alto?«

»Keine Ahnung. Jedenfalls will Onkel Tak, daß ich in Amerika bleibe. Morgen wird er herausfinden, ob mir die Ausweisung droht. Und er muß auch abwarten, was Papa beschließt.«

»Hoffentlich meldet sich dein Vater bald. Ich fürchte, morgen oder übermorgen werden alle privaten Verbindungen mit Japan abreißen. Kannst du im College bleiben? Oder ist das zu gefährlich?«

»Onkel Tak meint, wir müssen erst mal sehen, was passieren wird.« Diese Ansicht teilte Peter nicht. Nach allem, was Hiroko an diesem Tag erlitten hatte, befürchtete er weitere, noch grausamere Attacken ihrer Kommilitoninnen, und er wünschte, sie würde möglichst schnell nach Palo Alto zurückkehren. Doch er wollte sie nicht beunruhigen. »Was geschieht in San Francisco, Peter-san?« Sie fühlte sich völlig abgeschnitten von der Außenwelt.

»Hier ist alles in Panik geraten. Man glaubt, Japan wird die Westküste bombardieren. Dazu ist es glücklicherweise noch nicht gekommen.« Es war ein langer Tag gewesen. Und niemand wußte, was der nächste Morgen bringen würde.

Was weder Hiroko noch Peter ahnten – das FBI nahm bereits an diesem Abend mehrere Personen fest, die der Spionage verdächtigt und verhört wurden, darunter Fischer, die in ihren Booten Kurzwellenempfänger benutzten. Andere waren bereits wochenlang observiert worden und hatten den Eindruck erweckt, sie würden mit dem Feind konspirieren.

»Jedenfalls fahre ich Ende dieser Woche nach Palo Alto«, erklärte Hiroko. Am Freitag würden die Weihnachtsferien beginnen.

»Vorher telefonieren wir noch mal, und – Hiroko …« Zögernd hielt Peter inne. Er wollte ihr keine Angst einjagen. Aber sie sollte wissen, daß er für sie sorgen würde, was immer auch geschehen mochte. »Wenn irgendwas passiert, mußt du Ruhe bewahren und im College bleiben. Ich werde sofort kommen und dich holen.«

Wie entschlossen das klang – und so vertrauenswürdig … Zum erstenmal an diesem schrecklichen Nachmittag konnte sie lächeln. »Danke, Peter-san.« Langsam ging sie nach oben. In dieser Nacht schlief sie allein. Weder Sharon noch Anne wollten das Zimmer mit ihr teilen.

Am nächsten Vormittag wandte sich Präsident Roosevelt an den Kongreß. Er sprach nur sechs Minuten lang und bat die Abgeordneten, Japan den Krieg zu erklären. Erstens hätten die Japaner die Gespräche der Amerikaner mit ihrer Regierung und dem Kaiser ignoriert, die den Frieden im Pazifik sichern sollten, und außerdem nicht nur den US-Stützpunkt auf Hawaii bombardiert, sondern auch Malaya, die Philippinen, Wake Island, Guam, Midway und Hongkong. Effektiv war der Krieg bereits am Vortag erklärt worden, und Roosevelt brauchte nur noch die Bestätigung des Kongresses. Mit Ausnahme einer einzigen Stimme wurde sein Antrag angenommen. Um ein Uhr mittags unterschrieb man die erforderlichen Dokumente. Und am selben Abend erklärte Japan den Vereinigten Staaten und Großbritannien den Krieg.

Kurz bevor die Kommunikation offiziell unterbunden wurde, erhielt Tak einen Anruf des japanischen Konsuls in San Francisco, der ihm eine Nachricht von Masao übermittelte. Wenn möglich, sollte Hiroko in Kalifornien bleiben. Yuji hatte sich bereits der japanischen Luftwaffe angeschlossen, und alle Takashimayas schickten ihren amerikanischen Verwandten herzliche Grüße.

Für die Vereinigten Staaten war dies nicht nur ein »infamer« Tag, wie Roosevelt sich ausdrückte, sondern auch ein chaotischer. Alle japanischen Banken, Geschäfte, Zeitungsredaktionen und Rundfunksender wurden beschlagnahmt, ebenso die Fischerboote und kleinere Unternehmen. Man nahm Deutsche und Italiener fest, um sie zu verhören, aber hauptsächlich Japaner. Die Grenzen wurden geschlossen, kein Japaner durfte ein Flugticket kaufen oder auf anderen Wegen ausreisen. So konnte Hiroko die Staaten ohnehin nicht verlassen. Die ganze Westküste war in Alarmbereitschaft.

Um achtzehn Uhr vierzig erfolgte die unbestätigte Meldung, ein feindliches Flugzeug würde sich nähern. Schreiend flüchteten die Menschen in die Keller ihrer Häuser oder in Luftschutzbunker. Dort warteten sie vergeblich auf den Angriff. Schließlich verstummten die Sirenen. Alle Rundfunkstationen waren abgeschaltet worden. Wie man erst später feststellte, hatte die Gefängnisinsel Alcatraz trotz aller Vorsichtsmaßnahmen die ganze Zeit wie ein Leuchtturm gestrahlt.

Im Laufe der Nacht gellte ein zweiter Bombenalarm, und die Radiosender verstummten wieder. Aber es passierte nichts.

Beim dritten Bombenalarm, um halb zwei Uhr nachts, brachten sich die verängstigten Bürger erneut in Sicherheit, diesmal in Nachthemden und Morgenmänteln, Kinder und Haustiere an sich gepreßt. Keine einzige Bombe fiel vom Himmel.

Um zwei Uhr wurde eine weitere Verdunkelung angeordnet, um drei meldete man die baldige Ankunft zweier feindlicher Flugzeuggeschwader. Doch sie wurden weder gesehen noch gehört. Am nächsten Tag behauptete Lieutenant General John De Witt, sie seien von einem Flugzeugträger aus gestartet. Aber man fand nirgends eine Spur dieser Maschinen. Auch der Flugzeugträger wurde nicht gesichtet. All die imaginären Angriffe machten Schlagzeilen. Am 9. Dezember war San Francisco einem Kollaps nahe.

In der nächsten Nacht begann das makabre Theater von neuem, nicht nur in San Francisco, sondern auch in New York und Boston. Kalte Angst vor den Japanern beherrschte die Bevölkerung, vor allem an der Westküste, wo General De Witt den Terror unentwegt schürte.

Zwei Tage später, am Donnerstag, erklärte Deutschland den Vereinigten Staaten den Krieg, und Guam fiel an die Japaner. In Berkeley ordnete das Finanzministerium an, alle am Montag konfiszierten Unternehmen in japanischem Besitz müßten geschlossen werden. Damit waren die geschäftlichen Aktivitäten der Japaner in den Vereinigten Staaten beendet.

Auch Hiroko stand in diesen schweren Zeiten Höllenqualen aus. Seit dem Bombardement von Pearl Harbor hatte sie ihr Zimmer kaum verlassen. Sharon und Anne gingen ihr geflissentlich aus dem Weg. Am 11. Dezember wurde sie ins Verwaltungsbüro bestellt, und Hiroko erwartete, man würde sie auffordern, das College zu verlassen.

Zu ihrer Verblüffung war die Vorsteherin überaus freundlich und versicherte, sie würde ihr keineswegs grollen. Natürlich sei Hiroko genauso wie die amerikanischen Bürger ein unschuldiges Opfer. Aber in so schlimmen Situationen würden die Gefühle manchmal Amok laufen. Sie habe gehört, wie unfair die Studentinnen Hiroko behandeln würden. Das bedauere sie zutiefst. Dann schlug sie der jungen Japanerin vor, zu Beginn der Ferien abzureisen, so wie alle anderen Mädchen, und nach Weihnachten ins College zurückzukommen. »Bis dahin wird sich die Lage beruhigen, und du kannst dich wieder deinen Studien widmen.«

Die ganze Woche hatte Hiroko ihr Zimmer nur verlassen, um die Prüfungen abzulegen. Da sie nicht mit den anderen im Speisesaal essen wollte, nahm sie die Mahlzeiten in ihr Zimmer mit. Trotz der beklemmenden Atmosphäre hatte sie ihre Studien nicht vernachlässigt und hervorragende Zensuren erhalten.

»Diese letzten Tage waren für uns alle eine Qual«, fügte die Direktorin hinzu, »besonders für die Hawaiianerinnen.« Inzwischen hatten beide Mädchen erfahren, ihre Angehörigen seien unverletzt. Trotzdem starrten sie Hiroko bei jeder Begegnung so wütend an, als wollten sie ihr die Augen auskratzen. »Hast du etwas von deiner Familie gehört?«

»Nicht viel«, antwortete Hiroko. »Mein Vater hat meinem Onkel nur mitgeteilt, daß ich in Amerika bleiben soll.«

Also hatte sie die Monate und Wochen bis zu ihrer Heimkehr umsonst gezählt. Vielleicht würden mehrere Jahre vergehen, bis sie Japan wiedersah. Dieser Gedanke trieb ihr Tränen in die Augen. Aber sie lächelte die gütige Vorsteherin dankbar an. Wenigstens durfte sie ihr Studium nach Weihnachten fortsetzen, obwohl sie eine »Feindin« war. Seit Tagen las sie in den Zeitungen Hetzartikel über die »niederträchtigen Japaner«, und die Verachtung, die man ihrem Volk entgegenbrachte, tat ihr in der Seele weh.

»Sicher werden wir ein trauriges Weihnachtsfest erleben«, seufzte die Vorsteherin. Fast alle Familien mußten sich von Vätern, Söhnen und Brüdern trennen, die in den Krieg zogen. »Trotzdem – alles Gute im neuen Jahr, meine Liebe«, fuhr die sympathische Frau fort, stand auf und schüttelte Hirokos Hand. »Ich freue mich auf unser Wiedersehen.«

Erleichtert kehrte Hiroko in ihr Zimmer zurück. Sie wurde nicht ausgewiesen, und sie durfte weiterhin am St. Andrew's studieren. Im Gegensatz zu den Kommilitoninnen war ihr wenigstens die College-Verwaltung freundlich gesinnt und erweckte nicht den Eindruck, sie hätte Pearl Harbor persönlich angegriffen.

An diesem Abend packte Hiroko ihre Sachen. Zum erstenmal seit vier Tagen kamen Sharon und Anne ins Zimmer, um ihre Reisevorbereitungen zu treffen, und schliefen wieder in ihren eigenen Betten. Während der Nacht wurden sie zweimal von den Luftschutzsirenen in den Keller gejagt. Wie schon so oft tauchten keine feindlichen Flugzeuge auf. Nur die fast greifbare Angst war real.

Diesmal holten Takeo und Reiko ihre Nichte ab. Nach der grauenvollen Woche war der Anblick der beiden ein willkommener Trost. Keine einzige Studentin hatte sich von ihr verabschiedet oder ihr frohe Weihnachten gewünscht. Sobald sie im Auto saß, begann sie zu weinen.

»Es war so schrecklich«, klagte sie auf japanisch, und die Tante forderte sie in scharfem Ton auf, englisch zu sprechen.

»Warum?« fragte Hiroko verblüfft. Normalerweise störte es die Verwandten nicht, wenn sie sich in ihrer Muttersprache ausdrückte.

»Weil wir Krieg gegen Japan führen. Man könnte dich für eine feindliche Agentin halten.«

»Jetzt übertreibst du ein bißchen«, meinte Onkel Tak, fügte aber hinzu, es sei diplomatischer, englisch zu sprechen. »Im Augenblick sind die Leute ziemlich nervös, Hiroko. Das mußt du berücksichtigen.«

Nur zu gut erinnerte sie sich an die täglichen Schlagzeilen von der gelben Gefahr. General De Witt, der die Verteidigung organisierte, unterstützte die Presse bei dieser Hetzkampagne. Unentwegt schürte er den Haß gegen die Japaner.

Am Samstag erklärten auch Italien, Rumänien und Bulgarien den Krieg gegen die Alliierten. Erschöpft von den gräßlichen Ereignissen, die auf sie einstürmten, schlief Hiroko fast den ganzen Tag. Gegen Abend stand sie auf und half Reiko, das Dinner vorzubereiten.

Erst am Sonntag sah sie Peter wieder. Er gab vor, Tak zu besuchen. Aber er wollte vor allem Hiroko sehen. Langsam stieg sie die Treppe hinab, in einem dunkelgrauen Kimono, der ihre ernste Miene noch betonte. Wie üblich verneigte sie sich. Aber diesmal berührte Takeo ihre Schulter. »Tu das nicht mehr, Hiroko. Du darfst nirgendwo auffallen. Nicht einmal hier. Es ist besser, wenn du dich nicht mehr verbeugst.«

Erschrocken starrte sie ihn an. Mußte sie denn vergessen, daß sie eine Japanerin war? Nach kurzem Zögern ließ er sie mit Peter allein, der sie besorgt musterte.

»Alles in Ordnung?« Die ganze Woche hatte er sich verzweifelt um seine Liebste gesorgt und nur selten gewagt, Tak nach ihrem Befinden zu fragen. Sie sah müde aus und zerbrechlicher denn je.

»Ja, es geht mir gut, Peter-san.« Automatisch wollte sie sich wieder verbeugen, hielt aber in letzter Sekunde inne, weil sie an die Ermahnung ihres Onkels dachte.

»Tak hat recht«, sagte Peter leise. »Gestern erzählte mir eine meiner *sansei*-Freundinnen, aus lauter Angst vor Repressalien habe ihre Großmutter eine kleine japanische Flagge verbrannt.«

»Das ist doch albern.«

»Vielleicht nicht. Manchmal wird man in Kriegszeiten gezwungen, die verrücktesten Dinge zu tun. Wirst du ans College zurückkehren?« Von Tak hatte er bereits erfahren, daß sie auf Wunsch ihres Vaters in Kalifornien bleiben sollte. »Was hat man dir gesagt?«

»Die Vorsteherin erlaubt mir, mein Studium fortzusetzen. Außerdem war sie sehr bestürzt, weil die anderen Mädchen mich so unfreundlich behandelt haben.«

»Und wenn sie dich weiterhin quälen?«

»Dann muß ich's hinnehmen. Mit *chizoku* kann ich nicht leben – nur mit *bushido.*« Lächelnd schaute sie Peter an. In diesem Augenblick erschien sie ihm stark und entschlossen. Sie mußte tapfer sein und durfte ihre Familie nicht entehren. Das wußte sie. Stolz und würdevoll würde sie alles Leid ertragen. Nicht mit *chizoku,* der Schande, sondern *bushido,* dem Mut des Samurai, der aufs Schlachtfeld zieht. »Deshalb werde ich wieder nach St. Andrew's fahren, Peter-san. Ich führe keinen Krieg gegen die Amerikaner. Gegen niemanden.«

Aus ihrem Blick strahlte stiller Friede, und er fühlte sich magnetisch von ihr angezogen, wie schon so oft. »Das freut mich. Auch ich führe gegen niemanden Krieg.« Noch nicht. Er hatte bereits mit seiner Einberufungsbehörde gesprochen. Falls sich die Situation nicht änderte, sollte er das Studienjahr zu Ende führen und erst danach einrücken. Darum hatte die Stanford University das Amt eigens ersucht. Sonst müßte sie das politologische Institut schließen.

»Wie schade, daß du nicht länger hierbleiben kannst!« seufzte Hiroko. »Onkel Tak wird dich vermissen, so wie wir alle.« Als er behutsam über ihre Finger strich, schien ihn ihr Blick zu liebkosen. »Du wirst dich in Gefahr begeben, Peter-san.« Dann erzählte sie ihm, Yuji würde bei der japanischen Luftwaffe dienen. Wie traurig – zwei Menschen, die sie liebte, würden in diesem Krieg auf verschiedenen Seiten kämpfen.

Eine Zeitlang unterhielten sie sich, bis die anderen ins Wohnzimmer kamen. Peter blieb zum Dinner. Danach ging er mit Hiroko spazieren. Die lebhafte Shiba-Hündin folgte ihnen die Straße hinab, vorbei an vertrauten Nachbarhäusern. Wie Reiko erwähnt hatte, stießen die Tanakas sogar hier auf subtile Ressentiments. Zwei Nachbarn begegneten ihnen besonders kühl, seit ihre Söhne eingerückt waren. Und einer der Patienten aus dem Krankenhaus, wo Reiko arbeitete, hatte sie aufgefordert, sofort sein Zimmer zu verlassen. Eine verdammte Jap-Schwester dürfe ihn nicht pflegen. Womöglich würde sie ihn umbringen. Sie glaubte, so hätte er sich nur verhalten, weil er alt und gebrechlich war. Doch dann wurde eine andere *nisei*-Schwester von einer jungen Hawaiianerin ebenso schnöde behandelt.

»Den Tanakas stehen schlimme Zeiten bevor«, meinte Peter. »In gewisser Weise ist die Reaktion der Leute verständlich, gerade jetzt, zu Beginn des Krieges. Wenn sie ein japanisches Gesicht sehen, denken sie natürlich sofort an das Bombardement von Pearl Harbor. Allmählich werden sie sich beruhigen. So kann's nicht weitergehen.«

»Aber meine Verwandten sind Amerikaner.«

»Manche Leute wissen das nicht. Und die anderen denken im Moment nicht dran. Natürlich sind die Tanakas genauso amerikanisch wie ich.«

»Also bin ich hier die einzige Feindin«, wisperte Hiroko bedrückt, und er nahm sie spontan in die Arme.

»*Meine* Feindin bist du nicht, Hiroko-san. Und das wirst du niemals sein.«

In der letzten Woche hatte er endlich mit Carole Schluß gemacht. Die Diskussion war allerdings nicht so verlaufen wie erwartet. Er aß mit ihr zu Abend und wollte gestehen, er habe sein Herz an eine andere Frau verloren. Ehe er zu Wort kam, erklärte sie, er müsse sich an eine andere Universität versetzen lassen.

»Warum?« fragte er verwirrt. Da betonte sie, ein überzeugter Amerikaner dürfe nicht mit Takeo Tanaka zusammenarbeiten. Diesen Kerl sollte man feuern. »Bist du verrückt, Carole?« Ungläubig starrte er sie an. Der brillante Professor galt als Aushängeschild der Stanford University.

»Keineswegs. Er ist unser Feind. Deshalb müßte man ihn deportieren.«

»Wohin? Um Himmels willen, seit zwanzig Jahren lebt er hier! Wenn's möglich wäre, hätte er längst die amerikanische Staatsbürgerschaft beantragt.« Wütend sah er sie an.

Zu allem Überfluß behauptete sie auch noch, man müsse Hiroko verhaften oder vielleicht erschießen, um die Menschen zu rächen, die in Pearl Harbor gestorben waren.

»Wie kannst du den hysterischen Unsinn nachplappern, der in den Zeitungen verbreitet wird?« fuhr er sie an. Beschwörend redete er auf sie ein. Doch sie ließ sich nicht von ihrer Überzeugung abbringen, alle Japaner, die in Amerika lebten, seien Verbrecher. Schließlich stieß er entnervt hervor, wenn sie diesen idiotischen Standpunkt vertrete, wolle er nicht mehr mit ihr zusammen sein.

Das schien sie sogar zu erleichtern. Verächtlich entgegnete sie, wer mit den Japanern sympathisiere, sei bestimmt ein feindlicher Agent. Er traute seinen Ohren nicht, und auf dem Weg zu seinem Auto brach er in Gelächter aus.

Am nächsten Morgen erzählte er Tak von diesem erstaunlichen Gespräch. Aber sein Freund war weder zornig noch amüsiert. Er sah in Caroles Ansichten lediglich die Spitze eines Eisbergs. »So was werden wir noch oft hören, eine unvermeidliche Reaktion auf die allgemeine Panik.«

»Aber das ist lächerlich. Du bist kein Japaner mehr, und meine Zusammenarbeit mit dir stempelt mich nicht zum Spion. Gib's doch zu – es ist einfach nur komisch!«

»Da irrst du dich. Wir müssen sehr vorsichtig sein.«

Darüber hatte Tak auch mit Reiko gesprochen. Und beim Dinner am Sonntag hatten sie das Thema noch einmal erörtert. Peter fand Takeos Sorge übertrieben. Wahrscheinlich war es besser, wenn Hiroko sich nicht mehr verbeugte und niemanden auf ihre japanischen Traditionen hinwies. Aber die *nisei* und *sansei* brauchten wirklich nichts zu befürchten, weil Amerika ihre Heimat war.

Als Peter und Hiroko nach dem Dinner mit Lassie spazierengingen, setzten sie die Diskussion fort.

»Onkel Tak ist sehr nervös«, meinte sie. »Und ich kann ihn verstehen. Nun müssen die Japaner, die hier leben, ihren guten Willen zeigen.«

Das hatte Peter von vielen Japanern gehört, die in den Staaten geboren waren. Offenbar fühlten sie sich bemüßigt, ihrer Umwelt zu beweisen, sie wären »echte« Amerikaner. Doch sie wurden allein schon wegen ihres Aussehens für Kontrahenten gehalten. Diese unfairen Emotionen konnten Hiroko gefährlich werden, wenn sie aufs College zurückkehrte. Inzwischen waren die Brüder und Freunde ihrer Kommilitoninnen vermutlich eingerückt, und die Mädchen würden ihr noch feindseliger begegnen. »Du mußt dein Studium am St. Andrew's abbrechen. Dort hast du schon genug durchgemacht, und die Situation wird sich noch verschlimmern.«

Erstaunt sah sie ihn an. »Da sind nur Mädchen.« Sie werden nur meine Gefühle verletzen, dachte sie, so wie bisher. Was sollten sie mir sonst noch antun?

»Überleg's dir in aller Ruhe. Niemand zwingt dich, diese Anfeindungen zu ertragen.«

»Mach dir keine Sorgen«, bat sie lächelnd. »Ich bin stark, wie Onkel Tak.« Und sehr jung. Und verletzlich. Trotzdem würde sie ihr Bestes tun, um ihrer Familie keine Schande zu bereiten, und weiterstudieren, so wie es ihr Vater wünschte.

»Ja, ich weiß – *bushido*«, neckte er sie, während Lassie einen Hund auf der anderen Straßenseite anbellte. »Vielleicht hast du mehr *bushido,* als du verkraften kannst, Miss Takashimaya.«

Darüber mußte sie lachen. In seiner Gesellschaft fühlte sie sich völlig unbeschwert. Zwischen ihnen gab es keine nationalen Unterschiede. Ihre Länder bekämpften sich. Doch das spielte für Hiroko und Peter überhaupt keine Rolle. Sie waren einfach nur zwei Menschen, die sich mochten. »Schade, daß nicht alle Amerikaner und Japaner so gut miteinander auskommen wie wir …«

Er stimmte ihr zu und seufzte tief auf. Langsam wanderten sie zum Haus der Tanakas zurück. Peter sah einen sichtlich verärgerten Nachbarn aus dem Fenser schauen. Warum regte sich der Mann auf? Weil die Hündin gebellt hatte?

Aber dann erkannte Peter, was dahintersteckte. Der Nachbar beobachtete einen Weißen an der Seite einer Japanerin. Würde man in absehbarer Zeit alle Amerikaner ächten, die mit Japanern befreundet waren? Kaum zu glauben, daß nicht nur Carole diesen albernen Standpunkt verfocht … Nun, deshalb würde er seine Freundschaft mit den Tanakas gewiß nicht beenden. Dafür bedeutete Takeo ihm zuviel. Und um in Hirokos Nähe zu bleiben, würde er alles riskieren.

»Woran denkst du, Peter-san?« fragte sie leise. »Du machst so ein ernstes Gesicht.«

»Daß die Leute verrückt sind. Und wenn sie in Panik geraten, wird's gefährlich. Sei vorsichtig. Geh nicht allein aus, immer nur mit Reiko, Tak, Ken oder mir.«

»Zweifellos wirst du mich vor allem Unheil bewahren«, erwiderte sie belustigt.

»Nur, wenn du tust, was ich dir sage«, betonte er, während sie in der kühlen Nachtluft den Vorgarten der Tanakas durchquerten.

»Und was soll ich tun?« Sie hänselte ihn, und das entzückte ihn.

»Das«, flüsterte er, zog sie auf den Eingangsstufen an sich und küßte sie. Niemand beobachtete die Umarmung. Wieder einmal nahmen ihnen die Liebkosungen den Atem, und als sie die Küche betraten, wirkten sie ziemlich verwirrt.

Diesmal zeigten sich Takeo und Reiko nicht mehr so verständnisvoll. In scharfem Ton ermahnte der Professor das junge Paar zur Vorsicht. Was er meinte, wußte Peter nur zu gut. Er nickte, und wenige Minuten später verabschiedete er sich. Obwohl der Onkel und die Tante schwiegen, spürte Hiroko die Sorge der beiden, bevor sie die Treppe zu Sallys Zimmer hinaufstieg.

So diskret sich die Liebenden auch verhielten – es war offensichtlich, wie nahe sie einander gekommen waren, insbesondere seit dem Ausbruch des Krieges. Das beunruhigte Tak und Reiko. Wenn sie Peter auch nichts verübelten – sie hatten Angst um Hiroko. Aus denselben Gründen empfahlen sie ihr am nächsten Morgen, keine Kimonos mehr zu tragen. Sonst würde sie Aufmerksamkeit erregen und demonstrieren, daß sie keine *nisei* war.

Sie widersprach nicht. Traurig räumte sie ihre schönen Kimonos in den Schrank, ganz nach hinten. In der westlichen Kleidung fühlte sie sich immer noch unwohl und fand sie häßlich, mit wenigen Ausnahmen.

Aber Sally freute sich über den Entschluß ihrer Kusine und schenkte ihr zu Weihnachten ein Paar Sportschuhe.

In diesem Jahr feierte die japanische Gemeinde ein stilles Fest. Wie üblich, fällten Takeo und Ken den Weihnachtsbaum im nahegelegenen Wald. Jeden Morgen hörten sie schlimmere Nachrichten. Zwei Tage vor Weihnachten okkupierten die Japaner Wake Island, am Weihnachtstag Hongkong.

Als Peter zu Besuch kam, hob Tak die Brauen. Er schätzte die Freundschaft seines Assistenten, fürchtete aber, Peter würde sich in Schwierigkeiten bringen. An der Universität versuchte Takeo seit zwei Wochen, dem jungen Mann aus dem Weg zu gehen.

»Unseretwegen solltest du dich nicht in Gefahr begeben«, mahnte er an diesem Nachmittag. »Das lohnt sich nicht. Allmählich werden sich die Leute an die Situation gewöhnen. Aber im Augenblick benebeln heftige Emotionen den Verstand.« Trotzdem konnte sich Peter nicht von den Tanakas fernhalten, vor allem, weil es ihn unwiderstehlich zu Hiroko hinzog, und das wußte Takeo.

Am Heiligen Abend, nachdem alle anderen zu Bett gegangen waren, steckte Peter einen Ring an Hirokos Finger. Er hatte ihr einen schönen Seidenschal und ein paar alte japanische Gedichtbände geschenkt. Und er hatte selbst ein *haiku* für sie geschrieben, ein japanisches Gedicht, das aus drei Zeilen bestand. Der Ring – zwei verschlungene Silberbänder mit eingravierten Herzen – sollte symbolisieren, was die Liebenden verband und was sie in der Zukunft zu teilen hofften. Dieses viktorianische Schmuckstück hatte Peter in einem Antiquitätenladen gefunden. Es war so klein, daß er glaubte, es würde niemandem auffallen.

»O Peter-san, wie gut du zu mir bist...«, flüsterte sie atemlos, und er küßte ihre Hände.

»So darfst du mich nicht mehr nennen. Tak hat recht.«

Ihre Kimonos hatte sie bereits abgelegt, und sie verbeugte sich auch nicht mehr. Nun mußte sie auf ein weiteres Zeichen verzichten, das ihren Respekt ausdrückte. »Warum haben die Leute solche Angst vor Kleidern und Wörtern, sogar vor kleinen Mädchen?« An diesem Tag war sie mit Tami in einem Geschäft gewesen. Ein Kunde hatte eine häßliche Bemerkung gemacht, und sie waren davongeeilt. Zuvor hatte ihnen eine Freundin Reikos erzählt, in einem Laden weiter unten an der Straße seien die Japaner stets willkommen gewesen. Jetzt würde man sich weigern, sie zu bedienen.

»Aber wir sind Amerikaner, keine Japs«, protestierte Tami und kämpfte mit den Tränen. Sie war wütend und schockiert über die Grausamkeit des Mannes, der ein wehrloses kleines Mädchen absichtlich kränkte.

»So hat er sich nur verhalten, weil du mit mir zusammen bist – einer Japanerin.« Aber diese Erklärung hatte in Hirokos eigenen Ohren armselig geklungen. Sie war selbst ein halbes Kind, ein schwaches Geschöpf – kein Soldat.

»Diese Angst wird die Leute noch eine Weile beherrschen«, erwiderte Peter. »Mit der Zeit werden sie Vernunft annehmen. Dann könnt ihr alle wieder ein normales Leben führen. Bis dahin müßt ihr vorsichtig sein.«

»Darf ich meine Kimonos wieder tragen, wenn die Leute vernünftig sind?« fragte sie, amüsiert über die absurde Situation, und er lachte.

»Eines Tages reisen wir nach Japan. Dort wirst du nur noch Kimonos tragen.« Aber sein Traum, im nächsten Sommer Hirokos Familie zu besuchen, war in den Flammen von Pearl Harbor zerstört worden. Sie wußte nicht, wann sie heimkehren konnte, und dieser Gedanke deprimierte sie. Von heißer Sehnsucht nach ihren Eltern und Yuji gequält, umarmte sie Peter und suchte Trost.

Als er sie an diesem Abend küßte, fragte sie sich, was geschehen mochte. Im Juni würde er in den Krieg ziehen. Und in der Zwischenzeit mußten sie jeden kostbaren gemeinsamen Augenblick nutzen. Es würde noch viele geben, und Hiroko würde sie auffädeln wie Perlen und durch die Finger gleiten lassen, bis Peter zurückkam. Ja, er wird wiederkommen, sagte sie sich und berührte den Silberring. Irgendwann besuchen wir meine Familie in Kyoto. Momentan konnten sie sich nur an die Gegenwart klammern und auf die Zukunft warten.

8

Am 29. Dezember wurden alle »feindlichen Ausländer« in den Weststaaten aufgefordert, ihre »Konterbande« abzuliefern. Dazu gehörten Kurzwellenempfänger, Kameras in allen Größen und Formen, Ferngläser und Waffen. Der Begriff »feindliche Ausländer« sorgte zunächst für Verwirrung, denn man glaubte, damit wären nur gebürtige Japaner gemeint. Wie sich bald herausstellte, fielen alle Personen japanischer Herkunft unter diese Kategorie.

»Unmöglich!« empörte sich Reiko. »Wir sind Amerikaner, keine *Ausländer!*«

»Jetzt nicht mehr«, erwiderte Takeo grimmig. Bisher hatte ihn der Status eines ausländischen Einwohners nie gestört. Auch an der Stanford University hatte es keine Probleme gegeben. Aber plötzlich war alles anders, und er galt ebenso wie Hiroko als feindlicher Ausländer. Noch schlimmer – seine Frau und seine Kinder, alle in Kalifornien geboren, wurden auf die gleiche Weise eingestuft.

Sie sammelten alle ihre Kameras ein und brachten sie mitsamt dem Fernglas, das Tak beim Segeln auf dem Lake Tahoe benutzte, aufs zuständige Polizeirevier. Dort trafen sie einige Nachbarn, und der Beamte, der die Sachen entgegennahm, schaute ziemlich verlegen drein.

Für Takeo und seine Familie war dieses Erlebnis die erste

Begegnung mit der bitteren Realität. Hiroko fürchtete, ihre Verwandten in Schwierigkeiten zu bringen, wenn sie bei ihnen wohnte. Und so gelobte sie sich insgeheim, an den Wochenenden möglichst oft im St. Andrew's zu bleiben. Ihr Aufenthalt in Palo Alto konnte den Tanakas gefährlich werden – auch Peter, der eine Japanerin liebte.

Trotz der wachsenden Angst vor Repressalien und Luftangriffen wollte Peter am Silvesterabend mit Hiroko ausgehen. Dies war das erste offizielle Rendezvous, und er bat seinen Freund förmlich um Erlaubnis.

»Du meinst es ernst mit ihr, nicht wahr?« fragte Tak beklommen. Über Peters Gefühle wußte er Bescheid, aber er hatte noch nicht erfahren, was Hiroko empfand. Jetzt war es an der Zeit.

»Ja, sehr ernst, Tak«, bestätigte Peter stolz und ohne Zögern. »Ich habe vergeblich dagegen angekämpft. Wann immer ich sie sah, wuchs meine Liebe – und sie wird erwidert.«

Takeo seufzte tief auf. Ausgerechnet in diesen schweren Zeiten mußten die beiden zueinanderfinden... »Hoffentlich ist euch klar, welche Gefahr euch droht.« Seit dem Bombardement von Pearl Harbor waren erst drei Wochen verstrichen, und der Haß gegen die Japaner erfüllte fast die gesamte amerikanische Bevölkerung. Wie Tak erfahren hatte, verhörte das FBI immer wieder Sympathisanten, auch aus seinem Bekanntenkreis, und das hätte er Peter gern erspart. »Seid vorsichtig!« mahnte er. Aber es war offensichtlich, daß sein junger Freund und Hiroko nicht auf ihren gemeinsamen Silvesterabend verzichten würden.

»Natürlich. Ich möchte mit ihr zu einer Tanzparty gehen. Einer der Assistenten vom psychologischen Institut hat mich eingeladen. Wie werden in einem sehr kleinen, privaten Kreis feiern.«

Resigniert nickte Takeo. In gewisser Weise war es eine Erleichterung, daß die Beziehung nicht mehr geheimgehalten wurde. Selbst wenn die beiden ein hohes Risiko eingingen, sie hatten ein Recht auf ihre Liebe, auf ein bißchen Hoffnung. Durfte er ihnen dieses fragile Glück verwehren? Sicher nicht. Trotzdem mußte er sie warnen. »Um Himmels willen, nehmt euch in acht!« Eindringlich schaute er in Peters Augen. »Solltet ihr den Eindruck gewinnen, auf der Party wäre irgendwas nicht in Ordnung, kommt sofort nach Hause. Bring dich nicht in eine unangenehme Lage.« Wer konnte schon voraussehen, was geschehen mochte, wenn die Leute von Panik und nationalen Emotionen beherrscht wurden? »Keine Bange, ich werde aufpassen«, versprach Peter. »Und – Tak, hier geht es nicht um Politik. Ich bin Amerikaner, ich liebe mein Land und bin bereit, dafür zu sterben. Aber jetzt geht es um Hiroko und mich, um unsere Gefühle. Ich werde zu ihr stehen.«

»Das weiß ich.« Voller Sorge blickte Tak in die Zukunft. Dieser Krieg würde die ganze Welt betreffen, nicht nur zwei Menschen. »Bald wird sich die Situation zuspitzen.«

»Hoffentlich nicht – um Hirokos willen. Für sie ist der Krieg besonders schlimm, ihre Loyalität gespalten. Einerseits liebt sie ihre Familie und Japan, andererseits euch, ihre amerikanischen Verwandten.« Allzu intensiv befaßte sie sich nicht mit den politischen Entwicklungen, sonst wäre sie noch unglücklicher gewesen. Sie dachte vor allem an die Menschen, die ihr nahestanden. »Also erlaubst du mir, mit deiner Nichte auszugehen, Tak?«

»Was bleibt mir anderes übrig? Seid bloß vorsichtig!« wiederholte Tak.

Am Silvesterabend dachte niemand an den Krieg. Hiroko lieh sich ein schwarzes Taftkleid aus, das Reiko jahrelang nicht getragen hatte. Dazu trug sie Sallys Samtjacke und die

Perlenkette, das Geschenk ihrer Eltern. Das schimmernde schwarze Haar umrahmte ihr exquisites Gesicht mit den großen Augen und hing bis zur Taille hinab. Von Sally überredet, hatte sie gelernt, in einem Paar von Reikos hochhackigen Schuhen zu gehen, und behauptete, ihre *geta* seien viel bequemer.

Als Peter seine Liebste abholte, starrte er sie bewundernd an. Diesmal verneigte sie sich nicht, stand einfach nur da, bildschön und scheu. Irgendwie hatte er das Gefühl, sie wäre plötzlich erwachsen geworden und würde alles enthüllen, was sie bisher verborgen hatte. »Du siehst phantastisch aus«, meinte er. In diesem Moment fühlte er sich fast so schüchtern wie sie.

Takeo schenkte dem jungen Paar, seiner Frau und sich selbst Sake ein. »Danach dürft ihr nicht mehr viel trinken«, mahnte er und stieß mit ihnen auf das neue Jahr an. Die Geste erinnerte Hiroko an Familienfeste in Kyoto und weckte neues Heimweh. Seit ihr vom Konsulat die Nachricht ihres Vaters übermittelt worden war, sie solle in Kalifornien bleiben, hatte sie nichts mehr von ihm gehört.

»*Kampai!*« rief Tak. Reiko lächelte Hiroko und Peter an. Wie glücklich und hoffnungsvoll sie wirkten ... Bei diesem Anblick mußte sie an ihre erste Begegnung mit Takeo denken. Sie hatte sich sofort in ihn verliebt. Nun betrachtete sie gerührt Hirokos zarte, vom Sake gerötete Wangen.

»Wo findet die Party statt?« fragte Tak.

»Nicht weit von hier«, antwortete Peter. »Das Haus des Assistenten vom psychologischen Institut liegt in der Nähe des Campus. Und was macht ihr beide?«

»Wir sind bei Nachbarn zum Dinner eingeladen«, erklärte Reiko. In dem roten Seidenkleid, das Tak ihr zu Weihnachten geschenkt hatte, sah sie sehr hübsch aus. Sally würde bei Freunden auf der anderen Straßenseite feiern, Ken besuchte

Peggys Familie, und Tami blieb mit einem Babysitter daheim.

Beim Abschied versprach Peter, er würde Hiroko nicht allzuspät nach Hause bringen. Aber Tak nannte keine »Sperrstunde«.

Als sie das Haus verließen, kicherte Hiroko, und Peter musterte sie hingerissen. Es war einfach unmöglich, sie nicht zu bewundern. Das erste offizielle Rendezvous war für beide ein besonderes Ereignis. »Heute abend kommst du mir so erwachsen vor«, neckte er sie.

»Danke, Peter.« Gehorsam ließ sie das *san* weg. Keine Kimonos, keine Verbeugungen, kein Japanisch in der Öffentlichkeit. Um ihrer Sicherheit willen mußte sie sich den amerikanischen Gepflogenheiten anpassen.

Mein erstes Rendezvous, dachte sie. Auf der Fahrt zum Campus zitterte sie vor Aufregung. Laute Schallplattenmusik erfüllte das kleine Haus. Zu der Party waren nur Studenten und junge Dozenten eingeladen. Hirokos und Peters Ankunft erregte kein Aufsehen. Einige Leute starrten sie an, gaben aber keine Kommentare ab.

Inmitten des Gedränges entdeckte Peter ein *nisei*-Paar, das er flüchtig kannte. Sie unterrichtete Biologie, er Englisch. In dem überfüllten Raum kam Peter nicht nahe genug an die beiden heran, um ihnen Hiroko vorzustellen.

Es gab viel zu essen, Rot- und Weißwein und billigen Champagner. Außerdem hatten einige Gäste Gin, Scotch und Wodka mitgebracht. Alle lachten und schwatzten, und ein paar waren schon ziemlich betrunken. Im Schlafzimmer, mit Luftballons und Girlanden geschmückt, wurde getanzt. Manchmal übertönte Frank Sinatras Stimme den Lärm. Peter machte Hiroko mit seinen Freunden bekannt. Dann füllte er ihr einen Teller mit Roastbeef und Truthahnbrust.

Nach dem Essen tanzten sie zu den Klängen einer Tommy-

Dorsey-Platte. Peter zog Hiroko an sich, spürte ihre Wärme, ihre süße Nähe. Um auszudrücken, was er fühlte, fand er keine Worte. Beinahe glaubte er, sie wären mitten im Getümmel allein auf einer Insel. Noch nie hatte er einen schöneren Silvesterabend erlebt.

Als irgend jemand rief, es sei Mitternacht, küßten sie sich. Dann schaute sie verlegen zu ihm auf. Ein Kuß – in der Öffentlichkeit... Aber andere Paare küßten sich auch, und er flüsterte ihr lächelnd zu, das sei in Amerika üblich.

»Oh...« Sie nickte ernsthaft, und sie tanzten langsam ins Jahr 1942 hinüber, erfüllt von der Hoffnung auf eine bessere Zukunft.

»Ich liebe dich, Hiroko-san«, wisperte er so leise, daß niemand anderer zuhören konnte. Von all den Leuten umringt, wagte sie das Geständnis nicht zu erwidern, und so neigte sie nur erneut den Kopf.

Plötzlich erklang Fliegeralarm, vermischt mit lautem Stöhnen aus zahlreichen Kehlen. Niemand wollte sich die Laune verderben lassen. Ein paar Minuten lang versuchte man, die Sirenen zu ignorieren. Aber der Gastgeber scheuchte die ganze Schar in den Keller hinunter und schaltete sämtliche Lampen aus.

Mit Champagner- und Weinflaschen bewaffnet, rannten sie die Treppe hinab. Fünfzig Personen drängten sich im winzigen Keller. Mittlerweile waren einige Gäste gegangen, darunter das *nisei*-Paar. Es war heiß, stickig und staubig. Bald klagten mehrere Mädchen, sie würden keine Luft bekommen. Doch der Alarm verstummte nicht, und sie mußten trotz der Verdunkelungsjalousien an den Fenstern des Erdgeschosses im Keller ausharren.

»Wenigstens zu Neujahr könnten uns die verdammten Japse in Ruhe lassen«, seufzte jemand. Es war dunkel. Nur ein paar Taschenlampen brannten. In einer Ecke küßte ein junger Mann seine Freundin. Aber Peter, einen Arm um Hirokos Schultern gelegt, fand die Atmosphäre nicht besonders romantisch. Am liebsten wäre er mit ihr nach Hause gefahren. Doch die Sirenen heulten unentwegt.

Erst um halb zwei durften sie nach oben gehen, müde und verstaubt. Inzwischen war die festliche Stimmung restlos verflogen.

Einer der Männer starrte Hiroko wütend an. »Ist Ihnen eigentlich klar, daß gottverdammte Japse von Ihrer Sorte unsere Party vermasselt haben? Nächste Woche muß ich Ihretwegen einrücken. Übrigens, besten Dank für Pearl Harbor!« Er trat vor, als wollte er sie schlagen, und Peter schob sie rasch hinter seinen Rücken.

»Jetzt reicht's, Madison!« Der Mann war betrunken, was sein Verhalten natürlich nicht entschuldigte. Bleich und zitternd stand Hiroko hinter Peter.

»Nimm den Mund nicht so voll, Jenkins! Vor lauter Begeisterung für die Japse kannst du nicht mehr klar denken. Wann nimmst du endlich Vernunft an und hörst auf, in Tanakas Arsch zu kriechen? Bald wird dich das FBI schnappen, mitsamt deiner Freundin!«

Erbost stürmte Madison davon. Peter war nahe daran, ihm zu folgen und ihn zu verprügeln. Aber er wollte dem Hausherrn eine unangenehme Szene ersparen und Hiroko nicht noch mehr aufregen. Er sah, daß sie mit den Tränen kämpfte. Hastig holte er ihren Mantel und half ihr hinein. »Tut mir leid. Er ist betrunken. Deshalb weiß er nicht, was er sagt.« Sie bedankten sich bei ihrem Gastgeber. Dann eilten sie zum Auto.

Niemand hatte Madison widersprochen, und Peter überlegte, ob die anderen die Meinung des unverschämten Kerls teilten. Hielten ihn alle für einen Narren? Würden sich sogar seine Freunde gegen die Japaner wenden, die hier lebten? Die meisten waren keine gebürtigen Japaner.

Und Hiroko trug gewiß keine Verantwortung für das Bombardement von Pearl Harbor. Warum ließ Madison seinen Zorn an ihr aus? Dafür gab es nur eine einzige Erklärung – die Emotionen besiegten den Verstand. Genau das hatte Takeo kommen sehen.

Auf der Heimfahrt begann Hiroko zu weinen und entschuldigte sich, weil sie ihm den Abend verdorben hatte. »Hättest du doch eine Amerikanerin mitgenommen, Peter! Es war unklug, mit mir auf diese Party zu gehen.«

»Vielleicht. Aber ich liebe nun mal keine Amerikanerin.« Er warf ihr einen kurzen Blick zu und lenkte das Auto an den Straßenrand, um in Ruhe mit ihr zu reden. Zärtlich nahm er sie in die Arme. »Ich liebe *dich*, Hiroko. Jetzt mußt du stark sein. So etwas kann immer wieder geschehen. Takeo glaubt, es wird noch eine Weile dauern, bis sich die Wogen glätten. Daran ist vor allem die Army schuld, die uns alle fünf Minuten weismachen will, wir würden attackiert.« Während der letzten dreieinhalb Wochen hatte es dauernd Fliegeralarm gegeben, und kein einziges Mal war ein feindlicher Jagdbomber gesichtet worden. Unentwegt berichteten die Zeitungen von mysteriösen Kriegsschiffen, die angeblich vor der Küste lauerten. Jeden Tag wurden vermeintliche Spione verhaftet. »Diesen idiotischen Madison darfst du nicht ernst nehmen. Du weißt, wer du bist. Hör nur auf dein Herz und meines, Hiroko, nicht auf die Leute, die dich beschimpfen und zu Unrecht anklagen.«

»Aber Japan ist meine Heimat. Deshalb fühle ich mich für die Aktivitäten der Japaner verantwortlich.«

»Unsinn! Damit darfst du dich nicht belasten.« Plötzlich fühlte er sich todmüde. Die langen Stunden im Keller hatten an seinen inneren Kräften gezehrt. »Nur für dich selbst bist du verantwortlich. Für niemand anderen. Was die Japaner tun, kannst du nicht beeinflussen.« Andererseits – würde er sich nicht auch schämen, wenn Amerika einen so heimtückischen Angriff auf Japan durchgeführt hätte?

»Aber ich bedauere zutiefst, was mein Land getan hat«, schluchzte sie leise. »Das war schrecklich.«

»Ja. Aber du bist nicht schuld daran. Hab Geduld, Hiroko. Bald wird sich die Lage bessern.«

Wie sie im Haus der Tanakas erfuhren, hatten nicht nur sie einen betrüblichen Silvesterabend erlebt. Sally war von den Eltern ihrer besten Freundin gebeten worden, auf weitere Besuche zu verzichten. Natürlich war ihnen nicht entgangen, daß sie für einen ihrer Söhne schwärmte. Soeben hatte sich der älteste Sohn der Navy angeschlossen. Nun saß Sally tränenüberströmt in ihrem Zimmer. Sie hatte ihr Kleid ausgezogen und trug den Bademantel ihrer Mutter.

Mit einiger Mühe gelang es Reiko, das Mädchen ins Wohnzimmer zu holen. Verzweifelt erzählte Sally, was sich ereignet hatte: »Sie waren so gemein und haben mir verboten, noch mal in ihr Haus zu kommen. Dabei kenne ich Kathy mein Leben lang und liebe sie wie eine Schwester. Aber sie sagte kein Wort, starrte mich nur verlegen an, und als ich ging, weinte sie. An diesem Abend war ihr Bruder gar nicht da. Wahrscheinlich hatten seine Eltern ihn weggeschickt, um ihn von mir fernzuhalten. Sie behaupteten, ich sei eine ›feindliche Ausländerin‹. Aber das bin ich nicht – sondern eine Amerikanerin, Mom. Ich bin doch hier geboren.«

In diesem Augenblick kam Ken nach Hause und hörte die letzten Worte seiner Schwester. Seine Freundin war eine *sansei,* was bedeutete, daß bereits ihre Eltern das Licht der Welt in Amerika erblickt hatten. Aber auch sie war in der Schule angefeindet worden.

»Warum sind die Leute so dumm, Sally?« fragte Ken bestürzt. Seit sie denken konnten, waren sie mit den Jordans befreundet. Wieso taten sie ihr das an? Warum wurde sie für Dinge bestraft, die sich ihrer Kontrolle entzogen?

Dann berichtete Peter, was Hiroko widerfahren war, und alle äußerten die Hoffnung, im neuen Jahr würde sich die Situation bessern. Aber sie wußten, wie vorsichtig sie sein mußten.

»Am meisten ärgert mich dieses Gerede von den ›feindlichen Ausländern‹«, seufzte Peter. »Nur weil jemand japanisch aussieht, muß er doch kein Feind sein. Plötzlich erkennen die Leute keinen Unterschied mehr.«

»Vielleicht wollen sie's gar nicht«, meinte Reiko traurig. Auch sie wurde in der Klinik mit Haß und Rachsucht verfolgt. Einige Krankenschwestern, die sie seit Jahren kannte, weigerten sich, mit ihr zusammen zu arbeiten.

Allmählich beruhigte sich Sally. Peter saß noch eine Weile bei der Familie im Wohnzimmer. Als Hiroko ihn zur Tür begleitete, küßte er sie und erklärte, er fühle sich elend, weil der Abend ein so schlimmes Ende gefunden habe.

»Trotzdem war es ein schöner Abend, weil ich ihn mit dir verbracht habe, Peter. Nur das zählt.«

»Ja, für mich auch.« Nach einem letzten Kuß ging er zu seinem Auto. Hiroko wünschte ihren Verwandten eine gute Nacht und stieg die Treppe hinauf.

Schließlich blieben nur noch Tak und Reiko im Wohnzimmer zurück, voller Sorge um ihre Nichte und Peter, deren Liebe unter einem so ungünstigen Stern stand. Aber die Entwicklung der Dinge ließ sich ebensowenig aufhalten wie ein Expreßzug, der durch nächtliches Dunkel rast.

Am nächsten Tag blies Sally Trübsal. Ken wollte mit Peggy ausgehen und seine Schwester mitnehmen. Aber dazu hatte sie keine Lust. Sie vermißte Kathy noch schmerzlicher als deren Bruder. Seit Jahren waren sie eng befreundet, und nun durfte sie das Mädchen nicht einmal mehr anrufen.

Während Tak und Reiko ein paar Einkäufe erledigten, unternahm Peter mit Hiroko und Tami eine Spazierfahrt. Fasziniert beobachteten sie die jungen Männer, die vor der Navy-Behörde von Palo Alto Schlange standen. Einige sahen verkatert aus, und manche wirkten immer noch betrunken. Aber die meisten schienen zu wissen, was sie taten. Seit drei Wochen wurden die Einberufungsämter bestürmt. Sogar einige *nisei* hatten sich eingefunden.

Am nächsten Tag fiel Manila an die Japaner. Danach meldeten sich noch mehr junge Männer zum Kriegsdienst. Drei Tage später wurden alle *nisei* und *sansei* von der Organisation zur Durchführung der Wehrpflicht neu eingestuft. Nun fielen sie unter eine Kategorie namens IV-C und erfuhren, sie müßten sich ausmustern lassen oder den Küchendienst übernehmen.

»Also sind sie Bürger zweiter Klasse«, stieß Peter zwischen zusammengebissenen Zähnen hervor.

»Bald wird man mir nicht mehr gestatten, an der Universität zu unterrichten«, meinte Tak. »Und dann mußt du das Institut leiten.«

»Sei nicht albern!« Davon wollte Peter nichts hören.

»Sieh dich um! Lies die Zeitungen!« In wachsendem Maße wurden sogar die Japaner angepöbelt, die wie Reiko und die Kinder die amerikanische Staatsbürgerschaft besaßen.

Inmitten der allgemeinen Aufregung stieg Hiroko in den Zug und fuhr nach St. Andrew's zurück, obwohl Peter heftig dagegen protestiert hatte. Die Tanakas waren zu beschäftigt, um sie im Auto hinzubringen. Am Bahnhof bekam sie kein Taxi, und so trug sie ihren Koffer zu Fuß zum College. Ein paar Busse brausten vorbei, aber keiner hielt an, um sie mitzunehmen.

Schließlich erreichte sie das St. Andrew's. Die Vorsteherin

teilte ihr mit, unter den gegebenen Umständen sei es besser, wenn sie ein Einzelzimmer bewohnen würde. Hiroko lächelte erleichtert, aber sie fühlte sich auch schuldig. Sie wußte, wie brennend sich Anne Spencer ein Privatzimmer wünschte, und nun sollte sie ihr eins wegnehmen. Als sie dieses Problem erwähnte und betonte, sie würde gern auf die Vergünstigung verzichten, schüttelte die Direktorin nervös den Kopf. »Anne ist bereit, ein Zimmer mit zwei Freundinnen zu teilen. Und Sharon bekommt eine neue Wohngenossin. Nun hoffen wir, daß alle zufrieden sind.«

Hirokos »Privatzimmer« war eine winzige Dachkammer, nur über die Hintertreppe zu erreichen. Keins der anderen Mädchen wohnte in ihrer Nähe. Um ins Bad zu gelangen, mußte sie drei Treppenfluchten hinabsteigen. Es gab keine Heizung, nicht einmal ein Fenster.

»Das ist mein Zimmer?« fragte sie ungläubig, und die Vorsteherin nickte verlegen.

»Ja, natürlich ist es sehr klein. Ich lasse dir noch ein paar Decken bringen.«

Fröstelnd zog Hiroko die Schultern hoch. Im Sommer würde es direkt unter dem Dach heiß und stickig sein. Vergeblich schaute sie sich nach einem Ventilator um. An der Decke hing eine nackte Glühbirne, und die Einrichtung bestand aus einem Bett, einem Stuhl und einer Kommode. Kein Schreibtisch, an dem sie arbeiten konnte, kein Schrank für ihre Kleider. Was sie in ihrem einstigen Zimmer zurückgelassen hatte, war in Kartons gepackt worden.

»Danke«, sagte sie leise und schluckte ihre Tränen hinunter. Vor den Augen der Vorsteherin wollte sie nicht weinen.

»Freut mich, daß dir dein neues Domizil gefällt.« Die Direktorin atmete auf. Glücklicherweise machte ihr das Mädchen keine Schwierigkeiten. Die Spencers und die Eltern anderer Mädchen hatten verlangt, die Japanerin müsse isoliert werden oder das St. Andrew's verlassen. Da sie eine ausgezeichnete Studentin war und abgesehen von jenem Verstoß gegen das Rauchverbot nichts verbrochen hatte, weigerte sich die Verwaltung, Hiroko aus politischen Gründen vom College zu verweisen. »Gib uns Bescheid, wenn du irgend etwas brauchst.« Die Vorsteherin verließ das Zimmer und schloß die Tür.

Weinend sank Hiroko auf ihr Bett. Jetzt war sie nicht nur eine feindliche Ausländerin, sondern eine Paria.

Am Nachmittag ging sie in die Bibliothek, um ihre Studien fortzusetzen. Aber sie verzichtete auf ihr Dinner im Speisesaal. Sie wollte niemanden sehen. Vor ein paar Stunden hatte sie Anne beobachtet, die vom Golfunterricht zurückgekehrt war. Und in einem der Flure hatte sie Sharon prahlen hören, sie sei während der Weihnachtsferien Gary Cooper begegnet. Wahrscheinlich log sie. Aber wen interessierte das schon? Seit man Hiroko auf den Dachboden verbannt hatte, fühlte sie sich verletzt und gekränkt, und sie wollte nichts mehr von Sharons Geschichten wissen. Sie rief nicht einmal ihre Verwandten an, denn es erschien ihr zu schmerzlich, über ihre Schmach zu sprechen.

Mit leerem Magen kroch sie ins Bett. Am nächsten Morgen ging sie leichenblaß zum Unterricht, in einem dicken Pullover. Die ganze Nacht hatte sie erbärmlich gefroren. Und am Donnerstag war sie erkältet. Aber sie beklagte sich bei niemandem und sprach die ganze Woche mit keiner Menschenseele. Wann immer sie einen Raum betrat, wurde sie ignoriert.

Eigentlich hatte sie geplant, am Freitagabend nach Palo Alto zu fahren. Wegen ihrer Krankheit mußte sie darauf verzichten, rief Reiko an und erklärte, sie könne nicht kommen. Ihr »Privatzimmer« erwähnte sie nicht.

Am Freitagabend holte sie sich eine Tasse Tee aus dem

Speisesaal. Zufällig begegnete ihr die Krankenschwester, der Hirokos fieberheißes Gesicht sofort auffiel. »Geht es dir nicht gut?« fragte sie freundlich.

Hiroko versuchte zu lächeln. Aber ihre Augen füllten sich mit Tränen. Die ganze Woche war gräßlich gewesen, und sie fühlte sich elend. Unentwegt mußte sie niesen und husten, und ihre Brust schmerzte. Die Schwester führte sie in die Krankenstation, untersuchte sie und maß ihre Temperatur. »Fast vierzig Grad! Ab ins Bett, junge Dame! Morgen rufen wir einen Arzt.« Hiroko war zu schwach, um zu protestieren, und ließ sich von der Schwester in ein Krankenbett verfrachten, dankbar für den warmen Raum und die weichen Decken.

Am nächsten Morgen war das Fieber etwas gesunken. Trotzdem bestand die Schwester darauf, den Arzt zu verständigen. Er kam erst am Nachmittag ins St. Andrew's. Nach einer kurzen Untersuchung diagnostizierte er eine Bronchitis und einen grippalen Infekt. Am Sonntag konnte Hiroko in ihre Dachkammer zurückkehren. Obwohl sie sich immer noch krank fühlte, ging es ihr etwas besser.

Langsam stieg sie die Treppe hinauf. Sobald sie sich umgezogen hätte, wollte sie die Bibliothek aufsuchen. Ihre Tür ließ sich nicht öffnen. Offenbar klemmte sie, denn man konnte sie nicht versperren. Mit aller Kraft stemmte sich Hiroko dagegen.

Als die Tür endlich aufschwang, strömte ein widerwärtiger Gestank aus der Kammer, und ein Eimer voll roter Farbe fiel auf Hirokos Kopf herab. Keuchend rang sie nach Atem. Überall lagen ihre Sachen verstreut. An allen Wänden stand das Wort »Jap« in großen roten Buchstaben. Und darunter hatte man geschrieben: »Geh nach Hause! Verschwinde!« Am schlimmsten war die tote Katze, die auf dem Bett lag. In den blicklosen Augen wimmelte es von Maden.

Schreiend stürmte Hiroko die Treppe hinab und beschmierte das Geländer mit roter Farbe. An ihrem ganzen Körper klebte das Zeug, an den Kleidern und Schuhen, an den Wangen und in den Haaren. Sogar in ihre Augen waren einige Tropfen geraten, und sie konnte fast nichts sehen. Wohin sie rannte, wußte sie nicht. Einige Mädchen schauten erstaunt auf, andere ergriffen die Flucht.

»Hiroko!« Die Vorsteherin und ihre Assistentin eilten ihr erschrocken entgegen.

»Oh, mein Gott!« Die jüngere der beiden Frauen begann zu weinen und nahm Hiroko in die Arme, ohne die rote Farbe zu beachten. »Wer hat dir das angetan?«

Aber Hiroko brachte kein Wort hervor. Selbst wenn sie die Schuldigen gekannt hätte, wäre sie unfähig gewesen, einen Verrat zu begehen. Die beiden Frauen brachten sie auf die Krankenstation. Dann rannten sie in die Dachkammer hinauf. Entsetzt schauten sie sich um.

Die Krankenschwester wusch die rote Farbe aus Hirokos Haar, die sich nur teilweise entfernen ließ, und träufelte schmerzlindernde Tropfen in die brennenden Augen. Danach schlief das mißhandelte Mädchen erschöpft ein.

Schockiert über den Zwischenfall, rief die Vorsteherin Hirokos Verwandte an. Am nächsten Tag erschienen Reiko und Tak im Kombi, um ihre Nichte abzuholen. Sie hatten befürchtet, Hiroko wäre schwer verletzt. Aber die infame Attacke hatte nur ihre Seele getroffen. Fassungslos standen der Onkel und die Tante in der winzigen Dachkammer. Inzwischen war die tote Katze entfernt worden. Die Vorsteherin hatte den Hausmeister daran gehindert, die beschmierten Wände zu reinigen. Zuvor sollten die Tanakas sehen, was geschehen war. Dieser Anblick würde ihnen helfen, die Entscheidung zu verstehen, die man getroffen hatte.

»Es tut mir wirklich leid«, beteuerte die Vorsteherin.

»Was hier passiert ist, beschämt uns alle. Aber wie ich zu meinem tiefsten Bedauern betonen muß – wegen des derzeitigen politischen Klimas können wir nicht mehr die Verantwortung für Hirokos Sicherheit übernehmen. Zu ihrem eigenen Wohl muß sie das College verlassen.«

Diesmal war es noch einigermaßen glimpflich verlaufen. Von der roten Farbe in den Augen hätte Hiroko erblinden oder von dem herabstürzenden Eimer getötet werden können. Womöglich würde sie einen weiteren heimtückischen Angriff nicht überleben. Schließlich schlug die Direktorin vor, Hiroko solle ihr Studium für ein Semester unterbrechen. Sobald sich die Stimmung in der Öffentlichkeit geändert habe, sei sie wieder willkommen.

Bedrückt hörten die Tanakas zu, und Tak fragte sich, wie lange es dauern mochte, bis sich solche Zwischenfälle auch an der Stanford University ereignen würden. »Haben Sie schon mit Hiroko gesprochen?« fragte er unglücklich. Er vertrat dieselbe Ansicht wie die Vorsteherin, fürchtete aber, seine Nichte würde bitter enttäuscht sein.

»Zuerst wollte ich mit Ihnen reden.« Die Vorsteherin rief das Mädchen in ihr Büro und wiederholte, was sie Tak und Reiko soeben erklärt hatte. Obwohl Hiroko ihren Kummer zu verbergen suchte, brach sie in Tränen aus.

»Muß ich wirklich gehen?« Als alle Anwesenden nickten, senkte sie verzweifelt den Kopf. »Mein Vater wird sich schrecklich schämen.«

»O nein«, erwiderte die Vorsteherin freundlich, »sicher wird er Verständnis für deine Situation zeigen. Es sind unsere jungen Damen, die sich schämen müssen. So gern ich dich auch hierbehalten würde, du darfst dich keiner weiteren Gefahr aussetzen. Vielleicht kannst du bald zurückkommen.«

»Ja. Ich habe meinem Vater versprochen, in Amerika zu studieren.«

»Wahrscheinlich wäre es besser, du würdest an die University of California oder nach Stanford überwechseln und bei deinen Verwandten wohnen.« Allerdings bezweifelte die Vorsteherin, daß man Hiroko, eine gebürtige Japanerin, an einer der beiden Hochschulen akzeptieren würde.

»Bleib erst einmal ein paar Monate bei uns.« Reiko lächelte ihre Nichte an und war selbst den Tränen nahe. Was die niederträchtigen Studentinnen dem armen Mädchen angetan hatten, drehte ihr den Magen um. Wenig später half sie Hiroko, die wenigen Sachen zu packen. Fast alles war gestohlen oder zerstört worden.

Reiko trug den Koffer zum Auto, während Hiroko ihr Bett abzog und die Decken zusammenfaltete. Plötzlich spürte sie, daß jemand hinter ihr stand, und sie drehte sich erschrocken um. Würden die feindseligen Studentinnen über sie herfallen? Aber sie sah nur Anne Spencer, die zögernd eintrat. Hiroko schwieg. Abwartend schaute sie die vornehme blonde Schönheit an, die sicher nur gekommen war, um ihre Schadenfreude zu demonstrieren. Doch statt dessen las sie aufrichtigen Kummer in den Augen des Mädchens.

Unsicher streckte Anne ihre Hand aus. »Ich wollte mich verabschieden. Und es tut mir schrecklich leid, was man dir angetan hat. Das erfuhr ich erst gestern abend.« Trotz der Bemühungen der Krankenschwester klebten immer noch rote Farbreste in Hirokos Haar, und Anne empfand tiefes Mitleid. Gewiß, es hatte ihr widerstrebt, ein Zimmer mit der Japanerin zu teilen, weil sie von den Vorurteilen ihrer Familie beeinflußt wurde. Aber sie wäre niemals auf den Gedanken verfallen, sie so grausam zu behandeln. Die ganze Nacht hatte sie wach gelegen und darüber nachgedacht. Nun fühlte sie sich verpflichtet, Hiroko zu gestehen, was sie von der brutalen Attacke hielt. Niemand durfte einem anderen Menschen so etwas antun – nicht einmal, wenn er aus Japan stammte. »Wirst du in deine Heimat zurückkehren?« Plötzlich bereute sie, daß sie sich niemals für ihre Zimmergenossin interessiert hatte.

»Nein. Mein Vater möchte, daß ich in Kalifornien bleibe. Außerdem verkehren keine Schiffe mehr.« Hiroko war gefangen in einem Land, wo man sie haßte. Und sie mißtraute dem unerwarteten Mitgefühl des blonden Mädchens. Andererseits spürte sie, daß Anne es ehrlich mit ihr meinte.

»Alles Gute.« Anne schaute ihr in die Augen, dann wandte sie sich ab und eilte davon.

Langsam stieg Hiroko die Treppe hinunter. Voller Hoffnungen war sie ins St. Andrew's gekommen – und jetzt wurde ihr die Tür gewiesen. Auf dem Weg durch die Halle traf sie Sharon, die durch sie hindurchschaute. Lachend erzählte sie einigen Mädchen von ihrer aufregenden Begegnung mit Greer Garson.

Ein paar Verwaltungsangestellte schüttelten Hirokos Hand. Aber nicht eine einzige Studentin sprach mit ihr.

Als sie im Fond des Kombis saß, drehte sie sich um und betrachtete das Gebäude. Das letzte, was sie sah, war das Gesicht Anne Spencers, die an einem der Fenster stand.

9

In den nächsten Wochen führte Hiroko den Haushalt der Tanakas. Reiko war in der Klinik beschäftigt, ihre Nichte kochte und wusch und putzte. Nachmittags paßte sie auf Tami auf und half dem kleinen Mädchen sogar, neue Vorhänge und Bettdecken für das Puppenhaus zu nähen.

Wenn Reiko nach der Arbeit heimkam, war alles in bester Ordnung. »Allmählich schäme ich mich«, gestand sie ihrem Mann. »Ich komme mir wie ein richtiger Faulpelz vor. Seit drei Wochen rühre ich keinen Finger in diesem Haus.«

»Wahrscheinlich möchte Hiroko wiedergutmachen, daß sie vom College gewiesen wurde. Sie glaubt immer noch, es wäre ihre Schuld und sie hätte ihrer Familie Schande gemacht. Dafür will sie nun Buße tun.«

Nach ihrer Heimkehr hatte Hiroko kein einziges Mal über die schrecklichen Ereignisse gesprochen. Tak hatte die Kinder ermahnt, das Thema nicht anzuschneiden und kein Salz in die Wunde zu streuen. Er überlegte, ob er seiner Nichte einen Studienplatz an der Stanford University besorgen sollte, bezweifelte aber, daß man zu diesem Zeitpunkt eine Japanerin aufnehmen würde. Außerdem wollte Hiroko ihn nicht in Verlegenheit bringen. Und so machte sie sich im Haushalt nützlich. Gleichzeitig versuchte sie, sich der amerikanischen Lebensart anzupassen. Seit fast zwei Monaten hatte Takeo sie nicht mehr im Kimono gesehen. Sie verbeugte sich nicht mehr und redete niemanden mit *san* an. Jede freie Minute verbrachte sie vor dem Radio und hörte Nachrichten oder andere Sendungen, um ihren amerikanischen Akzent zu verbessern.

Peter verbrachte viel Zeit mit ihr. Was im St. Andrew's geschehen war, hatte ihn zutiefst schockiert. Aber dann freute er sich, weil Hiroko trotz ihrer Schmach entschlossen war, das Beste aus der Situation zu machen.

Von den Kriegsschauplätzen drangen bedrückende Nachrichten in die Staaten. Zwei Tage vor Hirokos Abreise aus dem College hatte Japan die holländischen East Indies eingenommen, und zwei Wochen danach wurden alle Japaner, die in Amerika lebten und im Staatsdienst tätig waren, ihrer Ämter enthoben. An der Stanford University wuchs der Widerstand gegen den japanischen Leiter des politologischen Instituts.

Aber niemand war auf den Entschluß der Army vorbereitet, entlang der Westküste bestimmte Regionen zu »Sperrgebieten« zu erklären und Ausgangssperren für »feindliche Ausländer« zu verhängen. Die Japaner durften nur mehr die Strecken zwischen ihren Wohnsitzen und Arbeitsplätzen zurücklegen und sich nur bis zu einem Umkreis von fünf Meilen von ihren Häusern entfernen. Abends, nach einer gewissen Uhrzeit, mußten sie daheim sein.

»Jetzt leben wir wie in einem Getto, Peter«, seufzte Tak. Bedrückt informierte er seine Familie über die neuen Gesetze, und Sally war empört. Nun konnte sie die Spätvorstellungen im Kino nicht mehr besuchen.

Eines Tages entschuldigte sich die Universitätsleitung bei Takeo und teilte ihm mit, Peter Jenkins würde die Leitung des politologischen Instituts und der Professor den Posten des Assistenten übernehmen. Das brachte eine beträchtliche

Gehaltskürzung und einen schmerzlichen Prestigeverlust mit sich – nicht, daß Tak seinem jungen Freund die Beförderung mißgönnt hätte. Allmählich wurden den Japanern alle Rechte genommen. Eine Woche später erhielt Reiko ein Kündigungsschreiben von der Verwaltung des Krankenhauses. Zu viele Patienten hatten sich über die »feindlichen Ausländer« beschwert.

»Ein Glück, daß wir keine Sterne tragen müssen, so wie die Juden in Deutschland«, sagte Takeo eines Tages zu Peter und lächelte bitter. Sie saßen während der Mittagspause in dem Büro, das er dem neuen Institutsleiter hatte überlassen müssen und immer noch als seines betrachtete. »Aber in unserem Fall ist's nicht nötig. Man sieht deutlich genug, wer wir sind. Zumindest bilden sich's die Amerikaner ein. Sie erkennen keinen Unterschied zwischen *issei, nisei* und *sansei.*« Als gebürtiger Japaner, der in Amerika lebte, war er ein *issei.* Das einzige Mitglied seiner Familie, auf das die Bezeichnung »feindlicher Ausländer« zutraf, natürlich in offizieller Hinsicht, war Hiroko.

Nun tauchten neue verwirrende Begriffe auf. Die Japaner wurden in »Ausländer« und »Inländer« unterteilt. Als Inländer galten die Bürger japanischer Herkunft, die in den Staaten geboren waren, die *nisei.* Trotzdem warf man sie alle in einen Topf und mißtraute den »Inländern« – die Kategorie, unter die Reiko fiel – fast genauso wie den »Ausländern«.

»Ich fühle mich wie ein Arzt, der an einer faszinierenden Krankheit leidet, Peter«, bemerkte Takeo nachdenklich. »Ständig verspüre ich das Bedürfnis, die kranken Zellen unter dem Mikroskop zu studieren, während ich sterbe.« Die Lage würde sich zusehends verschlechtern. Das bezweifelte er nicht. Die Frage lautete nur – *wie* schlimm konnte es noch werden?

»An diesen Zuständen wirst du nicht sterben, Takeo«, versuchte Peter ihn zu trösten. Er fühlte sich schuldig, weil er die Stellung seines früheren Vorgesetzten innehatte. Aber wenigstens war Takeo nicht gefeuert worden, wie so viele andere Japaner.

Am Valentinstag veröffentlichte eine Zeitung einen Leitartikel, in dem die Ausweisung aller Japaner ohne Rücksicht auf ihren staatsbürgerschaftlichen Status gefordert wurde. Einen Tag später fiel Singapur an die Japaner. Und am Tag danach stimmte die Einwanderungsbehörde dem Verfasser des Leitartikels zu und verkündete, alle Japaner sollten des Landes verwiesen werden. Das FBI nahm Massenverhaftungen vor, in der Hoffnung, japanische Spione zu entlarven. Bisher war keine einzige Person überführt worden.

Am 19. Februar unterzeichnete der Präsident die Executive Order 9066, mit der er das Militär bevollmächtigte, kalifornische Gebiete auszuwählen, aus denen »sämtliche Personen« vertrieben werden sollten. Nun durfte die Army alle Japaner auffordern, diese oder jene Region zu verlassen. Dem Public Law 77-503 zufolge machten sie sich strafbar, wenn sie sich dem Befehl widersetzten. Einige glaubten, diese Gesetze würden in der Praxis wenig ändern. Aber Tak und Peter fürchteten, dies wäre nur ein anfängliches Trommelfeuer und der eigentliche Terror würde erst später beginnen. Die Ausgangssperre und die Aufenthaltsbeschränkung waren schon in Kraft getreten. Wenn die Japaner verreisen wollten, brauchten sie eine Sondererlaubnis. Nun wurden sie auch noch vom Militär schikaniert, das zahlreiche Japaner bereits in den folgenden Tagen instruierte, ihre Häuser und Geschäfte freiwillig zu verkaufen und woandershin zu ziehen.

Um die Situation noch zu verschlimmern, feuerte ein japanisches U-Boot am 23. Februar auf ein Ölfeld in Santa Barbara. Niemand wurde getötet oder verletzt, doch die

Attacke schürte die Hysterie, worauf General De Witt nur gewartet hatte. Jetzt war es erwiesen – die Japaner griffen die USA an, und sämtliche Männer, Frauen und Kinder von japanischer Herkunft standen unter Verdacht.

Die wenigen, die freiwillig den Wohnsitz wechselten, wurden woanders auch nicht freundlicher aufgenommen. Als die ersten in anderen Staaten eintrafen, schlugen deren Gouverneure Alarm. Aber die meisten Japaner blieben in Kalifornien.

In wachsender Verzweiflung hörte Takeo die Radionachrichten und diskutierte mit seiner Frau über die Ereignisse. Der Gedanke, sie müßten »freiwillig« woandershin ziehen, erschreckte Reiko. Abgesehen von dem Schulbesuch in Japan, hatte sie ihr ganzes Leben in Kalifornien verbracht. »O Tak, ich will nicht fortgehen.« Wie sie inzwischen erfahren hatte, waren einige Japaner in ihren neuen Wohnorten heftig angegriffen worden und sofort wieder nach San Francisco zurückgeflüchtet.

Er wollte sie nicht darauf hinweisen, daß ihnen eines Tages nichts anderes übrigbleiben würde. Ständig erörterte er mit Peter das beängstigende Thema. Ein Großteil der allgemeinen Hysterie hing mit der Vielzahl der Japaner zusammen, die an der Westküste lebte, und man glaubte, je weiter sie sich entfernten, desto geringer wäre die Gefahr.

Ende März drängten bewaffnete Soldaten in die japanischen Gemeinden von Washington und gaben den Bewohnern sechs Tage Zeit, ihre Häuser und Geschäfte zu verkaufen. Danach wurden sie bis zur »Umsiedlung« auf einem Marktplatz festgehalten. Wohin sie ziehen sollten, wußte niemand. Die Army erklärte, man werde Lager für die Japaner errichten. Ob das stimmte, ließ sich nicht feststellen. Bald kursierten wilde Gerüchte, und die japanischen Gemeinden versanken in angstvollem Schweigen.

»Wird das bei uns auch passieren, Tak?« fragte Reiko, als sie an diesem Abend im Bett lag. Die brutalen Maßnahmen erschienen ihr unglaublich, wurden jedoch bald von Zeitungsfotos bestätigt. Auf diesen Bildern sah man Kinder neben ihren Koffern stehen, mit Nummern an den Mänteln, alte Menschen, weinende Frauen und stolze Weiße, die Plakate schwangen. »Verschwindet, Japs, wir wollen euch nicht!« lauteten die Aufschriften. Es war ein Alptraum.

»Das weiß ich nicht, Rei«, erwiderte Tak, der sich nicht zu einer barmherzigen Lüge durchringen konnte. »Wir müssen mit allem rechnen.«

Trotzdem führten sie immer noch ihr normales Leben. Die Kinder gingen zur Schule, Reiko und Hiroko kümmerten sich um den Haushalt, und Tak gab vor, für Peter zu arbeiten. Wenn Ken seine Hausaufgaben erledigt hatte, traf er seine Freundin.

Peter besuchte Hiroko jeden Tag. Um ihren Vater nicht vollends zu enttäuschen, befaßte sie sich mit ihren Studien und las zahlreiche Bücher in englischer Sprache, über Politik, Kunst und amerikanische Geschichte. Von ihren ehemaligen Kommilitoninnen hörte sie nichts. Die College-Verwaltung schrieb ihr einen Brief und betonte, man bedaure ihr Ausscheiden, verstehe aber ihre Beweggründe. In keinem der Fächer, die sie belegt hatte, erhielt sie Abschlußzensuren, und so waren die Studienzeit am St. Andrew's und das Geld ihres Vater in akademischer Hinsicht vergeudet. Wie sie Peter erklärte, wollte sie ihren Papa eines Tages für die Schande entschädigen, die sie ihm bereitet hatte.

In diesem Frühling bepflanzte sie einen Teil des Gartens und hielt das Haus in makelloser Ordnung. Falls sie die erforderlichen Zutaten bekam, kochte sie traditionelle japanische Speisen, die Peter, Tak und Reiko sehr gut schmeckten. Aber die Kinder konnten sich nicht dafür begeistern. Sie machte Peter mit der japanischen Kultur vertraut, die ihn faszinierte. Doch sie bemühte sich auch, seine Lebensart zu begreifen, und hörte interessiert zu, wenn er von seiner Arbeit an der Universität erzählte.

»Was hast du mit Hiroko vor, Peter?« fragte Tak an einem Apriltag. In absehbarer Zeit würde der junge Mann das Mädchen nicht heiraten können, zumindest nicht in Kalifornien.

»Keine Ahnung«, gab Peter zu. Er hatte erwogen, seine Liebste in einem anderen Staat zu heiraten, glaubte aber, sie würde sich weigern. Für Hiroko war die Zustimmung ihres Vaters sehr wichtig, und er kannte Peter noch gar nicht. Derzeit konnte sie ihrer Familie nicht einmal schreiben. Peter wußte, wie schmerzlich sie nach wie vor unter ihrem Heimweh litt. »In diesem Sommer wollte ich ihren Vater besuchen. Leider hat Pearl Harbor diesen Plan vereitelt.«

»Und der Krieg kann noch jahrelang dauern!« seufzte Tak.

»Ohne das Wissen und die Einwilligung ihrer Eltern wird sie mich niemals heiraten.« Im Juni mußte Peter einrücken. Vorher hätte er Hiroko gern zu seiner Frau gemacht. Doch das war wohl unmöglich. »Glaubst du, man wird euch von hier vertreiben, Tak?«

»Ich weiß nicht mehr, was ich denken soll. Jedenfalls rechne ich mit dem Schlimmsten. Die Hetzkampagne gegen die Japaner nimmt immer verrücktere Formen an. Ich kann's den Amerikanern nicht einmal verübeln. Schließlich führen sie Krieg gegen Japan, und es ist ihr gutes Recht, unseresgleichen zu mißtrauen. Nur eins verstehe ich nicht – warum sind gebürtige amerikanische Japaner plötzlich Ausländer?« Die jungen Japaner, die sich zum Kriegsdienst meldeten, mußten Küchenarbeit verrichten oder wurden heimgeschickt. Kein einziger durfte für sein Land kämpfen, weil man an der Loyalität der *nisei* zweifelte. An dieser Geisteshaltung würde sich vorerst nichts ändern. »Wenn wir ausgewiesen werden, ziehen wir wahrscheinlich nach New Hampshire. Aber ich hoffe immer noch, daß sich die Lage allmählich normalisiert und daß wir unsere Jobs zurückbekommen.« Ohne Bosheit lächelte er seinen jungen Nachfolger an. »Wenn mir die Stimme der Vernunft auch zuflüstert, ich sei zu optimistisch…«

»Nein, man darf die Hoffnung nicht aufgeben«, entgegnete Peter. Unentwegt drehten sich seine Gedanken um Hiroko, die er heiraten und vor der Angst, den Vorurteilen und Gefahren bewahren wollte. Aber er konnte sie nicht einmal schützen, wenn er sie zum Dinner ausführte und mit ihr ins Kino ging. Fast jedesmal trafen sie jemanden, der die junge Japanerin kränkte und beschimpfte. Erst letzte Woche war sie im Lebensmittelgeschäft auf üble Weise beleidigt worden. Tak hatte ihr geraten, nur mehr in *nisei*-Geschäften einzukaufen. Als Peter von dem Zwischenfall erfuhr, gestand er ihr, wie schrecklich er sich um sie sorgen würde, wenn er in den Krieg ziehen müsse. Wie sollte er den Gedanken ertragen, ihr schönes Gesicht und ihr schimmerndes schwarzes Haar nicht mehr zu sehen, auf den Anblick ihrer graziösen Gesten zu verzichten? Wie ein zierlicher Kolibri schien sie umherzuflattern. Lächelnd servierte sie ihm den Tee und amüsierte ihn mit komischen Geschichten über Tami. Er wußte, daß sie Kinder liebte, und träumte wehmütig von der Familie, die er mit ihr gründen wollte. Nichts würde ihn daran hindern. Nicht einmal der Krieg und der abgrundtiefe Haß zwischen Amerika und Japan.

Tapfer erduldete Hiroko die schreckliche Situation. Niemals zeigte sie ihren Kummer, ständig versuchte sie, Peter und ihre Verwandten zu trösten. Voller Mitgefühl beobachtete Tak die Liebenden und dachte an den langen, beschwerlichen Weg, der ihre gemeinsame Zukunft zu sein drohte.

In der nächsten Woche erhielten sie schlechte Nachrichten von Reikos Verwandten. Sie waren aus Fresno nach Terminal Island und vierzehn Tage später nach Los Angeles deportiert worden, in ein Sammellager. Vor der Abreise aus Fresno hatten sie drei Tage Zeit gehabt, um ihren Besitz zu veräußern, das Haus für hundert Dollar zu verkaufen, und das Lager voller Muttertagsblumen in ihrem Laden zurücklassen zu müssen.

»Unmöglich!« klagte Reiko. In Tränen aufgelöst, las sie ihrem Mann den Brief vor. »Nur drei Tage? Wie konnte man ihnen so etwas antun?« Gemeinsam mit einigen Hundert anderen Japanern wurden sie auf einem Marktplatz festgehalten. Die Neuigkeiten klangen so irreal, und die Tanakas hatten sie überhaupt noch nicht verarbeitet, als man drei Wochen später verlauten ließ, die Existenz der japanischen Gemeinde von Palo Alto sei beendet. Innerhalb von zehn Tagen mußten alle Japaner ihre Häuser, Geschäfte und Autos verkaufen und kleineres Eigentum in Regierungsdepots lagern. Die »verantwortlichen Familienmitglieder« sollten sich bei der nächsten Kontrollstelle melden, im Fall der Tanakas in einem alten buddhistischen Tempel. Dort würden sie weitere Instruktionen bekommen.

Takeo erfuhr in der Universität von dieser neuen Schikane. Auf dem Heimweg blieb er vor einem der Plakate stehen, die den Beschluß verkündeten. Sein Herz schlug wie rasend.

Am nächsten Morgen wurde die Order in allen Zeitungen veröffentlicht. Peter kam ins Haus, um seine Hilfe anzubieten, und begleitete Tak zur Kontrollstelle, wo er genauere Informationen zu erhalten hoffte. Aber man erzählte ihm genauso wenig wie seinem Freund. Nach neun Tagen sollte sich die ganze Familie im Sammellager an der Tanforan-Rennbahn in San Bruno melden. Jeder Erwachsene durfte hundertfünfzig Pfund Gepäck mitnehmen, inklusive Bettzeug, Toilettenartikel und Kleidung, jedes Kind fünfundsiebzig Pfund. Da sie die Sachen selbst tragen wollten, war das zulässige Gewicht bedeutungslos. Weder Reiko und Hiroko noch die Kinder konnten soviel mit sich schleppen.

Man übergab Takeo Karten mit Nummern für alle Familienmitglieder und fragte, ob sich unter seinen Angehörigen Alte und Kranke befänden. In diesem Fall würde er größere Schilder bekommen. Wie betäubt hörte er zu und starrte die Etiketten in seiner Hand an – zwanzig pro Person. Damit sollte jedes einzelne Gepäckstück versehen werden. Nummer 70917. Sie hatten keine Namen mehr, seine Familie war nur mehr eine Nummer. Haustiere dürfe er nicht mitnehmen, betonte man, auch kein Geld, keine Juwelen, Kameras, Radios, Waffen und Metallgegenstände. Die Regierung würde Lagerräume für größeres Eigentum wie Kühlschränke, Waschmaschinen, Möbel oder Klaviere zur Verfügung stellen, aber keine Verantwortung für etwaige Schäden übernehmen.

Als er den Tempel an Peters Seite verließ, konnte er keinen klaren Gedanken fassen. Vorerst durften die Japaner Palo Alto nicht verlassen. Für eine Flucht war es zu spät.

Von San Bruno aus würde man die Tanakas umsiedeln. Wohin, schien niemand zu wissen, oder man hielt es geheim. Reiko würde nicht erfahren, ob sie warme oder leichte Kleidung einpacken sollte. Und Tak war sich nicht einmal sicher, ob sie alle beisammenbleiben würden. Dieser Gedanke ließ ihn erschauern.

In der Warteschlange vor dem Tempel hatte man gemunkelt, die Männer sollten erschossen und die Kinder als Sklaven verkauft werden. Alberne Gerüchte, sagte er sich. Andererseits – in diesen Zeiten war alles möglich. Der Beamte hatte gefragt, ob ihn nur enge Familienmitglieder begleiten würden. Notgedrungen hatte Tak seine Nichte erwähnt, ohne zu verraten, daß sie eine gebürtige Japanerin war. Doch das würde man herausfinden, wenn man ihren Paß überprüfte. Der Mann hatte erklärt, es gebe keine Garantie für eine gemeinsame Umsiedlung aller Familienangehöriger. Nun fürchtete Tak, von Reiko, Hiroko und den Kindern getrennt zu werden und vielleicht im Gefängnis zu landen.

»Hat er gesagt, man würde Hiroko möglicherweise von euch trennen?« fragte Peter auf der Heimfahrt. Tak nickte wortlos. »Das darfst du nicht zulassen. Bedenk doch, welche Gefahren ihr drohen!«

Zwischen ihnen lagen die Schilder. Als Peter vor einer roten Ampel hielt, wandte sich Tak zu ihm, die Augen voller Tränen. »Glaubst du, ich könnte irgend etwas ändern? Meinst du, ich würde mir wünschen, daß wir von hier weggehen, gemeinsam oder getrennt?«

»Tut mir leid.« Verzweifelt berührte Peter den Arm seines Freundes. Während der restlichen Fahrt schwiegen sie und fragten sich, was sie den Frauen sagen sollten.

Im Tempel hatte man Peter mitgeteilt, er dürfe die Tanakas ins Sammellager begleiten, aber nicht dort bleiben, und er müsse sein Auto in einiger Entfernung vom Tanforan parken.

Bei dem Gedanken, Hiroko im Lager zurückzulassen, geriet er fast in Panik. Wenn sie von ihren Verwandten getrennt würde, wäre sie allen Schikanen schutzlos ausgeliefert.

Seufzend stellte Tak den Wagen vor dem Haus ab und schaute seinen Freund an. Wie sollte er der Familie mitteilen, welches Schicksal sie erwartete? Der schlimmste Alptraum war Wirklichkeit geworden. Nun bereute er, daß sie nicht schon vor Monaten die Flucht ergriffen hatten. Vor der Reise nach San Bruno durften sie Palo Alto nicht mehr verlassen. Mysteriöse Wörter wie »Sammellager«, »Umsiedlung« und »feindliche Ausländer« verwandelten sich in brutale, fast greifbare Monster.

»Was wirst du ihnen sagen, Tak?« fragte Peter unglücklich und glaubte, ein Teil von ihm würde sterben – alle Hoffnung auf die Zukunft, auf sein Glück mit Hiroko.

»Keine Ahnung.« Tak lächelte gequält. »Willst du ein Haus kaufen? Oder ein Auto?«

»Was in meiner Macht steht, werde ich tun. Das weißt du.«

»Was das Haus und den Wagen betrifft, meine ich's ernst.« Einige Japaner hatten Hotels für hundert Dollar verkauft und Autos für fünfzehn. Von diesem Eigentum mußte er sich losreißen. Er konnte sich auch nicht vorstellen, die Waschmaschine und andere sperrige Gegenstände jahrelang in einem Regierungslager unterzubringen. Also würde er alles verkaufen oder verschenken, was er neunzehn Jahre lang gemeinsam mit seiner Frau aufgebaut und zusammengetragen hatte. »Gehen wir hinein«, schlug er vor und wünschte, er müßte Reikos und Hirokos Gesichter nicht sehen, wenn er sie über die grausame Realität informierte. Die Kinder würden ebenso zutiefst erschrecken. Aber sie waren jung und widerstandsfähiger als die Erwachsenen.

Auf dem Weg zum Haus legte Peter einen Arm um Taks Schultern. Würdevoll, in einem schwarzen Rock und einem schwarzen Pullover, stand Hiroko neben ihrer Tante. Als Peter die bange Frage in ihren Augen las, mußte er seinen ganzen Mut zusammennehmen, um sich nicht abzuwenden. Tak umarmte seine Frau. Ehe er ein Wort hervorbrachte, begann sie zu weinen. Die Nummernkarten steckten in seiner Tasche.

»Müssen wir wirklich fortgehen, Tak?« fragte Reiko und hoffte inständig auf ein Wunder.

»Ja, mein Schatz. Wir werden in ein Sammellager am Tanforan geschickt und von dort aus umgesiedelt.«

»Wann?«

»In neun Tagen«, erwiderte er und drückte sie noch fester an sich. »Wir verkaufen das Haus – und alles andere. Wenn wir wollen, können wir einige Sachen in einem Regierungslager unterstellen.« Ungläubig schaute sie zu ihm auf. Als er die Schilder hervorzog, vergoß sie neue Tränen.

»Soll ich euch begleiten, Onkel Tak?« fragte Hiroko tonlos.

»Ja«, log er. Das wußte er nicht, aber vorerst wollte er ihr einen noch schlimmeren Kummer ersparen.

Nun kamen die Kinder von der Schule nach Hause. Sobald sie hörten, was ihnen bevorstand, begannen alle drei zu weinen. Am lautesten schluchzte Tami, weil sie die Shiba-Hündin Lassie nicht mitnehmen durften. »Was soll denn mit ihr geschehen? Sie wird doch nicht umgebracht?«

»Natürlich nicht.« Zärtlich strich Tak über ihr Haar und fühlte sich elend. Was würde er darum geben, wenn er sein jüngstes Kind vor diesem Leid bewahren könnte... »Wir bringen sie bei Freunden unter, die sie gut behandeln werden.«

»Bei Peter?« Hoffnungsvoll schaute sie den jungen Mann an, der ihre kleine Hand ergriff und ihre Wange küßte.

»Ich würde mich gern um Lassie kümmern. Aber ich muß einrücken.«

Nun wandte sich Tami angstvoll zu Hiroko. »Was wird aus meinem Puppenhaus?«

»Das packen wir sorgsam ein und nehmen's mit«, versprach Hiroko.

Aber Takeo schüttelte den Kopf. »Wir nehmen nur das Nötigste mit.«

»Wenigstens meine Puppe?« fragte das Kind verzweifelt, und diesmal nickte er.

Bis jetzt hatte Ken schweigend seine Tränen vergossen.

»Was ist los, mein Junge?« fragte Tak.

»Verdammt, Dad, du bist kein amerikanischer Staatsbürger. Aber ich wurde hier geboren. Nächstes Jahr könnte ich eingezogen werden und für dieses Land sterben. Und jetzt werde ich irgendwohin verschleppt, nur wegen meiner japanischen Ahnen.« Sein Leben lang hatte er sich zu den USA bekannt, »The Star-Spangled Banner« gesungen, am 4. Juli Maiskolben und Apfelkuchen gegessen, und er war ein Boy Scout gewesen. Plötzlich zählte das alles nicht mehr. Wie ein Verbrecher oder feindlicher Spion sollte er deportiert werden. Die menschenverachtende Order der Regierung hatte alle seine Ideale zerstört.

»Ja, mein Sohn, ich weiß – es ist unfair. Aber wir haben keine Wahl.«

»Und wenn wir uns weigern, unser Haus zu verlassen?«

»Dann werden wir vermutlich im Gefängnis landen.«

»Vielleicht wäre mir das sogar lieber.«

Tak seufzte, und Reiko schluchzte noch lauter. Für sie war der Verlust ihres Heims schon schlimm genug. Sollte ihr auch noch der einzige Sohn genommen werden?

»Das werden wir nicht zulassen, Ken«, erwiderte Tak. »Du mußt uns begleiten.«

»Dürfen wir zusammenbleiben, Tak?« fragte Reiko. Beklommen starrte sie Ken nach, der durch die Küchentür aus dem Haus stürmte, um mit seiner Freundin Peggy zu reden.

Tak wollte seine Frau nicht belügen. Seit er sie kannte, hatte er ihr stets die Wahrheit gesagt. Auch jetzt würde er ihr reinen Wein einschenken und nichts versprechen, was er vielleicht nicht halten konnte. »Das weiß ich noch nicht. Vor dem Tempel habe ich viele verschiedene Gerüchte gehört. Möglicherweise wird man mich von meiner Familie trennen, weil ich gebürtiger Japaner bin.«

Die prekäre Situation ihrer Nichte erwähnte Reiko erst, nachdem das Mädchen mit Peter hinausgegangen war. »Was wird mit Hiroko geschehen?«

»Auch das weiß ich nicht. Da sie als feindliche Ausländerin gilt, im Gegensatz zu dir, könnte es Schwierigkeiten geben. Wir müssen abwarten.« Tröstend nahm er sie in die Arme und kämpfte mit den Tränen, von schmerzlichen Schuldgefühlen geplagt, weil es ihm nicht gelungen war, seine Familie zu schützen. Alles würden sie verlieren, und nur der Himmel mochte wissen, wohin ihr leidvoller Weg führen würde. Vielleicht übertraf die Wirklichkeit sogar die schlimmsten Gerüchte, und man würde die gesamte japanische Bevölkerung erschießen. Im Moment blieb ihnen nur ein schwacher Hoffnungsschimmer. »O Rei, es tut mir so leid«, flüsterte er immer wieder.

Jetzt war sie es, die ihn tröstete und versicherte, niemand hätte die schrecklichen Ereignisse voraussehen können. Daran sei er gewiß nicht schuld. Aber wie sein düsterer Blick verriet, glaubte er ihr nicht. Dann schaute sie durch das Fenster und beobachtete, wie Hiroko und Peter im Garten umherwanderten. »Meinst du, die beiden sollten heiraten?«

Tak schüttelte den Kopf. Über dieses Thema hatte er erst an diesem Morgen mit Peter gesprochen. »Vorerst ist es unmöglich. Sie müssen warten, bis er aus dem Krieg zurückkommt – vorausgesetzt, Hiroko befindet sich dann wieder auf freiem Fuß.«

Im Garten wurde die gleiche Frage erörtert. Eindringlich blickte Peter in Hirokos Augen. »Wenn ich zurückkomme, bist du sicher wieder frei. Und dann werden wir heiraten.«

»Ohne die Zustimmung meines Vaters kann ich dir nichts versprechen, Peter«, erwiderte sie traurig. Wie gern hätte sie ihm eine andere Antwort gegeben … Aber sie hatte ihren Vater schon einmal enttäuscht, und sie durfte ihm keine zweite Schande bereiten. »Natürlich will ich dich heiraten, Peter – und gut für dich sorgen.«

Er führte sie zu einer Bank, setzte sich und nahm sie auf

seinen Schoß. »Nein, ich werde für *dich* sorgen. Am liebsten würde ich dich ins Tanforan-Lager begleiten. Das geht leider nicht. Aber ich werde dich so oft wie möglich besuchen.«

Sie nickte, nach wie vor unfähig, die Ereignisse in ihrer ganzen Tragweite zu begreifen. Obwohl sie sich bemühte, tapfer zu lächeln, spürte er ihre Angst und drückte ihren zarten, zitternden Körper fest an sich. »Wie schrecklich muß das alles für Onkel Tak und Tante Reiko sein ...«, wisperte sie.

»Ja, gewiß, und ich will mein Bestes tun, um ihnen zu helfen.« Allzuviel konnte er nicht unternehmen. Er hatte versprochen, Taks Ersparnisse auf sein eigenes Bankkonto einzuzahlen und alles zu kaufen, was sich ansonsten nicht veräußern ließ. Wie sollte man in neun Tagen ein neunzehnjähriges Ehe- und Familienleben in Nichts auflösen?

»Wenn wir in diesem Lager ankommen, werde ich mich um die Kinder kümmern«, erklärte Hiroko, und Peter fragte sich wieder einmal, ob sie überhaupt bei der Familie bleiben würde. »Der arme Kenji!« seufzte sie. »Er ist so wütend.«

»Mit gutem Recht. Er ist ein Amerikaner, und jetzt wird er wie ein Feind behandelt – wie ein japanischer Agent.«

»Wie kann er ein feindlicher Spion sein, wenn er seit seiner Geburt hier gelebt hat und noch nie in Japan war? Das alles ist so grauenvoll, so unverständlich ...« Nach einer kurzen Pause fügte sie hinzu: »Meine Kimonos muß ich wohl oder übel zurücklassen. Sie sind zu schwer. Und in diesem Lager darf ich sie ohnehin nicht tragen.«

»Ich werde sie für dich verwahren. Und wenn der Krieg überstanden ist, beginnt unsere gemeinsame Zukunft – ganz egal, wie lange man uns trennen wird. Daran mußt du stets denken.«

»Ja, Peter, ich will auf dich warten.«

»Ich komme zurück – ganz bestimmt«, beteuerte er und

hoffte, der Himmel würde sie beide in der Zwischenzeit beschützen.

Ein paar Minuten später kehrten sie ins Haus zurück, und die Familie traf ihre schmerzlichen Reisevorbereitungen.

Takeo kündigte seine Stelle an der Universität, und Peter nahm sich eine Woche Urlaub, um den Tanakas zu helfen. Verglichen mit einigen seiner Freunde, erzielte Tak einen guten Preis für das Haus – über tausend Dollar. Die meisten mußten sich mit wesentlich geringeren Summen begnügen, weil sie vor der Reise nach San Bruno nur drei bis vier Tage Zeit hatten, um alles zu regeln, und diese Notlage wurde von habgierigen, skrupellosen Nachbarn ausgenutzt.

Für das Auto bekam Tak nur fünfzig Dollar, für brandneue Golfschläger fünf. Was die Tanakas nicht mitnehmen konnten, wurde im Garten feilgeboten. Weinend verkaufte Reiko ihr Brautkleid einem hübschen jungen Mädchen für drei Dollar. Hiroko ließ sich nicht daran hindern, Tamis Puppenhaus sorgfältig zu verpacken, mitsamt den winzigen Möbeln. Dann beschriftete sie den Karton, der ins Regierungslager gebracht werden sollte, mit Takeos Namen. Ansonsten würden die Tanakas nur wenige Sachen lagern, ein paar Schachteln mit Fotos und besondere Erinnerungsstücke. Am Ende des großen Ausverkaufs hatten sie etwa dreitausend Dollar eingenommen – nicht viel angesichts des Werts, den die Sachen darstellten. Die schlimmste Szene spielte sich ab, als Taks Sekretärin aus der Universität ins Haus kam, um Lassie abzuholen. Schluchzend umklammerte Tami die Hündin und wollte sie nicht loslassen. Schließlich mußte Hiroko das verzweifelte Kind festhalten. Zu Tränen gerührt, führte die Sekretärin den Hund zu ihrem Auto. Während der ganzen Fahrt saß das arme Tier winselnd auf der Rückbank und schien seinen traurigen Verlust instinktiv zu spüren. Ken hatte seine Baseballschläger und seine alten Little-League-

Uniformen verkauft, Sally ihr geliebtes Vierpfostenbett. Auch die anderen Betten waren veräußert worden. Auf Hirokos Vorschlag würden sie im Lager Decken benutzen. »Das wird mich an unsere japanischen Futons erinnern.«

»Gräßlich!« klagte Sally. Alles mußte sie aufgeben, ihre Kleider, ihre Freundinnen, ihre Schule, und nun sollte sie auch noch auf dem Boden schlafen.

»In Japan ist das üblich«, erwiderte ihre Mutter.

»Aber ich bin keine Japanerin, sondern eine Amerikanerin!« fauchte Sally erbost, stürmte ins Haus und schlug die Tür hinter sich zu.

Tami weinte immer noch um Lassie und ihr Puppenhaus.

»Im Lager bauen wir ein neues«, versprach Hiroko.

»Du weißt nicht, wie's geht, und Daddy will sicher nichts davon wissen.« Tami litt unter der unglücklichen Stimmung ihrer Eltern. Außer ihrer Kusine fand niemand Zeit, um mit ihr zu spielen.

»Doch, er wird mir zeigen, wie man's macht. Und dann bauen wir beide ein neues Puppenhaus.«

»Okay.« Dieser Gedanke munterte Tami ein wenig auf.

Auch Ken durfte sich eines kleinen Lichtblicks erfreuen, denn Peggys Familie sollte am selben Tag wie die Tanakas nach San Bruno gebracht werden.

Sallys Freundin Kathy hatte nie mehr mit ihr gesprochen. Am Nachmittag der großen Verkaufsaktion war sie mit ihrem Bruder langsam am Haus vorbeigefahren, aber nicht ausgestiegen, und Sally hatte ihr abrupt den Rücken gekehrt.

Nach dem Ausverkauf blieben den Tanakas noch zwei Tage bis zur Abreise, und es gab immer noch viel zu tun. Glücklicherweise hatten die neuen Hausbesitzer einige Möbel der Tanakas erworben. Den Großteil der Einrichtung wollten sie selbst mitbringen. Tag und Nacht hatten Reiko und Hiroko Sachen verpackt, die sich nicht verkaufen ließen, Freunden geschenkt oder den Wohlfahrtsorganisationen übergeben. Am schwierigsten war die Frage, was sie für die Umsiedlung mitnehmen sollten, weil sie nicht wußten, ob sie warme oder leichte Kleidung brauchen würden, und sie wollten sich nicht mit überflüssigem Gepäck belasten.

Am letzten Abend, um zehn Uhr, hatten sie endlich alles gepackt. Tak drückte eine Flasche Bier in Peters Hand, dann ging er mit Reiko schlafen.

In einer schönen Aprilnacht saßen Hiroko und Peter auf den Eingangsstufen des Hauses, und unter dem romantischen Sternenhimmel konnten sie kaum glauben, was geschehen würde.

»Danke für deine Hilfe, Peter«, sagte sie lächelnd. Als er sie küßte, spürte sie das kalte Bier auf seinen Lippen.

»Du hast viel zu hart gearbeitet«, meinte er und zog sie an sich. Da Reiko in ihrer Verzweiflung kaum etwas zustande gebracht hatte, war die meiste Arbeit an ihrer Nichte hängengeblieben.

»Aber du auch«, entgegnete sie. Dauernd hatte Tak betont, ohne seinen Freund hätten sie's nicht geschafft. Tagelang hatte Peter schwere Einrichtungsgegenstände aus dem Haus geschleppt und die Sachen, die verwahrt werden sollten, ins Regierungslager gebracht. Wie versprochen, wollte er Hirokos Kimonos in seinem eigenen Haus aufheben.

»Sicher werden wir eine phantastische Ehe führen, weil wir ein gutes Team und an harte Arbeit gewöhnt sind.« Er liebte es, von der künftigen Heirat zu sprechen und Hiroko erröten zu sehen. In mancher Hinsicht war sie immer noch ein bißchen altmodisch. »Wie viele Kinder wollen wir kriegen?« fragte er im Konversationston und lachte, als sich ihre Wangen noch dunkler färbten.

»So viele du willst, Peter. Meine Mutter hat sich mehrere Söhne und Töchter gewünscht. Aber bei der Geburt meines

Bruders wäre sie fast gestorben. Sie wollte ihn unbedingt daheim zur Welt bringen, obwohl mein Vater sie stets gedrängt hat, in eine Klinik zu gehen. Er ist sehr modern eingestellt. Sie dagegen liebt die alten Traditionen, so wie ich.«

»So wie wir«, verbesserte er sie. Nach einer kleinen Pause bat er: »Im Tanforan-Lager mußt du gut auf dich aufpassen, Hiroko.«

»Und du auch, wenn du in den Krieg ziehst.«

Wie tröstlich es war, in dieser schönen Nacht vor dem Haus zu sitzen... An diesen Augenblick würden sie sich oft erinnern. Er küßte sie wieder, in wachsender Leidenschaft. Ihren ganzen Körper wollte er streicheln, mit Händen und Lippen. Glücklicherweise fanden sie keine Gelegenheit, der Versuchung nachzugeben. »Jetzt sollte ich besser gehen«, flüsterte er atemlos, voller Sehnsucht nach intimeren Liebkosungen. Aber er fürchtete sie zu erschrecken und zu verletzen.

»Ich liebe dich, Peter«, wisperte sie, »über alles.« Stöhnend preßte er sie an seine Brust. Hiroko zitterte, als sie jenen Teil ihrer Liebe erahnte, der ihr noch fremd war, und sie hoffte inständig, sie würde ihn eines Tages kennenlernen.

»Ich liebe dich auch, meine Kleine. Bis morgen.«

Nach einem letzten Kuß am Gartentor stieg er in sein Auto, winkte ihr und fuhr davon. Langsam kehrte sie zum Haus zurück. Was würde geschehen? Meistens stellte das Schicksal nur Fragen und gab keine Antworten. Bevor sie die Tür erreichte, hörte sie eine leise Stimme, die ihren Namen rief. Überrascht drehte sie sich um und sah Anne Spencer auf sich zukommen. Zunächst hatte sie ihre ehemalige Zimmergenossin gar nicht erkannt. Annes blondes Haar war straff zurückgekämmt, und sie trug einen alten Pullover. An ihrem Arm hing ein Korb.

Hiroko ging ihr entgegen. Das letzte Mal hatte sie Anne

am Tag ihrer Abreise aus dem St. Andrew's gesehen, an einem der Fenster. Gewiß waren sie niemals Freundinnen gewesen. Aber seit Anne an jenem Tag zu ihr gekommen war, um sich zu verabschieden, respektierten sie einander. Anne verachtete die Mädchen, die damals die Dachkammer so grausam verwüstet hatten. Das wußte Hiroko.

»Anne?« begann sie zögernd.

»Ich habe gehört, du würdest abreisen.«

»Von wem?« fragte Hiroko überrascht.

»Einer meiner Freunde studiert an der Stanford University und kennt deinen Onkel. Tut mir leid.« Zum zweitenmal entschuldigte sie sich für eine tragische Wende in Hirokos Leben, die sie nicht heraufbeschworen hatte. »Wohin wirst du fahren?«

»Ins Tanforan-Sammellager. Was danach geschehen wird, wissen wir noch nicht.«

»Das habe ich dir mitgebracht.« Anne reichte Hiroko den Korb, der mit haltbaren Lebensmitteln gefüllt war – Marmeladegläsern, Käse, Dosensuppen und Fleischkonserven.

»Danke«, flüsterte Hiroko verwundert. Warum war Anne so großzügig?

»Ich finde es grauenvoll und völlig falsch, wie sich die Regierung verhält. Das sollst du wissen, Hiroko. Und es tut mir schrecklich leid.« In Annes Augen glänzten unvergossene Tränen.

Eine Zeitlang standen die beiden Mädchen schweigend voreinander und schauten sich an. Dann verneigte sich Hiroko, den Korb in der Hand. »Vielen Dank, Anne-san.«

»Möge Gott dich begleiten«, flüsterte Anne, wandte sich ab und rannte aus dem Garten.

Wenig später hörte Hiroko, wie der Motor eines Autos ansprang.

10

Der Tag, an dem Hiroko und ihre Verwandten das Haus verließen, war der schrecklichste, den sie bisher erlebt hatten. Daran würden sie sich stets erinnern. Der Hund und das Auto waren verschwunden, die Räume fast leer, von unheimlicher Stille erfüllt. Am Nachmittag würden die neuen Besitzer einziehen. Takeo hatte die Schlüssel bei einem Nachbarn hinterlegt.

Fast achtzehn Jahre war das Haus das Heim der Tanakas gewesen. Sie hatten es vor Kens Geburt gekauft und dann mit ihrer Familie ein glückliches Leben darin geführt. Nun schaute sich Reiko ein letztes Mal um und dachte an die schönen Zeiten. Tak legte einen Arm um ihre Schultern. »Eines Tages kommen wir zurück, Rei.«

»Aber das Haus gehört uns nicht mehr.« Über ihre Wangen rannen Tränen.

»Wir kaufen ein anderes. Das verspreche ich dir.« Wie viele Hindernisse würden sie zuvor überwinden müssen?

»Ja...« Sie versuchte tapfer zu lächeln. Langsam folgte sie ihm in den Garten, umklammerte seine Hand, betete stumm und hoffte, irgendwann würden sie alle wohlbehalten heimkehren.

Peter fuhr sie mit ihren wenigen Habseligkeiten zur Kontrollstelle. Ebenso wie die Personen waren auch die Gepäckstücke mit Nummern versehen. Tami und Hiroko trugen das Schildchen an den Knöpfen ihrer Pullover, Reiko, Tak und Ken an ihren Jacken, und Sally hatte es am Handgelenk befestigt. Nummer 70 917. Auf Hirokos Schoß stand Anne Spencers Korb. Reiko hatte sich über das Geschenk gefreut, das sie gut gebrauchen konnten.

Während der kurzen Fahrt schwiegen sie. Als sie um eine Ecke bogen und der Tempel in Sicht kam, starrten sie bestürzt auf eine riesige Menschenmenge.

»Mein Gott, wird denn ganz Palo Alto deportiert?« rief Tak verblüfft.

»Sieht so aus.« Vorsichtig steuerte Peter den Wagen durch das Gedränge. Alle Leute trugen Koffer und Kartons, versuchten Kinderhände festzuhalten oder führten alte Leute über die Straße. Mindestens ein Dutzend Busse stand bereit. Unbehaglich beobachtete Tak das Chaos.

Die Beamten hatten Peter erklärt, er könne die Tanakas nicht zum Tanforan-Lager fahren. Dort durften sie nicht in Privatautos eintreffen. Deshalb würde man sie mitsamt den anderen Japanern in einem Bus hinbringen. Aber er hatte versprochen, ihnen in seinem Wagen zu folgen und sie dann im Lager zu suchen. Nun parkte er erst einmal. Er wollte so lange wie möglich mit der unglücklichen Familie zusammenbleiben.

»Was für ein Durcheinander!« seufzte Tak.

Widerstrebend stiegen sie mit ihrem Gepäck aus dem Auto und mischten sich unter die Menschenmenge. Wenige Minuten später wurde Peter aufgefordert, die Kontrollstelle zu verlassen. Er erkundigte sich, ob er seine Freunde im Sammellager an einem bestimmten Punkt treffen könne. Aber keiner der Beamten schien Bescheid zu wissen. Die Tanakas winkten dem jungen Mann nach, bis er im Gedränge verschwand, und Hiroko bekämpfte ihre Panik. Plötzlich war das Unheil real. Sie wurden festgehalten, deportiert, umgesiedelt. Wenn sie Peter nicht wiedersahen – wenn er sie im Tanforan-Lager nicht fand – wenn …

Als spürte Tami die Angst ihrer Kusine, weinte sie und preßte ihre Puppe an sich, die ebenfalls mit einer Nummernkarte versehen war. Tröstend umklammerte Hiroko die Hand des Kindes.

Ken wollte seine Freundin Peggy suchen, aber Tak betonte, die Familie müsse zusammenbleiben.

Nach einiger Zeit wurden ihnen einige Papiere ausgehändigt, und man forderte sie auf, in einen der Busse zu steigen. Etwa eine Stunde lang saßen sie in dem stickigen Vehikel, bevor die Reise ins Ungewisse begann. Die Fahrt dauerte nur dreißig Minuten.

Im Tanforan-Lager herrschte ein noch wilderes Chaos. Überall hatten sich Menschenschlangen gebildet – alte Leute mit großen Nummernkarten, Kranke, die auf Bänken saßen. Zwischen gestapelten Koffern und Kartons voller Lebensmittel schluchzten Kinder. In einem Zelt direkt neben einer Reihe offener Toiletten wurde gekocht.

Niemals würde Hiroko die beklemmende Szenerie vergessen. Am Vortag hatte es geregnet, und ihre Füße versanken knöcheltief im Schlamm. Als sie sich im Getümmel umsah, gab sie die Hoffnung auf, Peter zu entdecken. »Er wird uns nicht finden.«

»Wohl kaum.« Auch Tak schaute sich bedrückt um. Der Schlamm hatte seine neuen Schuhe bereits ruiniert. Stöhnend verkündete Sally, sie müsse auf die Toilette, würde aber lieber sterben, ehe sie eine dieser offenen Kabinen benutzte. Ihre Mutter und Hiroko versprachen ihr, eine Decke davorzuhalten. Aber das lehnte sie entschieden ab. Früher oder später würden sie sich alle mit den unzulänglichen sanitären Anlagen begnügen müssen.

Drei Stunden lang standen sie in einer Warteschlange, und Annes Picknickkorb leistete ihnen wertvolle Dienste. Bevor sie überprüft wurden, durften sie nicht zur Essensausgabe gehen. Wenn ihre Füße schmerzten, setzten sie sich für eine Weile auf die Koffer.

Endlich kamen sie an die Reihe. Man untersuchte ihre Hälse, die Haut an ihren Händen und Armen. Wozu das nötig war, erfuhren sie nicht. Danach wurden sie von einigen Mitgliedern eines Freiwilligenkorps das auch im Küchenzelt seinen Dienst versah, stümperhaft geimpft. Diese Leute trugen seltsame Uniformen – braune Anzüge, blaue Mäntel und kleine Hüte mit hübschen Federn. Als Reiko fragte, ob es eine Krankenstation gebe, deuteten sie vage in eine Richtung.

»Vielleicht brauchen sie eine Krankenschwester«, flüsterte sie Tak zu. Aber wer konnte schon wissen, wie lange sie hierbleiben würden?

Danach mußten sie woanders Schlange stehen. Ihre Arme schmerzten von der Impfung, und Tami war so erschöpft, daß ihr übel wurde. Um sie aufzumuntern, erzählte Hiroko eine Geschichte von einer kleinen Fee.

Ken fühlte sich etwas besser. Soeben hatte er seine Freundin entdeckt, ein Wunder in dieser unübersichtlichen Menschenmenge. Aber Peter ließ sich nicht blicken. Inzwischen war es vier Uhr nachmittags, und man hatte ihnen noch immer kein Quartier zugewiesen.

Endlich schickte man sie zu ihrer Unterkunft, einem Pferdestall mit der Aufschrift 22P. Der Raum, viel zu klein für sechs Personen, war getüncht, aber nicht gereinigt worden. Überall lagen Stroh und Pferdemist, und es stank überwältigend.

Das ertrug Reiko nicht. Sie beugte sich vor und erbrach. »O Gott, Tak«, würgte sie hervor, »ich schaff's nicht…«

»Doch«, erwiderte er leise, »weil dir nichts anders übrigbleibt.« Die Kinder starrten ihre Eltern erschrocken an. »Setz dich, Hiroko bringt dir Wasser. Inzwischen holen Ken und ich Schaufeln und misten den Stall aus. Später solltest du mit den Kindern zur Essensausgabe gehen. Bring uns was mit.«

Allein schon beim Gedanken an Nahrungsmittel spürte Reiko, wie sich ihr Magen wieder zusammenkrampfte, und die Kinder waren auch nicht hungrig. Erschöpft setzten sie sich auf die Koffer.

Nach einer Weile ging es Reiko etwas besser, aber sie war noch sehr blaß. Hiroko hatte große Futtersäcke gefunden. Mit Sallys Hilfe stopfte sie Stroh hinein, um sie als Matratzen zu benutzen. Ken und Tak fanden keine Schaufeln, nur zwei alte Kaffeedosen, die sie mehrmals mit Pferdemist füllten und hinter dem Stall entleerten. Während sie diese langwierige, mühsame Arbeit erledigten, tauchte Peter unvermittelt auf, das Haar zerzaust und verschwitzt. Aber er kam Reiko vor wie eine Vision aus einer schöneren Welt. Sie rannte zu ihm und warf sich in seine Arme.

»Seit Mittag habe ich im Verwaltungsbüro gesessen«, erklärte er müde. »Ich mußte mit Engelszungen reden, bis ich euch endlich besuchen durfte. Offenbar versteht niemand, warum sich ein Amerikaner um die Japaner kümmert.« Er küßte Hiroko, maßlos erleichtert, weil er sie alle endlich gefunden hatte. Nun bemerkte er, was Tak und Ken taten. »Was für ein netter Zeitvertreib!« meinte er, und Tak grinste. Noch hatte er seinen Humor nicht völlig verloren, und Peters Anblick ermutigte ihn ein wenig.

»Mach dich nicht über uns lustig, bevor du's selber versucht hast.«

»Okay.« Peter warf sein Jackett auf das Stroh, krempelte die Hemdsärmel hoch, opferte seine Lieblingsschuhe und watete in den Pferdemist. Nachdem Ken ihm eine weitere Kaffeedose besorgt hatte, war er innerhalb weniger Minuten so schmutzig wie der Junge und Tak. Nur langsam verringerten sich die Misthaufen. »Kein Wunder, daß das Pferd ausgezogen ist«, murmelte er und hatte das Gefühl, er müßte einen Ozean mit einer Kaffeetasse leerschöpfen.

»Gemütlich, nicht wahr?« seufzte Tak.

Aber Ken fand die Situation kein bißchen komisch. Er haßte das Lager, haßte die Leute, die ihm diese Schmach zumuteten, und wünschte inständig, er könnte sich an ihnen rächen.

»Natürlich würde ich gern behaupten, ich hätte schon was Schlimmeres gesehen«, erwiderte Peter. »Doch das wäre eine Lüge.«

»Warte nur ab, bis du mit Onkel Sam nach Europa fliegst. Da wird man dir eine ähnliche Drecksarbeit aufhalsen.«

»Wenigstens kann ich schon mal ein bißchen üben.«

Nach Einbruch der Dunkelheit streckten sich Reiko und ihre Töchter auf den Strohmatratzen aus, während die drei Männer immer noch den Stall ausmisteten. Hiroko brachte ihnen heißen Tee und bot ihre Hilfe an, die energisch abgelehnt wurde. Einer schwachen Frau wollten sie den widerwärtigen Job nicht aufbürden.

»Wann mußt du das Lager verlassen, Peter?« fragte Tak, als sie eine kurze Ruhepause einlegten.

»Davon haben sie nichts gesagt. Ich bleibe einfach hier, bis sie mich rauswerfen.«

Ein paar Minuten später gingen sie wieder an die Arbeit. Um zwei Uhr morgens war der Stall endlich sauber. Ken spritzte den Boden mit einem Schlauch ab, und Peter schrubbte die Wände.

»Einen Tag wird's wohl dauern, bis euer Quartier trocknet«, meinte Peter. »Hoffentlich fängt's nicht wieder zu regnen an.« Sobald der Boden trocken war, wollten sie ihn mit Stroh bedecken und die ausgestopften Säcke darauflegen. Bis dahin mußten sie im Freien ausharren. Sie trugen die Matratzen hinaus, setzten sich, und Peter nahm neben Hiroko Platz. Reiko und die beiden Mädchen schliefen bereits. »Allzu bequem werdet ihr's hier nicht haben«, bemerkte Peter.

»Ja, es ist schrecklich.« Hiroko fragte sich, wie sie diese Tortur verkraften sollten. »Vielen Dank für deine Hilfe. Armer Onkel Tak! Er sieht völlig erschöpft aus.«

»Kein Wunder. Es tut mir so leid, was ihr alle durchmachen müßt.«

»*Shikata ga nai*«, flüsterte sie. Fragend hob er die Brauen, und sie übersetzte die japanischen Worte. »Man kann es nicht ändern, es ist einfach so.«

»Wenn ich doch bei dir bleiben dürfte, meine Kleine...« Er legte einen Arm um ihre Schultern und zog sie an sich, ohne die Schwierigkeiten zu berücksichtigen, die er ihr möglicherweise bereitete. Viel schlimmer konnte es nicht mehr werden. Außerdem schaute niemand zu ihnen herüber. Ein paar Familien wanderten umher. Da er kein Japaner war, müßte er eigentlich Aufsehen erregen. Aber man schien sich nicht für ihn zu interessieren. »Wie gern würde ich dich mitnehmen...«, flüsterte er und küßte sie.

»Oh, das wäre wundervoll.« Sie lächelte wehmütig und trauerte um die Freiheit, die sie an diesem Tag verloren hatte. Plötzlich erschien ihr jeder Augenblick, den sie mit Peter verbrachte, unendlich kostbar. Nun bereute sie, daß sie sich geweigert hatte, ihn ohne die Einwilligung ihres Vaters zu heiraten. In einem anderen Staat wäre das möglich gewesen. Jetzt ist es zu spät, dachte sie verzweifelt.

Etwas später folgte sie Ken und Tak zum Waschraum und den gräßlichen offenen Latrinen. Am Abend hatten Reiko und ihre Töchter die Toiletten abwechselnd benutzt und einander Decken vorgehalten.

Peter wartete beim Pferdestall auf Hiroko und bat sie, ein wenig zu schlafen. Morgen nachmittag würde er wiederkommen. Er mußte nur vormittags in der Universität Vorlesungen halten. Aber jetzt konnte er sich nicht von ihr trennen. Eine halbe Stunde blieb er noch bei ihr, bevor er endlich ging. Sie schaute ihm nach und glaubte, ihr einziges Glück auf dieser Welt würde für ewig entschwinden.

Voller Mitgefühl betrachtete Tak ihr bleiches Gesicht. »Nun solltest du schlafen.« Er gab ihr eine Decke und wünschte, sie wäre niemals nach Amerika gekommen, in dieses feindselige Land, wo sie so bittere Erfahrungen sammeln mußte.

Hiroko legte sich auf eine Strohmatratze und breitete die dünne Decke über ihren Körper. Bevor sie einschlief, galt ihr letzter Gedanke dem Mann, den sie liebte, und der ungewissen Zukunft.

11

Bei Sonnenaufgang wurden sie von einem Signalhorn geweckt und stellten sich vor einer der elf Essensausgaben an, um zu frühstücken. Sie mußten Kennkarten mit farbigen Codes vorlegen, ehe ihnen Haferbrei, Obst, eine Speise aus Eipulver und altbackene Brötchen angeboten wurden. Nichts davon sah besonders verlockend aus, und sie begnügten sich mit Haferbrei. Danach gingen sie spazieren und beobachteten die Leute, die sich häuslich einzurichten versuchten, Ställe ausmisteten und Futtersäcke mit Stroh füllten.

Zu ihrer Freude entdeckten sie bekannte Gesichter – Hochschullehrer und eine Freundin Reikos. Wie Ken erleichtert feststellte, bewohnte Peggy einen Stall in seiner Nähe, und Sally traf mehrere Schulkameradinnen. Bald freundete sich Tami mit einigen Kindern an. Überall war eine Atmosphäre der Entschlossenheit zu spüren, als wollten sich die Japaner bemühen, das Beste aus ihrer schrecklichen Situation zu machen. Eine Frau pflanzte sogar Gemüse vor ihrem Stall.

»Hoffentlich müssen wir nur ein paar Tage hierbleiben«, meinte Reiko nervös. Sie wußten nach wie vor nicht, wohin man sie bringen würde. Aber sie konnte sich nicht vorstellen, in diesem Lager Wurzeln zu schlagen oder einen Garten anzulegen. Am Nachmittag ging sie in die primitive Krankenstation und traf einige Patienten an, die an Magenbeschwerden und Dysenterie litten. Zwei Krankenschwestern erklärten ihr, hier müsse man sich vor dem Essen in acht nehmen, weil viele Lebensmittel verdorben seien. Außerdem sollte man das Trinkwasser abkochen. Vor diesen Gefahren warnte sie ihre Angehörigen, sobald sie zu ihnen zurückkehrte. Sie hatte versprochen, den Schwestern am nächsten Morgen zu helfen.

Gegen Abend war der Boden des Stalls fast trocken. Ken und Hiroko bestreuten ihn mit Stroh, legten die Matratzen darauf und trugen das Gepäck hinein. Wenigstens war das Quartier jetzt sauber. Aber sie rochen immer noch den Pferdegestank.

Nachdem sie ihre Habseligkeiten im Stall verstaut hatten, kam Peter zu Besuch, und Hirokos Gesicht leuchtete auf wie ein Sonnenstrahl. Er erzählte Tak die letzten Neuigkeiten aus der Universität. Dann verteilte er ein wenig Schokolade, Kekse und Obst. Wieviel er mitbringen durfte, hatte er nicht gewußt. Er wollte die Wachposten nicht verärgern. Dankbar biß Sally in einen Apfel, und Tami freute sich über die Schokolade.

Hiroko saß mit ihm im Stall, während die anderen das Abendessen holten. Da sie nicht hungrig war, verspeiste sie nur ein paar Kekse und Obst. Peter fand es unglaublich, daß vielköpfige Familien in winzigen Ställen hausen mußten. In ganz Kalifornien wurden die Japaner in ähnlichen Lagern zusammengepfercht und warteten auf die Umsiedlung. »Wie war's heute?« fragte er besorgt. Nur Tak hatte ziemlich niedergeschlagen ausgesehen. Reiko wirkte etwas zuversichtlicher, und die Kinder schienen sich an die Situation zu gewöhnen.

»Alles in Ordnung«, antwortete Hiroko. Zärtlich ergriff

er ihre Hand. Er konnte noch immer nicht fassen, daß die Tanakas nicht mehr in Palo Alto wohnten. Auf dem Weg zum Tanforan-Lager war er an ihrem Haus vorbeigefahren. Schockiert hatte er unbekannte Kinder und einen fremden Hund im Garten gesehen. Sie waren ihm wie unbefugte Eindringlinge erschienen. »Was soll ich nur ohne dich machen?« Bedrückt schaute er in Hirokos Augen, die ihm Trost spendeten. »So oft ich kann, werde ich dir Gesellschaft leisten.«

Seine Worte beglückten sie. Aber es widerstrebte ihr, ihm die beklemmende Atmosphäre des Lagers zuzumuten. Er gehörte nicht hierher. Erst in sieben Wochen würde er einrücken. Sollte sie ihn bitten, nicht mehr zu kommen? Nein, unmöglich… »Darüber freue ich mich sehr.« Sie brauchte ihn. Den ganzen Tag hatte sie ungeduldig auf seinen Besuch gewartet. Nur für diese kostbaren Momente lebte sie. Lächelnd erzählte sie, was sie im Lager beobachtet hatte, und erwähnte die Frau, die einen winzigen Gemüsegarten pflanzte.

»Zum Glück sind diese Menschen nicht so leicht unterzukriegen«, meinte er und schaute nach draußen. Einige Männer misteten immer noch Ställe aus und schrubbten die Wände, andere saßen beisammen und spielten Karten oder Go, das japanische Schach. Schwatzende alte Frauen strickten. Und überall rannten Kinder umher. Trotz der unangenehmen Umstände herrschte eine gewisse Kameraderie, die Peter sofort aufgefallen war, als er das Lager durchquert hatte. Nur wenige Leute beklagten sich. Die meisten hatten ihren Humor bewahrt. Hier und da erklang sogar Gelächter.

Hiroko betrachtete sein Gesicht. Seit sie den Kontakt mit ihrer Familie verloren hatte, waren Peter und die Tanakas die wichtigsten Menschen in ihrem Leben. Natürlich vermißte sie die Eltern und den Bruder, und sie sorgte sich, weil sie nichts von ihnen hörte. Sie wußte nur, daß Yuji bei der japanischen Luftwaffe diente. Vermutlich würde sie das Schweigen ihrer Familie bis zum Kriegsende ertragen müssen. Sie konnte nur für ihre Lieben beten. Würde auch die Verbindung zu Peter abreißen, wenn er eingerückt war? Er hatte versprochen, ihr zu schreiben, und sie hoffte, sie würde die Briefe erhalten.

»Was für eine erstaunliche Frau du bist ...«, sagte er leise und beobachtete, wie sie einen Apfel aß. Er bewunderte sie, weil sie ihr Schicksal so tapfer hinnahm.

»Nur ein dummes Mädchen.« Sie akzeptierte die untergeordnete Rolle, die Frauen in der japanischen Gesellschaft spielten, obwohl der Vater versichert hatte, sie könne genausoviel mit ihrem Leben anfangen wie ein Mann.

»Unsinn!« protestierte er und küßte sie. In diesem Augenblick kam eine alte Frau mit einem kleinen Jungen vorbei und wandte sich mißbilligend ab. Immerhin war Peter ein Weißer. »Möchtest du spazierengehen?« fragte er. Hiroko nickte und legte das Kerngehäuse des Apfels in die Kaffeedose, die als Abfalleimer benutzt wurde.

Hinter den Pferdeställen erstreckten sich Wiesen, von Stacheldrahtzäunen umgeben. Am Tor stand ein Wachtposten, der Hiroko und Peter aber nicht behelligte, während sie durch das hohe Gras schlenderten und über die Vergangenheit und die Zukunft sprachen. Die Gegenwart erschien ihnen wie ein luftleerer Raum. Doch sie malten sich den Ort aus, an dem sie einmal leben wollten. Hirokos Gedanken kehrten nach Kyoto zurück, zu ihrer Familie, zu den Bergen, wo sie die Eltern ihres Vaters besucht hatte. Von dieser Erinnerung getröstet, wanderte sie neben Peter dahin und hielt seine Hand. Am Ende des Geländes blieben sie stehen. Wortlos nahm er sie in die Arme. Eines Tages würde es keine Grenzen mehr für sie beide geben, keine Zäune, die ihnen den Weg versperrten.

»Am liebsten würde ich dich hier herausholen, Hiroko... Früher erkannte ich nicht, wie glücklich wir waren, und ich wünschte...« Als sie zu ihm aufschaute, erriet sie, was er dachte, und teilte sein Bedauern. »Ich wünschte, ich hätte dich rechtzeitig weggebracht und geheiratet.«

»Um alledem zu entrinnen, hätten wir sehr weit fortgehen müssen«, erwiderte sie, und er stimmte ihr zu.

Er hätte seine Stellung an der Universität aufgegeben. Sicher wäre es schwierig gewesen, woanders ein neues Leben zu beginnen. Bis vor kurzem hatten sie nicht geahnt, welch hohen Preis sie für die versäumte Flucht zahlen würden. Sie hatten einfach nur gewartet und gehofft, die Situation würde sich bessern... Darauf mußten sie jetzt sehr lange warten.

»Eines Tages werden wir das alles überstanden haben, endlich heiraten und viele Kinder bekommen.«

»Wie viele?« fragte sie, obwohl ihr dieses Thema immer noch peinlich war.

»Sechs oder sieben.« Lächelnd drückte er sie an seine Brust und küßte sie, diesmal voller Leidenschaft. Er begehrte sie so verzweifelt. Während die Sonne unterging, standen sie im Schatten eines kleinen Schuppens. Peter spürte Hirokos weichen Körper und wollte alles von ihr berühren. Hungrig glitten seine Lippen über ihren Hals. Als er ihre Brüste streichelte, wehrte sie ihn nicht ab. Schließlich befreite sie sich sanft aus seinen Armen. Vor Erregung konnte sie kaum atmen. Und sein Verlangen war noch viel stärker. »O Gott, Hiroko, ich sehne mich so sehr nach dir...«

Langsam traten sie den Rückweg an, blieben immer wieder stehen und sanken einander in die Arme. Er fühlte ihre Herzschläge, ihre schmalen Hüften, die sich an seine preßten. In diesen Tagen waren sie der körperlichen Liebe allmählich nähergekommen, und was mit ihnen geschah, wirkte so bezwingend, daß sie fast der Versuchung erlagen.

»Jetzt sollten wir ins Lager gehen«, wisperte Hiroko und liebkoste Peter so intim, wie sie es nie zuvor getan hatte. In ihrem Gesicht las er weder Angst noch Reue, nur Liebe und Vertrauen. Sie begehrte ihn genauso heiß wie er sie. Aber sie nutzten den süßen Augenblick nicht.

Schweigend, Hand in Hand, kehrten sie zu den anderen zurück. Reiko und Tak bemerkten, daß sich irgend etwas zwischen den beiden verändert hatte. Plötzlich wirkte Hiroko, die an Peters Seite stand, viel erwachsener, wie eine reife, selbstbewußte Frau – so als hätte sie ihm bereits gehört und es wäre ihr völlig gleichgültig, wer es merken würde. Wortlos hatte sie ihm etwas Kostbares geschenkt, und der Silberring an ihrem Finger, mit eingravierten Herzen geschmückt, gewann eine noch tiefere Bedeutung.

»Wie war das Dinner?« fragte sie, und alle außer Tami verzogen angewidert die Lippen. Zum Nachtisch hatte es grünen Wackelpudding gegeben, und das kleine Mädchen behauptete, er sei himmlisch gewesen. Belustigt erinnerte sich Hiroko an den Pudding im Haus der Tanakas. Sie hatte nicht gewußt, wie sie die glitschige Masse attackieren sollte, die auf ihrem Teller umhergerutscht war, und hatte Tami beobachtet, um sich ein Beispiel an ihr zu nehmen. Zusammen mit einer Riesenportion Schlagsahne, die Hiroko noch ungenießbarer erschienen war, hatte das Kind sein Dessert in sich hineingestopft. Als sie jenen Abend erwähnte, lachten alle.

Dann erzählte Tak komische Geschichten über seine ersten Erlebnisse in den Vereinigten Staaten. Und Reiko berichtete, wie fremd sie sich gefühlt habe, als sie in Japan zur Schule gegangen sei. In einem benachbarten Quartier erklangen Lieder, und das rote Licht des Sonnenuntergangs glich einem barmherzigen Segen.

Bis in die späte Nacht hinein saßen Peter und Tak auf

Holzkisten vor dem Stall. Reiko und ihre Töchter waren schlafen gegangen, Ken besuchte seine Freundin, und die zwei Männer unterhielten sich. Manchmal schaute Hiroko nach, ob sie etwas brauchten. Sie brachte ihrem Onkel Zigaretten und bot ihnen die letzten Reste aus Annes Korb an. Dann ließ sie die beiden wieder allein und kehrte zu ihrer Strohmatratze zurück.

»Hätte ich sie doch geheiratet!« seufzte Peter.

»Eines Tages werdet ihr zusammen sein.« Jetzt sträubte sich Tak nicht mehr gegen die Verbindung. Sie hatten ein Recht auf ihr Glück, und er durfte ihnen keine Steine in den Weg legen. In ihren Herzen waren sie längst vereint. »Paß gut auf dich auf, wenn du in den Krieg ziehst. Glaubst du, man wird dich nach Japan schicken?«

»Vielleicht. Ich muß mich in Fort Ord melden. Aber ich nehme an, ich werde in Europa eingesetzt. Dort gibt's einiges zu tun. Ich möchte nicht gegen die Japaner kämpfen. Sonst müßte ich mich bei Hirokos Vater für zu viele Dinge entschuldigen.«

»Sicher wird er dir gefallen«, meinte Tak lächelnd. »Ein wunderbarer Mann mit fortschrittlichen Ideen, die er an der Universität in Kyoto energisch vertritt... Es überrascht mich, daß er nie nach Amerika gekommen ist. Wahrscheinlich konnte er sich die Reise nicht leisten. Im Gegensatz zu Masao fühlt sich seine Frau den alten Traditionen verpflichtet – wie ihre Tochter.« Aber Hiroko hatte sich in den letzten Monaten sehr verändert. Sie war tapferer und selbstbewußter geworden. Offenbar hatte der schmerzliche Zwischenfall im St. Andrew's ihre inneren Kräfte gestärkt. Und durch die Beziehung zu Peter war sie reifer geworden. »Irgendwann wirst du Hirokos Eltern und ihren Bruder kennenlernen. Wenn sie den Krieg überleben. Das hoffe ich inständig. Yuji ist ein Jahr älter als Ken.« In wachsender Sorge dachte Tak an seinen

Sohn, der in den letzten Tagen so zornig wirkte, so desillusioniert. Im Lager hatte er sich anderen Jungen angeschlossen, die seine Enttäuschung über die USA teilten. Sie alle fühlten sich von ihrem Land verraten und betrachteten die Inhaftierung als schweren Verstoß gegen die Verfassung.

Um Mitternacht stand Peter auf und streckte sich. Es war ziemlich unbequem gewesen, auf der Holzkiste zu sitzen. Lautlos schlich er in den Stall, um sich von Hiroko zu verabschieden. Aber er sah, daß sie bereits schlief. Still und friedlich lag sie unter ihrer Decke. Eine Zeitlang betrachtete er ihr entspanntes Gesicht, dann kehrte er zu Tak zurück. »Morgen nach den Vorlesungen komme ich wieder«, versprach er.

Er besuchte die Tanakas jeden Tag. Für ihn gab es kein anderes Leben, keinen anderen Ort, wo er sich aufhalten wollte. Es gelang ihm sogar, Seminararbeiten an den Wachtposten vorbeizuschmuggeln, und Tak half ihm, sie zu korrigieren. Dafür war der Professor dankbar, weil er im Lager kaum einen anderen Zeitvertreib fand. Und wenn Tak diese Arbeit erledigte, konnte Peter mehr Zeit mit Hiroko verbringen.

Mittlerweile arbeitete Reiko täglich in der Krankenstation. Sie lebten bereits seit zwei Wochen im Tanforan-Lager. In der Zwischenzeit waren weitere Deportierte eingetroffen. Über achttausend Personen hausten in den Ställen, und man fand nirgends ein ruhiges Plätzchen. Überall hörte man mindestens zehn Gespräche gleichzeitig.

Hiroko und Peter konnten ihre Zweisamkeit nur ungestört genießen, wenn sie über die Wiesen wanderten. Darauf schien niemand zu achten. Manchmal ließen sie sich im hohen Gras nahe dem Zaun nieder, versteckten sich wie Kinder, lachten und redeten. Peter staunte, daß die Wachtposten nicht besser aufpaßten.

Oft saßen sie stundenlang zwischen wilden Blumen und lauschten dem Gezirpe der Grillen. Wenn sie zum Himmel hinaufblickten, bildeten sie sich ein, sie wären frei und würden ein ganz normales Leben führen.

»Woran denkst du, Peter-san?« fragte Hiroko eines Sonntags, während sie die Wolken vorbeiziehen sahen. Es war Mitte Mai, und das Himmelsblau schimmerte wie Wedgwood-Porzellan.

»An dich. Denkst du etwa an was anderes als an mich?« neckte er sie.

»Hin und wieder an Kyoto, an die Orte, die ich als Kind sah. Irgendwann will ich sie dir alle zeigen.«

Und dann stellte er eine Frage, die er nie zuvor gewagt hatte auszusprechen. »Wärst du glücklich, wenn du in Amerika bleiben würdest?« Wohl kaum, nach allem, was sie hier durchgemacht hatte ...

Doch sie nickte. Natürlich wollte sie ihre Eltern wiedersehen. Aber es erschien ihr wichtiger, Peters Leben zu teilen, wo auch immer. »Ja – wenn es mir gestattet wird. Nach diesem Krieg wird man den Japanern sicher einige Schwierigkeiten machen.«

»Wir könnten nach Osten ziehen. Letztes Jahr bot man mir eine Stelle an der Harvard University an. Aber ich wollte Tak nicht verlassen.« Lächelnd schaute er Hiroko an, die neben ihm im Gras lag, wie ein kleiner Schmetterling. »Jetzt bin ich froh darüber.«

»Vielleicht war es unsere Bestimmung, einander zu begegnen.« Es klang ein bißchen albern. Trotzdem glaubte sie daran. Er neigte sich zu ihr und küßte sie, streichelte ihr Gesicht, ihren Hals. Diesmal schien es unmöglich, daß sie sich zurückhielten. Man konnte sie außerdem nicht sehen, und Hirokos Nähe war zu verführerisch. Sie hatten so wenig Zeit, so wenig Hoffnung auf die Zukunft – nur dieses kurze Glück.

Langsam öffnete er die obersten Knöpfe ihres lavendelblauen Seidenkleids, das ihn an einen ihrer Kimonos erinnerte, und sie rückte näher zu ihm. Nur ein paar Knöpfe, sagte er sich.

Plötzlich war das ganze Kleid geöffnet. Darunter trug sie ein Höschen aus pfirsichfarbenem Satin, das im warmen Sonnenschein genauso mühelos von ihrem Körper glitt wie das Kleid. In ihrer ganzen unverhüllten Schönheit lag sie vor ihm. Erst jetzt erkannte er, daß sie nicht protestiert hatte. Als er sie wieder küßte, spürte er, wie ihre zarten, geschickten Finger sein Hemd aufknöpften und seine nackte Haut berührten. Stöhnend preßte er sie an sich. Jetzt konnte er nicht mehr aufhören, selbst wenn er es wünschte. Und sie stieß ihn nicht weg. Sie wollte ihm gehören.

Ihr Herz hatte sie ihm bereits geschenkt. An diesem schönen Frühlingstag gab sie ihm auch noch alles andere. Erfüllt von heißer, vollkommener Freude, glaubten sie, die Zeit würde stillstehen. Peter zog die Nadeln aus Hirokos langem schwarzem Haar und breitete es im Gras aus. Behutsam legte er sich auf ihren zarten Körper.

Als er in sie eindrang, ertrug sie den kurzen Schmerz, ohne zu klagen. Gemeinsam flogen ihre Seelen zum Himmel empor. Voller Leidenschaft küßte er ihre Lippen, seine Hände wanderten über ihren Körper, und sie erwiderte die Liebkosungen mit gleicher Glut.

Nach einer verzehrenden Ewigkeit hielt er sie immer noch in den Armen und fragte sich, ob sie verrückt waren oder die einzigen vernünftigen Menschen auf dieser Welt. Nur eins wußte er ganz genau – was er für Hiroko empfand. »Ich liebe dich so sehr«, beteuerte er. Irgendwo zwitscherten ein paar Vögel. Lächelnd blickte sie zu ihm auf. Sie war kein Mädchen mehr, sondern eine Frau. Bereute sie ihre Hingabe? Er jedoch las keinen Vorwurf in ihren Augen, nur reines Entzücken.

»Nun gehöre ich endgültig dir«, flüsterte sie.

Er überlegte nicht, was geschehen sollte, wenn sie schwanger würde. Dafür war es ohnehin zu spät. Völlig unvorbereitet auf das Liebesglück, hatte er keine Vorkehrungen getroffen. »Bist du mir böse?« Hatte er sie verletzt? Würde er sie verlieren? »Tut mir leid«, log er. Nur wenn Hiroko bedauerte, was sich ereignet hatte, würde auch er Reue empfinden.

»O nein, ich bin sehr glücklich.« Zärtlich küßte sie ihn. »Es gab keine andere Möglichkeit. Endlich sind wir vereint, wie Mann und Frau.«

Doch das genügte ihm nicht. In den letzten Minuten hatte er einen Plan geschmiedet, den er ihr erklärte, während er das lavendelblaue Kleid zuknöpfte. Dann bat er sie, die nötigen Nachforschungen anzustellen.

»Das werden die amerikanischen Behörden nicht akzeptieren, Peter.«

»Aber wir. Und nur das zählt.« Er half ihr auf die Beine. Langsam wanderten sie durch das hohe Gras zurück. Und küßten sich immer wieder. Noch nie war er so glücklich gewesen. Sie fürchtete, man würde ihr die Erfüllung ihrer Liebe anmerken. Diese Sorge war überflüssig. Als sie das Lager erreichten, sah sie so respektabel aus wie eh und je.

Takeo erwartete die beiden. Inzwischen hatte er mehrere Seminararbeiten korrigiert, und nun wollte er mit Peter darüber sprechen. Hiroko verschwand im Zelt. Etwas später kam sie heraus, ordentlich frisiert, mit strahlenden Augen. Über Taks Kopf hinweg wechselte sie einen vielsagenden Blick mit Peter.

In jeder freien Stunde besuchte er sie, und sie schlenderten über die Wiesen, lagen sich in den Armen, genossen betörende Liebesfreuden. Sie konnten nicht genug voneinander bekommen, ihr Verlangen niemals restlos stillen. Und in der nächsten Woche fand Hiroko heraus, was sie wissen wollten.

Zufällig berichtete Reiko von einem alten Patienten in der Krankenstation. Sobald sich eine Gelegenheit ergab, eilte Hiroko zu ihm. Nur in den Augen Gottes würde die Zeremonie etwas bedeuten, betonte er, nicht vor den Menschen. Damit würden sie sich vorerst begnügen, erwiderte sie. Alles andere wollten sie später nachholen. Einen Tag später führte sie Peter zu ihm. Der Anblick eines weißen Mannes schien den alten buddhistischen Priester nicht sehr zu überraschen. Während er das Paar vermählte, hielt er seine Gebetsperlen in einer Hand und sprach dieselben Worte, die Hirokos Eltern vor zwanzig Jahren vereint hatten. Dann verkündete er, nun seien sie vor Gott Mann und Frau. Er verneigte sich tief und wünschte ihnen viele Kinder.

Auch Hiroko und Peter verbeugten sich und dankten ihm. Auf andere Art durften sie sich nicht erkenntlich zeigen. Hätten sie ihm Geld oder Geschenke gegeben, würde er vielleicht in Schwierigkeiten geraten. Peter bat Hiroko, dieses Problem auf japanisch zu erklären, da der alte Priester die englische Sprache nicht verstand. Lächelnd nickte er und versicherte, er brauche nichts.

Nachdem er das Paar gesegnet hatte, zog Peter einen schmalen Goldring aus seiner Tasche und streifte ihn über Hirokos Finger. »Eines Tages werden wir offiziell heiraten«, gelobte er tief bewegt.

»Wir sind bereits verheiratet«, entgegnete sie und gelobte auf japanisch, ihn bis zum Ende ihres Lebens zu lieben und zu ehren.

Eindringlich ersuchten sie den alten Priester, die Zeremonie geheimzuhalten, was er bereitwillig versprach. Einige Minuten später verließen sie ihn. Seite an Seite durchquerten sie das Lager. Peter strahlte vor Freude, und Hiroko fühlte sich wie ein Teil von ihm. Beiden erschien es unmöglich, daß ihnen niemand ansah, was geschehen war.

»Warte einen Augenblick!« bat er, bevor sie den Stall der Tanakas erreichten. »Ich habe etwas vergessen.«

»Was?« fragte sie besorgt. Da nahm er sie in die Arme und küßte sie vor all den Leuten. Ringsum kicherten mehrere Kinder. »Um die Trauung zu bestätigen, muß ich die Braut küssen«, flüsterte er. Lachend gingen sie weiter. Sogar die alten Leute lächelten. Was für ein hübsches, verliebtes junges Paar... Und wenn der Mann auch kein Japaner war – er machte das Mädchen zweifellos glücklich.

Trotz ihrer heiteren Stimmung wußten Hiroko und Peter, was für einen ernsten, bedeutsamen Tag sie erlebten. Abends sprachen sie über ihre Zukunft. Hiroko berührte immer wieder den Ring, den sie am selben Finger wie den Silberring trug. Würde ihn jemand bemerken? Doch der schmale Ehering verschwand beinahe neben dem anderen.

Jeden Tag unternahmen sie lange Spaziergänge, und niemand ahnte, daß sie ihr Liebesglück in vollen Zügen genossen – nicht einmal die Tanakas. Peter fürchtete, Hiroko könnte schwanger werden. Aber die Leidenschaft besiegte die Vernunft. »Wir sollten vorsichtiger sein«, mahnte er eines Tages. Weil sie so schön und so sinnlich war, verlor er den Kopf, wann immer er sie sah.

»Warum?« Nun kehrte die Scheu zurück, die sie vor so langer Zeit abgelegt hatte, und sie senkte den Blick. »Ich wünsche mir ein Baby von dir«, wisperte sie.

»Nicht hier, meine Süße. Später.« Dann vergaß er seine guten Vorsätze, vergaß alles andere, kannte nur noch sein unersättliches Verlangen, seine übergroße Liebe, das Entzücken, das ihm ihr Körper bereitete. »Wie dumm und leichtsinnig ich bin«, meinte er lachend auf dem Rückweg zum Lager.

Nur in diesen kurzen Stunden ihrer Zweisamkeit konnten sie ihre Angst vor der Zukunft und den schrecklichen Gerüchten verdrängen. In drei Wochen mußte Peter einrücken, und die Tanakas wußten noch immer nicht, wohin man sie bringen würde.

Eine Woche nach der Hochzeitszeremonie wurde Peter am Eingang des Lagers aufgehalten und gebeten, das Verwaltungsbüro aufzusuchen. Sein Atem stockte, und er glaubte, der alte Priester hätte das Geheimnis verraten. Mühsam zwang er sich zur Ruhe und fragte, ob es Probleme gebe. Ein Lieutenant wollte wissen, warum er so oft hierherkam und wen er besuchte. Dann erkundigte er sich nach Peters politischen Ansichten und forderte ihn auf, sich auszuweisen.

Peter zeigte ihm alle Papiere, die er bei sich trug, darunter den Universitätsausweis, aus dem hervorging, daß er ein ordentlicher Professor war. Früher habe er mit Takeo Tanaka zusammengearbeitet, erklärte er, erst als sein Assistent, dann als sein Vorgesetzter. Bevor er Fort Ord aufsuchen würde, müsse er gemeinsam mit Mr. Tanaka die Studienpläne ausarbeiten. Obwohl seine Worte plausibel klangen, hielt man ihn drei Stunden lang fest. Vor allem interessierte man sich für sein Fachgebiet Politologie. Was ihn letzten Endes rettete, war die Tatsache, daß er zwei Wochen später in den Krieg ziehen und während dieser kurzen Zeit keine nennenswerte Bedrohung darstellen würde.

Bevor er das Büro verließ, versuchte er herauszufinden, wohin Hiroko und ihre Verwandten gebracht werden sollten. Der Lieutenant erwiderte, das wisse er nicht. In den Weststaaten habe man über ein Dutzend Sammellager errichtet. Dort würden alle Deportierten vorerst bleiben. »Kümmern Sie sich nicht um die Tanakas. Das sind doch nur Japs. Vielleicht ist Ihr Professor ein intelligenter Mann. Aber die meisten sind strohdumm und sprechen nicht einmal Englisch.«

Peter nickte und gab vor, diese Meinung zu teilen. Dann erwähnte er beiläufig, wie er festgestellt habe, seien die meisten Lagerinsassen Amerikaner.

»So kann man sie nicht bezeichnen. Dieser ganze Unsinn über die *issei* und *nisei* und *sansei* hat nichts zu bedeuten. Wer wo geboren ist, spielt keine Rolle. Alle sind Japaner, und man darf ihnen nicht trauen. Nehmen Sie sich in acht vor diesen Leuten, auch vor Ihrem Professor! Sicher freuen Sie sich auf die Army. Dort müssen Sie sich nicht mehr mit diesen Japs herumschlagen.« Der Lieutenant grinste, ohne zu ahnen, wie gründlich er sich irrte.

Erleichtert atmete Peter auf, als er endlich zu den Tanakas und Hiroko gehen durfte, die sich den ganzen Nachmittag um ihn gesorgt hatten. Er las eine bange Frage in den Augen seiner Liebsten und schüttelte unmerklich den Kopf, um ihr zu bedeuten, die Lagerverwaltung wisse nichts von der Trauungszeremonie.

Nachdem er sein Gespräch mit dem Lieutenant geschildert hatte, ging er mit Hiroko über die Wiesen. Das Gras war feucht und kalt. Doch das konnte die Leidenschaft nicht dämpfen. An diesem Tag hatten beide befürchtet, einander zu verlieren. Peter hatte geglaubt, man würde ihm verbieten, die Tanakas weiterhin zu besuchen. Nun dankte er seinem gütigen Schicksal.

Während Hiroko atemlos in seinen Armen lag, spürte er, daß sie seine Angst geteilt hatte. »Wie soll ich's jemals übers Herz bringen, dich zu verlassen?« flüsterte er unglücklich. Sogar die wenigen Stunden zwischen den Begegnungen waren eine einzige Qual. Der Gedanke an die Trennung glich einem Alptraum. Wie er inzwischen erfahren hatte, würde er nicht lange in Fort Ord bleiben, sondern sehr bald ein Ausbildungslager in Fort Dix, New Jersey, aufsuchen. Danach sollte er nach Europa fliegen, und vor der Abreise würde er nicht mehr nach Kalifornien zurückkehren. Nur mehr zwei Wochen – und dann ein Leben voller Gebete und Hoffnungen...

An diesem Abend konnten sich Peter und Hiroko kaum voneinander losreißen. Als sie ins Lager zurückkehrten, funkelten bereits die Sterne. Beide sahen erschöpft und verzweifelt aus, und Takeo beobachtete sie voller Mitleid. Er wußte, wie schmerzlich sie den baldigen Abschied fürchteten. Doch er konnte ihnen nicht helfen. Schweigend wandte er sich ab, verschwand im Stall und ließ sie allein.

In der nächsten Woche verkündete General De Witt voller Stolz, die Internierung von hunderttausend Personen japanischer Herkunft, bisher wohnhaft in der Military Area Number One, sei abgeschlossen. Zehntausend wurden im Tanforan-Lager festgehalten und wußten nach wie vor nicht, wo sie landen würden.

Mittlerweile hatte Peter die Stanford University verlassen. Die Schlachten von Corregidor und Midway interessierten ihn nicht. Er vermochte nur noch an Hiroko zu denken. Eine Woche... In dieser kurzen Zeit wollte er so oft wie möglich mit ihr zusammen sein. Glücklicherweise wurde er nicht mehr von den Wachtposten behelligt. Seit jenem Gespräch schien ihn der Lieutenant für einen Freund zu halten. Um kein unnötiges Aufsehen zu erregen, ließ er sein Auto weit entfernt vom Eingang stehen und legte die letzte Strecke zu Fuß zurück. Jeden Tag verbrachte er achtzehn bis zwanzig Stunden im Lager.

Wann immer Hiroko glaubte, niemand würde sie beobachten, berührte sie ihren goldenen Ehering und dachte an den Hochzeitstag. Aber so unglücklich sie sich auch aneinanderklammerten und ihre Liebe beteuerten – der schreckliche Augenblick rückte unaufhaltsam näher. Der letzte Tag, die letzte Nacht, die letzte Stunde. Sie lagen im Gras, schauten zum dunklen Himmel hinauf, sammelten Erinnerungen für die lange Zeit der Trennung. Am nächsten Morgen würde er zum Fort Ord fahren.

Auf dem Rückweg zum Stall fanden sie keine Worte. Außer Tak waren alle Tanakas schlafen gegangen. Er liebte Peter wie einen Bruder, und er wollte sich von ihm verabschieden.

»Paß gut auf dich auf, Tak, und auf die Familie«, bat Peter heiser und umarmte ihn. »Bald ist alles überstanden. Ich gebe dir Bescheid, wohin du deine Briefe schicken kannst.« Im letzten Moment hatte Takeo alle Lebensfreude verloren, und Peter wußte nicht, wie er ihn ermutigen sollte.

»Gib ebenso auf dich acht, Peter, uns zuliebe.«

Peter wandte sich zu Hiroko, die lautlos weinte. Stundenlang waren ihre Tränen geflossen. Sie hatte sich vergeblich um Tapferkeit bemüht. »Ich komme zurück, Hiroko.« Als er sie an sich zog, mußte er selber mit den Tränen kämpfen. »Denk daran. Was immer geschehen mag, ich komme zurück.«

»Und ich werde auf dich warten.« Trotz ihrer Jugend wußte sie, daß sie niemals einen anderen lieben würde. »Ich gehöre dir, für immer, Peter-san.«

»Bitte, sei auf der Hut, mein Schatz.« Bei einem letzten Kuß mischten sich seine und ihre Tränen.

»*Genki de gambatte*«, wisperte sie und rang nach Fassung. »Bleib unversehrt, mit all deiner Kraft.« Diese Worte hatte er in letzter Zeit oft gehört, und er kannte ihre Bedeutung.

»Du auch, meine Kleine, und vergiß niemals, wie sehr ich dich liebe.«

»Und ich liebe dich, Peter-san.« Sie verbeugte sich tief, und als er das Lager durchquerte, schaute sie ihm nach, bis sie ihn nicht mehr sah. Dann ging sie langsam in den Stall, sank auf die Strohmatte und dachte an all die schönen Stunden, die sie geteilt hatten. Würde sie ihn jemals wiedersehen? Ja, er mußte am Leben bleiben und zurückkommen. Mit leiser Stimme sprach sie ein buddhistisches Gebet, und Takeo versuchte, seine Ohren zu verschließen.

12

Für Hiroko waren die Wochen nach Peters Abreise besonders schlimm. Automatisch nahm sie an den täglichen Aktivitäten teil, stellte sich vor der Essensausgabe an, brachte aber kaum einen Bissen hinunter. Jeden Morgen schleppte sie Wassereimer in den Stall. Wenn es warmes Wasser gab, duschte sie. Und sie spielte mit Tami. Doch ihre Gedanken und ihre Seele folgten ihrem Mann in den Krieg. Niemand wußte von der Hochzeit, und die Tanakas glaubten immer noch, Peter wäre lediglich ihr Freund. Nur Reiko ahnte, daß eine viel tiefere Beziehung zwischen ihnen bestand.

Wochenlang hatte sie die beiden beobachtet, und nun fürchtete sie, Hiroko könnte vor Sehnsucht nach ihrem Liebsten erkranken. Um sie von ihrem Kummer abzulenken, schlug sie Hiroko vor, in der Krankenstation mitzuarbeiten. Dort wurde dringend Hilfe gebraucht. Zahlreiche Lagerinsassen litten an Halsschmerzen, Erkältungen, Magenbeschwerden, Masern oder Keuchhusten, viele alte Leute an Herzschwäche und Brustfellentzündungen. Mehrmals pro Woche mußten Notoperationen durchgeführt werden. Medikamente und Instrumente waren Mangelware. Aber glücklicherweise zählten einige der besten Ärzte und Krankenschwestern von San Francisco zu den Deportierten und boten ihre Dienste an.

Peter schrieb Hiroko aus dem Ausbildungslager in Fort Dix. Zwei seiner Briefe hatte die Zensur mit schwarzen Balken unleserlich gemacht, und Hiroko konnte nur am Anfang die Worte »Mein Liebling« und am Ende »Ich liebe Dich« entziffern. Als sie ihm antwortete, fragte sie sich, ob man ihre Zeilen ebenfalls schwärzen würde.

Im Juli beging sie ihren Geburtstag, und der Tag ihrer Ankunft in den Staaten jährte sich zum erstenmal. Der kleine Gemüsegarten, den jene Frau vor einem der benachbarten Ställe gepflanzt hatte, begann zu gedeihen, ein paar Leute gründeten einen Strickclub und einen Gesangsverein. Außerdem organisierten sich mehrere Boxer, Sumo-Ringer und Softball-Spieler. Ständig dachte man sich neue Aktivitäten für die Kinder aus. In den religiösen Gruppen schlossen sich hauptsächlich Frauen zusammen.

Manchmal traf Hiroko den alten buddhistischen Priester, der sie mit Peter verheiratet hatte, und er erwiderte ihr Lächeln. Aber sie sprachen nicht miteinander.

Wann sie abreisen würden, wußten sie noch immer nicht. Einige Häftlinge wurden in ein Camp namens Manzanar in Nordkalifornien geschickt. Doch die meisten blieben im Tanforan.

Ende August belagerten die Deutschen Stalingrad. Inzwischen litt auch Hiroko an der weitverbreiteten Dysenterie. Es gab zu wenig Medikamente, und sie wurde von Tag zu Tag dünner. Trotzdem arbeitete sie weiterhin in der Krankenstation. Reiko sorgte sich um sie. Doch ihre Nichte versicherte, es gehe ihr einigermaßen gut.

Tak litt an Brustschmerzen und mußte sich immer öfter hinlegen. Seit Peters Abreise wirkte er völlig entmutigt, fühlte sich einsam und fand niemanden, mit dem er fachsimpeln konnte. Die Clubs interessierten ihn nicht, und er sprach nur mit seinen Angehörigen.

»Vermißt du ihn sehr, mein Kind?« fragte er Hiroko eines Tages.

Sie nickte. Ohne Peter erschien ihr das Leben leer und sinnlos. Verzweifelt klammerte sie sich an ihre Erinnerungen und Zukunftsträume. Die Gegenwart hatte ihr nichts zu bieten.

Im September schrieb er ihr, er sei in England eingetroffen. Bald würde der Krieg eine entscheidende Wende nehmen. In den nächsten Wochen erhielt Hiroko immer seltener Briefe, und ihre Angst wuchs.

Auf Reikos Wunsch begann sie, bei kleineren Operationen zu assistieren. Die Ärzte waren sehr zufrieden mit ihr. Nur einmal mußte sie eine Tragödie mit ansehen – ein zehnjähriger Junge starb während einer Blinddarmoperation, weil die richtigen Instrumente und Medikamente fehlten. Dieses bittere Erlebnis deprimierte Hiroko. Am nächsten Morgen wurde sie von so heftigen Magenschmerzen gepeinigt, daß sie ihren Dienst in der Krankenstation nicht antreten konnte.

Statt dessen half sie nun Tami, ein neues Puppenhaus zu bauen. Daran arbeiteten sie schon eine ganze Weile. Ohne die erforderlichen Materialien und Werkzeuge war es schwierig. Tami dachte wehmütig an das schöne Puppenhaus, das sie im Regierungslager zurückgelassen hatte.

Am Nachmittag versprach Tak, auf das Kind aufzupassen. Ihr Pflichtgefühl trieb Hiroko in die Krankenstation zurück, und Reiko begrüßte sie erfreut. »Also muß ich doch nicht auf deine Hilfe verzichten.«

»Tut mir leid, heute morgen war ich einfach zu schwach.« Hiroko sah immer noch elend aus. Vor allem die verdorbenen Lebensmittel machten ihr zu schaffen. Davon hatten einige Lagerinsassen bereits Magengeschwüre bekommen.

»Geh's langsam an. Am besten wickelst du einfach nur

Bandagen auf«, schlug Reiko vor, und Hiroko nickte dankbar. Wenigstens mußte sie keine nervenaufreibende Operation miterleben.

Abends kehrten sie langsam zu ihrem Stall zurück, noch bekleidet mit Schwesternhäubchen und Schürzen. Richtige Trachten waren nicht verfügbar. Bestürzt musterten sie einen leichenblassen Takeo.

»Fühlst du dich nicht gut?« fragte Reiko erschrocken und fürchtete, er würde wieder an Herzschmerzen leiden. Für solche Probleme war er noch zu jung. Andererseits hatte er in den fünf Monaten seit April einiges durchgemacht.

»Wir werden weggebracht«, erklärte er unglücklich.

»Wann?«

»In den nächsten Tagen.«

»Woher weißt du das?« Da so viele Gerüchte kursierten, ließ sich kaum feststellen, was der Wahrheit entsprach und was nicht. Reiko fürchtete sich vor der Abreise. Trotz aller Unannehmlichkeiten war ihr das Lagerleben vertraut geworden. Schweigend reichte er ihr einen Zettel. Darauf standen ihr Name und die Namen der drei Kinder. »Das verstehe ich nicht, Tak. Warum bist du nicht vermerkt?« Angstvoll starrte sie ihn an, und er zeigte ihr einen zweiten Zettel mit seinem Namen und einem anderen Datum. Er würde einen Tag später aufbrechen. »Was bedeutet das?«

»Man wird uns an verschiedene Orte bringen. Das hat der Wachtposten erklärt, der mir diese Papiere gab.«

Lautlos begann sie zu weinen und umarmte ihn. In der Nähe schluchzten andere Menschen, die ähnliche Nachrichten erhalten hatten. Verheiratete junge Leute sollten von Eltern und Geschwistern, Onkel und Tanten getrennt werden. Plötzlich merkte Reiko, daß der Name ihrer Nichte auf keinem der Zettel angegeben war. »Und Hiroko?«

»Für sie habe ich kein Papier bekommen.«

In dieser Nacht fand Hiroko vor lauter Angst keinen Schlaf. Mußte sie allein in Tanforan zurückbleiben? Oder würde man sie woandershin schicken, ohne ihre Verwandten? Am nächsten Morgen führten diese bangen Fragen zu neuen Magenbeschwerden, und sie mußte sich übergeben.

Kurz bevor sie zur Krankenstation ging, erschien ein Wachtposten und reichte ihr einen Zettel. Sie würde das Lager einen Tag nach Takeo verlassen und offensichtlich an einen anderen Ort fahren.

Am Nachmittag suchte Tak das Verwaltungsbüro auf, zusammen mit vielen anderen verzweifelten Familienvätern. Aber man teilte ihm mit, die Bestimmungen könnten nicht geändert werden. Da er ein gebürtiger Japaner sei, stelle er ein größeres Sicherheitsrisiko dar als seine Frau und seine Kinder. Ebenso wie Hiroko, sei er ein Staatsfeind. Zudem bereitete Takeo Tanakas politologische Tätigkeit den Beamten große Sorgen, und deshalb würde man ihn verhören müssen. Er sollte in ein streng gesichertes Lager gebracht werden.

Auf seine Frage, ob er Reiko und die Kinder später wiedersehen dürfe, antwortete man, das hänge von verschiedenen Umständen ab. Was Hiroko betraf – sie sei eindeutig eine Staatsfeindin, denn sie habe zugegeben, ihre Familie lebe in Japan, und ihr Bruder diene bei der japanischen Luftwaffe. Deshalb betrachte man sie als noch größeres Sicherheitsrisiko als Takeo, fügte man mitleidlos hinzu. Obendrein habe das FBI Informationen über ihre romantische Beziehung zu einem politisch interessierten Weißen erhalten.

»Um Himmels willen, er hat keine politischen Ambitionen!« protestierte Tak. »Er war mein Assistent an der Stanford University!«

»Das werden wir beim Verhör erörtern, Sir. Und mit Miss Takashimaya.«

Abends erklärte Tak seiner Frau, vermutlich würde man

ihn in ein Gefängnis stecken. Und Hiroko ebenfalls – offenbar halte man ihre familiäre Verbindung zu Japan für gefährlich.

Möglicherweise würde man sie beide wegen Spionage erschießen. Doch das erwähnte er nicht.

Als sich Tak und seine Nichte am nächsten Morgen von Reiko und den Kindern verabschiedeten, fürchteten alle, sie würden einander nicht wiedersehen. Obwohl sich Hiroko an ihre Samurai-Würde klammerte, vermochte sie ihren Kummer nicht zu verbergen. Wehmütig küßte sie Tami.

»Aber du *mußt* mit uns kommen!« klagte das Kind. »Wie kannst du denn ganz allein hierbleiben …«

»Man wird mich woandershin bringen, Tami-san. Vielleicht fahre ich euch später nach.« Blaß und verzweifelt umarmte sie ihre Tante.

Dann drückte Tak seine weinende Frau an sich. Der Abschied von den Kindern fiel ihm genauso schwer, und er fand nur wenige Worte. Um so deutlicher zeigte er seine Gefühle. Für Ken war es die zweite schmerzliche Trennung an diesem Tag. Bereits am frühen Morgen hatte man Peggy und ihre Familie nach Manzanar gefahren. Gemeinsam mit Hiroko und einigen Freunden begleitete Tak die Reisenden zum Bus. An den Fenstern würde man Jalousien herabziehen, damit sie nicht sahen, wohin sie fuhren.

Reiko und die Kinder stiegen ein, die unglücklichen Gesichter verschwanden hinter den Jalousien, und der Bus fuhr nach Norden, zu einem unbekannten Ziel.

Am nächsten Morgen mußte Hiroko von ihrem Onkel Abschied nehmen. Mutterseelenallein würde sie im Tanforan-Lager zurückbleiben.

Tak sah alt und müde aus. »Paß gut auf dich auf«, mahnte er sanft, in der Hoffnung, sie würde alle Qualen überleben und eines Tages wieder mit Peter vereint sein. Die beiden verdienten einander. »Gott segne dich.« Ohne sich noch einmal umzudrehen, stieg er in den Bus, und sie schaute dem Vehikel nach, bis es in einer Staubwolke verschwand.

Dann kehrte sie in den verlassenen Stall zurück. Abends wanderte sie über die Wiesen, sank ins Gras und überlegte, ob sie einfach hier sitzen und auf ihren Tod warten sollte. Aber wenn sie nicht zum Bus ging, würde man nach ihr suchen. Offenbar besaß das FBI ein Dossier über Peter, ihretwegen – und weil er an der Stanford politische Wissenschaften unterrichtete. Sie hatte dummerweise von ihrem Bruder erzählt, der bei der japanischen Luftwaffe diente. Sicher würde man sie holen. Und wenn sie sich wehrte, würde man Peter oder den Tanakas irgend etwas antun …

Fast eine Stunde lang saß sie auf der Wiese, dachte an Peter, sehnte sich nach ihm, betete für ihn. Schließlich ging sie ins Lager zurück. Wie eine Vision aus der Vergangenheit begegnete ihr der alte buddhistische Priester, und sie schenkte ihm ein Lächeln. »Meine Gebete für Sie und Ihren Mann sind stark«, flüsterte er. »Folgen Sie Ihrem Weg mit leisen Schritten, und lassen Sie sich von Gott leiten.« Nach einer Verbeugung wanderte er weiter, als hätten sich seine Gedanken anderen Dingen zugewandt. Aber seine Worte klangen wie ein Segen und gaben ihr Kraft.

Am nächsten Morgen duschte sie und packte ihre Sachen. Neben ihrer Strohmatratze fand sie einen der Origami-Vögel, die sie für Tami gefaltet hatte. Jetzt erschien er ihr wie der Gruß eines geliebten Menschen. Den Papiervogel zwischen den Fingern, ergriff sie mit der anderen Hand den Koffer und ging zum Bus. Bei der Haltestelle traf sie eine von Sallys Freundinnen, die nicht auf sie achtete, und eine der Ärztinnen aus der Krankenstation.

Schaudernd stieg sie in den Bus und fürchtete, was mit ihr geschehen, wohin man sie bringen würde. Doch sie konnte es nicht ändern, und ihr blieb nichts weiter übrig, als den Rat des alten Priesters zu beherzigen. Mit leisen Schritten würde sie ihrem Weg folgen, sich von Gott leiten lassen – und auf Peter warten. Wenn sie sterben mußte, würde er wenigstens wissen, wie sehr sie ihn geliebt hatte.

Rasch füllte sich der Bus. Bewaffnete Wachtposten stiegen ein. Diesmal wurden nur weibliche Häftlinge abtransportiert. Beängstigende Gedanken gingen durch Hirokos Sinn. Niemand sprach mit ihr. Dann wurden die Jalousien herabgelassen, damit sie nicht sahen, wohin sie fuhren. Die Wächter nahmen ihre Plätze ein und hielten die Frauen mit Bajonetten in Schach. Dröhnend sprang der Motor an, und die Reise in ein unbekanntes Schicksal begann.

13

Erstaunlicherweise dauerte die Fahrt nicht lange. Nach einer knappen halben Stunde hielt der Bus, und die Wachtposten scheuchten die Frauen hinaus. Sie wurden in den Bahnhof von San Bruno geführt und mußten in einen Zug steigen. Auf den Bahnsteigen trieben mehrere Wächter andere Häftlingsgruppen mit Waffengewalt vor sich her. Kein aufmunterndes Wort, keine Erklärung. Nur unbarmherzige weiße Gesichter.

Niemand schaute Hiroko an, die zusammen mit mehreren Frauen in ein Zugabteil geschoben wurde. Die männlichen Gefangenen, zahlreicher als die weiblichen, kletterten in die benachbarten Waggons. Mit zitternden Händen hielt Hiroko ihren Koffer fest, nachdem sie sich auf eine harte Holzbank gesetzt hatte. Würde man die Häftlinge nach San Francisco bringen? Sollten sie von dort aus nach Japan deportiert werden?

In dem alten Zug gab es keinen Komfort. Die Fenster waren mit Brettern vernagelt, damit die Insassen wiederum nicht sahen, wohin die Reise ging. Leise sprachen die Frauen miteinander, und einige weinten. Diesmal wurden sie nicht von Kindern begleitet. Die meisten glaubten, sie müßten in einem Lager oder Gefängnis auf ihre Hinrichtung warten. Schweigend saß Hiroko da, die Augen geschlossen, sehnte sich nach Peter und versuchte, nicht an ihren Tod zu denken. Während der Zug polternd anrollte und einige ihrer Mitgefangenen aus dem Gleichgewicht gerieten, überlegte sie, es wäre vielleicht besser zu sterben, wenn sie ihren Mann nie wiedersehen würde. Dann erinnerte sie sich an etwas, das ihr die Großmutter in der Kindheit beigebracht hatte – *giri,* die Pflicht gegenüber der Würde ihres Namens. Sie schuldete es ihrem Vater, ihn zu ehren, stolz und stark zu sein und, wenn es sein mußte, hoch erhobenen Hauptes in den Tod zu gehen. Auch ihrem Land war sie verpflichtet. Deshalb gelobte sie sich, ihre Angst niemals zu zeigen.

Bald war es unerträglich heiß im Zug, in dem man so viele Menschen zusammengepfercht hatte. Wie Hiroko später erfahren sollte, standen zu wenige Passagierwaggons zur Verfügung, und man transportierte die Häftlinge in Güterwagen. Mehreren Frauen wurde übel. Aber Hiroko – zu erschöpft, um körperliches Unbehagen zu verspüren – empfand nur Furcht und Sorge.

Gegen Abend kühlte die Luft ein wenig ab, aber die Fahrt fand noch immer kein Ende. Offensichtlich wurden sie nicht nach San Francisco gebracht, sondern nach Washington oder Los Angeles. Hiroko wußte, daß vor dem Krieg von beiden Häfen Schiffe nach Japan ausgelaufen waren. Oder wollte man sie alle exekutieren? Sicher fand man das einfacher als die Deportation. Ihre Sitznachbarin weinte unentwegt um ihren Ehemann und die Kinder. Wie Hiroko war sie eine gebürtige Japanerin und mit ihrer Familie erst vor sechs Monaten in die Staaten gekommen, um bei Verwandten zu leben, während ihr Mann, ein Ingenieur, an einem Bauprojekt arbeitete. Am Vortag hatte man ihn zusammen mit Takeo aus dem Tanforan-Lager weggebracht, die beiden kleinen Kinder schon einige Tage früher, gemeinsam mit *nisei*-Verwandten.

Den ganzen Tag war Hiroko nicht auf der Toilette gewesen. Sie litt an heftigen Bauchkrämpfen. Endlich, um Mitternacht, hielt der Zug. Nirgends waren Häuser zu sehen. Mit Waffengewalt wurden sie aus den Waggons getrieben und aufgefordert, ihre Notdurft zu verrichten. Es gab keine Toiletten, und die Wachtposten schauten zu. Vor einem Monat hätte Hiroko sich zu Tode geschämt. Jetzt kannte sie solche Gefühle nicht mehr. Wie die anderen tat sie, wozu sie gezwungen war, stieg wieder in den Zug und preßte ihren Koffer an sich. Warum behielt sie ihn überhaupt? Wenn sie sterben mußte, würde sie die Hose und die warmen Pullover, die Reiko für sie eingepackt hatte, und das Foto ihrer Eltern nicht mehr brauchen. Sie besaß auch ein Foto von Peter, von Takeo geknipst, kurz bevor die Tanakas ihre Kameras als »Konterbande« abgeliefert hatten. Auf diesem Bild stand Peter neben ihr, und sie wirkte sehr scheu in ihrem Kimono. Jener Tag schien eine halbe Ewigkeit zurückzuliegen, und sie konnte kaum glauben, daß sie Peter erst vor drei Monaten zuletzt gesehen hatte. Oder daß das Leben jemals normal gewesen war, daß sie in Häusern gewohnt und Autos gefahren, Freunde getroffen und gearbeitet, Ideale und Träume gehegt hatten... Jetzt besaßen sie nichts mehr, nur die unsichere Gegenwart.

Als der Zug wieder hielt, döste sie und wußte nicht, wie spät es war. Die Türen wurden geöffnet, und sie sah einen grauen Himmel. Eine kalte Brise wehte ihr entgegen. Taumelnd standen die Frauen auf. Draußen erklang heiseres Geschrei, Waffen wurden geschwenkt, und die Wachtposten befahlen den Häftlingen auszusteigen. Hastig sprangen sie hinaus. Hiroko stolperte, und das mitfühlende Lächeln einer Mitgefangenen erschien ihr wie ein Sonnenstrahl in dunkler Nacht. »Gott segne Sie«, wisperte die Japanerin in perfektem Englisch.

»Gott segne uns alle«, fügte eine andere hinzu. Vor gezückten Bajonetten eilten sie in die angegebene Richtung.

Jetzt sah Hiroko die männlichen Häftlinge wieder. In weiter Ferne entdeckte sie einige Gebäude, und irgend jemand erklärte, das seien Baracken. Von Soldaten begleitet, mußten sie zwei Meilen zu Fuß zurücklegen. Atemwolken schwebten in die eisige Morgenluft.

»Alles in Ordnung?« fragte sie eine alte Frau, die krank aussah und sie verständnislos anschaute. Offenbar verstand sie kein Englisch. Hiroko wiederholte die Frage auf japanisch. Da nickte die Frau und rang nach Luft. Sie berichtete, zwei ihrer Söhne würden in der japanischen Armee dienen und einer, ein Arzt, habe sie ins Tanforan begleitet und sei letzte Woche nach Manzanar gebracht worden. Obwohl sie sich elend zu fühlen schien, klagte sie nicht. Voller Mitleid nahm Hiroko ihr den Koffer ab.

Nach anderthalb Stunden erreichten sie ein großes Gebäude. Unvernünftigerweise trugen einige junge Frauen hochhackige Schuhe und konnten nicht schneller gehen als die alten. Die Männer waren bereits eingetroffen, bis auf ein paar ältere Nachzügler, die mit Bajonetten angetrieben wurden.

In dem großen Gebäude sollten die Frauen verhört werden, die man für ein »erhöhtes Sicherheitsrisiko« hielt, und darin bleiben, bis über ihr weiteres Schicksal entschieden wurde. Ein Lieutenant gab eine kurze Erklärung ab und ließ sie in Zellen bringen. Zuvor mußten sie das mit Nummernkarten versehene Gepäck abliefern. Erschrocken starrte Hiroko die Gefängnisuniform an, mit der sie ihre Kleidung vertauschen sollte.

Wieder einmal wurde den Frauen keine Privatsphäre gegönnt, und sie zogen sich vor den Augen der Soldaten um. Widerstrebend schlüpfte Hiroko in den viel zu großen, häßlichen Pyjama, dann folgte sie zwei Frauen in eine Zelle. Darin standen drei stählerne Feldbetten mit Strohmatratzen, in einer Ecke befand sich eine offene Toilette. Während die Sonne aufging, spähte Hiroko verzweifelt aus dem Fenster. Würde sie jemals wieder in Freiheit leben – zusammen mit Peter?

Eine der beiden Frauen weinte. Schweigend sank Hiroko auf ihr Bett und betrachtete die Berge, die sie durchs Fenster sah. Wohin man sie gebracht hatte und was ihr bevorstand, wußte sie nicht. Seit Monaten war die Ungewißheit ihr Schicksal.

Drei Wochen lang erhielten sie drei kleine Mahlzeiten pro Tag. Das Essen war armselig, aber wenigstens frisch, und keine der Gefangenen litt an Magenbeschwerden so wie im Tanforan. Meistens schlief Hiroko, oder sie flocht dünne Matten aus dem Stroh ihrer Matratze. Wann immer sie Papier fand, faltete sie kleine Vögel. Eine ihrer Zellengenossinnen zog Fäden aus ihrem Pyjama, und sie hängten die Origami-Vögel ans Fenster. Inzwischen hatte der Oktober begonnen. Man verriet ihnen nach wie vor nicht, was mit ihnen geschehen würde. Angeblich hatten mehrere männliche Häftlinge Selbstmord begangen. Die Frauen schienen ihr schweres Los fatalistischer hinzunehmen. Nur wenige verstanden die Hintergründe ihrer Gefangenschaft.

Schließlich wurde Hiroko zum Verhör gerufen und gefragt, ob sie seit dem Ausbruch des Krieges eine Nachricht von ihrem Bruder erhalten und was sie über seinen Rang bei der japanischen Luftwaffe erfahren habe. Die Antwort fiel ihr leicht, da sie nicht wußte, wo er war und was er tat. Seit jener Nachricht, die ihr Vater den Tanakas über das japanische Konsulat übermittelt hatte, hörte sie nichts mehr von ihrer Familie. Sie nannte Yujis Namen, gab sein Alter an und hoffte, ihm dadurch keine Schwierigkeiten zu bereiten.

Andererseits – wie sollten die Amerikaner an einen jungen Soldaten der japanischen Luftwaffe herankommen?

Dann erkundigten sie sich nach Hirokos Vater. Welches Fach lehrte er an der Universität von Kyoto? Verfocht er radikale Ideen? Hatte er mit der Regierung zu tun? Lächelnd erkärte sie, er sei ein Träumer und fortschrittlich gesinnt, aber keineswegs radikal und politisch nicht aktiv. Sie beschrieb ihn wahrheitsgemäß als sanftmütigen Mann, der sich für die Geschichte und die moderne Welt interessiere, ohne seine alten Traditionen zu vernachlässigen.

Auch über Takeo mußte sie Auskunft geben, seine Aktivitäten, seine Kontakte, seine politischen Ansichten. Sie versicherte, er sei einfach nur ein Hochschullehrer, ein anständiger Mann und guter Familienvater. Niemals habe er sich den USA gegenüber illoyal verhalten und seit Jahren die amerikanische Staatsbürgerschaft angestrebt.

Nach einem tagelangen Verhör kam man endlich auf Peter zu sprechen, womit sie gerechnet hatte. Sie fürchtete, irgend jemand wäre über die Hochzeitszeremonie informiert, die der buddhistische Priester im Tanforan vorgenommen hatte. Obwohl die Trauung nur symbolisch war und von den Behörden nicht anerkannt wurde, könnte sie Peter in Schwierigkeiten bringen. Vorsichtig sagte sie aus, er sei ein Freund und Takeo Tanakas ehemaliger Assistent. Einer der beiden Vernehmungsbeamten erkundigte sich, ob sie seit dem Antritt seines Kriegsdienstes von ihm gehört habe. Da man ohnehin Bescheid wußte, erwähnte sie die zensierten Briefe. Den letzten habe sie aus England erhalten, wo er unter General Eisenhower diene.

»Wollen Sie nach Japan zurückkehren?« fragte der junge Offizier, der ihre Antworten notierte. Manchmal erörterte er ihre Aussagen mit seinem Kollegen, im Flüsterton, so daß sie nichts verstand.

»Auf Wunsch meines Vaters soll ich in Amerika bleiben.« Wieder einmal überlegte sie, ob man sie in die Heimat schicken oder einfach erschießen würde. Das war ihr inzwischen egal – solange sie ihre Familie nicht entehrte und ihrem Mann keinen Schaden zufügte.

»Warum?« Plötzlich beugten sie sich interessiert vor.

»Er ließ meinem Onkel ausrichten, hier sei ich sicherer. Außerdem meinte er, ich müsse mein Studium abschließen.«

»Wo haben Sie studiert?«

»Am St. Andrew's.«

»Möchten *Sie* nach Japan zurückkehren?« Manche Japaner wurden heimgeschickt, wenn sie das wünschten und bereit waren, etwaige amerikanische Staatsbürgerschaften aufzugeben. Oder die War Relocation Authority, die WRA, bot einigen Japanern Jobs in den Fabriken im Osten an. Doch die meisten fürchteten eine Umsiedlung an unbekannte Orte und wollten nicht in Fabriken arbeiten, wo man sie womöglich ausbeuten würde. Deshalb zogen sie einen Aufenthalt in den Lagern vor, unter Verwandten und Freunden.

»Nein, ich bleibe lieber hier.«

»Warum?« Die Offiziere mißtrauten ihr immer noch, wenn sie einander auch mit vielsagendem Grinsen auf die unschuldige Schönheit der jungen Gefangenen hingewiesen hatten. Aus ihren Augen strahlte ein innerer Friede, der beide Männer unter anderen Umständen tief beeindruckt hätte.

»Weil ich meinen Verwandten beistehen möchte.« Und Peters wegen. Doch das sprach sie nicht aus. Statt dessen erklärte sie, daß sie Amerika liebe – was mittlerweile stimmte, trotz aller Repressalien. Außerdem müsse sie ihrem Vater gehorchen.

Schließlich wurde das Thema ihrer Beziehung zu Peter wieder angeschnitten, und sie fragten, warum er so oft ins Tanforan gekommen sei. Jeder seiner Besuche und die Dauer seines jeweiligen Aufenthalts waren vermerkt worden. Glücklicherweise wußten sie nichts von den Liebesstunden auf der Wiese. Doch das FBI hatte ihnen Berichte über Peters Aussagen im Verwaltungsbüro des Lagers und bei der Armee geschickt. Im großen und ganzen deckten sich Hirokos Antworten damit. »Bevor er einrückte, wollte er mit meinem Onkel die Studienpläne für die Stanford University erstellen und einige Seminararbeiten korrigieren.«

»Ist er auch zum Tanforan gefahren, um Sie zu sehen?«

»Vielleicht. Aber wir waren nur selten zusammen. Meistens sprach er mit meinem Onkel.«

Sie nickten, dann fragten sie, ob sie sich den Vereinigten Staaten oder Japan verpflichtet fühle. Von Politik verstehe sie nicht viel, erwiderte sie, sie sei nur traurig, weil die beiden Länder einander bekämpften. Als Frau habe sie bezüglich ihrer Loyalität keine Wahl zu treffen, da sie keinen Kriegsdienst leisten müsse.

Ruhig und sachlich beantwortete sie alle Fragen. Eine Woche nach dem Beginn des Verhörs gab man ihr die Kleider und den Koffer zurück und heftete ihr wieder eine Nummer an. Ob ihre Vernehmung zufriedenstellend verlaufen war, ob sie deportiert oder exekutiert werden sollte, erfuhr sie nicht. Sie verabschiedete sich von ihren Zellengenossinnen und wünschte ihnen alles Gute. Blaß und müde verließ sie das Gefängnis, war aber nicht mehr so dünn wie einen Monat zuvor. In der Zwischenzeit hatte sie nichts von ihren Verwandten gehört.

Zusammen mit einem halben Dutzend Frauen und einer größeren Männergruppe wurde sie hinausgeführt. Irgend jemand bezeichnete sie alle als »Loyale«, was immer das bedeuten mochte. Durch eisige Kälte folgten sie einer langen, schmalen Straße zu schäbigen, von Stacheldraht umgebenen Baracken. Hohe Wachtürme standen am Eingang des Lagers. Innerhalb des Zauns erblickte Hiroko spielende Kinder, zwischen den Baracken wanderten mehrere Leute Arm in Arm umher. Hier schien man ein etwas normaleres Leben zu führen, das sie ans Tanforan erinnerte. Erleichtert sah sie ein paar lächelnde Gesichter. Ein Wachtposten gab ihr einen Zettel mit ihrer Nummer und erklärte freundlich, wo ihr Quartier lag. »14c – neben der Schule, die dritte Baracke auf der rechten Seite.« Hatte sie irgendeine Prüfung bestanden? Verdiente sie deshalb eine Vergünstigung? Vielleicht würde man sie doch nicht deportieren oder erschießen. Die meisten weiblichen Neuankömmlinge atmeten dankbar auf. Die Männer betrachteten die veränderte Situation etwas mißtrauischer und diskutierten über die Gründe, fanden aber keine Erklärung. Seit dem Bombardement von Pearl Harbor erschien ihnen alles rätselhaft, was sie erlebten.

Hiroko ging zu ihrem Quartier. Endlich, nach all den Wochen im Gefängnis, war sie wieder allein, mußte mit niemandem reden, wurde nicht verhört – ein wundervolles Gefühl. Sie wußte, daß die Soldaten auf den Türmen jeden ihrer Schritte beobachteten, und sie sah den Stacheldraht. Trotzdem genoß sie hier, verglichen mit dem letzten Monat, eine gewisse Freiheit.

Neben der Schule fand sie ihre Unterkunft. Glockenspiele und andere Dekorationen hingen an den Türen der meisten Baracken. Auf einem Schild las Hiroko: WILLKOMMEN IM TULE LAKE. Nun wußte sie, wie das Lager hieß. Nicht, daß es einen großen Unterschied machte. Aber irgendwie gewann sie den Eindruck, sie wäre wieder ein Mensch. Lächelnd musterte sie ein kleines Mädchen, das auf einer Schwelle saß und eine Puppe im Arm hielt. Das Kind trug eine Strickmütze und einen dicken Pullover. In sich zusammengesunken, summte es traurig vor sich hin. Als es den Kopf hob, stieß es einen Schrei aus und sprang auf. »Hiroko!«

»Tami!« Schluchzend fielen sie sich in die Arme.

»Mom, Hiroko ist da!« rief Tami, und ihre Mutter rannte aus der Baracke, in einem braunen Kleid mit einer Schürze. Auch hier arbeitete sie in der Krankenstation, und sie hatte die Mittagspause genutzt, um ihr »Haus« sauberzumachen.

»Oh, mein Gott!« Reiko preßte ihre Nichte an sich, dann rückte sie ein wenig von ihr ab. »Hast du Tak gesehen? Wo warst du?«

»Ganz in der Nähe, im Gefängnis. Dort wurde ich endlos lang vernommen. Von Onkel Tak habe ich leider nichts gehört. Er wurde in einem ähnlichen Bus weggebracht wie ich. Keine Ahnung, wohin…« Beide wußten, daß es verschiedene Möglichkeiten gab. Vielleicht wurde er in Manzanar festgehalten oder im Lager Minidoka, das man erst kürzlich eröffnet hatte, in einem anderen Staat, in Gila River oder Poston, Arizona; Grenada in Colorado; Heart Mountain in Wyoming oder Topaz in Utah. Sogar nach Rohwer in Arkansas könnte man ihn transportiert haben. In den letzten Monaten waren fünf neue Camps gegründet worden. Gerade errichtete man noch eins in Arkansas namens Jerome, um weitere Internierte unterzubringen. Zwischen den Lagern wurde korrespondiert, aber in begrenztem Maß und streng zensiert. Bisher hatte Reiko keine Mittel und Wege gefunden, um sich nach Tak zu erkundigen.

Wie Hiroko ihrer Nummer entnahm, sollte sie bei ihren Verwandten wohnen, und sie betraten die Baracke. In einem der beiden winzigen Räume schlief Reiko mit ihren Töchtern auf schmalen Feldbetten, im anderen Ken. Für Hiroko gab es kaum Platz. Aber größere Familien drängten sich in ebenso kleinen Quartieren, und man hatte ohnehin keine Wahl. »Geht es Ken und Sally gut?« fragte sie. Bestürzt schaute sie in das blasse, verhärmte Gesicht ihrer Tante.

»Ja, einigermaßen. Ken arbeitet auf den Feldern. Da gibt's

um diese Jahreszeit nicht viel zu tun. Aber die Ernte und die Vorräte, die manchmal eintreffen, müssen gelagert werden. Er könnte zur Schule gehen«, fügte Reiko hinzu. »Das will er nicht.« Er war immer noch wütend über die Behandlung, die man den Japanern zumutete und die er als Verstoß gegen die Verfassung betrachtete. Diese Meinung teilten viele Jungs in seinem Alter, auch einige Erwachsene. Mehrere *nisei* erwogen, ihre amerikanische Staatsbürgerschaft aufzugeben und nach Japan zu ziehen, obwohl sie noch nie dort gewesen waren. Wenn sie nicht in den Camps bleiben oder die WRA-Jobs in den Fabriken annehmen wollten, sahen sie keine andere Möglichkeit. Da sich das Lagerleben nicht mit ihrer Menschenwürde vereinbaren ließ, wollten sie ihr Glück im Land ihrer Ahnen versuchen. Für Reiko und Takeo kam das nicht in Frage, denn sie waren mit Leib und Seele Amerikaner. Deshalb wollten sie bis zum Ende des Krieges durchhalten. »Sally geht in die Schule und hat schon ein paar Freundinnen gefunden«, fuhr Reiko fort. Im Tule Lake gab es mehrere Mädchenclubs, einen Freundschaftsclub, Musikgruppen, Kunst- und Gärtnervereine. Man wollte ein Orchester zusammenstellen. Zu Weihnachten sollte ein Theaterstück aufgeführt werden. Es war unglaublich, wie entschlossen sich die Menschen in dieser eingeengten Welt bemühten, ihr Dasein sinnvoll zu gestalten. Als Reiko davon erzählte, brannten Tränen in Hirokos Augen. Wie tapfer die Leute waren... Sie hatte kein Recht, ihr Schicksal und die Trennung von Peter zu beklagen.

Was in ihr vorging, schien Reiko zu erraten. Liebevoll nahm sie Hiroko in die Arme, und Tami klammerte sich an alle beide.

»Bauen wir jetzt ein neues Puppenhaus?« fragte sie eifrig. Abrupt war die altkluge Wehmut verflogen, die Hiroko vorhin in den Kinderaugen gelesen hatte.

Reiko musterte ihre Nichte, die etwas besser aussah als im Tanforan-Lager. »Wie geht's deinem Magen?«

»Ganz gut«, erwiderte Hiroko gerührt. Monatelang hatte niemand nach ihrem Befinden gefragt, und sie fand es wunderbar, daß sich endlich wieder jemand dafür interessierte. »Und wie fühlst du dich, Tante Rei?«

»Alles okay.« Abgesehen von den schlaflosen Nächten und den Sorgen um Tak ... Aufgrund der Erfahrungen, die sie als Krankenschwester gesammelt hatte, wußte sie, daß sie an einem Magengeschwür litt. Ansonsten aber kamen sie zurecht. Die Lebensbedingungen im Lager waren annehmbar, die Wachtposten freundlich, die meisten Internierten liebenswert. Nur selten hörte man Klagen. Die meisten versuchten, das Beste aus ihrer Situation zu machen. Vor allem die Frauen. Den Männern fiel es schwerer, die Gefangenschaft zu akzeptieren, und sie machten sich Vorwürfe, weil sie ihre Familien und Geschäfte nicht geschützt hatten. Wenn sie niedrige Handlangerdienste verrichteten, Kartoffeln schälten oder im gefrorenen Boden Gräben aushoben, fühlten sich Architekten, Ingenieure oder Professoren entwürdigt. Die alten Leute saßen vor ihren Türen und sprachen über die Vergangenheit, um die Gegenwart zu verkraften. Am leichtesten fanden sich die Kinder im Lager zurecht, besonders die Teenager, die fröhlich musizierten und sangen.

»Natürlich arbeite ich wieder in der Krankenstation«, erklärte Reiko. »Zur Zeit müssen wir viele kleine Patienten versorgen, die an Grippe oder Masern leiden.« Wenn diese Krankheiten ältere Menschen befielen, konnten sie daran sterben. In dem Monat seit Reikos Ankunft im Tule Lake hatte es mehrere Todesfälle gegeben. Wie im Tanforan war die Krankenstation auch hier nur unzulänglich ausgerüstet. »Irgendwie werden wir's schon schaffen.« Sie lächelte resignierend. Wenn ihr Tak zur Seite stünde, wäre alles viel einfacher. Sie konnte sich nicht vorstellen, den ganzen Krieg ohne ihn zu ertragen. Jeden Tag betete sie für ihn und hoffte, seine Herzbeschwerden würden sich nicht verschlimmern. »Paß bloß auf, daß du nicht krank wirst, Hiroko! Zieh dich warm an, und halte dich von den Patienten fern. In der Krankenstation verdiene ich lediglich zwölf Dollar pro Monat.« Sie half ihrer Nichte, den Koffer auszupacken. Mißbilligend hielt sie Hirokos Mantel hoch, der nicht warm genug für Tule Lake war. »Am besten schließt du dich dem Handarbeitsclub an und strickst dir ein paar warme Pullover.« Wolle war schwer zu bekommen. Also wurden alte Sachen aufgetrennt und neu verarbeitet.

Später gingen sie in den Wintersonnenschein hinaus. Tami erzählte, in der Schule würde sie gerade Dekorationen für Halloween basteln. Nach dem Mittagessen brachten Reiko und Hiroko das Kind in die Schulbaracke und suchten die Krankenstation auf. Dort wollte Hiroko arbeiten, obwohl sie von ihrer Tante gewarnt worden war. Diese Tätigkeit erschien ihr auf jeden Fall interessanter als der Küchendienst.

Als Reiko sie mit den Ärzten bekannt machte, freuten sie sich über die neue Hilfskraft. Sie gaben ihr eine Schürze und ein Häubchen. Zunächst mußte sie Betten machen, blutige Laken waschen und Schüsseln voller Erbrochenem reinigen. Am Nachmittag übergab sie sich vor der Tür, und Reiko beobachtete sie mitfühlend. »Tut mir leid, der Job ist nicht besonders angenehm.«

»Keine Bange, ich werd's schon schaffen«, flüsterte Hiroko heiser. Im Gefängnis war es ihr weitaus schlechter gegangen.

Während der nächsten Wochen gewöhnte sie sich an ihre neue Tätigkeit. Sie mußte immer noch widerwärtige Pflichten erfüllen. Aber allmählich erlaubte man ihr, mit den Patienten zu reden. Ihr sanftmütiges Wesen beruhigte die Kranken. Und ihr fließendes Japanisch war eine wertvolle Hilfe, wenn alte Leute versorgt werden mußten, die nicht Englisch sprachen. Vor allem die älteren Frauen schätzten Hirokos Verbundenheit mit den heimischen Traditionen.

Auch Ken freute sich über Hirokos Rückkehr zur Familie. Mit ihr konnte er über Dinge sprechen, die er seiner Mutter nicht anzuvertrauen wagte. So wie viele *nisei* erwog er, seine amerikanische Staatsbürgerschaft aufzugeben und nach Japan zu ziehen. Das würde Reikos Herz brechen. Aber er haßte es, im Lager leben zu müssen, während andere Amerikaner für ihr Land kämpften. Hiroko bat ihn, gründlich nachzudenken, bevor er einen Entschluß faßte. Ein- oder zweimal hatte Peggy ihm aus Manzanar geschrieben. Doch die Briefe trafen mit großer Verspätung ein, und allmählich lebten sie sich auseinander. Jeder hatte seine eigenen Sorgen.

Mit Sally gab es ebenfalls Probleme. Als Fünfzehnjährige fühlte sie sich erwachsen und glaubte, sie hätte ein Recht auf ein bißchen Freiheit. Sie wollte sich mit anderen jungen Leuten amüsieren, die nicht so streng erzogen wurden. Aber Reiko behielt sie wachsam im Auge. Ein paarmal versuchte Hiroko, vernünftig mit dem Mädchen zu reden, das ihr vorwarf, sie würde sich wie eine große Schwester aufführen. »Du bist nur vier Jahre älter als ich! Sei nicht so altbacken!«

»Wir wollen nur verhindern, daß du in Schwierigkeiten gerätst«, entgegnete Hiroko und schlug Sally vor, einem Mädchenclub beizutreten. Aber Sally fand diese Clubs äußerst albern.

Hiroko schloß sich dem Orchester an. Abwechselnd spielte sie Geige und Klavier. In ihrer Freizeit brachte sie den Kindern bei, Origami-Figuren zu falten. Wenn im Frühjahr frische Blumen wuchsen, würde sie in Reikos Frauenclub für hübsche Arrangements sorgen.

Manchmal gelangten Zeitungen ins Lager, allerdings mit

beträchtlicher Verspätung. Immerhin erfuhr Hiroko, Eisenhower und seine Truppen seien mit den Briten in Casablanca, Oran und Algier gelandet. Die Vichy-Franzosen in Nordafrika hatten kapituliert, ein großer Erfolg. Inbrünstig betete sie um Peters Sicherheit.

Vier Tage später marschierten die Deutschen im unbesetzten Frankreich ein – angeblich nur, um die französische Résistance zu unterdrücken. Vor dem Erntedankfest hörten die Lagerbewohner keine weiteren Nachrichten.

In diesem Jahr wurde ein ärmliches Erntedankfest gefeiert. Niemand konnte einen Truthahn auftischen. Aber ein paar Leute hatten Carepakete von Freunden bekommen. Andere verwendeten ihre Gehälter, um Lebensmittel aus Katalogen zu bestellen, die ins Camp geschickt wurden. Für ein richtiges Erntedankfest reichte das alles nicht. Sie begnügten sich mit Hühnern, Hamburgern und Mortadella. Aber sie mußten dankbar sein, daß sie noch lebten, und die Kinder gerieten schon am Vorabend des Festes in fröhliche Stimmung. An diesem Tag waren neue Internierte eingetroffen, teilweise aus dem nahen Gefängnis. Aus dieser Haftanstalt wurden immer mehr Leute entlassen, nachdem sie ihre Loyalität bewiesen hatten.

Am Mittwoch nachmittag, einen Tag vor dem Erntedankfest, kam Reiko von der Arbeit heim und half Tami bei den Hausaufgaben. Plötzlich klopfte es an der Tür, und Sally öffnete. Wie erstarrt blieb sie stehen. Dann schrie sie auf, und Reiko warf sich in Takeos Arme. Er sah müde und abgemagert aus, und sein Haar hatte sich grau gefärbt. Aber er war »loyal« und in Sicherheit. Über zwei Monate hatte er in einer winzigen Zelle verbracht. Glücklicherweise war er nicht mißhandelt worden.

»Gott sei Dank! Gott sei Dank!« rief Reiko immer wieder, während er sie zärtlich küßte. Dann umarmte er seine Kinder, und Hiroko schaute lächelnd zu. Endlich war die Familie ihrer Verwandten wieder vollzählig.

Reiko berührte unentwegt sein Gesicht und sein Haar, als wollte sie sich vergewissern, daß er aus Fleisch und Blut bestand und kein Phantasiebild war. Schwerfällig setzte er sich, und sie spürte seinen tiefen Kummer. Man hatte ihm seine Freiheit genommen, zollte ihm keinen Respekt, erkannte ihn nicht als Amerikaner an, nicht einmal als einen Menschen, der irgendwelche Rechte besaß. In diesen beiden Monaten hatte er viel Zeit gefunden, um nachzudenken, und wie viele andere erwogen, nach Japan überzusiedeln. Doch dazu konnte er sich nicht durchringen. Er war kein Japaner mehr, er fühlte sich wie ein Amerikaner, und die Erkenntnis, daß er in diesem geliebten Land nicht akzeptiert wurde, brach ihm das Herz.

Was ihn bewegte, sprach er nicht aus. Später begleitete er Reiko zur Essensausgabe. Langsam setzte er einen Fuß vor den anderen, und Reikos Sorge wuchs. Sie fragte, ob er an einer Krankheit leide, und er antwortete, er sei nur müde. Da bemerkte sie, wie schwer ihm das Atmen fiel.

Nach der Mahlzeit schienen seine Lebensgeister zu erwachen. Ken schlief bei seinen Schwestern und Hiroko, um die Eltern allein zu lassen. Eng aneinandergeschmiegt lagen sie auf dem schmalen Feldbett im Wohnzimmer, auf der Matratze, aus der stachlige Strohhalme ragten. Aber solche Unannehmlichkeiten konnten die Wiedersehensfreude nicht trüben.

Am Tag des Erntedankfestes aßen alle gemeinsam in der Kantine. Nach der Mahlzeit kehrten die Tanakas in ihre Baracke zurück, führten Scharaden auf und aßen Kekse, die Reiko gebacken hatte. Allmählich verwandelte sich Tak in den liebenswerten Mann zurück, den sie alle kannten, lachte mit den Kindern, hänselte seine Frau und warf ihr vor, ihr Haus sei ein mieses Loch. Inzwischen hatte er mit einigen Lagerbewohnern gesprochen, die Möbel tischlerten und sich bereit erklärten, ihnen zu helfen. Sie benutzten alte Bretter und Pfosten – alles, was sie nur finden konnten. Damit wollte Tak ein paar Sachen für seine Baracke anfertigen.

Mittlerweile konnten sie sich kaum noch vorstellen, daß sie einmal in einem richtigen Heim gelebt hatten, mit schönen Möbeln, Antiquitäten und Vorhängen, die nicht aus alten Kleidern bestanden. Aber er versprach Reiko, sein Bestes zu tun, um die Baracke wohnlicher zu gestalten. Das Gefühl, wieder für seine Familie zu sorgen, ermutigte ihn. Bald atmete er etwas freier. Seine Frau versuchte, ihn vom Rauchen abzuhalten. Aber er lachte sie nur aus. Was sie in seinen Augen las, war nicht der Groll, den Ken empfand, sondern Bitterkeit. »Sonst ist mir nicht viel geblieben, oder?« antwortete er, als sie ihm die Zigaretten wegnehmen wollte.

»Doch. Du hast die Kinder und mich. Eines Tages werden wir nach Hause zurückkehren. Dieser Krieg kann nicht ewig dauern.«

»Nach Hause? Wohin? Wir besitzen kein Zuhause mehr, und ich bin zu alt, um meinen Job wiederaufzunehmen.«

»Keineswegs«, widersprach sie energisch. So leicht ließ sie sich nicht unterkriegen. Diesen Entschluß hatte sie in den letzten Monaten immer wieder gefaßt. Sie würde auch ihrem Mann nicht erlauben, einfach zu kapitulieren. »Wenn das alles überstanden ist, kaufen wir ein anderes Haus, ein viel schöneres. Peter hat unser Geld auf sein Konto eingezahlt. Und wir sind noch jung genug, um ein neues Leben zu beginnen.« Sie schaute ihn an, mit einem beschwörenden Blick, den er noch nie gesehen hatte, und er war so stolz auf sie, daß ihm fast die Tränen kamen. Plötzlich schämte er sich seiner Mutlosigkeit. »O nein, Tak, ich werde nicht klein beigeben«, schwor sie.

»Ich auch nicht«, versicherte er nun bewegt.

Erfreut hörte sie am nächsten Tag zu, als er berichtete, er habe mit einigen Männern über Gemeinderatswahlen gesprochen. Jeder über achtzehn durfte wählen. Zum erstenmal, seit Tak in den Vereinigten Staaten lebte, würden sich die *issei* an Wahlen beteiligen. Später erfuhr er zu seiner Bestürzung, der Lagerverwalter habe verkündet, nur *nisei* und *sansei,* also in Amerika geborene Japaner, dürften Ämter übernehmen. Natürlich protestierten die *nisei* und *sansei* nicht. Für gebürtige Japaner schien es in ganz Amerika keinen Platz zu geben.

»Nimm's nicht so schwer, Tak«, bat Reiko. »Die jungen Leute wollen auch mal drankommen.« Aber er fühlte sich entehrt, wie von so vielen anderen Ereignissen in letzter Zeit, und sie wußte nicht mehr, wie sie die Wunden seiner Seele heilen sollte. Ständig ließ er sich viel zu leicht entmutigen.

Wenn sie mit ihrer Nichte in der Krankenstation arbeitete, erwähnte sie ihre Sorgen nicht. Am Montag nach dem Erntedankfest strahlte Hiroko übers ganze Gesicht. Endlich hatte sie ein Schreiben von Peter erhalten, das wochenlang unterwegs gewesen und von der Zensur teilweise mit schwarzen Balken überdeckt worden war. Immerhin erfuhr sie, daß er sich in Oran aufgehalten und gegen Rommel gekämpft hatte. Er schrieb, er würde sie schmerzlich vermissen und habe ihre Briefe erhalten. Zunächst war sein Schreiben im Tanforan-Lager eingetroffen und erst viel später nach Tule Lake weitergeleitet worden. Sie hatte ihm ihre neue Adresse längst mitgeteilt. Doch dieser Brief war offensichtlich nicht in seine Hände gelangt. Nachdem sie seinen Brief gelesen hatte, lächelte sie tagelang und arbeitete eifriger denn je in der Krankenstation.

In der ersten Dezemberwoche sanken die Temperaturen unter den Nullpunkt, und eine Grippeepidemie brach aus. Zwei alte Menschen starben an einer Lungenentzündung, was Hiroko tief betrübte. So fürsorglich hatte sie sich um die beiden gekümmert, ihre gebrechlichen Körper mit heißen Umschlägen erwärmt und ihnen japanische Geschichten vorgelesen. Doch die Mühe war vergeblich gewesen.

Als eine von Tamis Freundinnen in die Krankenstation eingeliefert wurde, bahnte sich eine neue Tragödie an. Die Ärzte glaubten, sie werde die Nacht nicht überleben. Aber Hiroko saß beharrlich mit der schluchzenden Mutter am Bett der kleinen Patientin und tat ihr Bestes, um das Fieber zu senken. Nach drei schlaflosen Tagen und Nächten versicherten ihr die Ärzte, das Kind werde am Leben bleiben.

Nachdem sie die gute Neuigkeit gehört hatte, fiel sie beinahe in Ohnmacht. Vor Erschöpfung konnte sie sich kaum noch auf den Beinen halten. Sie hatte das Mädchen nicht einmal verlassen, um zu essen, und Reiko gebeten, ihr die Mahlzeiten aus der Kantine zu bringen. Nun war das Kind gerettet, und die freudestrahlende Mutter dankte ihr überschwenglich. Lächelnd trat Hiroko ins Freie, ihre Schürze über dem Arm. Während sie zum Winterhimmel aufblickte, schien sich die Welt ringsum merkwürdig langsam zu drehen, und sie brach zusammen.

Eine alte Frau beobachtete sie und eilte zu ihr. Nach einem Blick in das wachsbleiche Gesicht lief sie in die Krankenstation und rief einen Arzt. Reiko hörte die aufgeregte Stimme, rannte hinaus und beugte sich über ihre bewußtlose Nichte.

Als ein Arzt Hirokos Puls fühlte und ihre Lider nach oben zog, rührte sie sich nicht, und er trug sie in die Krankenstation. Bei ihrem Anblick begann Tamis kleine Freundin zu weinen. »Ist sie tot?«

Eben noch hatte Hiroko mit ihr gelacht. Aber sie war natürlich auch zu dem Zeitpunkt schon sichtlich müde gewesen. Hastig versicherte die Mutter des Kindes, Hiroko würde nur schlafen.

Der Arzt brachte sie in eine Ecke, die ein paar Decken gegen die übrige Station abschirmten, und untersuchte sie. Da sie kaum noch atmete, wuchs seine Sorge.

»Was fehlt ihr denn?« fragte Reiko angstvoll.

»Das weiß ich noch nicht genau«, gestand er auf englisch. Er war ein *sansei*, ein Amerikaner in zweiter Generation, und er hatte in Stanford studiert. Als die Japaner aufgefordert worden waren, Kalifornien freiwillig zu verlassen, hätte er zu Verwandten in den Osten ziehen können. Doch er hatte es vorgezogen, an der Westküste zu bleiben und dem Volk seiner Vorfahren beizustehen. »Der Blutdruck ist ziemlich niedrig, und sie atmet viel zu schwach. Hatte sie schon öfter solche Anfälle?« fragte er und warf Reiko einen kurzen Blick über die Schulter zu.

»Nicht, daß ich wüßte.«

Erfolglos versuchten sie, Hirokos Ohnmacht mit Riechsalz zu bekämpfen. Reiko fragte sich verzweifelt, woran ihre Nichte leiden mochte. Grippe, Polio oder Scharlach? Seltsamerweise fühlte sich die Haut nicht heiß, sondern viel zu kalt an, und der Kreislauf drohte zu versagen.

Der Doktor klopfte auf ihre Wangen und schüttelte sie sanft. Schließlich rief er zwei weitere Schwestern hinzu. »Zieht sie aus!« Er wollte die Brust und den Bauch untersuchen und herausfinden, warum die Patientin kaum atmete. Mit Hilfe der beiden Mädchen befreite Reiko die Bewußtlose von dem dicken, langen Wollkleid. Es schien eine Ewigkeit zu dauern, bis die winzigen Knöpfe endlich geöffnet waren. Hastig schob der Arzt den Rocksaum hoch, zerrte den Slip nach unten, und da sah er die straffen Bandagen, die den Blutkreislauf behinderten. »Großer Gott, was hat sie sich da angetan?«

Welchen Zweck die Bandagen erfüllen sollten, konnte er sich nicht vorstellen. So etwas hatte er noch nie gesehen.

Aber Reiko wußte Bescheid. Rasch durchschnitt er den strammen Verband, und sie beobachteten, wie das Leben in Hirokos Körper zurückkehrte.

Ihr Bauch schwoll an, und da erkannte der Doktor, was sie verborgen hatte. »Armes Kind!« Offensichtlich war sie schwanger. Welch ein Wahnsinn, deshalb ihr Leben und das ihres Babys zu gefährden. Aber die Großmutter hatte ihr von dieser Methode erzählt, und die Mutter hatte sie vor Hirokos und Yujis Geburt angewandt. Niemand sollte von ihrem Zustand erfahren, nicht einmal Peter. Erst nach seiner Abreise im Juni hatte sie gemerkt, daß sie sein Kind erwartete. Jetzt war sie im sechsten Monat.

Fünf Minuten später bewegte sie sich. Sanft massierten Reiko und eine andere Krankenschwester Hirokos gewölbten Bauch. Sie spürten die protestierenden Fußtritte des Babys, das sich ohne die beengenden Bandagen bald viel besser fühlen würde. Reikos Gedanken überschlugen sich. Wann war es zur Empfängnis gekommen? Außer Peter hatte ihre Nichte keinen Mann näher gekannt. Konnte er so leichtsinnig gewesen sein? Wohl kaum. Wie auch immer, irgend jemand hatte Hiroko geschwängert.

Endlich öffnete sie die Augen und schaute sich benommen um. Daß die Bandagen entfernt worden waren, wußte sie noch nicht. Diskret hatte Reiko eine Decke über den Körper der jungen Frau gebreitet.

»Das war sehr dumm von Ihnen«, tadelte der Arzt und ergriff Hirokos Hand.

»Ja, ich weiß…« Sie lächelte schwach. »Aber ich konnte meine kleine Patientin nicht im Stich lassen.«

»Davon rede ich nicht. Warum haben Sie Ihrem Baby und sich selbst so etwas Schreckliches zugemutet? Beinahe wärt ihr beide gestorben.« Tage- und nächtelang hatte sie am Bett des kleinen Mädchens gesessen und die Bandagen kein einziges Mal abgenommen – bis sie schließlich in Ohnmacht gefallen war. Wie hatte sie das die ganze Zeit ertragen? »Tun Sie's nie wieder!« Errötend wandte sie das Gesicht ab, und er nickte Reiko zu. »Ich lasse Sie jetzt mit Ihrer Tante allein. Vorerst dürfen Sie nicht arbeiten. Sie müssen an sich selbst denken – und an jemand anderen«, mahnte er und tätschelte Hirokos Arm. Dann sprach er leise mit Reiko. »Sie soll heute und morgen im Bett bleiben. Danach kann sie ihren Dienst in unserer Station wieder antreten.«

Während er mit den beiden Schwestern davonging, begann Hiroko zu schluchzen. »O Tante Rei, es tut mir so leid.«

Nun hatte sie ihre Verwandten schmählich entehrt. Aber trotz ihres Kummers freute sich sich unbändig auf Peters Kind.

»Warum hast du mir nichts gesagt?«

»Weil es unmöglich war...« Hiroko wollte ihrem Mann keine Schwierigkeiten bereiten. Und sie hatte geglaubt, wenn sie ein Geständnis ablegte, würden die Tanakas ihr nicht erlauben, ihn wiederzusehen. Noch schlimmer – wenn irgend jemand die Schwangerschaft bemerkte, könnte er das FBI informieren, und man würde Peter streng bestrafen.

Nach kurzem Zögern stellte Reiko die nächste Frage: »Der Vater des Babys ist Peter, nicht wahr?« Aber Hiroko antwortete nicht, von wachsender Angst erfüllt. Würde man ihr das Baby wegnehmen? Nein.... Sicher wurde ein Kind, das von einer Japanerin stammte, interniert. Vielleicht durfte es bei ihr bleiben. An diesen tröstlichen Gedanken mußte sie sich klammern. »Warum gibst du's nicht zu?«

»Das kann ich nicht«, entgegnete Hiroko, fest entschlossen, Peter zu schützen.

Gewissermaßen sorgte sie auch für die Sicherheit ihrer Tante. Je weniger Reiko wußte, desto besser. Sonst würde sie ebenfalls in Gefahr geraten. Auch Reiko schien diese Möglichkeit zu befürchten, denn sie bedrängte Hiroko nicht mehr. Doch sie zweifelte nicht an der Vaterschaft.

Sie knöpfte das Kleid ihrer Nichte zu und brachte ihr ein Glas Wasser. Dann warf sie die Bandagen weg. »Tu das nie wieder!« schimpfte sie. »Sogar meine Mutter hat darauf verzichtet, obwohl sie ziemlich altmodisch war.« Plötzlich lächelte sie wehmütig. Wie schwierig mußte es für Hiroko gewesen sein, das Geheimnis zu hüten – vor allem im Gefängnis... Hatte sie Peter geschrieben, daß sie sein Baby unter dem Herzen trug? Nun, das spielte keine Rolle. Er konnte ihr ohnehin nicht helfen.

Nach einer Weile fühlte sich Hiroko etwas besser und stand auf. Langsam, Arm in Arm, wanderten sie zu ihrer Baracke. Reiko empfahl ihr, nicht mehr so hart zu arbeiten, tüchtig zu essen und gut auf das Baby aufzupassen. Erstaunt registrierte sie, wie groß der Bauch ihrer Nichte ohne die Bandagen wirkte, welch einen beängstigenden Kontrast er zu der zierlichen Gestalt bildete, und sie befürchtete Komplikationen bei der Geburt. In der Krankenstation von Tule Lake war man nicht auf solche Probleme eingerichtet.

In der Baracke legte Hiroko sich wieder hin. Wenig später kam Takeo herein. Er hatte soeben ein Möbelstück fertiggestellt, das ihm besonders gut gefiel. Ab diesem Nachmittag würde er in der Kantine arbeiten, und bald wollte er an der Schule unterrichten. Bei Hirokos Anblick hielt er den Atem an und brachte kein Wort hervor. Nach ein paar Minuten ging er mit Reiko hinaus. »Warum habe ich's nicht bemerkt?« fragte er verwirrt. »War ich denn blind? Als ich sie vor zwei Tagen zum letztenmal sah, erschien sie mir völlig normal. Und jetzt ist sie schwanger, im sechsten oder siebten Monat. Was treibt ihr eigentlich in dieser Krankenstation? Könnt ihr Wunder wirken? Oder leide ich an Halluzinationen?«

»Nein.« Reiko lächelte schmerzlich und nahm die Zigarette, die er ihr anbot. Endlich lebte er wieder bei ihr, und sie fand es wundervoll, alles mit ihm zu teilen und zu besprechen. Seit zwanzig Jahren liebte sie ihren Ehemann und besten Freund, und sie bedauerte Hiroko, die keine ebenso enge Beziehung zum Vater ihres Babys genießen durfte. »Sie wollte ihren Zustand verheimlichen. Deshalb bandagierte sie ihren Bauch so fest, daß sie kaum noch Luft bekam und in Ohnmacht fiel. Beinahe wäre ihr Kreislauf zusammengebrochen. Der Arzt stand vor einem Rätsel – bis er die Bandagen entdeckte.«

»Armes Kind. Ich vermute, der Vater heißt Peter.«

»Natürlich. Aber das gibt sie nicht zu. Wahrscheinlich fürchtet sie, man würde ihm irgendwas antun oder ihr das Baby wegnehmen. Oder sie will uns schützen.«

»Glaubst du, daß er's weiß?« Nachdenklich sog Tak an seiner Zigarette.

»Keine Ahnung. Aber sie hat's ihm wohl kaum geschrieben, weil die meisten Briefe zensiert werden.« Nach einer kurzen Pause fragte sie: »Was sollen wir den Kindern sagen?«

Tak zuckte die Achseln. »Nicht viel – sie bekommt ein Baby, wir lieben sie, und wir werden auch ihr Kind lieben.«

»Daran werde ich dich erinnern, wenn Sally mal in so eine Situation gerät«, erwiderte sie belustigt.

»Oh, das ist ganz was anderes.« Lachend schüttelte er den Kopf und musterte seine Frau voller Bewunderung. In jeder Lebenslage bewahrte sie ihren Humor. Damit half sie auch ihm, die Dinge etwas leichter zu nehmen. »Sally würde ich umbringen. Aber Hiroko ist nicht meine Tochter. Was für ein armes Mädchen… Soviel mußte sie schon durchmachen und jetzt das! Endlich verstehe ich, warum ihr im Tanforan dauernd übel wurde. Nicht einmal im Traum dachte ich an eine Schwangerschaft.«

»Ich auch nicht. Wird er sie heiraten?«

»Bestimmt. Er ist ganz verrückt nach ihr. Komisch – in den letzten Wochen vor Peters Abreise fiel mir auf, daß sich irgendwas verändert hatte. Diese langen Spaziergänge über die Wiesen ... Und manchmal kamen sie mir vor wie ein innig verbundenes Ehepaar. Oder sind sie tatsächlich schon verheiratet?«

»Ohne Masaos Zustimmung? Darauf hätte sich seine Tochter niemals eingelassen.«

In diesem Augenblick überquerte Hiroko die Schwelle der Baracke. Langsam ging sie zu ihnen. »Es tut mir so leid«, flüsterte sie und senkte beschämt den Kopf. Irgendwie hatte sie sich eingebildet, sie könne das Geheimnis für immer bewahren, was natürlich kindisch gewesen war.

»Wir lieben dich«, versicherte Reiko und umarmte sie. Dann betrachtete sie den gewölbten Bauch und lächelte. Dieser Anblick erinnerte sie an ihre eigenen Schwangerschaften – schöne Zeiten, die sie gemeinsam mit Tak genossen hatte. Bedauerlicherweise mußte ihre Nichte auf den Beistand eines zärtlichen Partners verzichten.

»Wann wird's geboren?« fragte Tak sanft.

»Im Februar«, erklärte Hiroko und errötete verlegen. »Oder im März.«

Er nickte, schaute zum Himmel auf und dachte an viele Dinge – seine Vergangenheit, seine Ehe, seine Kinder. Seine Gedanken schweiften auch zu Peter. »Also im Frühling – eine wunderbare Zeit für den Beginn eines neuen Lebens. Und vielleicht wird uns allen eine neue Welt geschenkt, wenn's soweit ist.«

»Danke, Onkel Tak.« Sie küßte seine Wange, dann schloß sie die Augen und betete um Peters Rückkehr.

14

Die Kinder reagierten unterschiedlich auf Hirokos Schwangerschaft. Tami freute sich, Ken war überrascht und besorgt. Und Sally ärgerte sich, weil ihre Kusine trotz ihres Fehltritts im Mittelpunkt des familiären Interesses stand und liebevoll umhegt wurde.

Erbost beschwerte sie sich bei ihrer Mutter. »Wenn ich das getan hätte, würde Daddy mich umbringen.«

»Wahrscheinlich«, stimmte Reiko zu und erinnerte sich lächelnd an Taks Worte. »Aber du darfst Hiroko nicht mit dir vergleichen. Sie ist fast zwanzig – und nicht unsere Tochter.«

»Trotzdem finde ich's widerlich, wie ihr alle um sie herumscharwenzelt, als wäre sie die Jungfrau Maria, die auf den kleinen Jesus wartet.«

»Um Himmels willen, sei nicht so unfreundlich, Sally! Außer uns hat sie niemanden, und so eine Situation ist für jedes Mädchen schwierig.«

»Weiß sie überhaupt, wer der Vater ist?« fauchte Sally, und Reiko warf ihr einen vernichtenden Blick zu.

»Darüber reden wir nicht. Ich sage nur, daß wir uns um sie kümmern und ihr helfen müssen, das Baby zu betreuen.«

»Mit mir könnt ihr nicht rechnen. Ich habe keine Lust, Babysitter zu spielen. O Gott, was werden meine Freundinnen davon halten?« stöhnte Sally.

Ihre Mutter empfand absolut kein Mitleid mit ihr. Was Hiroko widerfahren war, hatten schon unzählige Mädchen erlebt, und es stand Sally nicht zu, ihre Kusine zu steinigen. »Nun, das hängt davon ab, wie du's ihnen erklärst.«

»Warum sollte ich, Mom? Jeder sieht doch, was los ist.«

Damit behielt Sally recht. Aber nur wenige Leute gaben Kommentare ab. Im problematischen Lagerleben wurde Hirokos gewölbter Bauch kaum zur Kenntnis genommen. Manche sahen darin gar ein Zeichen der Hoffnung. Sogar in diesen schrecklichen Zeiten konnte neues Leben entstehen. Nach dem Vater fragte niemand.

Ein paarmal versuchten Reiko und Tak, ihrer Nichte ein Geständnis zu entlocken, um ihre Vermutung bestätigt zu finden. Doch sie schwieg beharrlich. Im Dezember schickte Peter ihr mehrere Briefe aus Nordafrika. Es ging ihm gut. Unentwegt beteuerte er, wie innig er sie liebe. Sie schrieb zurück, sie würde seine Gefühle erwidern, und berichtete von ihren Verwandten oder den Ereignissen im Tule Lake. Ihren Zustand erwähnte sie nicht. Er bat sie um ein Foto. Aber sie besaß nur das eine, das sie an seiner Seite zeigte, und im Lager waren Kameras verboten. Deshalb antwortete sie, leider könne sie seinen Wunsch nicht erfüllen.

In fast allen Camps blieb der Jahrestag von Pearl Harbor unbeachtet. Nur in Manzanar kam es zu einem Aufstand der Internierten, bei dem zwei Personen getötet und zehn verletzt wurden. Danach verschärften die Soldaten von Tule Lake ihre Wachsamkeit. Doch das Interesse der Japaner konzentrierte sich auf das bevorstehende Weihnachtsfest.

Mittlerweile unterrichtete Tak an der High School, und Hiroko unterstützte ihre Tante wieder in der Krankenstation. Bevor sie an ihren Arbeitsplatz zurückgekehrt war, hatte sie sich nur zwei Tage erholt. Jeden Abend half ihr der Onkel, ein geheimes Projekt zu realisieren. Er zimmerte kleine Möbel für Tamis Puppenhaus, während Hiroko Teppiche und Vorhänge nähte und winzige Bilder malte. Kreativität ersetzte fehlendes Material, und das neue Puppenhaus versprach noch schöner zu werden als das alte.

Gemeinsam mit seiner Frau bastelte Tak ein Monopoly- und ein Schachspiel für Ken, was beiden großen Spaß machte. Reiko strickte einen rosa Angorapullover, den sie Sally schenken wollte. Die Wolle hatte sie bei Montgomery Ward bestellt und fast ihr ganzes Gehalt dafür geopfert. Auch Tak sollte einen Pullover bekommen. Außerdem bestellte sie eine warme Jacke für ihn und bezahlte sie mit dem letzten Rest ihres Geldes. Im Handarbeitsclub wurden Babysachen angefertigt, die Hiroko zweifellos erfreuen würden. Tak zimmerte eine Wiege.

Am Weihnachtstag staunten alle über die Geschenke. Tak hatte Reiko ein teures Kleid aus dem Sears-Katalog gekauft, obwohl er in der Schule nur sehr wenig verdiente. Und Hiroko verehrte den beiden ein selbstverfaßtes Gedicht – »Stürme im Winter, Regenbögen im Sommer«.

Das Geschenk, das sich alle am sehnlichsten wünschten, war die Freiheit. Trotzdem genossen sie das Fest, und die meisten Lagerbewohner versuchten zu vergessen, wo und mit wem sie im letzten Jahr Weihnachten gefeiert hatten. Die alten Männer spielten Go, die Frauen schwatzten und nähten, die Leute aßen und tranken und träumten von besseren Zeiten, besuchten einander in den kleinen Baracken und brachten selbstgemachten Weihnachtsschmuck mit. Obwohl man sie eingekerkert und ihnen alles genommen hatte – es war unmöglich, ihren Lebensmut zu zerstören. Daran dachte Hiroko, als sie beim Weihnachtskonzert eine Geige erklingen ließ, die jemand ins Lager hatte mitbringen können. Am Silvesterabend wurde im Gemeinschaftsraum getanzt, zur Musik einer Swing Band, der Ken soeben beigetreten war. Hiroko schaute eine Weile zu, und ein junger Mann forderte sie zum Tanz auf. Errötend erklärte sie, das sei leider unmöglich. Unter ihrem weiten Mantel war der runde Bauch nicht zu sehen.

Im Januar kapitulierten die Deutschen in Stalingrad, ein wichtiger Sieg der Alliierten. Dafür interessierte man sich in Tule Lake nur flüchtig. Eine neue Grippewelle war ausgebrochen, schlimmer als alle anderen. Fast einen Monat lang kämpfte das Personal der Krankenstation um das Leben der Patienten, und ein paar alte Leute starben.

Zur allgemeinen Überraschung wurde den Japanern Ende Januar das »Privileg« zuerkannt, sich freiwillig zum Kriegsdienst zu melden. Aber Ken wollte sich der Army nicht mehr anschließen, weil er nicht einsah, warum er für ein Land kämpfen sollte, das ihn verraten hatte. Genauso dachten viele junge Männer. Am ersten Februarwochenende wurden sie von der Lagerverwaltung aufgefordert, den Fahneneid zu leisten. Man befragte sie erstens, ob sie bereit seien, bei den US-Streitkräften zu dienen und zu kämpfen, wo immer sie gebraucht würden, und zweitens, ob sie ihrer Loyalität gegenüber Japan und dem Kaiser für ewig abschwören wollten. Aus Prinzip weigerten sich die meisten, diese Forderungen zu erfüllen. Daraufhin wurden sie als No-No-Boys eingestuft, weil sie beide Fragen verneint hatten, und in den Sicherheitstrakt von Tule Lake gebracht, wo man sie verhörte.

Wegen dieser Maßnahmen herrschte in allen Lagern helle Empörung. Zwei Tage später hatte Ken das Dokument des Fahneneids noch immer nicht unterzeichnet, im Gegensatz zu seiner Familie. Auch den Frauen war der Eid abverlangt worden, obwohl sie natürlich nicht einrücken mußten. Erbittert stritten Vater und Sohn. Wenn Takeo die Emotionen des Jungen auch verstand, er fand, Ken müsse die Chance nutzen, sich als echter Amerikaner zu erweisen. Außerdem gab es für die Japaner keine andere Möglichkeit, die Camps zu verlassen.

»Ich fühle mich nicht mehr wie ein Amerikaner, Dad«, stieß Ken hervor. »Auch nicht wie ein Japaner. Ich empfinde gar nichts.«

»Glaub mir, du hast keine Wahl. Natürlich respektiere ich deine Haltung. Aber wenn du dieses Papier nicht unterschreibst, wirst du für viele Jahre ins Gefängnis wandern.«

Tagelang diskutierten sie, und schließlich legte Ken den Fahneneid ab, weil er seiner Familie keine Schwierigkeiten bereiten wollte. Viele seiner Freunde blieben bei ihrer Weigerung. Darin sahen sie ihre einzige Möglichkeit, gegen die Behandlung zu rebellieren, die man ihnen zugemutet hatte. Ob man sie für verdächtig und gefährlich hielt, interessierte sie nicht. Zusammen mit den No-No-Boys aus anderen Camps wurden sie im Sicherheitstrakt von Tule Lake festgehalten, den man inzwischen zu einem Sammellager für alle Illoyalen ausgebaut hatte. Tak war froh, daß Ken das Dokument unterschrieben hatte, obwohl der Junge sein Leben für Amerika riskieren mußte. Wenigstens würde man nicht mehr an seiner Loyalität zweifeln.

Auch Hiroko atmete erleichtert auf. Für sie war der Eid eine willkommene Gelegenheit gewesen, ihre Verbundenheit mit den USA zu demonstrieren – und mit Peter.

Danach brach eine neue Masernepidemie aus. Trotz ihrer fortgeschrittenen Schwangerschaft arbeitete Hiroko unermüdlich in der Krankenstation. In ein oder zwei Wochen würde sie wahrscheinlich zu Hause bleiben müssen, zumindest für einige Zeit. Tami konnte die Geburt kaum erwarten. Sogar Sally beruhigte sich ein wenig, machte aber noch immer keinen Hehl aus ihrer Mißbilligung.

Hiroko hatte andere Sorgen. Eines Nachts betreute sie zwei alte Männer, deren Körper mit roten Flecken übersät waren. Da sie in ihrer Kindheit an Masern erkrankt war, brauchte sie keine Ansteckung zu befürchten.

»Wie geht es ihnen?« Reiko kam zu ihr und beobachtete sie anerkennend. Offensichtlich war ihre Nichte zur Krankenpflegerin geboren. Sie tat ihr Bestes, um es den Patienten möglichst bequem zu machen, und ließ sich keine Erschöpfung anmerken, obwohl sie schon die zweite Schicht hintereinander absolvierte. An diesem Abend hatte Reiko vergeblich versucht, ihre pflichtbewußte Assistentin heimzuschicken.

»Gleichbleibend«, erwiderte Hiroko und wischte die Stirn eines alten Mannes mit einem feuchten Lappen ab.

»Und wie fühlst *du* dich?« Eine überflüssige Frage. Seit Stunden war Hiroko auf den Beinen. Manchmal rieb sie sich das Kreuz. Aber sie weigerte sich entschieden, eine Pause einzulegen.

Um Mitternacht sah Reiko wieder nach ihr. Hiroko schien immer noch vor Energie zu strotzen. Lächelnd eilte ihre Tante zu einem Arzt, der gerade eine Magenperforation behandelte.

Als sie um zwei Uhr morgens zurückkam, sah Hiroko müde aus. Endlich schliefen ihre Patienten, und sie half einer Schwester, den Verband eines kleinen Jungen mit Brandwunden zu wechseln. Er hatte mit Streichhölzern gespielt und eine Strohmatratze angezündet. Weinend schmiegte er sich an Hiroko, die neben ihm auf dem Bett saß und ihn voller Mitleid tröstete. Nach einer Weile stand sie auf und hielt sich an einem Tisch fest, was Reiko nicht entging. Vermutlich hatten die Wehen begonnen, und die werdende Mutter schien es nicht wahrzunehmen.

»Alles in Ordnung, Hiroko?«

»Ja. Nur mein Rücken tut ein bißchen weh.« Aber Hiroko wirkte ziemlich verwirrt, und Reiko lächelte. Es war an der Zeit. Es war der 1. März.

»Setz dich für ein paar Minuten«, schlug sie vor. Da Hiroko widerspruchslos gehorchte, mußte sie schlimmere Qualen verspüren, als sie eingestehen wollte. Reiko brachte ihr eine Tasse Tee. Dann unterhielten sie sich leise im schwach beleuchteten Krankenzimmer.

Draußen war es eiskalt und in der Baracke zugig. Trotzdem herrschte eine angenehme, vertrauliche Atmosphäre zwischen den beiden Frauen. Andere Schwestern kamen und gingen. Immer öfter biß sich Hiroko auf die Lippen.

Schließlich fragte Reiko: »Hast du starke Schmerzen?«

Die Augen voller Tränen, nickte Hiroko. Trotz ihrer Beschwerden hatte sie stundenlang gearbeitet und gehofft, sie würden nachlassen und es wäre noch nicht soweit. Plötzlich wurde sie von kalter Angst befallen. Würde sie die Niederkunft verkraften? Allein schon hier zu sitzen war unerträglich. Keuchend umklammerte sie Reikos Hand. Niemand hatte sie darauf vorbereitet, was mit ihr geschehen würde.

Aber Reiko legte ihr ruhig und gelassen einen Arm um die Schultern, half ihr auf die Beine, und als zwei Schwestern erschienen, erklärte sie, Hirokos Wehen hätten begonnen.

»Was für gute Neuigkeiten!« rief Sandra, eine kleine, rundliche *nisei,* mit der Reiko jahrelang in Palo Alto zusammen gearbeitet hatte. »Heute nacht kann ich eine erfreuliche Nachricht gebrauchen.« Sie war es müde, alte Leute an Masern sterben zu sehen. Nun würde sie bald ein junges Leben begrüßen. Hiroko starrte sie entsetzt an. »Keine Bange«, fügte die ältere Frau besänftigend hinzu. Es war ganz normal, daß ein Mädchen in Panik geriet, bevor es zum erstenmal ein Baby gebar. Und Hiroko wurde nicht einmal von ihrer Mutter betreut.

Zwei weitere Schwestern gesellten sich hinzu, und alle nahmen Hiroko unter ihre Fittiche. Langsam führten sie die werdende Mutter in eine ruhige Ecke.

Dann eilte eine der Frauen davon, um einen Arzt zu holen. Es war derselbe, der Hiroko nach ihrer Ohnmacht untersucht hatte. Freundlich lächelte er ihr zu und fragte, wann sie die ersten Wehen verspürt habe.

»Heute morgen«, gestand sie und schaute ihre Tante verlegen an. Inzwischen waren fast vierundzwanzig Stunden vergangen, und nun verschlimmerten sich die Schmerzen mit jeder Minute. Die Schwestern legten sie behutsam auf ein Bett, kleideten sie aus, und Reiko hielt ihre Hand. Während der Untersuchung drehte Hiroko beschämt den Kopf zur Seite. Außer Peter hatte sie noch niemand so intim berührt.

»Beruhige dich, das ist schon in Ordnung«, flüsterte Reiko, und Sandra ergriff Hirokos andere Hand.

Der Doktor war überrascht, weil Hiroko sich so lange auf den Beinen gehalten hatte. Inzwischen war der Muttermund völlig geöffnet, und er sah bereits das Haar des Babys. Aufmunternd versicherte er ihr, lange würde es nicht mehr dauern. Aber dann bedeutete er Reiko, ihm nach draußen zu folgen. Während sich Hiroko in neuen Krämpfen wand, preßte sie die Lippen zusammen, um nicht zu schreien. Es wäre beschämend gewesen, die Patienten zu wecken.

»Offenbar ist das Baby ziemlich groß, Reiko«, erklärte der Arzt. »In unserer armseligen Station wage ich keinen Kaiserschnitt. Also muß sie mit aller Kraft pressen. Wenn's sein muß, stellt euch alle auf ihren Bauch.«

Reiko nickte besorgt. Da Peter zweifellos der Vater des Babys war, würde es seine breiten Schultern geerbt haben, was die Geburt beträchtlich erschwerte. Doch das erwähnte Reiko nicht, bevor der Doktor zu anderen Patienten eilte.

Außer Sandra hatten sich die anderen Schwestern entfernt. Nun zeigte sie Hiroko, wie sie atmen mußte. Reiko kehrte ans Bett zurück, und die beiden Frauen wechselten einen wissenden Blick.

Inzwischen konnte sich Hiroko nicht mehr beherrschen. Bei jeder neuen Wehe begann sie gellend zu schreien.

»Schon gut, das macht nichts«, meinte Sandra ermutigend. »Wenn es die Leute stört, können sie ja in ein anderes Hospital gehen.«

Trotzdem versuchte Hiroko bei der nächsten Wehe, ihre Schmerzen lautlos zu ertragen. »O Tante Rei – es ist schrecklich... Gibt es denn keine Medizin? Irgend etwas...« Doch die wenigen Medikamente, die zur Verfügung standen, wurden für die Anästhesien und Operationen gebraucht, nicht für Geburten. Ohne die Erlaubnis des Doktors durfte Reiko ihrer Nichte nichts verabreichen.

In den nächsten beiden Stunden sah er mehrmals nach Hiroko. Um halb fünf wies er sie an, kraftvoll zu pressen. Aber das große Baby rührte sich nicht.

»Halsstarriges kleines Ding!« seufzte der Doktor, nachdem er sich vorsichtig bemüht hatte, das Köpfchen mit einer Geburtszange zu umfassen. Für Hiroko war es eine Höllenqual gewesen, und drei Schwestern hatten sie festhalten müssen. Gegen sechs Uhr zeigten sich noch immer keine Fortschritte.

»Bitte, versuchen Sie's, Hiroko!« flehte Sandra. »Pressen Sie, so fest wie möglich.«

Stöhnend gehorchte Hiroko. Jetzt erlitt sie die gleiche Tortur wie ihre Mutter damals bei Yujis Geburt. Auch er war sehr groß gewesen – und Hidemi so klein und zierlich. Aber sie hatte in Kyoto entbunden. Hier im Tule Lake gab es keine richtige Klinik, zu wenig Medikamente und unzulängliche Instrumente. Nur diese mitfühlenden Frauen, die ihr halfen, so gut sie es vermochten.

Etwas später versuchte der Doktor sein Glück erneut mit der Zange und wies Sandra an, mit aller Kraft auf Hirokos Bauch zu drücken, direkt oberhalb des Babys. Gepeinigt schrie Hiroko auf und glaubte, alle ihre Rippen würden brechen. Das Kind rückte ein wenig nach unten, und die drei Schwestern feuerten Hiroko jubelnd an. Doch sie fühlte sich zu schwach, um ihnen ein dankbares Lächeln zu schenken.

»Fester!« befahl der Doktor und zog vorsichtig an der Zange. Die drei Schwestern stemmten sich gegen Hirokos Bauch. Schluchzend wandte sie sich zu Reiko. Aber ihre Tante konnte ihr die Tortur nicht ersparen.

»Nein – ich halt's nicht mehr aus ...«, würgte Hiroko hervor. Plötzlich erinnerte sie sich an das Versprechen, das sie Peter gegeben hatte. Sie würde auf ihn warten. Ihm zuliebe würde sie ihr Bestes tun. Oder sie würde sterben, ebenso wie ihr Baby. Für ihn wollte sie die schlimmsten Schmerzen hinnehmen und das Kind gebären, um es bei seiner Rückkehr in seine Arme zu legen. Was immer jetzt geschehen mochte, sie durfte ihn nicht enttäuschen. Dieser Gedanke gab ihr neue Kraft. Tapfer biß sie die Zähne zusammen und preßte.

Aber das Baby bewegte sich nicht mehr, und die Situation erschien ihr ebenso hoffnungslos wie den Menschen, die ihr beistanden.

Nach einer weiteren Stunde wurden die Herzschläge der Mutter und des Kindes schwächer. Da erkannte der Arzt, daß er keine Wahl hatte. Was immer er auch riskierte, er konnte keinen weiteren Blutverlust verantworten. Erst letzte Woche waren zwei Frauen im Kindbett verblutet. Solange noch die Möglichkeit bestand, wollte er wenigstens ein Menschenleben retten. Hiroko oder das Baby.

»Bringt sie in den OP«, forderte er die Schwestern resigniert auf. »Sie schafft's nicht mehr.«

Als Hiroko diese Worte hörte, umklammerte sie verzweifelt seine Hand. »Nein!« Sie wußte, daß Yuji mittels eines Kaiserschnitts zur Welt gekommen war. Beinahe hätten Mutter und Kind den Tod gefunden. Ihr Vater hatte davon erzählt, um ihr zu beweisen, wie gefährlich die alten Methoden waren. Im Tule Lake gibt es keine moderne Chirurgie, dachte sie, nur die alten Methoden – und wenn sie versagen, muß ich sterben. Wie von Dämonen gehetzt, kämpfte sie erneut gegen den Widerstand der Natur, und die Angst verlieh ihr ungeahnte Kräfte. Der Doktor half ihr mit der Zange, die Schwestern verlagerten ihr ganzes Gewicht auf ihren Bauch.

Ganz langsam glitt das Baby nach unten. Und dann brach es sich plötzlich Bahn. Hirokos qualvolles Stöhnen wurde von einem schrillen Wutschrei begleitet. Offensichtlich hatte das Baby die komplizierte Entbindung unbeschadet überstanden. Mit seinem weichen braunen Haar und den dunkelblauen, mandelförmigen Augen glich es eher dem Vater als der Mutter. Erschöpft lag sie da, starrte ihren Sohn an und konnte kaum fassen, was sie soeben vollbracht hatte. »Oh …«, hauchte sie. Wie schön er war – und so groß …

»Genau zehn Pfund«, verkündete der Doktor, musterte das Baby, das ihm stundenlang getrotzt hatte, und lächelte die tapfere Mutter an. »Hiroko, Sie sind eine Heldin.« Ohne ihre Willenskraft und Ausdauer hätte er einen Kaiserschnitt vornehmen müssen. Was bei dieser schwierigen Operation geschehen wäre, wagte er sich nicht vorzustellen. Dankbar und maßlos erleichtert atmete er auf.

Mittlerweile stieg die Sonne am Himmel empor. Die Schwestern wuschen Hiroko, die friedlich im Bett lag und ihr Baby im Arm hielt.

»Tut mir leid, daß es so schrecklich war«, flüsterte Reiko. Die Ereignisse dieser Nacht waren ihr sehr nahegegangen, ebenso wie ihren Kolleginnen.

»Sieht er nicht wie Peter aus?« wisperte die junge Mutter voller Stolz. All die Qualen und Mühen und die beklemmende Todesangst hatten sich gelohnt. Jetzt wünschte sie nur noch, Peter könnte seinen Sohn sehen, und ihre Tante lächelte sanft. Zum erstenmal hatte Hiroko zugegeben, wer der Vater war.

»Du mußt ihm schreiben«, entschied Reiko. Aber Hiroko schüttelte den Kopf.

»Damit würde ich ihm nur Sorgen bereiten. Wenn er nach Hause kommt, erfährt er's früh genug.« Diesen Entschluß hatte sie schon vor Monaten getroffen. Und wenn er nicht zu ihr zurückkommen wollte? Dazu würde sie ihn niemals zwingen. Er sollte sich so frei fühlen wie der Wind. Und falls er zurückkehrte, würde sie ihn mit seinem Sohn erwarten. Als Hiroko zu Reiko aufblickte, erkannte sie, daß es an der Zeit war, ein weiteres Geheimnis mit ihr zu teilen. In dieser Nacht hatte ihr die Tante so liebevoll beigestanden und mit ihr gelitten. »Vor vielen Monaten, im Tanforan, wurden wir von einem buddhistischen Priester getraut. Ich hatte Angst, man würde es herausfinden und Peter bestrafen. Glücklicherweise ist das nicht geschehen.« Sie hob ihre Hand und zeigte Reiko den schmalen goldenen Ehering, der neben dem Silberring an ihrem Finger steckte.

»O Gott, warum ist mir das nie aufgefallen? Du verstehst es wirklich, Geheimnisse zu hüten und Babys zu kriegen.« Lachend küßte Reiko die Stirn ihrer Nichte. »Und jetzt mußt du dich endlich ausruhen.«

Sobald Hiroko und ihr Sohn eingeschlafen waren, eilte Reiko in ihre Baracke und erzählte Tak, er sei Großonkel geworden. Er wollte gerade zur High School gehen. Verwundert schaute sie auf die Uhr. Auf einmal hatte sie das Gefühl, die Nacht wäre wie im Flug vergangen.

»Nachdem ihr beide nicht nach Hause gekommen seid, habe ich mich natürlich gefragt, was los war. Aber du hättest mir sicher eine Nachricht geschickt, wenn du meinen Beistand gebraucht hättest, Rei. Alles in Ordnung?«

»Ja, inzwischen geht's ihr gut«, erwiderte Reiko. »Es war

eine sehr schmerzhafte Geburt. Eine Zeitlang hing ihr Leben an einem seidenen Faden. Jetzt ist sie überglücklich mit ihrem Sohn. Ein wunderschöner Junge, Tak. Und zehn Pfund schwer.« Zögernd fügte sie hinzu: »Er sieht Peter ähnlich.« Allein schon diese Tatsache würde Hiroko in Schwierigkeiten bringen, die sie wahrscheinlich nur mit Peters Hilfe meistern konnte.

»Nun, das war zu erwarten. Hoffentlich gibt sie ihm Bescheid.«

»Das will sie nicht. Sie meint, er würde sich zu große Sorgen machen.« Erschöpft sank Reiko auf einen Stuhl.

»Trotzdem müßte er erfahren, daß er Vater geworden ist.« Lächelnd erinnerte sich Tak an das Glück, das er bei der Geburt seiner Kinder empfunden hatte, und er freute sich über Hirokos Baby. Wieder einmal erschien ihm das neue Leben wie ein gutes Zeichen, ein Hoffnungsstrahl.

»Vorhin erzählte sie mir, ein buddhistischer Priester habe sie im Tanforan-Lager mit Peter vermählt.« Seufzend zog sich Reiko ihre Schuhe aus. Es war eine lange Nacht gewesen. »Offensichtlich trägt sie ihren Ehering schon seit vielen Monaten. Aber ich habe ihn nie bemerkt, weil er von einem anderen Ring verdeckt wird.«

»Ausgerechnet dir ist so was entgangen? Welch ein Wunder!« Er küßte sie. »Jetzt muß ich in die Schule gehen. Heute nachmittag werde ich Hiroko besuchen.« Zärtlich küßte er seine Frau ein weiteres Mal. In der Tür drehte er sich noch einmal um. »Also bist du Großtante geworden. Herzlichen Glückwunsch!«

»Ich liebe dich!« flüsterte sie und schaute ihm träumerisch nach. So froh und zufrieden hatte er schon lange nicht mehr ausgesehen. Das verdankte sie dem Baby ihrer Nichte.

15

Eine Woche lang blieb Hiroko in der Krankenstation. Dann kehrte sie mit ihrem Sohn in die Baracke der Tanakas zurück. Sie nannte das Baby Toyo. Sogar Ken spielte mit ihm, weigerte sich aber, die Windeln zu wechseln.

Um so eifriger betreute Takeo den Kleinen, wann immer Hiroko eine Ruhepause brauchte. Toyo wiederum fühlte sich in der Obhut seines Großonkels sichtlich wohl. Er schrie fast nie und schlief friedlich auf Taks Schoß, bis er hungrig wurde und nach seiner Mutter verlangte.

Vierzehn Tage nach der Niederkunft schämte sie sich ihres Müßiggangs und ging wieder in die Krankenstation. Eine alte Frau hatte einen *obuhimo* für sie genäht, einen breiten Gurt. Darin trug Hiroko ihren Sohn auf dem Rücken, während sie arbeitete. Noch hatte sie ihre Kräfte nicht vollends zurückgewonnen, und sie begnügte sich vorerst damit, Bandagen aufzuwickeln. Wegen des Babys hielt sie sich von den Schwerkranken fern. Alle Leute, die Toyo kennenlernten, bewunderten den kugelrunden, gutmütigen Jungen, der einem kleinen Buddha glich. Aber man merkte natürlich, daß nicht nur japanisches Blut in seinen Adern floß. Mit jedem Tag sah er Peter ähnlicher. Hiroko blieb bei ihrem Entschluß. In keinem der Briefe, die sie ihrem Mann schrieb, erwähnte sie seinen Sohn.

Die Army hatte Werbeoffiziere ins Lager geschickt, und viele Japaner rückten ein. Doch die meisten No-No-Boys blieben bei ihrer Weigerung und gingen sogar soweit, die Abtrünnigen zu bedrohen. Zwei Tage nach seinem achtzehnten Geburtstag verkündete Ken, er habe sich zum Kriegsdienst gemeldet.

»*Was?*« Seine Mutter starrte ihn entsetzt und ungläubig an. »Und ich dachte, du wärst nicht daran interessiert, dieses Land zu verteidigen.« Hätte er doch an seinem ursprünglichen Entschluß festgehalten... Wenn sie die Vereinigten Staaten auch liebte, sie wollte ihnen nicht den einzigen Sohn opfern. Die Tanakas hatten schon genug verloren.

»Inzwischen habe ich meine Meinung geändert.« Das Gefühl, er wäre von Amerika verraten worden, hatte Ken sehr lange bedrückt und nach seinem Fahneneid zu inneren Konflikten geführt. Nun war er mit sich ins reine gekommen und stolz auf seinen Entschluß. Bald würde er für die USA kämpfen.

»Du hättest vorher mit uns reden sollen«, meinte Tak gekränkt. Aber er verstand Kens Entscheidung. Für den Jungen gab es keine andere Möglichkeit, das Camp zu verlassen. Zwei seiner Freunde hatten die gleiche Entscheidung getroffen und waren mit ihm ins Verwaltungsbüro gegangen. Nun führten sie ähnliche Gespräche mit ihren Eltern.

Einerseits bangte Tak um seinen Sohn, andererseits erfüllten ihn patriotische Gefühle, die schließlich die Oberhand gewannen.

Die jungen Männer mußten eine Woche später abreisen, und Kens letzter Abend im Tule Lake verlief sehr schmerzlich. Während er mit seinen Eltern Erinnerungen austauschte, mußte er sich mühsam beherrschen, um nicht zu weinen.

Am nächsten Morgen begleitete ihn die Familie zum Bus.

Tak schämte sich seiner Tränen nicht, doch er war trotz seines Kummers froh, weil Ken endlich seine Freiheit wiedererlangt hatte. »Paß gut auf dich auf«, bat er mit halberstickter Stimme. »Vergiß nicht, wie sehr Mom und ich dich lieben.« In ihren Herzen waren sie Amerikaner, und sie überließen ihren Sohn den USA – aber sie mußten hier zurückbleiben, eingesperrt hinter Stacheldraht.

»Ich liebe euch!« rief Ken, der auf den Stufen des Busses stand. Dann räusperte er sich verlegen, als er sie alle dastehen sah. Sally und Tami weinten.

Auch Hiroko kämpfte mit den Tränen. Viel zu oft hatte sie schon von lieben Menschen Abschied nehmen müssen. Während der Bus davonfuhr, betete sie für Ken. In die Baracke zurückgekehrt, hängte Tak einen Stern ans Fenster. Solche Sterne hingen an mehreren Fenstern im Tule Lake. Sie schauten ihn an und dachten an Kenji. Was für eine bewegende Zeit – eine Zeit voller Hoffnung und Stolz und Grauen …

Wenig später erhielten sie einen Brief von Ken aus dem Camp Shelby in Mississippi. Er schrieb, er sei dem 442. Regimental Combat Team zugeteilt worden, einem *nisei*-Bataillon, und die meisten seiner Kameraden würden aus Hawaii stammen. Dort gab es seltsamerweise keine Sammellager, obwohl Hawaii näher bei Japan lag als die Westküste. In seinem nächsten Brief schilderte Ken voller Begeisterung eine große Zeremonie, die in Honolulu vor der Abreise der Soldaten stattgefunden hatte, auf dem Gelände des Iolani Palace. Offenbar war er glücklich, weil er das Lagerleben beendet hatte und seine patriotische Pflicht tat. Er schickte den Eltern ein Foto, das ihn in seiner Uniform zeigte. Er sah sehr attraktiv aus. Entzückt stellte Reiko das Bild auf einen kleinen Tisch, von Tak gezimmert, und zeigte es allen Freunden. Dieses Arrangement glich einem Schrein. Es stimmte Hiroko manchmal unbehaglich, und sie wünschte, er wäre bei der Familie – nicht jemand, über den nur geredet wurde. Doch sie verstand seine Begeisterung für den Kriegsdienst.

Auch Peters Briefe trafen nun regelmäßig ein. Er war immer noch in Nordafrika stationiert, wo sich die Alliierten und die Deutschen erbitterte Kämpfe lieferten. Wann immer Hiroko eine Nachricht erhielt und erfuhr, Peter und Ken sei nichts zugestoßen, fühlte sie sich maßlos erleichtert.

Im Juli brach eine Meningitis-Epidemie im Lager aus, die schon nach kurzer Zeit mehrere alte Leute hinwegraffte und viele Kinder befiel. Tag und Nacht saßen die Mütter an den Betten in der Quarantäne. Einige kleine Patienten starben, und es war schrecklich, die kleinen Särge in schmale Gruben sinken zu sehen. Diesen Anblick konnte Hiroko kaum ertragen, vor allem, weil sie sich um ihren vier Monate alten Sohn sorgte. Aber es war nicht Toyo, der in einer heißen Sommernacht erkrankte, sondern Tami. Als sie schlafen ging, schwitzte sie, und als Hiroko später aufstand, um das Baby zu stillen, hörte sie ihre Kusine leise weinen.

Tami hatte hohes Fieber und einen steifen Nacken. Am nächsten Morgen trug Tak das arme Kind, das mittlerweile delirierte, zur Krankenstation und gab es in Reikos Obhut. Der Kampf gegen die Meningitis dauerte tagelang. Davon merkte Tami nicht viel.

Abwechselnd saßen Reiko und Hiroko bei ihr, während Tak auf Toyo aufpaßte. Oder er verbrachte eine Nacht am Bett seiner Tochter, kühlte ihre Stirn und sang ihr leise die Lieder vor, die sie in den ersten Jahren ihres Lebens geliebt hatte. Verzweifelter denn je, wenn das überhaupt noch möglich war, beobachtete er Tami, die stets sein besonderer Liebling gewesen war. Ihr Verlust würde ihn töten. Das wußte Reiko.

»Laß sie nicht sterben«, schluchzte er eines Nachts, »bitte, Hiroko, laß sie nicht sterben.«

Sanft legte sie einen Arm um seine Schultern. »Ihr Schicksal liegt in Gottes Hand, Onkel Tak.«

Zu ihrer Verblüffung starrte er sie wütend an. »Als hätte *er* sich jemals um uns gekümmert!« Sobald er die Worte ausgesprochen hatte und Hirokos entsetzte Miene sah, senkte er reumütig den Kopf.

Tag und Nacht saß sie an Tamis Bett, um die unglücklichen Eltern zu entlasten, und ging nur heim, wenn sie Toyo stillen mußte. Es stand immer noch schlimm um ihre Kusine. Unermüdlich wusch sie das Kind, kühlte seine Stirn und flößte ihm Getränke ein.

Dabei half ihr ein junger medizinisch-technischer Assistent namens Tadashi. Als man das Tanforan-Lager geschlossen hatte, war er mit seiner Familie nach Tule Lake gekommen. Er hinkte und trug eine Beinschiene. Wie er Hiroko erklärte, war er vor vielen Jahren an Polio erkrankt. Gewissenhaft kümmerte er sich um die Patienten und ging sehr sanft mit ihnen um. Im Vorjahr hatte er sein Studium in Berkeley abgeschlossen und danach den Fahneneid abgelegt. Aber wegen seines Gebrechens war er für untauglich erklärt worden.

Nun zählte er zu den wenigen jungen Männern, die im Tule Lake lebten, von den No-No-Boys einmal abgesehen. Die Unruhestifter marschierten jeden Morgen im militärischen Stil umher – in Sweatshirts, die das Emblem ihres Widerstands zeigten, mit »Bozu«-Haarschnitt. Inzwischen hatten die anderen Tauglichen ihren Kriegsdienst angetreten. Tadashi, ein begabter Musiker, spielte zusammen mit Hiroko im Camp-Orchester. Auf seltsame Weise erinnerte er sie an Yuji, und sie mochte ihn sehr.

Besonders liebevoll betreute er die kranke Tami. Von einem Lagerbewohner erfuhr Hiroko, seine Familie sei in Japan hoch angesehen gewesen. Er war ein *kibei,* in Amerika geboren, hatte aber vor dem Abschluß an der Berkeley-Universität in seinem Vaterland studiert.

»Wie geht es Tami?« fragte er eines Nachts. Seit acht Tagen lag sie im Krankenbett. Andere Kinder waren nach kürzerer Zeit gestorben oder genesen. Bevor ihre tränenüberströmten Eltern abends nach Hause gegangen waren, hatte sie wieder zu delirieren begonnen.

»Das weiß ich nicht«, seufzte Hiroko erschöpft und wollte nicht zugeben, daß sie allmählich die letzte Hoffnung verlor. Er setzte sich zu ihr und reichte ihr eine Tasse Tee. »Danke.« Lächelnd schaute sie ihn an. Er sah attraktiv aus und wirkte sehr jung, obwohl er vier Jahre älter war als sie. Nachdem sie Toyo geboren hatte, fühlte sie sich wie eine reife Frau und manchmal uralt.

»Und wie geht's Ihrem kleinen Jungen?«

»Gut, Gott sei Dank.«

Sogar Sally kam oft in die Krankenstation, trotz ihrer Differenzen mit Hiroko. Seit Hirokos Schwangerschaft offensichtlich geworden war, kamen sie einfach nicht mehr miteinander aus. Sally verbrachte den Großteil ihrer Zeit mit den No-No-Boys. Deshalb schimpfte Hiroko immer wieder mit ihr, und sie betonte, daß sich darüber auch die Eltern sehr aufregen würden. Jedesmal antwortete Sally giftig, das würde Hiroko nichts angehen und sie sei nicht ihre Mutter.

Mit ihren sechzehn Jahren bereitete sie Reiko große Schwierigkeiten. Das Lagerleben schadete Sallys schulischen Leistungen. Außerdem kam sie mit jungen Leuten zusammen, die sie besser nicht kennen sollte. Für die Mädchen, die den Freundschafts- und Handarbeitsclubs oder Bands angehörten, interessierte sie sich nicht. Als Hiroko erklärte, ihre Kusine sei zu jung, um sich mit Jungs herumzutreiben, nahm Sally kein Blatt vor den Mund und erwiderte, wenigstens habe sie kein uneheliches Kind geboren.

Dieses Gespräch hatte vor einem Monat stattgefunden. Jetzt redeten sie kaum noch miteinander. Aber Hiroko spürte, wie unglücklich das Mädchen war, und sorgte sich um seine Zukunft. Tamis Krankheit lastete bleischwer auf Sallys Seele. Alles, was früher selbstverständlich gewesen war, schien sich in Nichts aufzulösen. Auch der Bruder hatte sie verlassen. Nun klammerte sie sich an die No-No-Boys, die sie manchmal in die Krankenstation begleiteten, um Tami zu besuchen.

»Mit Ihrer ältesten Kusine haben Sie's nicht leicht, was?« meinte Tadashi.

»Meine Tante sagt, Sally sei gerade in einem problematischen Alter.« Angstvoll beobachtete Hiroko das kranke Kind, das sich seit einer Stunde nicht mehr bewegt hatte. »Ich kann von Glück reden, weil Toyo noch so klein ist.«

War sie wirklich glücklich? Daran zweifelte Tadashi. Alle Lagerbewohner wußten, daß sie unverheiratet war. Natürlich stellte er ihr keine indiskreten Fragen. Nach Toyos Aussehen zu schließen, mußte sein Vater ein Weißer sein. Doch er kam niemals zu Besuch, und Hiroko schien keine Hochzeit zu planen.

Während sie neben dem Bett des Kindes saßen, sprachen sie über ihre Familien. Plötzlich begann Tami zu weinen, und Tadashi holte ihre Eltern. Aufgeregt stürmten sie in die Station, saßen stundenlang bei ihr und befürchteten das Schlimmste. Aber am Morgen schlief sie tief und fest. Unerwartet sank das Fieber. Für dieses Wunder gab es keine Erklärung. Sie war länger krank gewesen als alle anderen Patienten – und am Leben geblieben. Schluchzend saß Tak bei ihr, küßte ihre Hand und dankte dem Himmel, der ihm eine schreckliche Tragödie erspart hatte.

Da er völlig entkräftet aussah, führte Hiroko ihn nach Hause und ließ Tami in Reikos Obhut zurück. Sobald sie ihn ins Bett gebracht hatte, bemerkte sie, daß mit ihrem Baby irgend etwas nicht stimmte. In der letzten Nacht war Toyo von Sally betreut worden. Nun fühlte sich seine Stirn heiß an, und er ließ sich nicht stillen. Wann immer sie ihn berührte, weinte er. Offenbar hatte er Schmerzen.

»Wie lange geht's ihm schon so schlecht?« fragte sie ihre Kusine, die mit den Schultern zuckte und behauptete, bis jetzt sei er okay gewesen. »Bist du sicher?«

»Nein«, gab Sally zu. Sie habe geglaubt, er würde schlafen, und habe nur selten nach ihm gesehen. Hiroko zwang sich, das Mädchen nicht anzuschreien, und brachte Toyo in die Krankenstation. Falls das vier Monate alte Baby an Meningitis litt, würde es wohl kaum überleben.

Nachdem ein Arzt den Kleinen untersucht hatte, teilte er der angstvollen Mutter die Diagnose mit, die ihr Herz zusammenkrampfte. Meningitis. Toyo wurde in die Quarantäne-Abteilung gebracht, und Hiroko saß bei ihm. Keine Sekunde lang ließ sie ihn aus den Augen. Das Fieber stieg, der Hals war steif, seine Glieder schmerzten. Unentwegt weinte er. Da sie ihn nicht stillen konnte, fühlten sich ihre Brüste hart wie Stein an. Verzweifelt hoffte sie, er würde genesen, und fragte sich, ob es besser gewesen wäre, Peter über die Geburt seines Sohnes zu informieren. Wenn er starb, bevor der Vater ihn auch nur ein einziges Mal sah – ein unerträglicher Gedanke...

Nacht für Nacht saß Reiko bei ihr. Mittlerweile ging es Tami besser. Sie aß und schwatzte und spielte. In ein paar Tagen durfte sie nach Hause zurückkehren.

Aber Toyos Zustand verschlechterte sich. Hiroko hielt ihn weinend im Arm und erlaubte niemandem, ihn anzufassen. Wenn sie von ihrer Erschöpfung überwältigt wurde, schlief sie neben seinem Bett auf dem Boden, auf der *tatami*-Matte, die sie aus Japan mitgebracht hatte.

»So geht's nicht weiter, Hiroko, du mußt dich daheim ausruhen«, mahnte Reiko ohne Erfolg. Auch Sandra versuchte vergeblich, die junge Mutter heimzuschicken.

Mehrmals am Tag sah der Doktor nach dem Baby, doch er stand der grausamen Krankheit, die unaufhaltsam ihren Lauf nahm, machtlos gegenüber. Man konnte nur abwarten, was das Schicksal entscheiden würde.

Auch Tadashi kümmerte sich um Hiroko, brachte ihr Tee oder Wasser und Obst, einmal sogar einen Blumenstrauß, dem sie kaum einen Blick gönnte. Wenn ihr Sohn stürbe, wollte sie keinen Tag länger leben. Unablässig betete sie für ihn und hielt stumme Zwiesprache mit Peter.

»Wie geht's ihm?« flüsterte Tadashi eines Nachmittags. Draußen war die Luft heiß und staubig. Soeben hatte man Tule Lake offiziell zum »Segregation Center« ernannt. In den nächsten zwei Monaten sollten sechstausend »Loyale« in andere Camps gebracht und neuntausend »Illoyale« oder »Sicherheitsrisiken« hier einquartiert werden. Dann würden die Lagerbewohner noch beengter leben. Außerdem mußten sie strengere Sicherheitsmaßnahmen befürchten. Jenseits des Zauns standen bereits Panzer. Zahlreiche neue Wachtposten wurden eingesetzt, und die Internierten beobachteten erbost, wie man die Stacheldrahtbarrieren verstärkte. Längst war die Illusion der Freiheit entschwunden, und nun verschlimmerte sich die Situation zusehends.

Von alldem wußte Hiroko nichts, während sie bei ihrem Baby saß. »Ich glaube, es geht ihm immer schlechter.« Unglücklich schaute sie zu Tadashi auf und wies den Apfel zurück, den er ihr hinhielt. Nur wenn es unbedingt sein mußte, würgte sie ein paar Bissen hinunter, um Kräfte zu sammeln, weil sie Toyo seit kurzem wieder stillte. Doch das gelang ihr nur selten.

»Sicher wird er bald gesund«, meinte Tadashi und legte

behutsam eine Hand auf ihre Schulter, ehe er davonging. Eine Zeitlang saß sie allein neben dem Bettchen und wartete schluchzend auf den Tod ihres Babys.

Wenig später kehrte Tadashi zurück, der sie in ihrem Kummer nicht stören, aber auch nicht im Stich lassen wollte. Seine verheiratete Schwester, so alt wie Hiroko, war vor zwei Monaten an einer Fehlgeburt gestorben, und er vermißte sie schmerzlich. In gewisser Weise verband ihn dieser Verlust noch enger mit Hiroko.

Schweigend saß er neben ihr, und sie beobachteten Toyo, der immer mühsamer atmete. Seine bläulichen Lippen sogen röchelnd die Luft ein. Unglücklicherweise gab es in der Krankenstation keine Beatmungsgeräte. Hiroko hob ihn hoch und sprach beruhigend auf ihn ein, während Tadashi das kleine Gesicht mit einem feuchten, kühlen Lappen wusch. In den letzten Tagen hatte das Baby stark abgenommen. Jetzt sah es nicht mehr wie ein kleiner Buddha aus.

Plötzlich hörte Toyo zu atmen auf. Er starrte seine Mutter verblüfft an, schien zu würgen, dann erschlaffte er in ihren Armen. Entsetzt schüttelte sie den Kopf.

Ehe sie irgend etwas unternehmen konnte, packte Tadashi das Baby, legte es auf die *tatami*-Matte und massierte das kleine Herz. Inzwischen hatte sich Toyos Haut bläulich verfärbt. Tadashi kniete über ihm und begann ihn methodisch zu beatmen. Auch Hiroko sank auf die Knie und weinte um ihren Sohn. Nach ein paar Sekunden stieß er einen gurgelnden Schrei aus. Hastig holte Tadashi eine kleine Wanne mit kühlem Wasser, und sie badeten das Baby. Am Morgen sank das Fieber. Toyo sah erstaunlich gut aus, Hiroko um so elender. Beinahe hätte sie ihr Kind verloren.

»Wie kann ich Ihnen jemals danken, Tadashi?« flüsterte sie auf japanisch, die Augen voller Tränen. »Sie haben meinen Sohn gerettet.«

»Nein, Gott ist sein Retter, Hiroko, und wir haben Ihm nur geholfen. Gehen Sie jetzt schlafen. Ich bleibe bei Toyo, bis Sie zurückkommen.«

Wie üblich weigerte sie sich, ihr Baby zu verlassen. So kehrte Tadashi in seine Baracke zurück, um sich dort auszuruhen. Um fünf Uhr trat er gemeinsam mit Reiko seine nächste Schicht an. Die Schwestern hatten ihr erzählt, was in der Nacht geschehen war, und sie dankte ihm überschwenglich.

Etwas später sah er nach Hiroko. Was ihr Kind betraf, empfand er jetzt gewisse besitzergreifende Gefühle. Erfreut musterte er die rosigen Wangen des Babys, das seine Mutter fröhlich ankrähte.

»Tadashi, Sie haben ein Wunder vollbracht«, sagte sie und lächelte müde. Das Haar hing ihr zerzaust in die Stirn. In dem kleinen Raum war es sehr heiß. Mit zitternden Händen fächelte sie sich Kühlung zu. Ihre Augen glänzten unnatürlich, und sie wirkte sehr nervös.

»Legen Sie sich endlich hin«, befahl Tadashi. »Sonst werden Sie auch noch krank.« Sein energischer Ton amüsierte sie. Während sie sich gemeinsam um Tami und Toyo gekümmert hatten, waren sie Freunde geworden.

Natürlich gehorchte sie ihm nicht. Am Abend ging er wieder zu ihr. Ihre aschfahlen Wangen und ihre innere Unrast beunruhigten ihn. In seiner Not wandte er sich an Reiko. »Sie ist völlig erschöpft. Bringen Sie Ihre Nichte heim, bevor sie zusammenbricht.«

»Haben Sie irgendwelche Vorschläge? Soll ich sie mit einem Besenstiel nach Hause jagen?« Reiko lächelte schwach. Derzeit mußte sie sehr viele kranke Kinder betreuen, und am Morgen war ein kleiner Patient eingeliefert worden, der an Kinderlähmung litt. Der Ausbruch einer Polioepidemie im Lager wäre eine Katastrophe. Deshalb hatten sie ihn in eine andere Baracke gebracht. »Sie will sich einfach nicht von ihrem Baby trennen.«

»Aber Sie sind Ihre Tante, Reiko. Auf Sie wird sie hören.«

»Da kennen Sie Hiroko schlecht. Sie ist sehr eigensinnig.«

»Wie meine verstorbene Schwester«, meinte er traurig. Manchmal sah Hiroko ihr sogar ähnlich.

»Gut, ich rede mit ihr«, versprach Reiko.

Als sie zu Hiroko gingen, saß sie mit geöffneter Bluse da, fächelte sich hektisch Kühlung zu und sprach mit einer imaginären Person – zweifellos mit Peter. Das erriet Reiko sofort. Hiroko sah zu ihnen auf, begann japanisch zu sprechen und glaubte, sie wären ihre Eltern. Dann erzählte sie eine Geschichte über Yuji. Was Reiko sah und hörte, genügte ihr, und sie eilte davon, um einen Arzt zu holen.

Lächelnd stand Hiroko auf und ging zu Tadashi. Sie sah unglaublich schön aus. Doch sie wirkte völlig verwirrt. Wieder in englischer Sprache versicherte sie ihm, sie bedauere zutiefst, daß sie ihm nichts von dem Baby erzählt habe. Kurz bevor sie ihn erreichte, sank sie langsam zu Boden und verlor die Besinnung. Wenig später erschien der Arzt und sah Tadashi neben ihr knien, der ihren Kopf umfaßte. Nach der Untersuchung diagnostizierte der Doktor eine Meningitis.

Diesmal war es schwieriger, ein Wunder zu vollbringen. Toyo mußte entwöhnt werden, was ihm ganz und gar nicht gefiel. Aber er genas, während es seiner Mutter immer schlechter ging. Bald glitt sie von der Bewußtlosigkeit in ein Koma hinüber. Man verabreichte ihr alle erforderlichen Medikamente, doch man konnte das Fieber nicht senken. Nach einer Woche erklärte der Doktor ihrer Tante, es sei hoffnungslos. Obwohl sie die nächsten Tage überlebte, zweifelte niemand an ihrem baldigen Tod.

Wann immer der Arzt sie untersuchte, staunte er, daß sie noch atmete. Tadashi beobachtete sie unglücklich. Sogar

Sally weinte und bereute, daß sie so heftig mit ihr gestritten hatte. Tami regte sich schrecklich auf, und ihre Mutter befürchtete einen Rückfall. Sobald das Kind von Hirokos Krankheit erfahren hatte, wollte es nichts mehr essen. Nur das Baby merkte nicht, was in seiner Nähe geschah.

Völlig abgemagert lag Hiroko in ihrem Bett. So oft es Tadashis Dienst zuließ, hielt er neben ihr Wache. Sie durfte seiner Schwester nicht ins Jenseits folgen. »Bitte, Hiroko«, flüsterte er, wenn er in später Nacht allein bei ihr saß. »Sie müssen leben, für Toyo.« *Und für mich* – diese Worte wagte er nicht auszusprechen. Es wäre zu anmaßend gewesen.

Endlich, eines Nachts, bewegte sie sich und rief im Schlaf nach Peter. Dann begann sie zu weinen. »Es war so schrecklich ... Wo er jetzt ist, weiß ich nicht ...«

Tadashi erriet, was sie meinte. Behutsam ergriff er ihre Hand. »Ihrem Sohn geht's gut, Hiroko, und er braucht Sie. So wie wir alle.« Er hatte sich in eine Frau verliebt, die er kaum kannte – zunächst nur, weil sie seiner Schwester glich.

In diesem Camp waren sie alle so einsam, so verwirrt, so müde. Vor allem litt er unter den ständigen Streitigkeiten. Er war deprimiert, weil er keinen Kriegsdienst leisten konnte. Außerdem zerrten die ständigen Proteste der No-No-Boys und die Beschwerden anderer Leute über die Unruhestifter an seinen Nerven. Und es bedrückte ihn, in einem Land, das er liebte, hinter Stacheldraht leben zu müssen. Auch Hiroko verdiente diese Gefangenschaft nicht. Keiner verdiente sie. Aber die Situation ließ sich nun einmal nicht ändern, und die junge Frau hatte neue Hoffnung in ihm geweckt. Vor ihrer Erkrankung war sie so lebhaft, so hilfsbereit und großmütig gewesen. Und nun schien er sie zu verlieren.

»Hiroko«, wisperte er. In dieser Nacht sagte sie nichts mehr, und am Morgen ging es ihr noch schlechter.

In der nächsten Nacht führten Reiko und Tak einen buddhistischen Priester zu ihr, der ihnen sein tiefes Bedauern aussprach. Er glaubte, Hiroko wäre bereits gestorben. Bedrückt schüttelte Sandra, die ihn beobachtet hatte, den Kopf. »Noch nicht«, flüsterte sie.

Nach einer Weile entfernten sich die anderen, und er saß wieder allein bei ihr. Schweren Herzens wollte er sich verabschieden. Immerhin hatte er ihr Baby gerettet, und er wünschte inständig, er könnte auch sie am Leben erhalten. Aber er fühlte sich machtlos.

Verzweifelt kniete er neben ihr nieder und betrachtete ihr Gesicht mit den geschlossenen Augen. Sie schwieg und rührte sich nicht. »Wenn Sie doch bei uns bleiben würden, Hiroko... Wir alle brauchen ein bißchen Sonnenschein.«

Irgendwann in dieser Nacht sah sie ihn unvermittelt an und fragte nach Peter.

»Tut mir leid, er ist nicht hier, Hiroko.« Gequält schloß sie die Augen. Zum letztenmal? »Bitte, Hiroko, verlassen Sie uns nicht!«

Sie hob die Lider. »Wo ist Peter?« Jetzt klang ihre Stimme etwas klarer.

»Das weiß ich nicht. Aber wir sind hier. Und wir wollen Sie bei uns behalten.«

Sie nickte und starrte ihn verwirrt an, als würde sie sich plötzlich entsinnen, wer er war. »Wo ist Toyo?«

»In der Krankenstation. Wollen Sie ihn sehen?«

»O ja.«

Sofort eilte er davon, um das Baby zu holen. Eine Schwester fragte nach seiner Absicht, und er erklärte ihr, was er vorhatte. Obwohl sie ihn für verrückt hielt, ließ sie ihn gewähren. Er würde keinen Schaden anrichten. Nachdem Toyo die Meningitis überstanden hatte, konnte seine Mutter ihn nicht mehr anstecken.

Als Tadashi zu Hiroko zurückkehrte, schlief sie, und er

schüttelte sie sanft. Toyo gluckste leise. Verwundert öffnete sie die Augen, und Tadashi legte ihr das Baby in den Arm. Da erkannte sie ihren Sohn. Freudentränen rannen über ihre Wangen. »O Toyo!« Atemlos schaute sie zu Tadashi auf. »Geht's ihm gut?«

»Sogar sehr gut. Und jetzt müssen *Sie* gesund werden. Wir alle brauchen Sie.«

Mit einem ironischen Lächeln erwiderte sie seinen Blick, als hätte er etwas sehr Dummes gesagt. Dann umfaßte sie Toyos winzige Finger und küßte ihn. »Ich liebe dich«, flüsterte sie, und Tadashi wünschte, die Worte würden ihm gelten. Aber daß sie am Leben blieb, war noch viel wichtiger.

Etwas später erschien eine Schwester, um das Baby zu holen. Hiroko war immer noch wach und unterhielt sich leise mit Tadashi. Bis zum Morgengrauen saß er bei ihr. Endlich war das Fieber ein wenig gesunken. Es war eine lange Nacht gewesen, und sie hatten über viele Dinge gesprochen – Hirokos Leben in Japan, ihre Eltern, ihren Bruder, die Tanakas, Kalifornien, St. Andrew's. Nicht über Peter. Als Tadashi seinen Platz an ihrem Bett verließ, spürte er, daß sie gerettet war. Daran glaubten auch die Schwestern.

»Wenn Sie nicht aufpassen, Tadashi Watanabe, wird man Sie bald zum Wunderheiler erklären«, zog ihn Sandra gutmütig auf.

Sobald Reiko Zeit fand, eilte sie zu ihm, um sich zu bedanken. Nun waren in ihrer Familie schon drei Wunder geschehen. Drei Menschen hatten die schreckliche Krankheit überlebt, an der so viele Patienten gestorben waren.

Eine Woche später saß Hiroko in ihrem Bett, das Baby auf dem Schoß, und wußte, es wäre zu vermessen gewesen, ein weiteres Wunder zu erwarten. Nachdem Takeo ein langes Gespräch mit Reiko geführt hatte, war er zu seiner Nichte gegangen. Seit zwei Monaten wußten sie Bescheid. Aber was spielte es für eine Rolle, wenn sie Hiroko vorerst schonten? Jetzt, nach ihrer Genesung, fanden sie, es wäre falsch, noch länger zu schweigen.

Unter höchst ungewöhnlichen Umständen hatte Takeo die Nachricht erhalten. Er bekam einen Brief von einem spanischen Diplomaten, einem Professor, dem die Madrider Universität einen Forschungsurlaub gewährt und eine Dozentur an der Stanford verschafft hatte. Don Alfonso kannte auch Hirokos Vater, den er bei einem Aufenthalt in Kyoto kennengelernt hatte. Irgendwie war es Masao gelungen, ihm mitzuteilen, Yuji sei im Mai in Neuguinea gefallen, was Hiroko und die Tanakas erfahren müßten.

Die traurige Nachricht schockierte Hiroko. Während sie in den Armen ihres Onkels schluchzte, kümmerte sich eine Schwester um das Baby. Der Bruder hatte ihr immer so nahegestanden. Voller Mitgefühl versuchte Takeo, ihr über den Schmerz hinwegzuhelfen, und betonte, sie habe schließlich noch ihren Sohn.

Aber sie schien untröstlich. An diesem Abend betrachtete Tadashi ihr tränenüberströmtes Gesicht und erinnerte sich, was er beim Tod seiner Schwester empfunden hatte. Das alles ist so sinnlos, dachte er.

»Wie soll ich's ertragen, ihn nicht mehr zu sehen, wenn ich nach Japan zurückkehre?« schluchzte sie leise. Toyo schlief friedlich an ihrer Seite.

»So war mir zumute, als ich Mary verlor.« Tadashis Schwester hatte auch einen japanischen Namen getragen, war aber nie damit angeredet worden. »Kurz danach rückte ihr Mann ein. Wahrscheinlich war er vor Trauer halb von Sinnen. Nicht nur seine Frau war tot, sondern auch das Baby. Sie hatten eben erst geheiratet – vor ihrer Internierung.«

Wieviel Leid hatte der Krieg über die Menschen gebracht... Peter und Ken kämpften nach wie vor für ihr Land. Würden sie diese grauenvollen Zeiten überleben? Dieser Gedanke trieb neue Tränen in Hirokos Augen.

»Und was am schlimmsten ist«, fügte Tadashi hinzu und sprach aus, was alle dachten, »wir müssen unser Schicksal ertragen, weil uns nichts anderes übrigbleibt.«

Plötzlich sah sich Hiroko mit einem weiteren Problem konfrontiert. Nachdem die Eltern den Sohn verloren hatten, würde niemand für sie sorgen. Und die Tochter schuldete ihnen sehr viel. Zum erstenmal, seit man ihr die Rückkehr nach Japan angeboten hatte, dachte sie ernsthaft darüber nach. »Ich überlege, ob ich in meine Heimat reisen soll, Tadashi.«

Entsetzt starrte er sie an. »Trotz des Krieges?«

»Ich darf meine Eltern nicht im Stich lassen.«

»Und Ihre Verwandten, die Tanakas?«

»Was kann ich schon für sie tun – hinter Stacheldraht?«

»Wenn Sie in Japan bei einem Bombenangriff sterben, helfen Sie weder Ihren Eltern noch Ihrem Baby«, erwiderte er energisch.

»Jedenfalls muß ich darüber nachdenken.«

Er ging wieder an seine Arbeit und betete, Hiroko möge hierbleiben. Es gab so vieles, worum man beten mußte. Er erinnerte sich kaum mehr, wie das Leben ohne Schmerz und Verrat und Grauen gewesen war.

16

Danach spitzte sich die Lage im Camp zu. Den ganzen Sommer hatten die No-No-Boys für Ärger gesorgt. Sie schüchterten die jungen Männer ein, die den Fahneneid geleistet hatten, aber noch im Tule Lake lebten. Vor allem jene, die gerade ins wehrpflichtige Alter kamen, litten unter der Grausamkeit ihrer Gegner. In dunkler Nacht tauchten die No-No-Boys plötzlich auf und terrorisierten ihre hilflosen Opfer. Unentwegt nannten sie jeden Loyalen, der ihnen über den Weg lief, *inu* – Hund – und verkündeten, er verdiene es nicht, lange genug zu leben, um einzurücken. Wann immer es möglich war, organisierten sie Streiks und wiegelten junge Neuankömmlinge auf. Wer in den USA geboren war, sich von seinem Land verraten fühlte und sich nicht als Kanonenfutter mißbrauchen lassen wollte, war eine leichte Beute für die No-No-Boys.

Sie schlugen jeden Jungen zusammen, der sich der Lagerverwaltung »anbiederte«, und hielten prahlerische Paraden ab. Mit ihrem Verhalten schürten sie die angespannte Atmosphäre im Camp und erzürnten die Loyalen, weil sie die Öffentlichkeit in der Ansicht bestärkten, alle Japaner müßten gefangengehalten werden. Natürlich nutzte die Presse jede Gelegenheit, um darauf hinzuweisen. So wuchs die Feindschaft zwischen den Loyalen und den No-No-Boys und erreichte im September den Siedepunkt, als neuntausend Dissidenten und »Illoyale« aus anderen Lagern im Tule Lake eintrafen. Friedfertige Familien mußten der riesigen Schar Platz machen. Nachdem sie Tanforan und Tule Lake verkraftet hatten, wurden sie gezwungen, erneut in andere Camps zu übersiedeln, Verwandte und Freunde zu verlassen. Einige weigerten sich entschieden, was zu weiteren Schwierigkeiten im überfüllten Lager führte.

Auch die Tanakas fürchteten einen neuerlichen Umzug, weil sie kein Sicherheitsrisiko darstellten. Reiko und Takeo wußten nicht, ob sie das ertragen würden. Inzwischen hatten sie viele Freunde im Tule Lake gefunden und waren sehr zufrieden mit ihren Jobs in der Schule und in der Krankenstation. Letzten Endes hatten sie Glück und durften im Camp bleiben.

Nach der Ankunft der neuen Dissidenten wurde das Lager »Tule Lake Segregation Center« genannt. Um die Illoyalen besser kontrollieren zu können, wollte die Regierung sie an einem Ort versammeln. Darauf waren die anderen Internierten vorbereitet gewesen. Aber die Realität übertraf die schlimmsten Befürchtungen. Die Kapazität des Tule Lake wurde um dreitausend Personen überschritten, mehr als achtzigtausend Menschen drängten sich auf engstem Raum, was die Lebensbedingungen erheblich verschlechterte. Es gab nicht genug Nahrungsmittel, von Medikamenten ganz zu schweigen. Natürlich kam es ständig zu Differenzen.

Hiroko konnte kaum glauben, daß sie schon seit einem Jahr im Camp hauste. Dieses Jubiläum wollte sie gewiß nicht feiern, und ein Ende war nicht in Sicht. Regelmäßig trafen Kriegsberichte ein. Im Juni wurde Mussolini entmachtet, nach dem Tag der Arbeit kapitulierte Italien bedingungslos. Aber die Deutschen setzten ihre Kämpfe beharrlich fort. Inzwischen war Peter nach Italien versetzt worden, wo die Alliierten langsam, von der Stiefelspitze aus, in nördlicher Richtung vorrückten und die Deutschen zu vertreiben suchten.

Im August schossen die Amerikaner das Flugzeug des Admirals Yamamoto ab, der das Bombardement von Pearl Harbor organisiert hatte. Die Camp-Zeitung veröffentlichte die Neuigkeit, und alles jubelte. Nicht einmal das konnte die Lagerverwaltung davon überzeugen, daß die meisten Insassen amerikanisch gesinnt waren und nicht mit Japan sympathisierten. Die internierten Japaner hatten wenige Freunde. Nur der Innenminister Harold Ickes und der Justizminister Francis Biddle hatten dem Präsidenten erklärt, die Inhaftierung sei skandalös. Trotzdem wurden keine offiziellen Bemühungen um die Freilassung der Gefangenen unternommen.

Mit jedem Tag verschlechterten sich die Zustände im Tule Lake, und im Oktober begannen folgenschwere Streiks. Die No-No-Boys taten ihr Bestes, um die Leute von den Arbeitsplätzen fernzuhalten und jede Kooperation mit der Verwaltung zu unterbinden. Darauf wollten sich die älteren Internierten zunächst nicht einlassen. Aber letzten Endes fürchteten sie eine gefährliche Konfrontation mit den Illoyalen. Innerhalb weniger Wochen war der Lagerbetrieb fast lahmgelegt.

Schließlich übernahm die Army die Kontrolle. Im November kam ein großer Soldatentrupp an, der die Lagerbewohner zwingen sollte, die Arbeit wieder aufzunehmen. Mittlerweile hatten fünftausend Leute demonstriert, und die Streiks weiteten sich aus. Einige Verwaltungsbeamte wehrten sich gegen den völligen Stillstand in ihren Abteilungen, darunter der weiße Leiter der Krankenstation. Da er die Ärzte und Schwestern dringend brauchte, verbot er ihnen die Teilnahme an den Demonstrationen. Sobald die No-No-Boys von seinem Widerstand erfuhren, stürmten sie die Station und prügelten ihn halb zu Tode. Seine japanischen Mitarbeiter versuchten ihn zu schützen und wurden selbst verletzt.

Nach diesem schrecklichen Zwischenfall trat am 13. November das Kriegsrecht in Kraft. Keine Aktivitäten, keine Clubs, keine Tanzabende, keine Kinder, die im Freien spielten. Nur eisiges Schweigen.

Eine abendliche Ausgangssperre wurde verhängt. Überall hielten Soldaten Wache und sperrten alle, die gegen die Regeln verstießen oder verdächtig aussahen, im Gefängnistrakt ein. Kaum jemand wagte sich auf die Straße, und die Loyalen, deren Söhne für Amerika kämpften, empfanden einen abgrundtiefen Haß gegen die No-No-Boys, weil sie die schreckliche Situation heraufbeschworen und ihnen das Leben zur Hölle gemacht hatten.

Am Tag des Erntedankfestes sank die Stimmung auf den Nullpunkt. Außer Mortadella gab es nichts zu essen. Und da änderte sich die Situation plötzlich. Die Loyalen verloren die Geduld und bedrohten die No-No-Boys, ein Bürgerkrieg drohte auszubrechen.

Allmählich glätteten sich die Wogen, und im Dezember herrschte wieder eine etwas angenehmere Atmosphäre. Die Leute, die bei Kämpfen und Demonstrationen verwundet worden waren, lagen immer noch in der Krankenstation. Bedrückt erinnerte sich das Personal an die brutale Attacke der No-No-Boys. Tadashi hatte Hiroko und zwei andere Schwestern in einen Schrank geschoben und sich davor postiert, um sie zu schützen. Erst einige Stunden später ließ er sie wieder heraus.

An diesem Abend lernte er Sallys Freund Jiro kennen, den ihre Eltern ablehnten. Der attraktive, intelligente achtzehnjährige Junge entstammte einer respektablen Familie, aber im Tule Lake hatte er sich zu einem skrupellosen Rebellen entwickelt. Obwohl er in Amerika geboren war, hatte er sich geweigert, den Fahneneid zu leisten. Nun gehörte er zu den kampflustigsten No-Nos. Ostentativ marschierte er mit seinen Truppen an Sallys Haus vorbei, zu Takeos Ärger und Entsetzen. Er hatte es längst aufgegeben, seiner Tochter diese Freundschaft zu verbieten, wenn er Jiros Eltern auch schätzte. Wie sie den Tanakas gestanden hatten, konnten sie den Jungen nicht unter Kontrolle bringen. Sally dagegen bewunderte ihn grenzenlos. Wortgewandt und überzeugend erklärte er ihr seinen Standpunkt – wenn er nicht gerade Schlägereien anzettelte oder die Loyalen lautstark beschimpfte.

»Er ist sehr klug, Mom«, behauptete Sally herausfordernd, »und vielleicht hat er recht.«

»Sag das nie wieder!« fauchte Reiko. »Dein Bruder kämpft für dich und ihn! Wir sind *Amerikaner* – und diese No-Nos Verräter!« Mit diesen Argumenten konnte sie ihre Tochter nicht beeindrucken. Sally liebte ihn nicht, aber sie mochte ihn, und sie genoß ihren Widerstand gegen die Eltern.

An jenem Abend beteiligte er sich am Überfall auf die Krankenstation. Verächtlich nannte er Tadashi einen *inu*. Dann erinnerte er sich an die Freundschaft zwischen dem medizinisch-technischen Assistenten und den Tanakas, rannte davon und begnügte sich damit, Instrumente zu demolieren und Bettpfannen zu entleeren. Entsetzt über die Verwüstung, die er mit seinen No-Nos angerichtet hatte, versuchte Hiroko ihrer Kusine ins Gewissen zu reden – ohne Erfolg. Sally verteidigte ihn und weigerte sich, die unpassende Freundschaft zu beenden.

Damit bereitete sie vor allem Reiko große Sorgen. Die Zustände im Tule Lake, wo so viele junge Illoyale Unfrieden stifteten, übten einen denkbar schlechten Einfluß auf Sally aus. Die gefährlichsten No-No-Boys saßen zwar hinter Schloß und Riegel, aber es trieben sich genug Jungs im Camp herum, die den Tanakas mißfielen. Junge Leute wie Sally hörten ihnen fasziniert zu, wenn sie klagten, man würde sie schlecht behandeln und Amerika habe sie verraten.

Reiko sprach mit Tak darüber. Doch sie standen der unerfreulichen Situation machtlos gegenüber. Zudem gab es genug andere Probleme – Krankheit, Enttäuschung, Lebensmittel- und Medikamentenknappheit, die Angst vor der Zukunft. Sie konnten nur versuchen, das Hier und Jetzt zu überleben.

Für viele Internierte war die Konzentration auf ihre Familien und die Jobs ein Gottesgeschenk. Die Arbeit in der Krankenstation lenkte Hiroko von ihrer Sehnsucht nach Peter ab, und Toyo war ihr Trost, wann immer die Verzweiflung ihren Lebensmut bedrohte. Inzwischen neun Monate alt, lernte der lebhafte Junge bereits laufen.

Tadashi kam oft in die Baracke der Tanakas, spielte mit dem Kleinen und brachte ihm selbstgebastelte Geschenke mit. Stets war er ein gerngesehener Gast. Er konnte sehr gut mit Kindern umgehen. In der Schule hatten ihn die Kameraden wegen seiner Behinderung oft gehänselt. Aufgrund dieser Erfahrungen vermochte er sich in das verwundbare kindliche Seelenleben einzufühlen. Wenn er den jubelnden Toyo in die Luft warf und wieder auffing, lachten alle Zuschauer. Trotz seines Gebrechens war er stark und gesund – und sehr attraktiv, wie Reiko zu betonen pflegte.

»Und wenn schon …«, erwiderte Hiroko. Für sie war er nur ein Freund. Ihr Herz gehörte Peter, und sie blieb ihm treu.

Aber Tak und Reiko fanden Tadashi sehr nett. Wohlwollend beobachteten sie, wie er sich um ihre Nichte bemühte. Immerhin war er ein respektabler Verehrer, ein *kibei,* der in Amerika zur Welt gekommen war, in Japan studiert hatte und beide Kulturen kannte. Wenn sie ihn heiratete, würde sie sich die Schwierigkeiten ersparen, die sie als Peters Frau überwinden müßte. Nicht nur in Kalifornien waren Mischehen illegal und problematisch für die Kinder. Takeo wies Hiroko eines Tages darauf hin. Bestürzt runzelte sie die Stirn. »Glaubst du wirklich, Toyo wird darunter leiden – unsere Liebe könnte ihn gefährden?«

»Nicht eure Liebe, aber die Gesinnung zahlreicher Amerikaner, der wir unser Lagerleben verdanken. Sie halten uns für ein Sicherheitsrisiko. Deshalb drangsalieren sie uns, und vielleicht werden sie deinen Sohn später genauso behandeln. Mit einem Mann, der zu dir paßt, wärst du besser dran.«

Seine Worte erschreckten sie. Offenbar hatten ihn die Vorurteile endgültig besiegt, und nun gab er ihr zu verstehen, sie sollte nicht auf Peter warten, sondern Tadashi heiraten. Wie konnte sie das tun, wenn sie einen anderen liebte?

Manchmal erkundigte sich Tadashi beiläufig nach ihren Zukunftsplänen. Welches Leben würde sie mit Toyo führen? Sie wußte, was er meinte, formulierte ihre Antwort sehr vorsichtig und deutete an, sie sei »gebunden«.

Nach Yujis Tod hatte sie erwogen, nach Japan zurückzukehren und ihren Eltern beizustehen. Das erschien ihr jetzt unmöglich. In Amerika war sie mit Toyo besser aufgehoben, zumindest bis zum Ende des Krieges, und sie konnte nur hoffen, Mutter und Vater wären in Sicherheit.

Diesmal kam und ging der Jahrestag von Pearl Harbor ohne Turbulenzen. Zu Weihnachten versuchte die Lagerverwaltung trotz des Kriegsrechts eine friedliche Atmosphäre zu erzeugen. Die abendliche Ausgangssperre wurde zeitweise aufgehoben, die Japaner durften Tanzfeste veranstalten und sich in den Clubs treffen. Nach langer Zeit konnten sie sich endlich ein bißchen von ihren Sorgen ablenken.

Hiroko und Tami schauten sich eine *kabuki*-Aufführung an, eine japanische Singtanzpantomime. Dann ging Tadashi mit Toyo und seiner Mutter zu einem *bunraku*-Puppenspiel.

Eines Abends fand ein Konzert statt. Dabei wurden Weihnachtslieder gesungen, vom Orchester begleitet, dem Hiroko und ihr Freund angehörten. Sally hatte sich geweigert mitzukommen. »Was soll dieses Getue um Weihnachten? Dafür interessiere ich mich nicht. Und außerdem – wenn er so verrückt nach dir ist, warum heiratest du ihn nicht?«

»Das geht dich gar nichts an«, erwiderte Hiroko kühl. Inzwischen hatte sie das unhöfliche Verhalten ihrer Kusine gründlich satt. Nicht nur mit ihr stritt Sally unentwegt, sondern auch mit ihrer Mutter und Tami. Der einzige, dem sie stets freundlich begegnete, war ihr geliebter, bewunderter Vater.

»Laß sie in Ruhe«, seufzte Reiko, »und nimm Tami mit.«

In der kalten Bergluft von Tule Lake sangen sie »Stille Nacht« und alle anderen beliebten Lieder. Trotz der beklagenswerten Situation im Lager war es ein schöner Abend. Tadashi brachte Hiroko und Tami nach dem Konzert heim und blieb noch eine Weile in der Tanaka-Baracke. Schmollend beobachtete Sally, wie er sich mit ihren Eltern und Hiroko unterhielt. Bald zog sie sich ins Schlafzimmer zurück, was niemand zu bemerken schien. Hiroko und Tadashi amüsierten sich viel zu sehr über den Tanzabend, den das ganze Personal der Krankenstation mitsamt den Angehörigen neulich besucht hatte. Sogar ein paar Soldaten waren erschienen. Tadashi hatte nur ein einziges Mal mit Hiroko zu Glenn-Miller-Klängen getanzt. Mehr durfte er seinem kranken Bein nicht zumuten. Um so eifriger hatte Onkel Tak mit ihr das Tanzbein geschwungen.

An diesem Abend begleitete sie Tadashi vor die Tür. Eine Zeitlang saßen sie in der kalten Luft auf den Stufen, sprachen über Weihnachten und Santa Claus und die Bräuche, die sie in ihrer Kindheit geliebt hatten. Im Tule Lake mußten sich die Tanaskas mit einem einzigen von Takeo gefällten

Baum und selbstgebasteltem Weihnachtsschmuck begnügen. »Eines Tages wird es wieder so sein wie früher«, meinte Tadashi im Brustton der Überzeugung.

Damit konnte er Hiroko nur kurzfristig trösten. Drei Jahre hatte sie ihre Eltern nicht gesehen, ihr Bruder war tot, Ken kämpfte in Europa. Und seit November hörte sie nichts mehr von Peter. Wenn er ihr so lange nicht schrieb, stand sie Höllenqualen aus, weil sie nicht wußte, ob er gerade im Einsatz oder verletzt war. Oder noch schlimmer... Falls ihm etwas zustieße, würde es eine halbe Ewigkeit dauern, bis die Nachricht ins Tule Lake gelangte. Er hatte Tak auf der Liste der Personen vermerkt, die informiert werden sollten.

»Gute Nacht.« Tadashi stand auf und lächelte sie an. Über ihren Köpfen wehten Atemwolken. »Frohe Weihnachten. Bis morgen.« Am Heiligen Abend würden sie beide arbeiten.

Als sie sich am nächsten Abend in der Krankenstation trafen, reichte er ihr ein kleines Päckchen. Es enthielt ein winziges Medaillon, das er selbst geschnitzt hatte, an einer goldenen Kette von seiner Mutter.

»Wie schön, Tad«, sagte sie leise und gab ihm den Schal, den sie für ihn gestrickt und in rotes Papier gewickelt hatte.

Grinsend schlang er das Geschenk aus roter Wolle um seinen Hals. »Wundervoll«, versicherte er und gab vor, die Fehler im Strickmuster nicht zu bemerken.

»Damit habe ich im Handarbeitsclub keinen Preis gewonnen«, gestand sie zerknirscht und dankte ihm noch einmal für das Medaillon.

Nach der Arbeit brachte er sie heim. Nachdenklich betrat sie ihr Zimmer und küßte den schlafenden Toyo. Tad war ein netter Mann, und sie mochte ihn. Aber sie wollte ihn nicht ermutigen. Es wäre unfair gewesen. Dann vergaß sie ihn und träumte bis zum Morgen von Peter, der zu ihr zurückkehrte, von Ken, und in weiter, weiter Ferne glaubte sie Yuji zu sehen.

»Wo hast du denn *das* her?« fragte Sally am nächsten Tag, und Hiroko schaute auf das Medaillon an ihrem Hals hinab.

»Das hat mir Tadashi geschenkt.« Freundlich lächelte sie ihre Kusine an. Sie hatte einen Pullover für Sally gestrickt und Handschuhe aus dem Sears-Katalog bestellt. Im Tule Lake brauchten sie alle dringend warme Sachen. Nun war das Mädchen wütend und machte eine bissige Bemerkung über Frauen, die von einem Mann zum anderen rannten. »Was soll das heißen?« fragte Hiroko gekränkt.

»Oh, das weißt du sehr gut!« zischte Sally.

»Allerdings. Aber es stimmt nicht. Tadashi und ich sind uns nicht nähergekommen.«

»Darauf möchte ich wetten!« spottete Sally und stürmte aus dem Zimmer, während Hiroko ihren Zorn mühsam bezähmte.

Als Tadashi etwas später erschien, um der Familie frohe Weihnachten zu wünschen, war Sally sehr unhöflich. Er brachte den Tanakas ein schönes Aquarell mit, ein Werk seiner Mutter, das einen Sonnenuntergang zeigte.

»Warum ist Sally so aufregend gut gelaunt?« fragte er Hiroko scherzhaft, und sie stöhnte.

»Heute morgen hätte ich sie beinahe geohrfeigt.«

»Vielleicht hättest du's tun sollen. Dann wäre sie sicher verblüfft gewesen.« Darüber mußte Hiroko lachen. Nach einer kleinen Weile ging sie mit Tadashi spazieren.

Sobald die beiden die Baracke verlassen hatten, hob Reiko lächelnd die Brauen. »Ta, diese Spaziergänge kommen mir irgendwie bekannt vor. Muß ich mir Sorgen machen?«

»Sie ist alt genug, um auf sich selber aufzupassen. Aber im Ernst, er ist ein netter Junge. Neulich deutete ich an, es wäre vernünftiger, wenn sie Tadashi heiraten würde – nicht Peter. Du weißt, warum. Leider will sie nichts davon hören.«

»Weil sie Peter liebt.«

»Eines Tages könnte sie auch Tad lieben lernen. Und er versteht sich so gut mit Toyo.« Nun war Takeos Nichte fast einundzwanzig Jahre alt, und sie hatte ein Kind. Sie müßte heiraten, und Tadashi wäre genau der Richtige. Dagegen hätte seine Mutter nichts einzuwenden. Sie hatte Reiko versichert, Hiroko sei ihr längst ans Herz gewachsen.

Als Reiko jenes Gespräch erwähnte, kam Sally auf einmal ins Zimmer. Erbost lief sie wieder hinaus und warf die Tür hinter sich zu.

»Was ist denn los mit ihr?« fragte Tak verwirrt und besorgt. Er fürchtete, sie hätte Jiro getroffen. Nach solchen Begegnungen war sie besonders unleidlich. Aber dann erinnerte er sich, daß man Jiro vor einer Woche ins Gefängnis gesperrt hatte. Außerdem behauptete Sally, der Junge sei mit einem anderen Mädchen befreundet.

»Sie ist sechzehn, darin liegt ihr ganzes Problem«, erwiderte Reiko. Inzwischen war Sally fast siebzehn, und wie alle Teenager im Camp vermißte sie, was den weißen Teenagern in der Welt da draußen vergönnt wurde – Partys, hübsche Kleider, Footballspiele, Filme, sogar den Besuch einer ganz gewöhnlichen Schule. Sie war gefangen, lebte hinter Stacheldraht, fror erbärmlich, trug häßliche Kleider und bekam selten genug zu essen.

»Im Sommer sollten wir sie in ein Ferienlager schicken«, scherzte Tak. Zum erstenmal seit Monaten besann er sich wieder auf seinen Humor, und er war während der ganzen Feiertage so gut gelaunt. Auf der Silvesterparty, von einer der Bands organisiert, tanzte er sogar mit Reiko.

An diesem Abend arbeitete Hiroko, weil sie anderen Leuten die Gelegenheit bieten wollte, den Jahreswechsel zu feiern. Ihr selbst lag nichts daran. Auch Tadashi hatte sich zum Dienst gemeldet. Um Mitternacht stützten sie ein Kind, das an einer schweren Grippe litt und würgend erbrach. Er lächelte sie an, über den Kopf des kleinen Patienten hinweg, und seine Lippen formten die Worte: Alles Gute im neuen Jahr. Später, als das Kind schlief, lachten sie beide über ihren Silvesterabend.

»Wenn unsere Kinder einmal fragen, wie wir unseren ersten Silvesterabend erlebt haben, kannst du ihnen diese Geschichte erzählen«, meinte er belustigt, während sie Kaffee tranken.

»Sag das nicht, Tad.«

»Warum nicht?« Plötzlich nahm er seinen ganzen Mut zusammen. Er hatte noch nie gewagt, seine Wünsche auszusprechen. Aber diesmal wollte er seine Chance wahrnehmen. »Um das Lagerleben zu ertragen, brauchen wir ein bißchen Glück. Du gehörst zu mir.«

»Nein. Unsere Freundschaft bedeutet mir sehr viel. Mehr kann ich dir nicht geben, weil ich mein Herz einem anderen geschenkt habe.«

»Liebst du ihn immer noch so sehr?«

»O ja«, bestätigte sie leise und hoffte, Peter sei am Leben und unverletzt. Seit sechs Wochen hatte sie nichts mehr von ihm gehört.

»Und wenn er zurückkommt und ihr beide feststellt, daß sich eure Gefühle geändert haben? In unserem Alter passiert das sehr leicht.« Tad wußte nicht, wie alt Peter war, und schätzte ihn auf Mitte Zwanzig.

»Das muß ich nicht befürchten.«

»Hiroko, du bist noch nicht einmal einundzwanzig. Bedenk doch, was alles geschah, bevor du interniert wurdest. Fünf Monate nach deiner Ankunft in den Staaten brach der Krieg aus. Deine Verwandten haben alles verloren. Und nun hast du ein Baby. Das waren überwältigende, verwirrende Ereignisse. Wie kannst du wissen, wohin dein Weg dich später führen wird?« Seine nächsten Worte weckten schmerzliche Erinnerungen. »Und wenn du dir seiner Liebe so sicher bist – warum hast du ihn nicht geheiratet, bevor Toyo zur Welt kam? Oder irre ich mich?«

»Nein«, sagte sie nachdenklich. Warum sollte sie sich rechtfertigen? Sie war ihm keine Erklärung schuldig. Aber er hatte das Leben ihres Sohnes und ihr eigenes gerettet. Sie ahnte, daß er sie liebte. Aber sie liebte ihn lediglich wie einen sehr guten Freund. »Wir hatten unsere Hochzeit schon geplant. Vorher wollte ich nach Japan reisen und meinen Vater um Erlaubnis bitten. Als der Krieg ausbrach, war es zu spät.« Dann vertraute sie ihm etwas an, das ihn zutiefst schockierte. »Er weiß nichts von Toyo.«

»Meinst du das ernst?« Hatten die Sorgen in all den Monaten vor und nach der Geburt allein auf ihren Schultern gelastet?

»Er soll sich nicht gezwungen fühlen, zu mir zurückzukehren, wenn's nicht sein ehrlicher Wunsch ist.«

»Nicht einmal das weißt du?« fragte er verblüfft und erfreut. Offenbar entwickelten sich die Dinge zu seinen Gunsten.

»Nur eins weiß ich – wie sehr ich ihn liebe.«

»Was für ein glücklicher Mann!« seufzte Tadashi. Wie gern wäre er Toyos Vater ... Und der Kerl wußte von nichts! »Vielleicht verdient er's nicht.«

»Doch«, entgegnete sie in entschiedenem Ton.

Da ergriff er ihre Hand. Es gab keinen besseren Augenblick für sein Geständnis. »Seit ich dich zum erstenmal sah, liebe ich dich.«

»Tut mir leid.« Traurig schüttelte sie den Kopf. »Ich kann deine Gefühle nicht erwidern.«

»Und wenn er – nie mehr zurückkommt?«

»Keine Ahnung ...«, flüsterte sie.

»Jedenfalls werde ich warten. Das ganze Leben liegt noch

vor uns – hoffentlich nicht hier«, fügte er lächelnd hinzu. Am liebsten hätte er Hiroko geküßt. Aber es wäre falsch gewesen, sie zu bedrängen.

»Bitte, Tad, du darfst dir keine Hoffnungen machen. Ich bin nicht frei.«

»Keine Bange, ich verlange nichts von dir und begnüge mich mit der jetzigen Situation.«

»Was für ein guter Kamerad du bist!«

»Und du bist schön, und ich liebe dich sehr.« Ihr Erröten entzückte ihn, und er freute sich, weil sie sein Medaillon trug.

In dieser Nacht begleitete er sie wieder nach Hause. Nun herrschte ein stillschweigendes Einvernehmen zwischen ihnen. Er liebte sie, und sie liebte ihn wie einen Bruder. Alles Weitere würde das Schicksal entscheiden. Es wäre albern und peinlich gewesen, einander aus dem Weg zu gehen, da sie jeden Tag in der Krankenstation zusammen arbeiteten. Außerdem hätten sie eine Freundschaft zerstört, die sie beide nicht missen mochten. Obwohl er sich gelobt hatte, darauf zu verzichten, küßte er ihre Lippen und zuckte sofort wieder zurück. Doch sie umarmte ihn, und sie standen in der Kälte und fragten sich, was ihnen das Leben bringen würde. Dann sagte sie leise, sie würden sich ja bald wiedersehen, und ging hinein. Mehr hatte sie im Augenblick nicht zu bieten.

Am Neujahrsmorgen 1944 sah sie einen der Soldaten vor der Baracke mit ihrem Onkel reden. Gab es irgendwelche Schwierigkeiten? Der Mann wirkte sehr ernst, und Tak nickte. Schließlich entfernte sich der Soldat, aber Tak kam nicht herein. Auch Reiko hatte die Szene beobachtet. Nach einer Weile trat sie in die offene Tür. »Was ist los?« Ohne Mantel stand sie in der kühlen Luft. Wie seltsam er sie anstarrte – als wüßte er nicht, wer sie war und wonach sie gefragt hatte. »Alles in Ordnung, Liebling?« rief sie und eilte zu ihm.

»Ken ist in Italien gefallen. Zunächst hielt man ihn für vermißt – bis man seine Leiche fand«, fügte er hinzu. Seine ausdruckslose Stimme erweckte den Anschein, er würde von einem Paket sprechen, das man soeben abgeliefert hatte. »Ken ist tot.« In blankem Entsetzen starrte sie ihn an. »Ja, Ken. Ken ist tot. Ken. Ken ...« Unentwegt wiederholte er den Namen und schien sich zu zwingen, die grausige Realität zu akzeptieren.

Hiroko hatte die beiden aufmerksam gemustert. Instinktiv wußte sie, daß etwas Schreckliches geschehen war, und lief die Stufen hinab. Ihr Onkel murmelte unablässig dieselben Worte, und die Tante konnte nicht einmal weinen, so besorgt war sie um ihren Mann. »Gehen wir hinein, Tak, hier draußen ist es so kalt.« Er folgte ihr nicht. »Bitte, Tak ...« Jetzt glänzten Tränen in ihren Augen. Sie hatte die furchtbare Nachricht verstanden. Aber darauf würde sie erst reagieren, wenn sie ihn betreut hatte. »Komm, Liebling.«

Mit Hirokos Hilfe führte sie ihn langsam die Treppe hinauf, ins winzige Wohnzimmer, und drückte ihn in einen Sessel. »Ken ist tot«, erklärte er noch einmal.

Soeben war Sally eingetreten. *»Was?«* schrie sie, und Tami kam angelaufen, Toyo im Arm. Es war ein Alptraum. Doch die Worte ließen sich nicht zurücknehmen. Sally bekam einen hysterischen Anfall, und während Hiroko sie zu beschwichtigen versuchte, kümmerte sich Reiko um ihre schluchzende jüngere Tochter. Sobald Toyo die tränenüberströmten Gesichter sah, begann er jämmerlich zu brüllen.

Schließlich gelang es Hiroko, die Kinder ins Schlafzimmer zu scheuchen, damit Reiko in Ruhe mit Takeo sprechen konnte. Eine Stunde lang weinte Sally in Hirokos Armen, trotz aller Streitigkeiten. Auf der anderen Seite klammerte sich Tami an ihre Kusine. Nur zu gut wußte Hiroko, was die beiden Mädchen empfanden. Genauso verzweifelt war sie gewesen, als sie von Yujis Tod erfahren hatte. Und jetzt Ken... Welch einen schmerzlichen Tribut mußten sie dem Krieg zollen! So viele junge Männer fanden den Tod. Auch die älteren litten, verbitterte Männer wie Tak, die sich einer Situation schämten, an der sie keine Schuld trugen. Und nun war Tak zusammengebrochen. Nach einer Weile ging Hiroko in den Nebenraum und sah, daß er inzwischen die Fassung zurückgewonnen hatte und seine schluchzende Frau in den Armen wiegte. Sein Erstgeborener war tot, sein einziger Sohn. Das Foto auf dem kleinen Tisch, der mehr denn je einem Schrein glich, zeigte einen gefallenen Helden in Uniform.

An diesem Tag blieb Hiroko zu Hause und betreute die Mädchen. Reiko und Tak gingen in den buddhistischen Tempel, um eine Totenfeier zu arrangieren. Da man ihren verstorbenen Sohn nicht in die Staaten schicken würde, konnten sie ihn nicht bestatten, nicht mehr umarmen, kein letztes Mal küssen. Nur die Erinnerungen blieben – und die Gewißheit, daß er dem Land gedient hatte, das sie alle liebten, trotz des schändlichen Verrats.

Als Tak in die Baracke zurückkehrte, wirkte er um Jahrzehnte gealtert und rang mühsam nach Atem. Obwohl er erst zweiundfünfzig war, sah er aus wie ein Neunzigjähriger.

Einen Tag später fand die Trauerfeier für Kenji Jirohei Tanaka statt. Mit achtzehn Jahren hatte er den Tod gefunden. Mochte man den Krieg auch für gerechtfertigt halten – die Vergeudung eines so jungen Lebens war schrecklich. Auch Tadashi kam in den Tempel. Schweigend saß er zwischen Hiroko und Sally, die ausnahmsweise niemandem grollte. Nach der Zeremonie klammerte sie sich an ihren Vater und weinte um den Bruder. Aber Tak fand nicht die Kraft, irgend jemanden zu trösten. Ohne Reikos Beistand wäre er unfähig gewesen, den Tempel zu verlassen, und Tadashi stützte seinen anderen Arm, von tiefem Mitleid erfüllt. Abends half er Reiko sogar, ihren Mann ins Bett zu bringen. Taks elender Zustand brach Hiroko fast das Herz.

Das einzige, was sie am nächsten Tag aufmunterte, war ein Brief von Peter – endlich.

Derzeit war er in Arezzo stationiert, und es ging ihm gut. Das wollte sie Tak nicht mitteilen. Er litt zu schmerzlich unter dem Verlust seines Sohnes, um die Nachricht zu verkraften, jemand anderer habe die Kämpfe heil überstanden. Am Nachmittag kam Tadashi zurück. Leise sprach er mit Hiroko vor der Baracke. Es widerstrebte ihm, hineinzugehen und die Familie zu stören. Wie er von Hiroko erfuhr, hatte Tak den ganzen Tag im Bett verbracht, und Reiko saß bei ihm. Offenbar hatte ihm Kens Tod die letzten Kräfte geraubt. Auch andere Lagerbewohner hatten Söhne verloren, und die meisten vermochten die grausige Welt, in der sie gezwungenermaßen lebten, nicht mehr zu ertragen.

Da Reiko ihren Mann betreuen mußte, verzichtete sie auf den Luxus, zu trauern und in Erinnerungen zu versinken. Die ganze Woche ging sie nicht zur Arbeit, und ihr Vorgesetzter zeigte Verständnis. Hiroko übernahm einige Schichtdienste ihrer Tante. Vierzehn Tage später fühlte sich Tak etwas besser, wirkte aber alt und müde, und das Atmen fiel ihm schwer. Erst jetzt bemerkte Hiroko, daß sein Haar schneeweiß geworden war.

Mitte Januar wurde das Kriegsrecht im Tule Lake aufgehoben und ein Komitee von Loyalen gebildet, das die No-No-Boys unter Kontrolle halten sollte. Dieser Ausschuß nannte sich Nippon Patriotic Society, und sofort nach seiner Gründung fanden die Aggressionen ein Ende.

Wieder einmal schienen friedliche Zeiten anzubrechen – aber nicht für die Tanakas. Angesichts des Vaters, der zusehends verfiel, konnte Sally ihre Verzweiflung nur bezwingen, indem sie sich schlechter denn je benahm. Tami weinte unaufhörlich, und Toyo hielt Hiroko drei Nächte lang wach, weil er einen neuen Zahn bekam. Nun war er zehneinhalb Monate alt und gedieh prächtig. Aber nicht einmal das hübsche, lebhafte Kind vermochte Tak aufzuheitern. Meistens starrte er geistesabwesend vor sich hin und schien die Gegenwart seiner Familie kaum wahrzunehmen.

Eines Nachmittags vertraute Hiroko ihm Toyo an und ging in die Krankenstation. Normalerweise kam Sally nach Hause, um ihren kleinen Neffen zu betreuen. Aber diesmal ließ sie sich nicht blicken. Seit Kens Tod unterrichtete Tak nicht mehr an der Schule, obwohl man ihn dringend gebraucht hätte. Für die vielen Kinder und Jugendlichen, die im Tule Lake lebten, gab es zu wenige Lehrer. Aber er fühlte sich zu schwach, um zu arbeiten, und der Schulleiter hatte ihm einen Monat freigegeben.

»Bald wird Sally nach Hause kommen, Onkel Tak«, versicherte Hiroko, bevor sie die Baracke verließ. Sie hoffte, das Kind würde ihn ein wenig von seinem Kummer ablenken. Jeden Tag ging er in den Tempel und zündete Kerzen vor Kens Foto an. Auf dem Weg zur Krankenstation begegnete sie Sally, die aus der Schule zurückkehrte, und erklärte, ihr Vater würde sie mit Toyo erwarten.

»Gut, ich beeile mich«, versprach Sally, ausnahmsweise ohne Widerworte. Für ihren Vater würde sie alles tun.

Als Hiroko die Station betrat, blickte Reiko besorgt von den Krankenblättern auf, die sie gerade studierte. »Wie geht es ihm?«

»Etwas besser. Er kümmert sich um Toyo, und Sally wird ihn gleich ablösen.«

Wie versprochen, rannte Sally unverzüglich in die Baracke. Ihr Vater saß in einem Sessel und hielt Toyo auf dem

Schoß. Während er friedlich schlief, spielte das Baby mit einem Kreisel, den er gebastelt hatte, und probierte seine Zähne daran aus. Kurz nachdem Hiroko ihren Onkel verlassen hatte, war er eingeschlafen. Nun hob Sally lächelnd das Kind hoch und küßte Taks Stirn. Da sank sein Kopf in den Nacken. Obwohl seine Augen geschlossen waren, erriet sie sofort, was sich ereignet hatte. Den kleinen Toyo im Arm, rannte sie zur Krankenstation.

»Daddy«, flüsterte sie. Bestürzt hob Hiroko die Brauen, nahm ihr das Baby ab und drückte es in Tadashis Arme. »Er ist krank.« Und wenn Sally in ihrem Herzen auch wußte, daß sie log – sie konnte die Wahrheit noch nicht verkraften.

Dicht gefolgt von Sally, liefen Reiko und Hiroko zu ihrer Baracke, und Tadashi folgte ihnen mit dem Baby. Damit der Kleine sich nicht erkältete, hatte er ihn in seinen eigenen Mantel gewickelt. Im Wohnzimmer angekommen, beobachtete er, wie Reiko verzweifelt die Brust ihres Mannes massierte. Aber es war zu spät. Das Herz schlug nicht mehr. Seine Seele hatte schon lange vorher den Lebensmut verloren. Er hatte das Leid einfach nicht mehr ertragen. Lautlos, ohne Abschied, war er ins Jenseits hinübergeglitten.

»O Tak!« flehte Reiko und sank auf die Knie. »Bitte, verlaß mich nicht…« Wie einsam würde sie sich ohne ihn fühlen! Und sie hatten eben erst Ken verloren. Für wen sollte sie weiterleben? Doch sie kannte die Antwort. Für Tami und Sally. Alles aufzugeben und einfach zu sterben – diese erlösende Gnade gehörte nicht zu ihrem Schicksal. Mit vierzig Jahren war sie Witwe geworden. Weinend vergrub sie das Gesicht in den Händen und trauerte um ihren geliebten Mann. Hiroko umfaßte ihre Schultern und half ihr aufzustehen.

Durch einen Tränenschleier betrachtete Sally den Toten. »O Daddy«, wisperte sie. Tadashi übergab Toyo seiner Mutter, dann nahm er das Mädchen sanft in seine Arme.

Hiroko trug Toyo hinaus, schloß die Tür hinter sich und ging Tami entgegen, die gerade von der Schule zurückkam. So schonend wie möglich brachte sie dem Mädchen bei, was geschehen war.

»Einfach so?« Mit großen Augen starrte Tam ihre Kusine an. »Niemand hat ihn getötet? Er war doch gar nicht so alt.« Verwirrt bemühte sie sich, das Unbegreifliche zu fassen. Das fiel ihnen allen schwer.

Weinend eilten sie zur Baracke. Die anderen warteten draußen, und Tadashi stand neben Sally. Als Hiroko die beiden musterte, wurde ihr etwas bewußt, das sie nie zuvor bemerkt hatte. Es erklärte so vieles.

Danach ging Reiko mit ihren Töchtern spazieren, während Tad und Hiroko in die Krankenstation zurückkehrten, um eine Bahre und zwei Träger für Takeo zu holen. Die Kinder sollten nicht sehen, wie er aus dem Haus gebracht wurde – das wäre zu schmerzlich gewesen. Eine Stunde später lag er in der Leichenhalle. An diesem Abend saßen sie alle im kleinen Wohnzimmer. Hin und wieder sprachen sie über ihn. Aber meistens verharrten sie in drückendem Schweigen.

Schließlich traten Hiroko und Tadashi ihren Dienst wieder an. Reikos Schicht war längst beendet. Langsam wanderten sie zur Krankenstation und redeten über Takeos verfrühten Tod. Auch andere Männer mittleren Alters waren im Tule Lake gestorben, entmutigt, an gebrochenem Herzen. Offenbar konnten sich die physisch schwächeren Frauen besser mit der bedrückenden Situation abfinden.

»Arme Reiko«, seufzte Tad. Er hatte seinen Vater schon in jungen Jahren verloren, und er wußte, wie schmerzlich der Verlust für seine Mutter gewesen war.

Was Hiroko jetzt sagte, klang unter den traurigen Umständen seltsam. Aber sie verstand sich sehr gut mit ihm, und sie konnte so offen mit ihm sprechen wie mit einem Bruder. »Meine Kusine liebt dich.«

»Tami?«

»Nein, du Idiot.« Trotz ihres Kummers mußte sie lachen, und für einen Augenblick fühlte sie sich erleichtert. »Sally. Als sie heute nachmittag neben dir stand, habe ich sie beobachtet und gemerkt, was sie für dich empfindet. Vielleicht ist sie mir deshalb böse. Sie glaubt, ich will dich für mich gewinnen.«

»Sicher irrst du dich«, erwiderte er verlegen. Er mochte Sally. Aber es wäre ihm nie in den Sinn gekommen, sie könnte ihn lieben, weil ihn seine Gefühle für Hiroko viel zu stark beanspruchten. Jetzt war er ziemlich verwirrt, aber auch erfreut. Andererseits – Sally war erst siebzehn, sieben Jahre jünger als er, und er bezweifelte, daß ihre Mutter eine solche Verbindung gutheißen würde.

»Ich dachte nur, du müßtest es wissen«, sagte Hiroko, und er nickte. Dann erwähnten sie das Thema nicht mehr. Sie beglückwünschte sich zu ihrem Entschluß, ihn auf Sallys Liebe hinzuweisen. Nach Kens und Takeos Tod wußte sie, wie kostbar jeder einzelne Augenblick des Lebens war. Und es wäre unfair gewesen, in Tadashis Herzen Hoffnungen zu nähren, die sich niemals erfüllen würden. Außerdem verdiente er etwas Besseres als die Ehe mit einer Frau, die ihn nicht liebte, eine Zukunft mit dem Kind eines anderen.

An diesem Abend saß sie lange bei Reiko, tröstete sie, ließ sie weinen, hörte Geschichten von Erinnerungen und zerbrochenen Träumen. Später schrieb sie einen langen Brief an Peter. Er war Tak ein guter Freund gewesen, und sie wußte, wie schmerzlich ihn die Neuigkeit treffen würde. Aber sie fand, er müßte die traurige Nachricht erfahren.

Wieder einmal dauerte es sehr lange, bis er den Brief beantwortete. Wie erwartet ging ihm der Tod seines langjährigen Weggefährten sehr nahe. Inzwischen hatten sie Tak auf dem Friedhof von Tule Lake begraben, wo schon zu viele Menschen im ewigen Schlaf lagen. Unter anderen Lebensbedingungen, mit der Hilfe besserer Medikamente und ein bißchen Hoffnung wären sie vielleicht nicht gestorben. Und Tak hatte sich einfach kampflos in die Arme des Todes fallen lassen. Bei diesem Gedanken erinnerte sich Hiroko an das Versprechen, das sie Peter gegeben hatte – sie mußte am Leben bleiben und auf ihn warten.

Eine Woche später wurde Toyos erster Geburtstag gefeiert. Eine der Schwestern hatte in der Küche der Krankenstation einen kleinen Kuchen gebacken, der ihm an diesem Abend nach Dienstschluß überreicht wurde. Fröhlich stopfte er das Geschenk in sich hinein und beschmierte sein Gesicht vor den Augen der ganzen Familie und der entzückten Frauen. Hiroko hätte ihn gern fotografiert. Aber der Besitz von Kameras war immer noch verboten. Tadashi hatte eine hübsche Ente auf Rädern gebastelt, die Toyo an einer Schnur hinter sich herziehen konnte. Das probierte er sofort aus, und es machte ihm großen Spaß.

Tadashi schien Hirokos unausgesprochenen Rat zu beherzigen. Inzwischen war er ein paarmal mit Sally spazierengegangen, und einmal hatte sie ihn in seinen Kunstunterricht begleitet. In ihrer Trauer um den geliebten Vater vermochte sie noch keine romantischen Gefühle zu entwickeln. Aber sie konnte wenigstens mit Tadashi reden. Und seit Takeos Tod begegnete sie ihrer Kusine viel freundlicher.

In gewisser Weise hatte die Tragödie alle Familienmitglieder enger miteinander verbunden. Dieses Zusammengehörigkeitsgefühl half ihnen über einen langen, heißen, staubigen Sommer hinweg. Jenseits des Stacheldrahts veränderte sich die Welt. Die Alliierten errangen entscheidende Siege, Briten und Amerikaner bombardierten Deutschland mit beträchtlichem Erfolg. Während MacArthur seine Streitkräfte zwischen den pazifischen Inseln hindurchführte, landeten die Amerikaner in Anzio, und die Russen marschierten in Polen ein.

Im April attackierten die US-Flugzeuge zum erstenmal Berlin, wo ein gewaltiger Schaden angerichtet wurde. Im Juli drangen die Alliierten nicht nur in Rom ein, sondern auch in Frankreich und rückten von der Normandie aus landeinwärts vor. Inzwischen kämpfte Peter in Frankreich. Bis zum August schickte er regelmäßig Briefe an Hiroko. Mit General Hodges war er in einer Stadt namens Lessay gewesen. Dann hatten sich die Truppen der französischen Hauptstadt genähert. In seinem letzten Brief schilderte er die Ankunft in Paris, der schönsten Stadt, die er je gesehen habe, und er wünschte, seine Liebste wäre bei ihm. Danach meldete er sich nicht mehr, und sie hatte keine Ahnung, was geschehen war.

In diesem Herbst entstanden neue Spannungen im Camp. Die Nippon Patriotic Society schien die Kontrolle über die No-No-Boys zu verlieren, Extremisten tauchten wieder aus dem Untergrund auf. Im Oktober machten sie zahlreiche Schlagzeilen mit Demonstrationen und Vergeltungsmaßnahmen. Diesmal gingen sie noch brutaler vor. Loyale Familien wie die Tanakas lebten in ständiger Angst und bemühten sich verzweifelt, nicht zwischen die feindlichen Fronten zu geraten. Trotzdem wurden immer wieder Menschen verletzt, die ihre Baracken verließen. Mit jedem Tag wuchs Reikos Sorge. Jetzt gab es keine Männer mehr in ihrer Familie, die den Kindern und ihr selbst Schutz geboten hätten. Um so dankbarer war sie für Tadashi Watanabes Beistand. Unentwegt kümmerte er sich um die Tanakas, vor allem um Sally. In diesem Sommer waren die beiden unzertrennlich, und Hiroko beobachtete sie voller Genugtuung.

»Hatte ich nicht recht?« foppte sie ihn eines Tages bei der Arbeit.

»Ich weiß nicht, was du meinst«, erwiderte er und versuchte erfolglos, ein Grinsen zu unterdrücken.

»Oh, das weißt du sehr gut, Tadashi-san.«

»Also gut«, gab er belustigt zu. »Aber du bist nicht besonders diskret.« Endlich verstand er, was sie mit Peter verband, und war dankbar für ihre Ehrlichkeit. Und daß sie ihn mit ihrer Kusine zusammengebracht hatte, würde er ihr niemals vergessen. Gewiß, Sally war blutjung und manchmal etwas unreif, aber sehr liebenswert. Und im Grunde ihres Herzens sehnte sie sich nach einem dauerhaften Glück, so wie es ihre Eltern geteilt hatten.

Während die Trauer um den Vater allmählich nachließ, begann sie Tadashis Gefühle zu erwidern. Er liebte sie schon längst. Während ihrer Jugend war es noch zu früh für eine Heirat. Wenigstens übte er einen günstigen Einfluß auf sie aus. Sie traf sich nicht mehr mit den No-No-Boys und verwandelte sich in das Mädchen zurück, an das sich Reiko monatelang voller Wehmut erinnert hatte.

In diesem Jahr verbrachte Tadashi das Erntedankfest mit den Tanakas. Es war ein schmerzlicher Tag, denn seit dem letzten Fest hatten sie Ken und Takeo verloren. Hiroko war außerdem deprimiert, weil sie noch immer nichts von Peter hörte.

»Vielleicht betrügt er dich mit einer hübschen Französin«, scherzte Tadashi, merkte aber sofort, daß ihr diese Art von Humor mißfiel. Nun wartete sie schon seit drei Monaten vergeblich auf einen Brief, und in Europa fielen täglich zahllose Soldaten. Auch der Krieg zwischen Amerika und Japan hatte noch kein Ende gefunden. Im Oktober war MacArthur auf die Philippinen zurückgekehrt.

Zumindest verging der Tag des Erntedankfestes, ohne daß

irgendwelche guten oder schlechten Nachrichten eintrafen. Wie so oft fühlten sich die Internierten in der isolierten Irrealität des Lagerlebens gefangen. Diesmal gab es zumindest Truthähne. Mit hohlem Gelächter dachten sie an die Mortadella im letzten Jahr, die schrecklichen Demonstrationen und Streiks. Ansonsten gab es nicht viel zu lachen. Es sah so aus, als würde sich die Situation niemals ändern. Soeben war Franklin Roosevelt wiedergewählt worden und schien Ickes' und Biddles Ermahnungen auch weiterhin zu ignorieren – bis zum Dezember.

Als Hiroko durch das Camp wanderte und Toyo an der Hand führte, rannten plötzlich zwei alte Männer an ihr vorbei. »Es ist vorbei!« schrien sie auf japanisch. »Wir sind frei!«

»Ist der Krieg beendet?« rief sie ihnen nach.

»Nein, unsere Internierung!« Dann verschwanden sie, und Hiroko schaute sich nach Leuten um, die ihr genauere Informationen geben konnten. Überall hatten sich Lagerbewohner versammelt. Einer sprach sogar mit einem Soldaten. Inzwischen hatte man sich an die ständige Anwesenheit der Wachtposten gewöhnt und gönnte ihren Waffen kaum noch einen Blick.

Nun erklärte der Soldat, der Präsident habe ein Dekret unterzeichnet und Major General Pratt, De Witts Nachfolger, die Public Proclamation Nummer 21 ausgegeben, die den Internierten das Recht zuerkannte, an ihren Wohnsitz zurückzukehren oder zu leben, wo immer sie wollten. Ab Januar durften sie nach Belieben Kameras und Schmuck und Waffen besitzen. Und was am allerwichtigsten war – sie konnten das Tule Lake sofort verlassen. Ende 1945 sollten die Camps geschlossen werden. Die WRA drängte die Japaner zum baldigen Aufbruch, was in vielen Fällen Probleme heraufbeschwor.

»Jetzt?« fragte Hiroko ungläubig. »Sofort? Darf ich einfach fortgehen?«

»Ja.« Zögernd fügte der Soldat hinzu: »Was haben Sie vor?« Schon seit Monaten bewunderte er die schöne junge Frau.

»Das weiß ich nicht«, antwortete sie verwirrt. Wohin sollte sie gehen? Der Krieg dauerte immer noch an. Deshalb kam eine Rückkehr nach Japan nicht in Frage. Außerdem mußte sie auf Peter warten. Sie zwang sich, nicht an sein langes Schweigen zu denken.

An diesem Abend besprach sie mit Reiko, was sie tun würden. Sie hatten nur wenig Geld gespart, und Taks Geld lag auf Peters Konto. In seiner Abwesenheit würde die Bank nichts auszahlen, und solange er noch lebte – was Hiroko inständig hoffte –, kam seine Familie nicht an das Guthaben heran. Und Reiko hatte keine Verwandten in Kalifornien, die ihr helfen würden. Eine ihrer Tanten war bei der »freiwilligen« Übersiedlung nach New York gezogen, die andere nach New Jersey.

Plötzlich befanden sich Tante und Nichte in einer seltsamen, diffizilen Situation. So lange hatten sie die Freiheit herbeigesehnt. Und jetzt wußten sie nicht, wohin. Nach Palo Alto konnten sie nicht zurückkehren, weil in ihrem ehemaligen Heim längst andere Leute wohnten. »Was sollen wir tun?« fragte Reiko beklommen.

»Schreib deinen Tanten«, schlug Hiroko vor.

Postwendend antworteten beide, sie würden die Nichte gern aufnehmen. Die Tante in New Jersey arbeitete nun als Krankenschwester und meinte, sie könne Reiko einen Job besorgen. Wie einfach und normal das klang... Nun bereute Reiko, daß ihre Familie damals nicht auch »freiwillig« umgezogen war. Aber natürlich hatten die Tanakas die Konsequenzen ihrer Weigerung nicht absehen können.

Am 18. Dezember fällte das Oberste Bundesgericht sein Urteil im Endo-Fall und verkündete, es sei ungesetzlich, loyale Bürger festzuhalten. Genau das hatte die Regierung zweieinhalb Jahre lang getan. Nun war eine Entschuldigung schwierig. Die meisten freigelassenen Japaner wußten nicht, wie sie sich ein neues Leben aufbauen sollten, und viele besaßen nichts außer den fünfundzwanzig Dollar, die ihnen die WRA für die Reise zahlte.

In der Woche vor Weihnachten beschlossen Reiko und ihre Töchter, nach New Jersey zu ziehen. Natürlich wollten sie Hiroko mitnehmen. Zwei Tage lang dachte sie darüber nach und bemerkte Sallys unglückliche Miene. Nun mußten sie alle schwerwiegende Entscheidungen treffen und neue Trennungen ertragen. Zumindest würde Toyo bei ihr bleiben, die Freude ihres Lebens. Schließlich erklärte sie ihrer Tante, sie werde an der Westküste bleiben und sich einen Job suchen. Das würde ihr nicht leichtfallen, da sie vom St. Andrew's kein Abschlußzeugnis bekommen hatte. Und die Leitung einer Klinik würde ihre zweijährige Aushilfstätigkeit in der Tule-Lake-Krankenstation wohl kaum für eine ausreichende Ausbildung halten und sie als Schwester einstellen. Also würde sie sich mit einer untergeordneten Arbeit begnügen müssen.

»Warum begleitest du uns nicht?« fragte Reiko besorgt.

»Weil ich hier auf Peter warten muß. Nach dem Kriegsende will ich möglichst schnell nach Japan reisen, zu meinen Eltern.« Seit vier Monaten hatte Hiroko nichts mehr von Peter gehört. Irgend etwas mußte geschehen sein. Darüber sprach sie nur selten. Aber sie betete jeden Tag für ihn und klammerte sich an die Hoffnung, er sei noch am Leben. Daran mußte sie mit aller Macht glauben, um Toyos und ihrer selbst willen.

»Wenn du keinen Job findest oder …« Reiko vermochte

nicht auszusprechen, Peter könnte gefallen sein. »Was auch immer – komm nach New Jersey. Dort besorge ich dir eine Stellung, und du wohnst bei uns.«

»Danke, Tante Rei. Warten wir's ab.« Weinend umarmten sie sich. So viel hatten sie gemeinsam durchgestanden. Hiroko war nach Kalifornien gekommen, um hier ein Jahr lang zu studieren und die amerikanische Lebensart kennenzulernen. In den letzten dreieinhalb Jahren hatte sie viel mehr gelernt als erwartet.

Während der Weihnachtstage versuchten Sally und Tami, ihre Kusine umzustimmen. Nach Neujahr wollten sie abreisen. Viele Leute hatten das Camp schon verlassen. Aber einige blieben hier, weil sie nicht wußten, wohin. Zudem hörte man bald entmutigende Geschichten von freigelassenen Japanern, deren Eigentum aus den Regierungslagern verschwunden war. Hiroko dachte an Tamis Puppenhaus. Mit zwölf Jahren würde das Mädchen sicher nicht mehr damit spielen. Aber es war ein hübsches Souvenir aus der Kindheit. Würde Reiko die Fotos von Tak und Ken zurückerhalten? Bei diesem Gedanken mußte sie mit den Tränen kämpfen. Reiko besaß nur mehr das Foto, das Ken in seiner Uniform zeigte.

»Denk nicht dran«, bat Hiroko. In diesen Tagen gab es allerdings zu vieles, woran man nicht denken durfte.

Am Weihnachtsabend führte Tadashi ein ernsthaftes Gespräch mit Sally. Er schenkte ihr einen selbstgemachten Ring, einen schmalen Goldreif mit einem winzigen Türkis, den er in den Bergen gefunden hatte. Dann fragte er, wie sie sich ihre Zukunft vorstellte.

»Was meinst du damit?« fragte sie verwirrt und verlegen. Ihr bangte vor dem Abschied. Wenn sie sich auch über die Freiheit freute – sie wollte Tad nicht verlassen.

»Nun, ich meine uns.« Lächelnd ergriff er ihre Hand. Bald

würde sie ihren achtzehnten Geburtstag feiern, und sie hatte die High School fast beendet. »Möchtest du in New Jersey aufs College gehen?«

Darüber hatte sie noch nicht nachgedacht. In den letzten Jahren war die Freiheit ihr einziger Wunsch gewesen. »Das weiß ich nicht. Ich glaube, ein Studium würde mir nicht viel bedeuten.« Mit Tadashi konnte sie offen und ehrlich über alles reden, und sie liebte ihn. »Sicher hätte Dad großen Wert auf mein Studium gelegt. Und Mom wird's auch befürworten. Aber ich will einfach nur …« In ihren Augen schimmerten Tränen. Sie hatte Ken und ihren Vater verloren. Jetzt sollte sie sich auch noch von Tadashi trennen. Warum mußten alle Männer, die ihr etwas bedeuteten, aus ihrem Leben verschwinden? Mühsam rang sie nach Atem. »Ich will einfach nur bei dir sein«, beendete sie den Satz.

Erleichtert drückte er ihre Hand. »Das wünsche ich mir auch. Wird deine Mutter mir erlauben, euch nach New Jersey zu begleiten?« Bevor er die nächsten Worte aussprach, schluckte er krampfhaft. »Dort könnten wir heiraten.«

»Ist das dein Ernst?« In dem Moment sah sie aus wie ein Kind vor dem Weihnachtsbaum. Vielleicht hatte sie doch nicht alles verloren. Glücklich schlang sie die Arme um seinen Hals.

»O ja. Am liebsten würde ich dich sofort heiraten. Aber erst einmal mußt du die High School abschließen. Danach sehen wir weiter.« Bis zum Juni wollte er sich gedulden. Und wenn sich die Frage des Studiums stellte, würde Sally vielleicht schon ein Baby erwarten. Auf zu vieles hatten sie in den letzten drei Jahren verzichtet. Jetzt wollte er alles auf einmal. Eine Ehefrau, Kinder, anständige Mahlzeiten, warme Kleidung, eine Wohnung mit Zentralheizung. »In New Jersey finde ich sicher einen Job als medizinisch-technischer Assistent. Morgen rede ich mit deiner Mutter.«

Zunächst war Reiko überrascht. Sie fand, Sally sei zu jung für die Ehe. Andererseits hatte das Lagerleben manche Entwicklungen beschleunigt – die Menschen wurden schneller erwachsen, oder sie starben zu jung, so wie Tak. Und jetzt wollte ihr kleines Mädchen heiraten. Aber sie mochte Tadashi, und sie konnte sich keinen besseren Schwiegersohn vorstellen. Also stimmte sie seiner Absicht zu, die Familie nach New Jersey zu begleiten. Mit seiner eigenen Mutter hatte er seine Pläne bereits besprochen, und sie war einverstanden. Bald würde sie nach Ohio zu ihrer Schwester ziehen. Und so waren alle zufrieden. Nur der Abschied von Hiroko bedrückte Reiko und ihre Töchter. Trotz aller flehenden Bitten blieb sie bei ihrem Entschluß, nach San Francisco zu fahren.

»Vielleicht komme ich euch später nach«, versprach sie. In diesen letzten Tagen wurde sie von bittersüßer Melancholie erfüllt. Wann immer sie jemandem begegnete, wurde ihr bewußt, daß sie ihn nie wiedersehen würde. Weinend drückte sie Toyo an sich. Bald würde er der einzige vertraute Mensch in ihrem Leben sein, der einzige, den sie liebte und der ihre Gefühle erwiderte. Er würde sich außerdem niemals an den Ort erinnern, wo er das Licht der Welt erblickt hatte.

Am Neujahrsmorgen gingen sie in den Tempel und begingen Takeos Todestag. Danach besuchten sie sein Grab auf dem Friedhof. Reiko war verzweifelt, weil sie ihn hier zurücklassen mußte. Doch sie konnte ihn nicht mitnehmen, nur in ihrem Herzen. Lange standen sie vor dem Grab. Nachdem Hiroko und die Kinder davongegangen waren, blieb Reiko allein vor dem kleinen Hügel stehen, um sich ungestört von ihrem Mann zu verabschieden. Ringsum war der Boden hart gefroren, so wie bei der Beerdigung vor einem Jahr. Als sie diesmal in ihre kleine Baracke zurückkehrten, begannen sie zu packen.

Dafür brauchten sie nur zwei Tage. Den Großteil ihrer

Sachen verschenkten sie. Irgend jemand hatte eine alte Truhe gefunden. Darin verstaute Reiko alles, was sie mitnehmen wollte, und Hiroko wickelte das Puppenhaus sorgsam in Papier. Noch ein Souvenir aus Tamis Kindheit.

Hirokos und Toyos Habseligkeiten paßten in den Koffer, den sie aus Palo Alto mitgebracht hatte. Reiko gab ihr zweihundert Dollar, die sie über Wasser halten sollten, bis sie einen Job finden würde. Dieses Geld steckte sie in ihre Handtasche. Reikos Tante hatte fünfhundert Dollar aus New Jersey geschickt und geschrieben, sie solle sich melden, wenn sie mehr benötigen würde. Aber sie mußten nur Fahrkarten kaufen. Von Sacramento aus würden sie mit dem Zug nach New Jersey fahren.

Am nächsten Tag brachen sie auf. Tadashi half ihnen, die letzten Sachen einzupacken. Reiko schenkte ihren kleinen Hausgott den Nachbarn. Diese Buddhastatuette hatte sie einer Familie abgekauft, die zu Beginn der Internierung im Tule Lake nach Japan zurückgekehrt war. In ihrer Handtasche verwahrte sie das Foto von Ken.

Schließlich schauten sie sich ein letztes Mal in den beiden kleinen Räumen um. Die Strohmatratzen waren entfernt worden, die stählernen Feldbetten kahl, die *tatami*-Matten, von Hiroko geflochten, die Töpfe, Pfannen und Teller verschenkt worden. Vor den Eingangsstufen stand das Gepäck.

»Komisch, Mom«, meinte Sally. »Nie hätte ich gedacht, daß es mich so traurig stimmen würde, von hier wegzugehen.«

»Es fällt einem immer schwer, ein Heim zu verlassen. Und eine Zeitlang war das halt unser Zuhause.« Hiroko wurde von ähnlichen Gefühlen erfaßt. Weinend hatte sie sich von den Schwestern in der Krankenstation verabschiedet. Die Trennung von Sandra ging ihr besonders nahe. Hier war ihr Baby zur Welt gekommen, und trotz der leidvollen Jahre hatte es auch schöne Augenblicke gegeben. Gemeinschaftsgeist und Humor, Musik und Gelächter hinter Stacheldraht, von Soldaten überwacht...

»Gehen wir?« fragte Tadashi leise. Von seiner Mutter hatte er bereits Abschied genommen. Am Vortag war sie nach Ohio gereist.

Die *WRA* bestritt die Fahrtkosten der Japaner nach Sacramento. Außerdem bekam jede Familie fünfzig Dollar. Tad und die Tanakas würden in den Zug steigen, Hiroko wollte den Bus nach San Francisco nehmen. Nur widerstrebend ließ Reiko ihre Nichte gehen, und Hiroko versprach erneut, nach New Jersey zu fahren, wenn ihr das Geld ausginge. Sie hatte sich die Adresse und die Telefonnummer von Reikos Tante notiert.

Mit gemischten Gefühlen ergriffen sie ihr Gepäck. Tad und Sally trugen gemeinsam die kleine, mit Erinnerungsstücken gefüllte Truhe, die Reiko vermutlich niemals öffnen würde. Trotzdem wollte sie die Souvenirs mitnehmen.

An der Bushaltestelle warteten mehrere Japaner, auch die Soldaten, die nichts mehr überwachten. Sie schüttelten den Reisenden die Hände und wünschten ihnen alles Gute. Auf beiden Seiten herrschte kein Groll. Was sich ereignet hatte, mochte es gut oder schlecht, notwendig oder überflüssig gewesen sein, gehörte im Januar 1945 der Vergangenheit an. Bald würden Tule Lake, Manzanar und all die anderen Camps nur mehr in der Erinnerung existieren.

Während der Bus davonfuhr, betrachtete Hiroko das Lager und prägte es sich in ihrem Gedächtnis ein – die Baracken, den Staub, die Kälte, die Gesichter, die Menschen, die sie geliebt, die Kinder, die sie in der Krankenstation gepflegt hatte. Einige waren gestorben, andere würden irgendwohin ziehen und nie wieder in ihr Leben treten. Aber sie würde sie nicht vergessen.

Toyo saß auf ihrem Schoß und spielte mit ihrem Haar. Liebevoll küßte sie ihn. Eines Tages wollte sie ihm von seinem Geburtsort erzählen. Doch er würde nicht verstehen, wie sie hier gelebt hatten. Ringsum spiegelten die Gesichter wider, was auch Hiroko empfand. Freude, Wehmut, Erleichterung. Hinter ihr brach eine sanfte Stimme das Schweigen. »Jetzt sind wir frei.« Und von diesem Gedanken beseelt, fuhren sie nach Sacramento.

17

Nach einem tränenreichen Abschied auf dem Bahnsteig von Sacramento stiegen die Tanakas und Tadashi in den Zug. Hiroko und Toyo winkten ihnen nach, immer noch schluchzend.

Beinahe wäre der Zug ohne sie abgefahren, weil sie Hiroko und den kleinen Jungen so lange umarmt und geküßt hatten. Während sie ihren Sohn und das Gepäck zur Busstation trug, die zehn Häuserblocks entfernt lag, verspürte sie eine seltsame innere Leere. Einige Leute schauten sie an. Aber der Anblick einer Japanerin schien sie nicht zu überraschen. Niemand schrie »Jap«, niemand beschimpfte sie, obwohl der Krieg noch nicht beendet war. Was mochte geschehen sein? Warum hatte man das Interesse verloren oder den Haß gegen Japan vergessen?

Es war fünf Uhr nachmittags. Bevor sie mit Toyo in den Bus stieg, kaufte sie ein Sandwich. Pünktlich um halb sechs begann die Fahrt nach San Francisco.

Toyo schlief auf Hirokos Schoß, als sie sich dem Ziel näherten. Fasziniert starrte sie die Bay Bridge an, die sich wie eine Diamantkette über die Bucht spannte. Der Ausblick war so schön, so vollkommen. Nirgendwo ein Stacheldraht, keine Waffen... Hier stopfte man keine Zeitungen unter den Mantel, weil man erbärmlich fror, und man schlief nicht auf kratzigen Strohmatratzen. Ein weiches Bett konnte sie sich gar nicht mehr vorstellen – und eine komfortable Futon-Matte noch weniger. Bei diesem Gedanken mußte sie lächeln. Offenbar war sie in den viereinhalb Jahren seit der Abreise aus Kyoto eine Amerikanerin geworden – auf eine harte Weise.

Die Nacht verbrachten sie in einem kleinen Hotel in der City. Wehmütig dachte Hiroko an Tadashi und ihre Verwandten, die sie schmerzlich vermißte. Trotzdem bezweifelte sie nicht, daß sie die richtige Entscheidung getroffen hatte.

Am nächsten Tag frühstückten sie, dann gingen sie in eine Telefonzelle. Mit der einen Hand hielt sie Toyos kleine Finger fest, mit der anderen blätterte sie im Telefonbuch. Als sie den vertrauten Namen fand, begann sie zu zittern. Machte sie einen Fehler? Sie konnte sich auch an eine Arbeitsvermittlung wenden. Aber irgendein Gefühl drängte sie, die Nummer zu wählen. Ohne ihren Namen zu nennen, fragte sie nach ihr. »Eine Freundin aus dem College«, sagte sie nur.

Sie kam sofort an den Apparat. »Ja?« meldete sie sich freundlich.

»Anne?« Der Hörer in Hirokos Hand bebte, und sie mußte sich zusammenreißen, um mit normaler Stimme zu sprechen. Ungeduldig begann Toyo zu quengeln. Noch keine zwei Jahre alt, verstand er nicht, was mit ihm geschah und warum die anderen ihn verlassen hatten. Für ihn war das alles ein unbegreifliches Abenteuer. Ständig rief er nach Tami, und ebensooft hatte Hiroko ihm erklärt, seine Kusine würde mit einem Zug fahren. Natürlich wußte er nicht, was ein Zug war.

»Ja«, bestätigte Anne Spencer in ihrem aristokratischen Tonfall. Am nächsten Tag, nach dem Ende der Weihnachtsferien, würde sie aufs College zurückkehren und dann im

Juni ihr Studium abschließen. Für Hiroko war das St. Andrew's nur mehr eine ferne Erinnerung. »Wer spricht da?«

»Hiroko Takashimaya.« Aus St. Andrew's – aus dem Tanforan und Tule Lake... Hatte Anne sie vergessen? Wohl kaum. Nach einer kurzen Pause hörte sie einen tiefen Atemzug. »Dein Picknickkorb hat uns tagelang am Leben erhalten.«

»Wo bist du?« fragte Anne leise und ließ sich nicht anmerken, ob sie erfreut oder nur überrascht war.

»Gestern bin ich aus dem Camp abgereist. Meine Verwandten sind nach New Jersey gefahren.«

»Und du?« Sie waren Zimmerkameradinnen gewesen, keine Freundinnen. Und doch hatte Anne zweimal versichert, sie würde tiefes Mitleid empfinden. »Wo bist du?«

»Hier, in San Francisco.« Hiroko zögerte. Dann schaute sie Toyo an, als könnte er sie ermutigen. »Ich brauche einen Job.« Wie erbärmlich das klang... Nun bereute sie den Anruf – zu spät. »Vielleicht kennst du jemanden, der eine Putzfrau braucht. Oder ich würde Kinder betreuen – und alte Leute. Ich war zwei Jahre lang Krankenschwester.«

»Hast du meine Adresse?«

»Ja, die steht im Telefonbuch.«

»Komm her. Nimm dir ein Taxi, ich bezahl's.« War Hiroko anständig gekleidet? Hatte sie kein Geld? Mußte sie hungern?

Hiroko bezahlte das Taxi selbst. Zu ihrer Verblüffung wartete Anne vor der Haustür und starrte Toyo an. »Dein Kind?«

Lächelnd nickte Hiroko. Während Anne Tennis gespielt und Französisch gelernt und die Sommerferien am Lake Tahoe verbracht hatte, war Hiroko Mutter geworden. Voller Stolz schaute sie auf ihren Sohn hinab. »Er heißt Toyo.«

Da Hiroko immer noch Takashimaya hieß, war sie vermutlich ledig. Anne stellte keine Fragen. Verstohlen musterte sie Hirokos häßliches, fadenscheiniges, formloses Kleid. »Ich habe schon mit meiner Mutter gesprochen«, erklärte sie, während sie auf dem Gehsteig am Upper Broadway standen, »und sie gibt dir einen Job. Leider nichts Besonderes – sie braucht eine Küchenhilfe. Bei der Arbeit kannst du den Kleinen natürlich bei dir behalten«, fügte sie hinzu und öffnete die Haustür. »Seid ihr hungrig?«

»Nein, wir haben gefrühstückt.«

Sie stiegen die Treppe hinauf, betraten das Zimmer, das Hiroko mit Toyo bewohnen sollte – klein und sauber, nicht luxuriös, aber viel komfortabler als alle Quartiere, die sie in den letzten Jahren bewohnt hatte.

»Wie soll ich dir nur danken, Anne? Wo du mir doch gar nichts schuldest …«

»Ich fand es einfach schrecklich, wie du behandelt wurdest. Wenn du auch eine Japanerin bist – was hättest du den Amerikanern schon antun können? Sicher hast du nicht spioniert.« Vor einem Jahr war Annes geliebtes Kindermädchen bei einer Notoperation in Manzanar gestorben. Das würde sie der Regierung niemals verzeihen. Im Gedenken an die arme Frau und deren Leidensgenossinnen wollte sie Hiroko helfen – um das alles wenigstens teilweise wiedergutzumachen. Sie erklärte der neuen Küchenhilfe, sie müsse ein schwarzes Kleid mit weißer Spitzenschürze, passendem Häubchen und Kragen tragen, dazu schwarze Schuhe und Strümpfe. »Was willst du danach machen?« Zweifellos würde Hirokos Zukunft anders aussehen als die armselige Gegenwart.

»Vorerst würde ich gern bei dir bleiben – bis ich nach Japan zurückkehren kann. Mein Bruder ist gefallen, und ich muß für meine Eltern sorgen.«

»Wird Toyos Vater zu dir kommen?« fragte Anne vorsichtig. Der Mann war offensichtlich ein Weißer.

»Irgendwie muß ich herausfinden, was mit ihm geschehen ist«, erwiderte Hiroko bedrückt. »Seit August habe ich nichts von ihm gehört. Er ist bei der Army, in Frankreich. Nach dem Einmarsch in Paris hat er sich nicht mehr gemeldet. Vielleicht kennst du jemanden ...«

»Ich werde meinen Vater fragen.« Tief bewegt schauten sich die beiden Frauen an, die niemals Freundinnen gewesen waren. Und trotzdem tat die eine soviel für die andere.

Ein paar Minuten später fuhr Hiroko mit Toyo in einem Taxi zum Hotel, um ihre Sachen zu holen. Wieder im Haus der Spencers, einem imposanten Ziegelgebäude, eilten sie in ihr Zimmer, wo sie ihre Uniform anzog. Ihren Sohn an der Hand, ging sie in die Küche. Die Dienstboten begrüßten sie freundlich und erklärten ihr, welche Pflichten sie erfüllen mußte. Lächelnd versprachen zwei Mädchen, sie würden ihr helfen, Toyo zu betreuen. Die Köchin, die sich sofort in ihn verliebte, servierte ihm einen großen Teller Suppe und ein Schokoladen-Eclair, das ihm köstlich schmeckte. Infolge der unzureichenden Nahrung im Camp war er viel zu dünn, und Hiroko freute sich, als sie ihn heißhungrig essen sah.

Am Nachmittag machte Anne sie mit ihrer Mutter bekannt. Mrs. Spencer, eine schöne, distinguierte, etwa fünfzigjährige Dame, trug ein elegantes Kostüm aus grauer Wolle, eine kostbare Perlenkette und passende Ohrringe. Außer drei Töchtern – Anne war die jüngste – hatte sie noch einen Sohn. Sie begegnete Hiroko nicht gerade warmherzig, aber höflich und mitfühlend, nachdem Anne vom Schicksal ihrer einstigen Zimmergenossin erzählt hatte. Pro Monat würde Hiroko dreihundert Dollar verdienen – nicht allzuviel. Doch das störte sie nicht. Sie brauchte jeden Cent, um ihren und Toyos Lebensunterhalt zu bestreiten und für die Reise nach Japan zu sparen.

Im Haus der Spencers wußten alle, daß sie mit Anne aufs

College gegangen war und wo sie die letzten drei Jahre verbracht hatte. Aber niemand stellte ihr Fragen. Wenn sie beschäftigt war, fand sie immer jemanden, der auf Toyo aufpaßte. An ihren freien Tagen ging sie mit ihm in den Japanese Tea Garden, den sie kurz nach ihrer Ankunft in Kalifornien mit den Tanakas besucht hatte. Jetzt wurde er von einer chinesischen Familie betrieben und hieß »Oriental Tea Garden«.

Sobald sie den Verwandten in New Jersey ihre Adresse mitgeteilt hatte, bekam sie einen Brief. Allen ging es gut. Reiko arbeitete in einer Klinik, und die Mädchen besuchten die Schule. Am Valentinstag heirateten Sally und Tadashi, früher als erwartet. Einen Tag nachdem Hiroko das Telegramm erhalten hatte, erfuhr Mr. Spencer endlich Neuigkeiten von einem Freund in Washington. Sie hatten über einen Monat gebraucht, um Informationen zu sammeln, und es waren keine guten Nachrichten. Zitternd hörte Hiroko zu.

Von Paris aus war Peters Truppe nach Norden gezogen. Seit einem Scharmützel bei Antwerpen wurde er vermißt. Als die feindlichen Heckenschützen verschwunden waren, hatte man seine Leiche nicht gefunden. Er kehrte jedoch auch nicht zu seinen Kameraden zurück. Was geschehen war, wußte niemand, und man würde es wahrscheinlich erst nach dem Krieg erfahren. Vielleicht hielten die Deutschen ihn gefangen. Also war sein Schweigen so unheilvoll, wie Hiroko befürchtet hatte. Sie dankte Annes Vater. Dann ging sie verzweifelt in die Küche zurück.

»Sie tut mir leid«, gestand Charles Spencer seiner Frau. »Ist sie mit dem Vater des Jungen verheiratet?«

»Das glaube ich nicht. Was für ein Schicksal... Auf dem College zählte sie, laut Anne, zu den besten Studentinnen.« Inzwischen hatte Mrs. Spencer eine gewisse Zuneigung zu Hiroko gefaßt und verstand, warum ihre Tochter der jungen Japanerin beistand.

»Wahrscheinlich will sie nicht weiterstudieren.«

»Anne hat erwähnt, Hiroko würde möglichst bald nach Japan zurückkehren.«

»Nun, solange sie hier ist, tun wir unser Bestes für sie. Offen gestanden, ich glaube nicht, daß ihr – eh – Freund noch lebt.« Wenn Peter Jenkins' Tod auch nicht feststand – alles wies darauf hin. Sein Verschwinden gehörte zu den Rätseln, die man erst nach Kriegsende lösen würde. Jedenfalls hatte Toyo vorerst keinen Vater, und Charles bedauerte ihn ebenso wie die junge Mutter.

Den Umständen entsprechend fühlte sich Hiroko bei den Spencers wohl. Unentwegt dachte sie an Peter und weigerte sich trotz der beängstigenden Informationen, an seinen Tod zu glauben.

Der Krieg ging ohne ihn weiter. Im Februar legten die Alliierten Dresden in Schutt und Asche, im März eroberten die Amerikaner Manila. Unaufhörlich wurde Tokio bombardiert, ebenso wie andere japanische Städte. Achtzigtausend Menschen starben, eine Million wurden obdachlos, und Hiroko sorgte sich schrecklich um ihre Eltern. Darüber sprach sie mit Reiko am Telefon, und die Tante versuchte sie zu trösten. Aber die Tanakas führten jetzt ein anderes Leben, und Hirokos Probleme waren in weite Ferne gerückt.

Im April starb Roosevelt, und Hitler beging Selbstmord. Einen Monat später wurden die Konzentrationslager geöffnet, und was man dort entdeckte, entsetzte die ganze Welt. Verglichen mit diesem Grauen, war Tule Lake ein Paradies gewesen. Als Hiroko erfuhr, was die Nazis so vielen Menschen angetan hatten, schämte sie sich ihrer Klagen über die Zustände im Camp.

Endlich, im Mai, kapitulierte Deutschland. Aber Japan kämpfte weiter. Im Juni fand die blutige Schlacht von Okinawa statt. Scheinbar würde der Krieg in Japan kein

Ende finden. Hiroko mußte wohl oder übel in San Francisco bleiben. Einen Monat nach dem Ende des Krieges in Europa hatte sie noch immer keine Nachricht von Peter. Freundlicherweise zog Mr. Spencer neue Erkundigungen ein. Jenkins' Name stand nach wie vor auf der Vermißtenliste. Trotzdem klammerte sich Hiroko an ihre Hoffnung.

Im Juni zog sie mit Toyo und den Spencers in deren Ferienhaus am Lake Tahoe. Kurz davor schloß Anne ihr Studium ab. In den letzten Monaten hatte Hiroko sie kaum gesehen. An den Wochenenden und Feiertagen war Anne nur selten aus dem College heimgekommen. Meistens flog sie nach Santa Barbara, Palm Springs oder New York, wo ihre Schwester wieder ein Baby erwartete. Aber wann immer sie Hiroko traf, war sie sehr nett. Wenn sie auch keine Freundschaft schlossen – sie fühlten sich auf besondere Weise verbunden.

Am Lake Tahoe wurde Anne ständig von Freunden umringt, die vor allem an den Wochenenden zu Besuch kamen. Sie fuhren Wasserski, spielten Tennis oder rasten in einem der Motorboote über den See. Die anderen durften nicht benutzt werden, weil das Benzin rationiert war. Deshalb brauchte man die Coupons für die Rückfahrt mit den diversen Autos. Wehmütig erinnerte sich Hiroko an den Urlaub, den sie mit den Tanakas in dieser schönen Gegend verbracht hatte. Seither waren vier leidvolle Kriegsjahre verstrichen, und das Grauen nahm kein Ende. Wie seltsam, die jungen Leute zu beobachten, die sich so unbeschwert amüsierten...

Toyo war glücklich im Ferienhaus. Hier wurde er von den Dienstboten genauso verwöhnt wie in San Francisco. Bei den Dinnerparties servierte Hiroko das Essen. Eines Abends bemerkte ein Gast: »Alle unsere japanischen Dienstboten wurden nach Topaz gebracht. Verdammte Schande! Die besten Leute, die wir je hatten. Wie ist es dir gelungen, das Mädchen zu behalten, Charles? Hast du sie versteckt?« fügte er scherzhaft hinzu.

Charles fand das überhaupt nicht komisch. »Sie kam erst in diesem Januar zu uns«, erwiderte er kühl. »Vorher war sie im Tule Lake. Dort hat sie viel durchgemacht.« Seine ernste Miene brachte den Mann sofort zum Schweigen.

Auch von anderen Gästen wurde Hiroko beobachtet, und sie zögerten nicht, Kommentare abzugeben. »Wie kannst du einen Bissen hinunterbringen, wenn sie direkt hinter dir steht?« fragte eine Freundin von Margaret Spencer eines Tages beim Lunch. »Wenn ich mir vorstelle, was uns diese Leute angetan haben, vergeht mir der Appetit. Offenbar hast du einen sehr robusten Magen.«

Statt zu antworten, wechselte Mrs. Spencer einen Blick mit Hiroko, die den Kopf senkte. Sie hatte jedes einzelne Wort gehört. Würde dieser Haß niemals ein Ende finden? Hatten die internierten Japaner nicht lange genug gebüßt? In manchen Dingen unterschieden sich die Spencers von ihren Freunden. Entsetzt, aber machtlos hatten sie mit angesehen, wie ihr japanisches Personal in die Camps gebracht worden war.

Bei einer Dinnerparty stand ein Freund des Hausherrn vom Tisch auf, weil er in Okinawa einen Sohn verloren hatte und nicht von Hiroko bedient werden wollte. Danach zog sie sich stillschweigend in ihr Zimmer zurück, und die Spencers ließen sie gehen. Auch sie hatte schwere Verluste zu beklagen – Yuji, Ken, Peter, Tak. Bis die Wunden ihres Herzens verheilten, würde es noch lange dauern.

Während die Alliierten im August das Deutsche Reich aufteilten, fiel die Atombombe auf Hiroshima, und jeder Amerikaner, der die Japaner haßte, empfand tiefe Genugtuung. Nagasaki wurde ebenfalls bombardiert. Damit war der Krieg beendet. Vier Wochen später, am Wochenende des

Tags der Arbeit, kapitulierte Japan. Am selben Wochenende kehrten die Spencers nach San Francisco zurück.

»Was wirst du jetzt tun?« fragte Anne am nächsten Morgen, als Hiroko ihr das Frühstück servierte. Sie waren allein im Speisezimmer.

»Am liebsten würde ich nach Japan reisen.«

»Eine Weile wird's noch dauern, bis sich die Wogen glätten.«

Hiroko sah müde aus. Wochenlang hatte sie die Kriegsereignisse verfolgt, in wachsender Sorge um die Eltern. Hatten sie die schrecklichen Bombardements überlebt? Von Peter hörte sie ebenfalls nichts. Wenn sie nach Europa fuhr – wie sollte sie ihn finden? »Deine Familie war sehr gut zu mir«, betonte Hiroko und wandte sich zur Tür, um Anne nicht beim Frühstück zu stören.

»Und du warst gut zu uns«, entgegnete Anne lächelnd, und Hiroko drehte sich erstaunt um. »Wie geht's Toyo?«

»In eurer Küche wird er regelrecht gemästet«, erklärte Hiroko belustigt. Jetzt war der Junge zweieinhalb Jahre alt und der Liebling des gesamten Haushalts.

Hiroko wartete einen weiteren Monat ab, bevor sie ihre Stellung kündigte. Anne würde ein Jahr bei ihrer Schwester in New York verbringen, und Hiroko wollte im Oktober an Bord der *U. S. S. General W. P. Richardson* nach Kobe fahren. Inzwischen hatte sie die letzte Hoffnung aufgegeben. Seit vierzehn Monaten hatte sie nichts von Peter gehört. Und vor fünf Monaten war der Krieg in Europa beendet worden. Wenn er noch lebte, wäre er längst aufgetaucht. Das erwähnte sie schweren Herzens, als sie Reiko anrief, um ihr mitzuteilen, sie werde nach Japan zurückkehren. »Kaum zu glauben, daß wir alle drei verloren haben – Ken, Tak und Peter.« Auch ihr Bruder war gefallen. Welch eine ungerechte Welt... Andere Menschen hatten nichts verloren. Unwillkürlich dachte sie an die Spencers, obwohl sie freundlich zu ihr gewesen waren. Der Krieg hatte ihnen nicht geschadet und ihren Investitionen sogar genutzt. Nur bedingt tauglich, war ihr Sohn daheim geblieben, und der Schwiegersohn hatte in Washington gearbeitet. Wohlbehalten war der Verlobte der dritten Tochter nach Hause zurückgekehrt. Alles in bester Ordnung. So ging es nun einmal zu auf dieser Welt. Manche Menschen bezahlten, andere nicht. Trotz dieser Gedanken mochte Hiroko die Spencers, die ihr über eine schwere Zeit hinweggeholfen hatten.

Als Reiko hörte, Hiroko würde allein mit Toyo nach Japan fahren, machte sie sich große Sorgen.

»Keine Bange, Tante Rei. Die Amerikaner sind drüben, und bis zu meiner Ankunft werden sie alles unter Kontrolle haben.«

»Vielleicht nicht. Komm lieber zu uns, und warte auf eine Nachricht von deinen Eltern.«

Hiroko hatte bereits versucht, die beiden telegrafisch zu erreichen. Aber man hatte ihr glaubwürdig versichert, es sei unmöglich, irgendwelche Verbindungen mit Japan herzustellen. Nun war es an der Zeit, in die Heimat zurückzukehren, die Eltern zu betreuen und mit ihrem Enkel bekannt zu machen. Hoffentlich würde er sie nach dem Verlust des Sohnes ein wenig trösten.

Dann kam Sally ans Telefon und erzählte, sie würde ein Baby erwarten.

»Also hast du keine Zeit verschwendet«, meinte Hiroko amüsiert.

»Du auch nicht«, erwiderte Sally und lachte glücklich.

»Ja, da hast du recht.«

Eindringlich hatte Reiko ihre Tochter ermahnt, nicht nach Peter zu fragen, weil die Situation hoffnungslos sei.

Hiroko wechselte noch ein paar Worte mit Tadashi und

gratulierte ihm zur baldigen Vaterschaft. Im April sollte das Baby zur Welt kommen.

Am Tag vor ihrer Abreise rief sie Reiko noch einmal an. »Bitte, reg dich nicht auf. Falls es irgendwelche Probleme gibt, werde ich mich an die Amerikaner wenden.«

»Und wenn sie dir nicht helfen? Immerhin bist du eine Japanerin.«

Offenbar stand Hiroko immer auf der falschen Seite. Welch eine Ironie… »Irgendwie werde ich mich schon zurechtfinden.«

»Aber es ist gefährlich…«

»Bitte, versteh doch, daß ich mich um meine Eltern kümmern muß.«

Reiko wagte nicht anzudeuten, daß die Takashimayas vielleicht nicht mehr lebten. Das befürchtete auch Hiroko. Doch sie mußte sich Gewißheit verschaffen.

»Melde dich bei mir sobald wie möglich, Hiroko.«

»Ja, sicher.«

»O Gott, wenn ich mir vorstelle, wie es dort aussieht…« Die Berichte über Hiroshima waren unfaßbar. Wenigstens würde Hiroko nicht in die Nähe dieser Stadt geraten.

Am selben Abend packte sie ihre Sachen in dem kleinen Zimmer, das sie monatelang bewohnt hatte. Und am nächsten Morgen bereitete ihr Annes Vater eine Überraschung. Zusätzlich zu ihrem Gehalt übergab er ihr tausend Dollar, für Hiroko ein Vermögen. »Dieses Geld werden Sie für den Jungen brauchen.«

Dankbar nahm sie das Geschenk an. »Sie haben soviel für uns getan, Mr. Spencer.«

Anne bestand darauf, Hiroko zum Schiff zu begleiten, und ließ den Chauffeur vorfahren.

»Wirklich, Anne, das ist nicht nötig«, protestierte Hiroko. »Ich nehme mir ein Taxi.«

»Aber ich will es! Keine Widerrede! Wäre ich damals ein bißchen klüger gewesen, hätten wir sicher Freundschaft geschlossen. Leider war ich ziemlich einfältig.«

»Mach dir keine Vorwürfe. Ich stehe tief in deiner Schuld.«

Alle Haushaltsmitglieder versammelten sich in der Halle, um sich von Hiroko zu verabschieden. Als der Wagen davonfuhr, winkten ihr die Spencers von einem Fenster aus zu. Traurig starrte Toyo vor sich hin. Wieder einmal mußte er von Menschen Abschied nehmen, die er liebgewonnen hatte, und er verstand nicht, warum.

»Wir fahren zu deinen Großeltern nach Japan«, hatte seine Mutter erklärt. Aber er wußte nicht, was das bedeutete.

»Wird dir da drüben auch wirklich nichts zustoßen?« fragte Anne besorgt, als sie das Embarcadero erreichten.

»Schlimmer als im Tanforan oder im Tule Lake kann's nicht werden.«

»Und wenn du deine Eltern nicht findest?« So sehr es Anne auch widerstrebte, sie mußte diese grausame Frage stellen. »Was willst du dann tun?«

»Keine Ahnung… Aber ich werde sie ganz bestimmt wiedersehen.« Sekundenlang schloß Hiroko die Augen und versuchte, die bangen Zweifel zu verscheuchen.

»Komm zu uns, wann immer du willst«, bat Anne. Aber sie ahnte, daß Hiroko eher ihre Verwandten in New Jersey aufsuchen würde, falls sie jemals in die Staaten zurückkehren sollte.

Was Hiroko nicht vorhatte. Die Tanakas führten nun ihr eigenes Leben, und sie hatte ihres noch nicht geplant. Wenigstens würde sich ein wichtiger Kreis schließen, wenn sie in Japan wieder eintraf.

Während der Chauffeur einen Träger für das Gepäck

suchte, schauten sich die beiden Frauen in die Augen. Hiroko suchte mühsam nach Worten. »Offenbar bist du jedesmal da, wenn ich abreise.«

»Ich wünschte, ich wäre viel früher für dich dagewesen.« Diesmal nahm Anne sie in die Arme.

»Danke.« Beinahe hätte Hiroko geweint. Und als sie einander losließen, sah sie auch in Annes Augen Tränen schimmern.

»Hoffentlich findest du deine Eltern«, sagte Anne mit heiserer Stimme. Dann beugte sie sich zu Toyo hinab. »Sei brav, Kleiner, und paß gut auf deine Mommy auf.« Zärtlich küßte sie ihn. »Wenn du mich brauchst, ruf mich an, Hiroko. Schreib mir – schick ein Telegramm – tu irgendwas!«

»Ja, Anne«, versprach Hiroko.

»Sei bloß vorsichtig! Da drüben ist's gefährlich.«

Auch Reiko hatte ihre Nichte eindringlich darauf hingewiesen. Das ganze Land befand sich im Chaos. Kaum jemand fuhr freiwillig dorthin. Aber Hiroko hatte keine Wahl. »Vielen Dank – und alles Gute.« Sie drückte Annes Hand, dann führte sie Toyo hinter dem Träger, den der Chauffeur engagiert hatte, die Gangway hinauf.

Wenig später betraten sie die kleine Kabine, die sie zwei Wochen lang bewohnen würden. Durch das Bullauge drang frische Luft herein. Dann gingen sie wieder an Deck, damit Toyo die aufregende Abfahrt miterleben konnte. Wie üblich erklang Musik, und bunte Ballons flogen empor, obwohl die Passagiere kein erfreuliches Ziel ansteuerten. Aber es war das erste zivile Schiff, das seit Pearl Harbor Kurs auf Japan nahm.

Hiroko sah Anne am Pier stehen, schön und elegant, so wie an jenem Tag, an dem sie vor dem St. Andrew's aus der Limousine gestiegen war. Damals hatte Hiroko geglaubt, sie könnten Freundinnen werden, und sich geirrt – aber letzten

Endes doch nicht. Sie winkte ihr, hob Toyo hoch, und er warf der jungen Frau, die er liebgewonnen hatte, eine mollige Kußhand zu.

Lachend erwiderte Anne den Gruß. »Lebt wohl!« rief sie, während die Schleppdampfer das Schiff langsam vom Liegeplatz zogen. Fasziniert schaute sich der kleine Junge um.

»Danke«, formten Hirokos Lippen, und die beiden Frauen winkten einander zu, bis sie sich aus den Augen verloren, das Schiff drehte und durch den Hafen glitt.

»Wohin fahren wir, Mommy?« fragte Toyo zum tausendstenmal an diesem Tag.

»Nach Hause«, antwortete sie und stellte ihn auf die Füße.

18

Es dauerte zwei Wochen und einen Tag, bis die *U. S. S. General W. P. Richardson* den Pazifik überquert hatte und den Hafen von Kobe erreichte. Für Hiroko war die Fahrt endlos gewesen. Aber Toyo, das einzige Kind an Bord und von allen Passagieren verwöhnt, hatte die Reise lebhaft genossen.

Am Morgen ihrer Ankunft erinnerte sich Hiroko voller Wehmut an die Abreise, den schmerzlichen Abschied von den Eltern. Nur für ein Jahr, hatte der Vater versprochen. Jetzt kehrte sie nach fast viereinhalb Jahren heim. So viel war inzwischen geschehen.

Sie beobachtete die Aktivitäten am Pier, lauschte dem Geschrei der Hafenarbeiter, den Stimmen der Leute, die Passagiere abholen wollten, dem Gezwitscher der Vögel. In der Hektik war immer noch die Atmosphäre des Krieges zu spüren. Überall sah Hiroko amerikanische Soldaten – in ihrer japanischen Heimat ein seltsam tröstlicher Anblick. Wer ein Freund und wer ein Feind war, wußte sie nicht mehr.

Als sie mit Toyo die Gangway hinabstieg, trug sie ihr Gepäck selbst. Am Pier warteten Taxis, und sie bat den Chauffeur, sie zum Bahnhof zu bringen. Er erkundigte sich, wohin die Reise gehen solle. »Nach Kyoto«, antwortete sie. Da erklärte er sich bereit, sie für fünfzig US-Dollar hinzubringen – angesichts des Zustands, in dem sich das Land befand, ein großzügiges Angebot, das sie sehr gern annahm.

»Wie lange waren Sie in den Staaten?« fragte er, während sie Straßen folgten, an die sie sich nicht erinnerte.

»Über vier Jahre.« Genau vier Jahre und drei Monate.

»Dann können Sie von Glück reden. Hier war der Krieg grauenhaft. Sicher ist's Ihnen in Amerika bessergegangen.«

Sie erwähnte die Camps nicht. Aber wahrscheinlich hatte er recht. »Und wie ist's jetzt?« Neugierig lauschte Toyo der japanischen Unterhaltung. Diese Sprache hatte er im Tule Lake oft gehört und im letzten Jahr größtenteils vergessen.

»In manchen Gegenden gerade noch erträglich, in anderen furchtbar. In Kyoto wurden viele Häuser zerstört. Wenigstens sind die Tempel unversehrt.« Für die Tempel interessierte sich Hiroko nicht, nur für ihre Eltern. »In der ganzen Stadt treiben sich Amerikaner rum. Nehmen Sie sich bloß in acht! Die halten alle Japanerinnen für Geishas.«

Sie lachte leise. Auch in Kobe sah sie viele amerikanische Soldaten. Bald fuhren sie über die Landstraßen, und nach zwei Stunden erreichten sie Kyoto. Normalerweise hätte die Reise nicht so lang gedauert, aber sie wurden von dichtem Verkehr und zahlreichen Schlaglöchern behindert.

Als sie das vertraute Elternhaus wiedersah, stockte ihr Atem. Offenbar hatte sich nichts verändert, und sie fühlte sich wie in einem Traum voller Erinnerungen. Sie dankte dem Fahrer, bezahlte ihn mit Dollars, die Charles Spencer ihr gegeben hatte, und dann stand sie vor dem Garten, an einer Hand ihren Sohn, in der anderen das Gepäck.

»Soll ich warten?« fragte der Chauffeur freundlich.

Sie schüttelte den Kopf. Wie gebannt starrte sie das Haus an, in dem sie aufgewachsen war. »Danke, wir kommen schon zurecht.«

Lächelnd winkte sie ihm zu, und er trat die Rückfahrt

nach Kobe an. Es dauerte eine Weile, bis sie sich dazu durchringen konnte, die Pforte zu öffnen. Sie knarrte genauso laut wie eh und je. Dahinter wucherte Gras. Langsam führte sie Toyo zur Haustür und läutete. Nichts rührte sich. Ohne Erfolg klopfte sie an die *shoji*-Schirme. Waren die Eltern ausgegangen? Sie hatte versucht, die beiden über ihre Ankunft zu informieren, doch das war unmöglich gewesen.

Schließlich schob sie die *shojis* vorsichtig beiseite, und was sie sah, beschleunigte ihren Puls. In diesem Haus hatte sich überhaupt nichts verändert. Sogar die Schriftrolle lag nach wie vor an derselben Stelle wie früher. Die Großmutter hatte ihr gezeigt, wie man die Blumen davor arrangierte. Jetzt waren die Blüten verwelkt. Offensichtlich waren die Eltern vor den Bombenangriffen geflohen.

»Wer wohnt hier, Mommy?«

»Deine Großeltern, Toyo. Sie werden sich sehr freuen, wenn sie dich sehen.«

»Wer sind sie denn?«

»Meine Mommy und mein Daddy«, erklärte sie, und er schaute verblüfft zu ihr auf.

Langsam wanderte sie mit ihm durch das Haus. Die Kleider ihrer Mutter, die Möbel, die Küchengeräte – alles vorhanden. Fotos von ihr, von Yuji. Sie starrte die Bilder an, wollte sie berühren. Und dann gingen sie in den Garten. Vor dem kleinen Schrein blieb sie stehen. Sie verbeugte sich – ein seltsames Gefühl. So lange hatte sie sich nicht mehr verbeugt.

»Was machst du, Mommy?«

»Ich verneige mich vor unserem Schrein, um deine Großeltern zu ehren.« Im Camp hatte er alte Leute gesehen, die diese Tradition wahrten. Aber er war zu klein, um sich daran zu erinnern.

»Wo sind deine Mommy und dein Daddy?« fragte er neugierig.

»Vermutlich sind sie weggegangen«, antwortete sie und führte ihn zum Nachbarhaus. Die Bewohner waren daheim. Verwundert musterten sie Hiroko und Toyo. Sie verneigte sich und erfuhr, ihre Eltern seien noch vor dem Sommer in die Berge geflüchtet. Wohin, wußten die Nachbarn nicht genau. Doch sie glaubten, die Takashimayas würden sich in einem *buraku* bei Ayabe aufhalten.

Ja, das ergab einen Sinn. Aus dieser Dorfgemeinde stammte Hidemi. Zweifellos hatten sie befürchtet, die Amerikaner würden Kyoto genauso unbarmherzig bombardieren wie Dresden und ein Exempel statuieren. Hiroko würde Tage brauchen, um das Dorf zu erreichen, das auch unter normalen Umständen schwer zugänglich war. In dem Chaos nach Kriegsende erschien es ihr fast unmöglich. Sie fragte die Nachbarn, ob sie ihr ein Auto leihen würden. Diesen Wunsch konnten sie ihr nicht erfüllen und schlugen ihr vor, den Zug zu nehmen.

Sicherheitshalber nahm sie das Gepäck mit. Vor dem Bahnhof kaufte sie einem Kind ein paar Äpfel ab. Dann teilte man ihr mit, vor dem nächsten Morgen würde kein Zug abfahren. Nachdem sie ein paar Lebensmittel besorgt hatte, kehrte sie mit Toyo in ihr Elternhaus zurück, wo sie das Gästezimmer bezogen. In diesem Raum war sie geboren worden. Lächelnd entsann sie sich, wie ihr Vater erzählt hatte, ihre Mutter sei zu eigensinnig gewesen, um in ein Krankenhaus zu gehen. Sie erklärte Toyo, in diesem Zimmer habe sie das Licht der Welt erblickt, was ihn sehr interessierte. Abends, als er schlief, schlenderte sie durch das Haus und spürte die erwärmende Nähe ihrer Eltern. Auf der Straße patrouillierten Soldaten, aber sie störten Hiroko nicht.

Am nächsten Morgen um sieben stieg sie mit ihrem Sohn in den Zug. Wegen zahlreicher Verzögerungen und des

Schutts, der von den Gleisen geräumt werden mußte, dauerte die Fahrt nach Ayabe vierzehn Stunden. Gegen neun Uhr abends kamen sie an. Hiroko erinnerte sich nicht, wo Hidemis Haus lag. Und so übernachteten sie auf dem Bahnhof, in eine Decke gewickelt, die sie mitgenommen hatte. Toyo klagte, das würde ihm nicht gefallen.

»Mir auch nicht, Schätzchen. Aber wir können das Haus erst morgen suchen.«

Bei Tagesanbruch erwachten sie. Hiroko kaufte einem Straßenhändler einen Imbiß ab und engagierte jemanden, der das abgeschiedene Haus ihrer Großeltern kannte und sie in seinem Auto hinbringen würde. Schon vor langer Zeit waren die alten Leute gestorben, aber Hidemi hatte ihr einstiges Heim behalten, um die Sommerferien darin zu verbringen.

Der Mann näherte sich dem Ziel auf unzähligen Umwegen. Warum das nötig war, erkannte Hiroko, als sie das Haus nach über einer Stunde erreichten. Wie so viele andere bestand es nur noch aus verkohltem Schutt. »Was ist geschehen?« rief sie entsetzt und fürchtete, Toyo würde von ihrem Schock in Weinen ausbrechen. Offenbar hatte der ganze Berghang gebrannt.

»Eine Bombe, im August«, erwiderte der Fahrer traurig. »So viele sind gefallen. Kurz vor Hiroshima.«

Nicht einmal Nachbarn ließen sich blicken, die sie befragen konnte. Schließlich brachte der Mann seine Fahrgäste zu einem kleinen Shinto-Schrein, den Hiroko früher mit ihrer Großmutter besucht hatte. Dort begegnete sie einem Priester. Als sie sich vorstellte, starrte er sie an wie einen Geist. Ja, er kannte ihre Eltern. Wußte er, wohin sie gegangen waren? Bevor er antwortete, zögerte er sehr lange. »In den Himmel, zu ihren Ahnen.«

Die Takashimayas waren vor drei Monaten bei einem

Bombenangriff ums Leben gekommen, ebenso wie alle Nachbarn. Zum Zeitpunkt von Hirokos Aufenthalt am Lake Tahoe hatten sie noch gelebt. Aber damals hätte sie nicht nach Japan reisen können.

»Tut mir leid«, fügte der Priester hinzu. Sie gab ihm etwas Geld und verließ mit Toyo den Schrein und fühlte sich von aller Welt verlassen und zutiefst elend. So viele geliebte Menschen hatte sie verloren – Yuji, ihre Eltern, Ken, Takeo. Und Peter.

»Wohin wollen Sie jetzt?« fragte der Fahrer. Eine Minute lang stand sie reglos neben dem Auto. Wohin? Erst einmal zurück nach Kyoto. Was danach geschehen würde, wußte sie nicht. Viertausend Meilen hatte sie zurückgelegt – umsonst.

Auf dem Bahnhof stellte sich heraus, daß sie zwei Tage auf den nächsten Zug warten müßten, und in Ayabe kannte Hiroko niemanden, der ihnen Obdach gewähren würde. Nachdem sie die traurige Nachricht erhalten hatte, wollte sie auch gar nicht hierbleiben. Einfach nur heim – wo immer das auch sein mochte … Toyo begann zu weinen, und der Fahrer schaute immer unbehaglicher drein.

Als sie ihm hundert Dollar für die Fahrt nach Kyoto anbot, nickte er dankbar. Die Reise war ein Alptraum. Immer wieder mußten sie Umwege machen, um Hindernissen auszuweichen – Schutthaufen, Bombenkratern, toten Tieren. Manchmal wurden sie von Straßensperren aufgehalten. Überall wimmelte es von Soldaten und Obdachlosen, die ziellos umherirrten – völlig entkräftet oder verwirrt, von der Katastrophe um den Verstand gebracht. Nach zwei Tagen kam das Auto in Kyoto an. Hiroko gab dem Fahrer weitere fünfzig Dollar. Während er davonfuhr, ging sie mit ihrem Sohn ins Haus. Für nichts und wieder nichts war sie hiergekommen.

»Wo sind sie, Mommy?« fragte Toyo beharrlich. »Sind sie

immer noch nicht da?« Enttäuscht schaute er sich um, und sie kämpfte mit den Tränen.

»Sie kommen nicht zurück, Toyo.«

»Wollen sie uns nicht sehen?«

»Doch.« Jetzt rollten Tränen über ihre Wangen. »Aber sie mußten in den Himmel gehen, zu anderen Menschen, die wir lieben.« *Auch zu deinem Daddy...* Diese schrecklichen Worte sprach sie nicht aus. Als er sie weinen sah, begann er zu schluchzen. Er haßte es, wenn seine Mutter unglücklich war. Erschöpft setzte sie sich auf den Boden und nahm Toyo in die Arme.

Eine Zeitlang saßen sie einfach nur da und ließen ihren Tränen freien Lauf, bis es an der Gartenpforte klopfte. Zögernd ging sie mit Toyo hinaus. Ein M. P. stand am Zaun und erklärte, er sei der Wachtposten in dieser Straße. Dann fragte er, ob sie Hilfe brauche. Man habe ihm mitgeteilt, das Haus würde leerstehen. Es sei ihr Elternhaus, entgegnete sie, und sie würde sehr gut allein zurechtkommen. Der nette Mann schenkte Toyo einen Schokoladenriegel und wurde mit einem strahlenden Lächeln belohnt. Aber Hiroko blieb kühl und reserviert. Vor den amerikanischen Soldaten war sie schließlich gewarnt worden.

»Wohnen Sie allein hier, nur mit dem Kleinen?« fragte er und schaute sie interessiert an. Er war ein attraktiver Junge mit ausgeprägtem Südstaatenakzent.

»Eh – ja – nein – mein Mann kommt bald zurück.«

Nun musterte er Toyo und erriet die Zusammenhänge. Hier würde man noch schlimmere Schlüsse ziehen als in San Francisco, denn Hiroko erweckte den Eindruck, sie hätte mit feindlichen Soldaten geschlafen. »Geben Sie uns Bescheid, wenn wir was für Sie tun können, Ma'am.«

Während der nächsten Tage blieben Hiroko und Toyo meistens im Haus und im Garten. Sie teilte den Nachbarn mit, sie sei zurückgekommen, damit sie nicht erschraken, wenn sie nebenan Aktivitäten bemerkten. Als sie erzählte, was ihren Eltern zugestoßen war, zeigten die Leute großes Mitgefühl und luden sie zusammen mit Toyo zum Dinner ein.

Abends, auf dem Rückweg, begegneten sie dem jungen Soldaten erneut, der mit Toyo schwatzte und ihm wieder Schokolade schenkte. Hiroko dankte ihm frostig.

»Wo haben Sie so gut Englisch gelernt?« fragte er freundlich. Er bewunderte ihre Schönheit. Und ihren Ehemann hatte er noch nicht gesehen. Wahrscheinlich gab es gar keinen.

»In Kalifornien.«

Erstaunt hob er die Brauen. »Waren Sie vor kurzem dort?«

»Ich bin erst letzte Woche zurückgekommen.« Warum mußte er sie in ein Gespräch verwickeln, das an ihren Nerven zerrte? So viele Dinge gingen ihr durch den Kopf. Sie mußte entscheiden, ob sie in die USA zurückkehren und was mit dem Haus ihrer Eltern geschehen sollte. Zu diesem Zeitpunkt würde sie wohl kaum einen Käufer finden. Vorerst wollte sie ein bis zwei Monate in Kyoto bleiben und dann nach Amerika fahren – oder auch nicht. In dieser schwierigen Situation konnte sie keine Soldaten gebrauchen, die vor ihrer Tür herumlungerten.

»Waren Sie während des Krieges drüben?«

»Ja«, antwortete sie, floh in den Garten und bedauerte, daß sich die Pforte nicht versperren ließ. Hastig verneigte sie sich vor dem Schrein und zog ihren Sohn ins Haus.

In den nächsten Tagen kam der Soldat ein paarmal vorbei. Hiroko hielt sich vom Zaun fern und hoffte, ihn zu entmutigen. Dann reiste sie mit Toyo nach Tokio und erkundigte sich nach den Verwandten ihres Vaters. Keiner hatte die Bombardements überlebt, und die Stadt war ein Trümmerhaufen. Hier trieben sich noch mehr Soldaten herum, die meisten betrunken und alle auf der Suche nach Frauen. Hiroko sehnte sich nach der relativen Sicherheit ihres Elternhauses in Kyoto. So schnell wie möglich fuhr sie mit ihrem Sohn zurück.

Nachdem sie zwei Wochen in Japan verbracht hatte, sagte sie sich, für eine alleinstehende Frau mit einem Kind sei es zu gefährlich, in diesem Land zu leben. Sie besorgte sich einen Fahrplan und erwog, am Weihnachtstag an Bord eines Schiffes zu gehen. Nach ihrer Heimkehr aus Tokio erzählten die Nachbarn, ein Soldat habe sich mehrmals nach ihr erkundigt. Beunruhigt bat sie die Leute, bei seinem nächsten Besuch zu behaupten, sie sei verreist. Es war zweifellos der Mann, der sich so offenkundig für sie interessierte, und seine Hartnäckigkeit bestärkte sie in ihrem Entschluß, nach Amerika aufzubrechen.

Gegen Abend, als das Kind bereits schlief, hörte sie die Windglöckchen an der Pforte klingen. Aber sie ging nicht hinaus. Am nächsten Tag läuteten sie wieder. Toyo spielte gerade im Garten. Ehe sie ihn zurückhalten konnte, lief er zur Pforte, in der Hoffnung, seinen Freund zu begrüßen, der ihm Schokolade geschenkt hatte. Unbehaglich verließ sie das Haus. Der Mann beugte sich zu ihrem Sohn hinab – doch es war nicht der Soldat, den sie kannte.

»Toyo!« rief sie. Er rührte sich nicht. Also mußte sie ihn holen. Sie haßte diese entnervenden Begegnungen mit den Amerikanern. Was die Augen der Soldaten verrieten, hatte sie in Tokio ebenso erschreckt wie hier. »Toyo!« Diesmal wandten sich beide zu ihr, und zwei Gesichter blickten ihr entgegen, die einander glichen.

Peter! Er lebte – und er hatte sie gefunden. Wie erstarrt blieb sie stehen und begann übergangslos zu schluchzen. Da ergriff er Toyos Hand, eilte zu ihr und küßte sie.

Ungläubig schaute sie zu ihm auf und zitterte am ganzen Körper. »Wo warst du nur?«

»Eine Zeitlang lag ich in einem deutschen Krankenhaus. Und vorher versteckte ich mich in einem Schweinestall…« Sein jungenhaftes Grinsen erlosch sofort wieder, als er Toyo betrachtete. »Warum hast du ihn in keinem deiner Briefe erwähnt?« Er sah genauso aus wie in ihrer Erinnerung, wie in ihren Träumen.

Sie lachte unter Tränen. »Weil du dich nicht verpflichtet fühlen solltest, zurückzukommen – gegen deinen Willen…« Jetzt klang das ziemlich albern. Aber damals hatte sie geglaubt, ihr Schweigen sei richtig gewesen. »Wie hast du es geschafft, hierherzukommen?«

»Auf demselben Weg wie du. Wochenlang war ich dir auf der Spur.« Seufzend legte er seinen Arm um ihre Taille. Mit der anderen Hand hielt er Toyos kleine Finger fest. Nie mehr würde er sich von den beiden trennen. »Ich ging zu meiner Bank in Palo Alto. Dort hast du eine Nachricht hinterlegt.« Eine zweite hatte er in der Stanford University gefunden. »Am Tag nach deiner Abreise besuchte ich die Spencers. Bevor ich an Bord des nächsten Schiffs ging, telefonierte ich mit Reiko. Glücklicherweise hatten die Spencers ihre Nummer. Sie gab mir deine Adresse in Kyoto. Aber wenn ich an deiner Tür klingelte, warst du nie da.«

»Gleich nach unserer Ankunft fuhren wir nach Ayabe. Meine Eltern wurden bei einem Luftangriff getötet.«

»O Gott, das bedaure ich zutiefst. Was für ein grauenvoller Krieg…« Nach einer kurzen Pause fügte er hinzu: »Da ich dich nicht antraf, befragte ich die Leute, die in dieser Straße wohnen.«

Also mußte er der Soldat gewesen sein, den ihre Nachbarn erwähnt hatten. »Ich dachte, du wärst der Wachtposten, der mich dauernd belästigt hat. Weißt du, daß die Amerikaner unentwegt nach Geishas Ausschau halten?« fragte sie.

»Ich nicht…« Als er ihren Blick erwiderte, stockte sein Atem, beide erinnerten sich an die Wiesen hinter dem Tanforan-Camp. »Oder vielleicht doch«, flüsterte er. Ehe er sie küssen konnte, zerrte Toyo an seiner Hand.

»Hast du Schokolade?« fragte er ungeduldig.

»Nein, Toyo.«

»Der andere hat mir Schokolade gegeben«, verkündete der kleine Junge ärgerlich.

Aber Peter hatte sich bereits wieder zu Hiroko gewandt. »Es tut mir so leid, was du durchmachen mußtest – daß ich dich die ganze Zeit allein ließ –, und daß deine Eltern gestorben sind…« Von Liebe und Zärtlichkeit erfüllt, vergaß er seine eigenen schrecklichen Erlebnisse.

»Shikata ga nai«, sagte sie leise, so wie an jenem ersten Tag im Tanforan, und verneigte sich. »Man kann es nicht ändern.« Gewiß nicht. Aber es war so grauenhaft gewesen, und sie hatten soviel verloren.

»Ich liebe dich«, beteuerte er, zog sie an sich und küßte sie, mit der ganzen Sehnsucht, die ihn dreieinhalb Jahre lang gequält hatte. Vor seinem geistigen Auge glitten Bilder aus der Vergangenheit vorbei, seine Besuche im Camp, die Gespräche und langen Spaziergänge, das heimliche Liebesglück im hohen Gras, der buddhistische Priester, der sie »verheiratet« hatte – nur vor Gott, nicht vor den Menschen. Und dann die Trennung, der brutale Krieg…

Endlich waren die leidvollen Tage überstanden. Er lächelte Hiroko an. Dann betrachtete er wieder sein Kind, das ihm so ähnlich sah. Höflich verbeugte er sich vor der schönen Mutter, so wie ihr Vater damals vor Hidemi, die ihm eine Tochter geboren hatte. Auch sie verneigte sich und erinnerte ihn an jene erste Begegnung – mit einem zauberhaften Mädchen im Kimono.

»Was machst du, Mommy?« wisperte Toyo.

»Ich ehre deinen Vater«, erklärte sie feierlich.

Peter führte seine Frau und seinen Sohn ins Haus. Und sie wußte, daß Ken und Tak und Yuji zuschauten – wo immer sie auch sein mochten.

»*Arigato*«, flüsterte sie und dankte den lieben Verstorbenen für alles, was sie mit ihr geteilt hatten. Behutsam schloß sie die *shojis*.